NF文庫
ノンフィクション

決定版

零戦 最後の証言

〈1〉

神立尚紀

潮書房光人新社

まえがき

平成十一（一九九九）年、本書の「原型」とも呼べる『零戦最後の証言』を上梓してから四半世紀のときが過ぎた。同書は、もとは写真週刊誌の報道カメラマンだった私が、終戦五十周年を機に「元零戦搭乗員が振り返る戦中、戦後」をテーマに取材をはじめ、その成果の一部を書籍化したものである。当事者の戦中、戦後の姿とともに、現代からの目線で戦争体験を回想するスタイルの本はそれまで類書がなく、タイトルの「最後の証言」とともに、多くの後追い本が出た。そういう意味では、一つのジャンルのパイオニアになったと自負している。

ただ、いまだから言えることだが、当時、知恵を振り絞り、練りに練ってつけた『最後の証言』というタイトルは、取材を受けた当事者からはきわめて不評だった。

その頃、元零戦搭乗員は、航空戦隊参謀や航空隊飛行長の経験者から訓練中に終戦を迎えた人まで約千人が存命で、

「『最後』とはなんだ。俺はまだまだ死なんぞ」

と、意気軒高でなおかつ元気な人が大勢いたのだ。

だが、「時間」は戦争より確実に人の命を奪う。千人いた元零戦搭乗員が、いまや名簿上、わずか十数名を残すのみとなってしまった。令和六年四月現在、存命が確認できている元搭乗員の最年長は百六歳、最年少が九十五歳である。

私はその後、『零戦最後の証言』で取材した元零戦搭乗員に、新たに出会った人たちの話を加えて『証言 零戦』シリーズ全四巻を講談社＋α文庫で刊行したが、これは文字数無制限のインターネットマガジンに寄稿した文章をほぼそのままに順にまとめたもので、私としては反省点も多かった。

今回、『零戦 最後の証言』の「決定版」（全三巻）を世に出す決心をしたのは、いくつかの理由がある。

まず、四半世紀の間に元搭乗員のほとんどが鬼籍に入り、存命の方もふくめて新規の取材がほぼ不可能になった、つまり、私のインタビューに語った言葉がほんとうに

「最後の証言」になってしまったこと。次に、この人たちの物語と姿とを、より完成度を高めた形で、後日談もふくめて残しておきたかったこと、などである。

なかでも私のなかで大きなウエイトを占めるのは、第一線に投入されたうちの八割が戦死したほどの未曾有の激戦を、零戦を駆って戦い抜いた「勇者たち」が、この世に「生きた証を残す」ことだ。

当事者（＝元零戦搭乗員）の子供世代さえも高齢化が進み、四半世紀前の親の年代と重なりつつあるいま、孫や曾孫にあたる世代で、戦争中を生きた人たちに関心を持つ人が増えてきたとの実感がある。そしてそのなかには、零戦搭乗員をルーツにもつ親族の人も少なくない。じっさい、近年、SNSを通じて、「おじいちゃんのことが知りたい」「曾祖父のことが知りたい」などと、若い親族の方から問い合わせや連絡をもらうことが目立って増えてきた。

「祖父が亡くなったときまだ小さくて話が聞けなかった」「曾祖父は私が生まれる前に亡くなり、写真でしか知らない」「戦死した大叔父の名前があなたの本に出ていたので、わかることを教えてほしい」……。元零戦搭乗員から体験を聞き、多くを教えられてきた私が、いつの間にか、その話を「近い子孫」である親族に伝える立場になった。

人がほんとうに死ぬのは、その存在が誰からも忘れ去られたときだ、と思う。来年（令和七年）は戦後八十年。帝国海軍が存在した期間（七十三年）よりもはるかに長い時間が過ぎた。「八十年」といえば、人が何かを忘れ去るには十分すぎる時間だ。

しかし私は、縁あって出会った戦士たちの記憶を、誰かの心のなかに刻むことができれば、という思いでこの本を書いた。

八十年前、欲も得もなく、ただ大切なものを守るためと信じ、大空で生命を賭して戦った若者たちが確かに存在した。このことを、次代を担う世代にこそ知ってほしい。

——彼らの記憶を未来にまで繋いでいくために。

令和六年四月

神立尚紀

決定版　零戦　最後の証言〈1〉

目次

『決定版 零戦最後の証言』第2巻、第3巻　目次

※『決定版 零戦最後の証言』（全3巻）は、書き下ろし作品です。
参考文献・取材協力者等は、第3巻にまとめて掲載します。

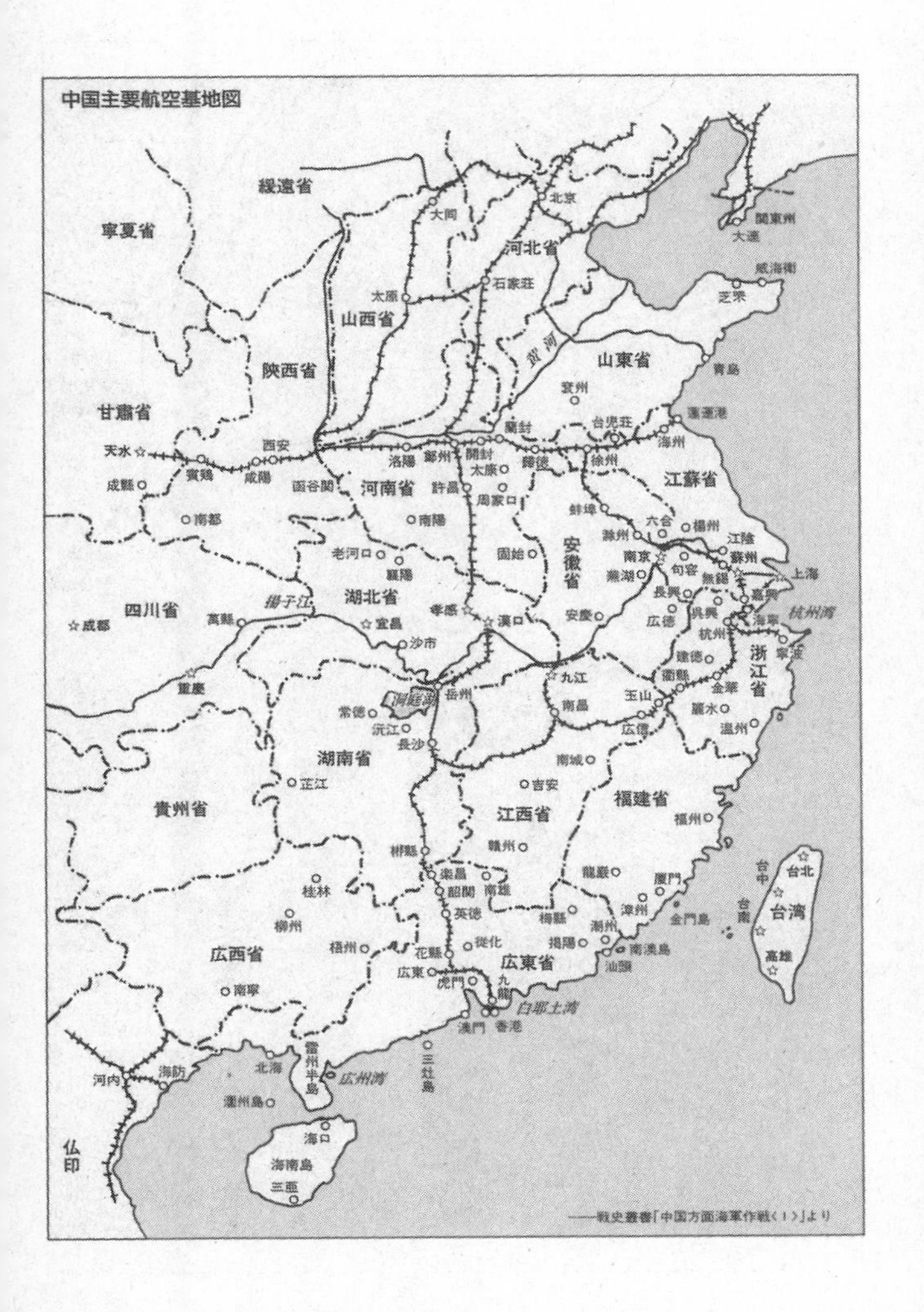

——戦史叢書「中国方面海軍作戦〈1〉」より

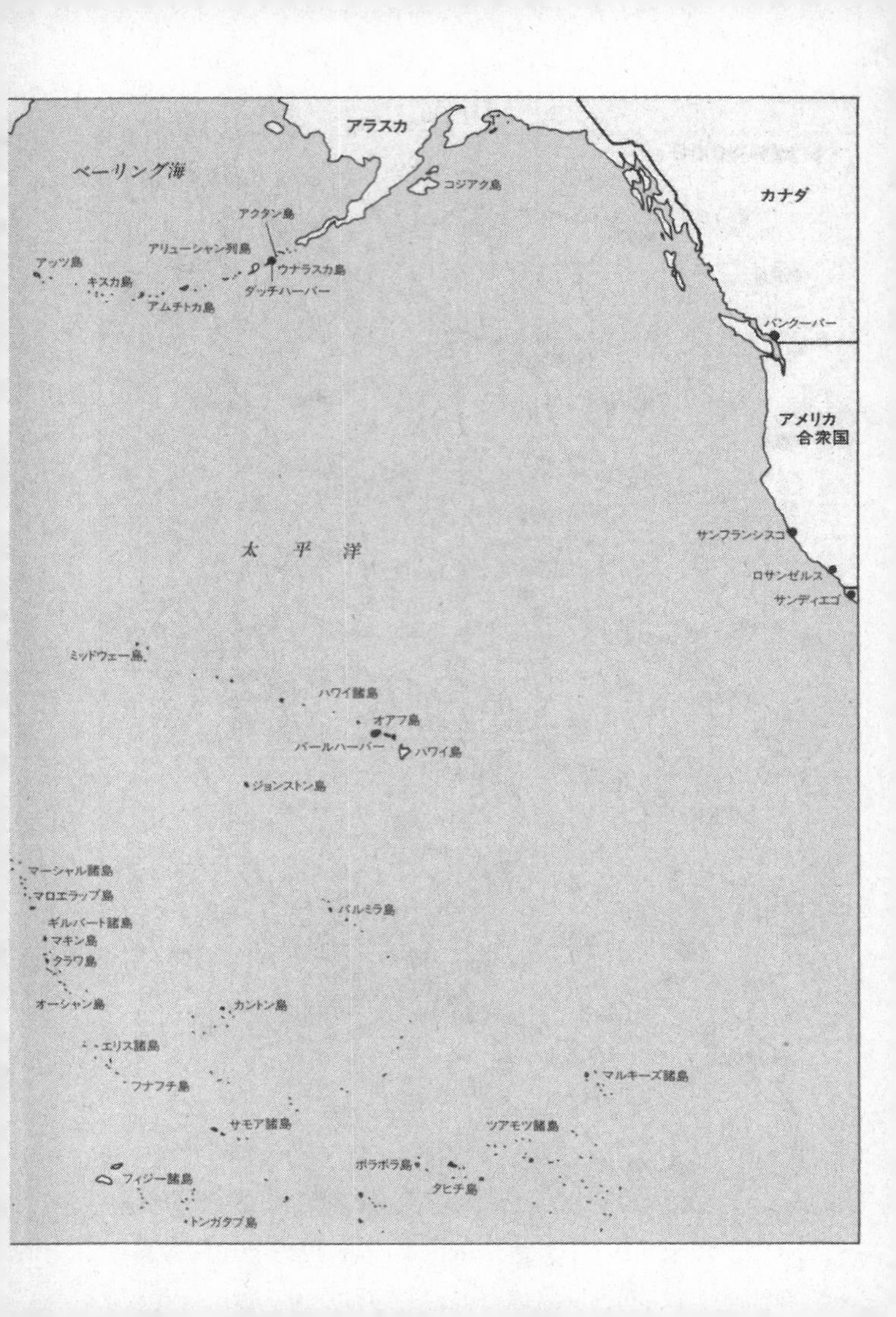
アラスカ
ベーリング海
コジアク島
カナダ
アクタン島
アリューシャン列島
アッツ島
ウナラスカ島
キスカ島
ダッチハーバー
アムチトカ島
バンクーバー
アメリカ
合衆国
サンフランシスコ
太平洋
ロサンゼルス
サンディエゴ
ミッドウェー島
ハワイ諸島
オアフ島
パールハーバー
ハワイ島
ジョンストン島
マーシャル諸島
マロエラップ島
パルミラ島
ギルバート諸島
マキン島
タラワ島
オーシャン島
カントン島
エリス諸島
フナフチ島
マルキーズ諸島
サモア諸島
ツアモツ諸島
ボラボラ島
フィジー諸島
タヒチ島
トンガタブ島

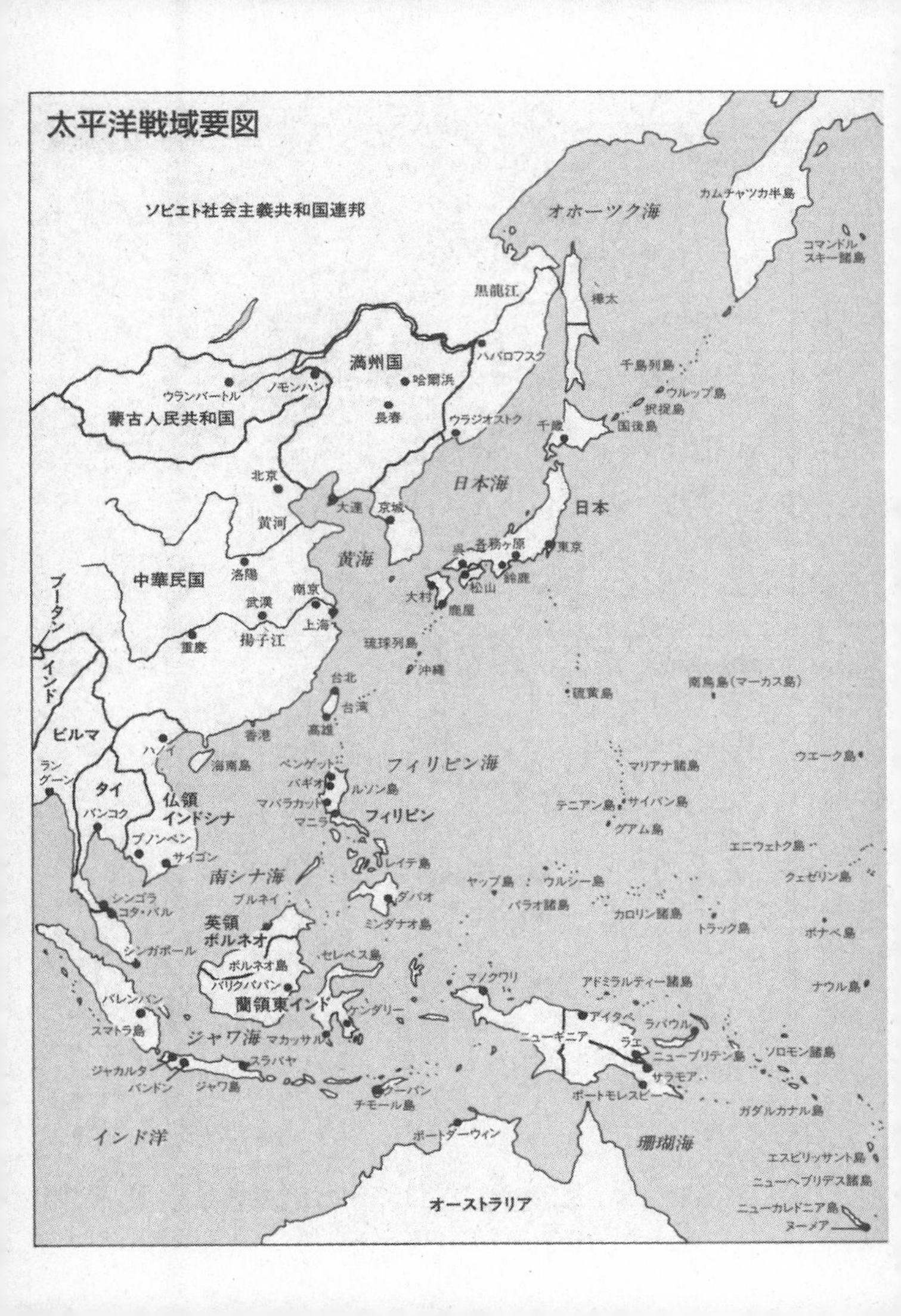

太平洋戦域要図
ソビエト社会主義共和国連邦
オホーツク海
カムチャツカ半島
コマンドルスキー諸島
黒龍江
樺太
ハバロフスク
千島列島
ウルップ島
択捉島
国後島
満州国
哈爾浜
ウランバートル
ノモンハン
蒙古人民共和国
長春
ウラジオストク
千歳
日本海
北京
大連
京城
日本
黄河
呉
各務ヶ原
東京
黄海
鈴鹿
松山
中華民国
洛陽
ブータン
南京
武漢
大村
鹿屋
上海
揚子江
重慶
琉球列島
インド
沖縄
台北
台湾
硫黄島
南鳥島（マーカス島）
香港
高雄
ビルマ
ハノイ
ラングーン
海南島
ベンゲット
フィリピン海
マリアナ諸島
ウエーク島
バギオ
ルソン島
タイ
マバラカット
仏領インドシナ
バンコク
マニラ
フィリピン
テニアン島
サイパン島
グアム島
プノンペン
サイゴン
エニウェトク島
レイテ島
南シナ海
ヤップ島
ウルシー島
クェゼリン島
シンゴラ
コタ・バル
ダバオ
ブルネイ
パラオ諸島
カロリン諸島
英領ボルネオ
ミンダナオ島
トラック島
ポナペ島
シンガポール
セレベス島
ボルネオ島
マノクワリ
アドミラルティー諸島
バリクパパン
ナウル島
パレンバン
蘭領東インド
ケンダリー
アイタペ
ラバウル
スマトラ島
ジャワ海
マカッサル
ニューギニア
ラエ
ニューブリテン島
ソロモン諸島
スラバヤ
ジャカルタ
サラモア
バンドン
ジャワ島
クーパン
チモール島
ポートモレスビー
ガダルカナル島
インド洋
ポートダーウィン
珊瑚海
エスピリッサント島
ニューヘブリデス諸島
オーストラリア
ニューカレドニア島
ヌーメア

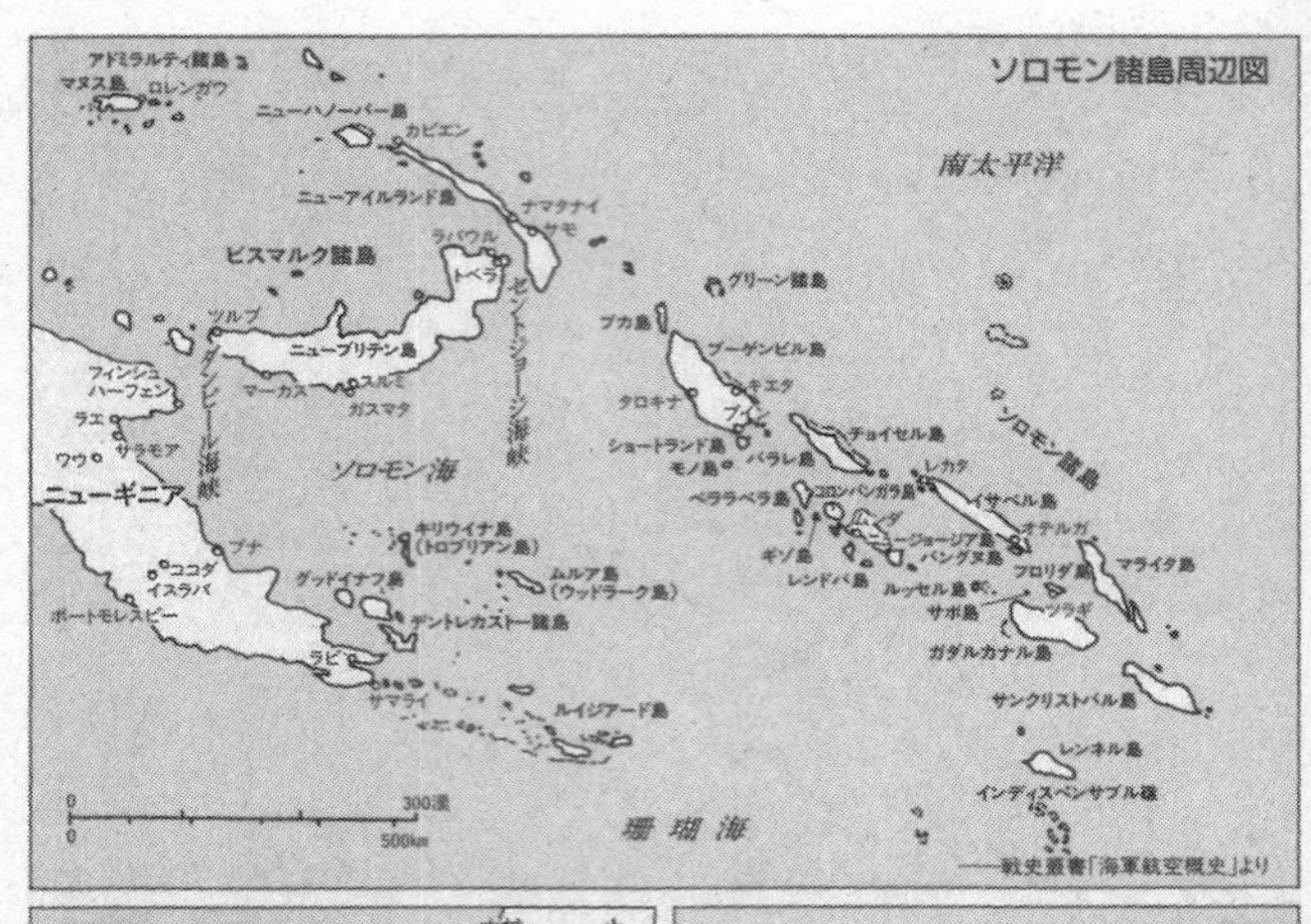
ソロモン諸島周辺図
アドミラルティ諸島
マヌス島
ロレンガウ
ニューハノーバー島
カビエン
南太平洋
ニューアイルランド島
ナマタナイ
ラバウル
ビスマルク諸島
トベラ
セントジョージ海峡
グリーン諸島
ツルブ
ブカ島
ブーゲンビル島
ニューブリテン島
フィンシュハーフェン
マーカス
スルミ
ガスマタ
キエタ
タロキナ
ブイン
ソロモン諸島
ラエ
サラモア
ワウ
ダンピール海峡
ソロモン海
ショートランド島
チョイセル島
モノ島
バラレ島
レカタ
ニューギニア
ベララベラ島
コロンバンガラ島
イサベル島
ブナ
キリウイナ島
(トロブリアン島)
ギゾ島
ニュージョージア島
オテルガ
ココダ
イスラバ
レンドバ島
バングヌ島
フロリダ島
マライタ島
ムルア島
(ウッドラーク島)
グッドイナフ島
ルッセル島
サボ島
ツラギ
ポートモレスビー
ダントレカストー諸島
ガダルカナル島
ラビ
サマライ
サンクリストバル島
ルイジアード島
レンネル島
インディスペンサブル礁
0
300浬
0
500km
珊瑚海
——戦史叢書「海軍航空概史」より

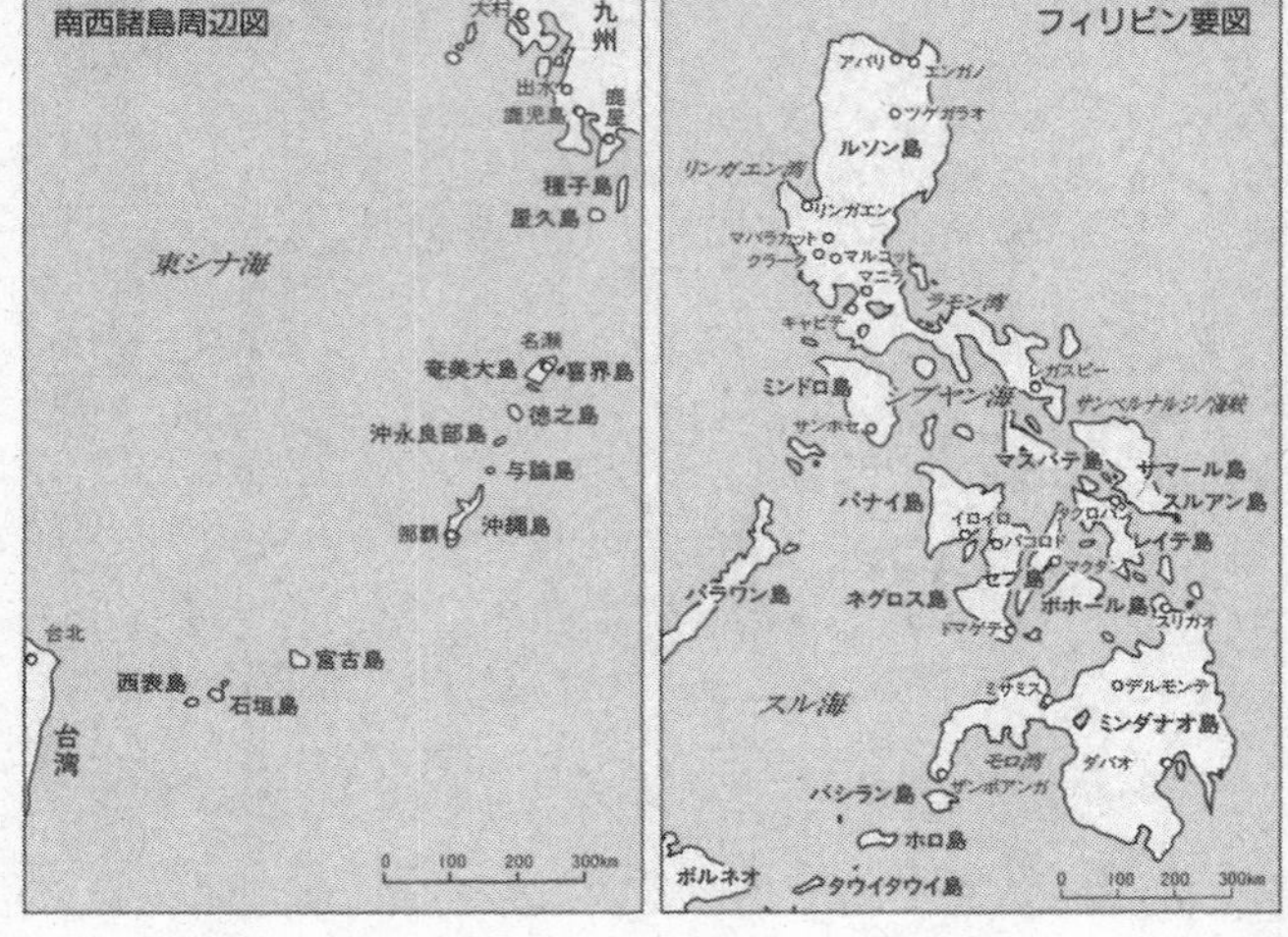
南西諸島周辺図
大村
九州
出水
鹿児島
鹿屋
種子島
屋久島
東シナ海
名瀬
奄美大島
喜界島
徳之島
沖永良部島
与論島
那覇
沖縄島
台北
宮古島
西表島
石垣島
台湾
0
100
200
300km
フィリピン要図
アパリ
エンガノ
ツゲガラオ
ルソン島
リンガエン湾
リンガエン
マバラカット
マルコット
クラーク
マニラ
ラモン湾
キャビテ
レガスピー
ミンドロ島
シブヤン海
サンベルナルジノ海峡
サンホセ
マスバテ島
サマール島
パナイ島
スルアン島
イロイロ
タクロバン
バコロド
レイテ島
マクタン
セブ島
パラワン島
ネグロス島
ボホール島
ドマゲテ
スリガオ
ミサミス
デルモンテ
スル海
ミンダナオ島
モロ湾
ダバオ
ザンボアンガ
バシラン島
ホロ島
ボルネオ
タウイタウイ島
0
100
200
300km

昭和十三年、二十一歳のころ

N.Koudachi

三上一禧（みかみ・かつよし）

大正六（一九一七）年、青森県生まれ。昭和九（一九三四）年、海軍四等水兵として横須賀海兵団入団。昭和十二（一九三七）年七月、操縦練習生三十七期を卒業後、第十四航空隊の一員として南支作戦に参加。その後、横須賀海軍航空隊で十二試艦上戦闘機（のちの零戦）の実用実験に従事する。昭和十五（一九四〇）年九月十三日、重慶上空における零戦の初空戦で活躍。以後、昭和十六（一九四一）年八月まで大陸奥地進攻に従事するが、病気のため同年末、海軍を退役。戦後は、岩手県で教科書販売会社を経営、学校教育の発展に貢献した。平成十（一九九八）年、零戦初空戦で撃墜した中国空軍パイロット・徐華江氏と奇跡の再会を果たす。

昭和十五（一九四〇）年九月十三日金曜日――。

この日、中国大陸重慶上空において、日本海軍に制式採用されて間もない零式艦上戦闘機（零戦）十三機が中華民国空軍のソ連製戦闘機、ポリカルポフE－15、E－16（正しくはИ－15、И－16だが、日本海軍、中国空軍両軍ではこう呼んだ）あわせて約三十機と交戦、うち二十七機を撃墜（日本側記録）、空戦による損失ゼロという一方的勝利をおさめた。

新鋭戦闘機にふさわしい、華々しいデビュー戦であった。

中国空軍の旧式戦闘機に対し、性能で遥かにまさる零戦隊は、優秀な搭乗員の技倆もあいまって、逃げ回る敵機を赤子の手をひねるように次々と撃墜していった……というのが、当時の新聞記事から始まり、戦記本を通じて定着したこの空戦についてのイメージだが、ほんとうのところはどうだったのか。

「とんでもない、彼らはただ逃げ回っていたわけではありません」

と、零戦隊の一員としてこの日の空戦に参加した三上一禧は言う。

「中国空軍の戦いを見ていると、孫子の兵法が空でも生きているように感じました。

チームワーク、操縦技倆、射撃技術、いずれも零戦隊と比べて数等まさっていました。すばらしい戦闘機隊であったと思っています。われわれの一方的勝利に終わったのは、単に飛行機の性能差のせいに過ぎません」

その後、大戦をはさんで八十四年もの歳月が経ち、十三名の搭乗員のうち、九名がのちに戦死、三名が戦後、病没し、本稿執筆時点（令和六年二月）で存命なのは、一〇六歳の三上がただ一人である。

私は、この日の空戦の零戦隊指揮官・進藤三郎（平成十二年歿）、岩井勉（平成十六年歿）にも詳細なインタビューを行なったが、同じ空戦に参加してもその感想は各人各様である。ここでは、三上の人生航跡をたどりながら、零戦のデビュー戦を中心に振り返ってみたい。

とはいえ、ほんとうのところ、三上ははじめ、戦争体験を語ることに乗り気ではなかった。私の取材依頼に対して、

「私に、零戦のことをいま話せと言われても何も言えません。憶えていません。忘れるために大変な努力をしたものですから。過去は一切合財捨てて、戦後を生きてきたんですよ」

と、一度は断っている。その三上が過去を語ってくれたのは、零戦初空戦にまつわ

る、ある再会があったからだった。

戦闘機搭乗員をめざして

三上一禧は大正六（一九一七）年、青森県弘前市に生まれた。

子供の頃から飛行機に憧れ、弘前中学二年のときに海軍予科練習生を受験しようとするが失敗。その後、海軍内部から飛行機搭乗員になる道があることを知り、中学四年のとき一般志願兵として海軍を志願する。小学校長を務めていた父は猛反対するが、三上は父の印鑑を無断で持ち出して同意書を偽造し、受験。昭和九（一九三四）年六月一日、海軍四等水兵として横須賀海兵団に入団した。

海兵団に入団後、すぐに航空兵への転科希望者の募集があり、これに応じて海軍四等航空兵となる。ただし、この「航空兵」は搭乗員を意味しない。のちに「飛行兵」と「整備兵」とに分離されるまでは、この両者をあわせて航空兵と称していた。海兵団での四ヵ月の基礎訓練を経て三等航空兵に進級、千葉県の館山海軍航空隊に配属される。

部内選抜の操縦練習生になるには、一度の失敗も許されない覚悟がいる。訓練の途中であっても、「搭乗員不適」と判断されれば容赦なくふるいにかけられ、原隊に帰されてしまうからだ。一般に下士官兵社会は閉鎖的で、一度、それまでの配置を捨てて自分から外へ出ようとした者が帰ってきても、元いた場所であたたかく迎えられることはまずなかった。三上は、まずは機銃や爆弾といった航空兵器の勉強をしようと、操縦練習生よりは難度が低かった普通科兵器練習生（三期）に進み、昭和十年十一月、同教程を卒業すると、兵器員として青森県の大湊（おおみなと）海軍航空隊に配属された。

「搭乗員になるために、できることはなんでもやりましたよ。航空隊で運動会があれば、陸上競技の四百メートル走に手を挙げるとか、柔道、スキーなんかも一生懸命にやって人には負けなかった。それが、自分を売り込むというか、上官の目に留まるいい機会になりました。そうしているうち、ある日、分隊長から、『お前、操縦練習生に行く気はないか』と言われ、待ってました、と」

昭和十一年十二月、三上は第三十七期操縦練習生（操練（そうれん））として茨城県の霞ケ浦海軍航空隊に入隊、ここでようやく、念願の搭乗員への第一歩を踏み出した。訓練中も、同期生が次々と罷免され、原隊に帰されていく。そんななか、三上の操縦適性は抜群で、二十一名中二番の成績で、昭和十二年七月、操練を卒業している。

同じ月の七月七日、中国大陸では、北京郊外の盧溝橋（ろこうきょう）で日中両軍が激突、北支（ほくし）事変が勃発。翌八月十三日、戦火が上海に飛び火し、第二次上海事変が始まると、日本海軍は陸上戦闘を支援するため、台北、大村（長崎県）、済州島の各基地から双発の新鋭機、九六式陸上攻撃機（陸攻または中攻と通称）を発進させ、南京、杭州、揚州、蘇州などの中国軍拠点を爆撃した。これは、当時としては画期的な長距離爆撃であり、「渡洋爆撃」としてセンセーショナルに報道される。（北支事変、第二次上海事変は、のちに合わせて「支那事変」と改称される）

九六陸攻は、空気抵抗を減らすため、日本の軍用機としてははじめて引込脚を採用した単葉機で、従来、日本海軍の主力戦闘機であった複葉機・九〇艦戦よりも速度が速く、戦闘機で撃墜するのは困難と考えられた。このため、海軍ではにわかに「戦闘機無用論」が台頭し、陸攻搭乗員を確保するために戦闘機搭乗員の養成が減らされた。だが、三上はあくまで、自分一人の力を試せる戦闘機乗りを熱望、念願かなって戦闘機専修に選ばれ、同期生四名とともに大分県の佐伯海軍航空隊で訓練を受けることになる。

昭和十三年四月、晴れて戦闘機搭乗員となった一等航空兵の三上（五月、三等航空兵曹に進級）は、南支（中国南部）方面作戦のため新たに編成された第十四航空隊に配属され、五月、マカオ南方の三灶島基地に進出した。ここでの使用機は、低翼単葉固定脚の九六式艦上戦闘機である。三上は、十月十二日、広東攻略のための陸軍三個師団を主力とする部隊のバイアス湾上陸作戦の支援を中心に、のべ十七回におよぶ空襲に参加している。

「はじめて敵地上空に差しかかったときには、体がガタガタ震えて困りましたが、慣れるにつれ、平常心で臨めるようになりました」

と、三上は言う。

ただ、半年におよぶ十四空での勤務で、実戦に出た時間は限られたもので、あとは連日、訓練に明け暮れていた。戦闘機の機銃は前方に向けて装備されているので、相手機の後方についた方が勝ちとなる。格闘戦の空戦訓練ではいかに相手の後ろに回り込むかを競うことになるが、そのためには少しでも小さな円を描いて旋回、あるいは宙返りする技術が求められる。宙返りの頂点で操縦操作に工夫を加え、小さく回る「ひねり込み」と呼ばれる操縦法を搭乗員一人一人が編み出し、それぞれ「秘伝」とも呼べる技を誇っていた。

十四空には、十年におよぶ戦闘機の操縦経験をもつ森田平太郎空曹長をはじめ、多くのベテラン搭乗員がいたが、新米の三上は、単機同士で戦う一騎打ちの空戦訓練、吹流しを的にした射撃訓練とも、誰にもひけをとらなかったという。

「それは、東北の厳しい自然のなかではぐくまれて、自分を守る本能というか、勘が研ぎ澄まされていたからじゃないでしょうか。目立たないけど決められた任務はきちんと果たす、そんな東北人は搭乗員に向くんですよ。しゃべると言葉の訛りで笑われるから、黙々とやるのがわれわれ東北人のスタイルでした」

選りすぐりの集まる横空へ

技倆を見込まれた三上は、昭和十三年の末、横須賀海軍航空隊（横空(よこくう)）に転勤を命ぜられた。横空は海軍でもっとも古い歴史をもつ航空隊で、新型機の実用実験や航空戦技の研究を主任務にしており、海軍航空隊選りすぐりの搭乗員たちが集まっていた。

当然、戦闘機隊にも単機空戦の名手が揃っている。なかでも、昭和十二年十二月九日、第十三航空隊に所属して参加した南昌空襲で敵戦闘機と空中衝突、乗機九六戦の左翼の半分を切断されながらも帰投した「片翼帰還」で有名な樫村寛一(かしむらかんいち)、「ヒゲの羽切」で知られる羽切松雄(はきりまつお)、三上より操縦歴の長いこの二人の下士官搭乗員はよきライバルだった。

「樫村さんと空戦訓練をやるときは、まさに火花が散って、お互いに死力を尽くして戦いましたが、それでも制することができた。羽切さんともいい勝負でしたが、負けませんでした。空戦中は大きなG（重力）がかかり、まさに体力の限界が試されます。

私は最初から、空中戦闘に関しては、どんな先輩にも負けなかった。あれは自分でも不思議でしたね。だから、生意気だと憎まれました。ただ一人だけ、私よりずっと若い搭乗員と単機空戦の訓練をやったとき、後ろにつかれてどうしても振り離せなかったことがありました。彼は天才だと思った。奥村武雄という男でした。

一つはっきりと言えるのは、空を飛ぶことの基本は誰でも身につけることができる。しかし、勘は一様には備わっていない。これは天性のものですね。飛行機の操縦は、年数や飛行時間じゃないんです。それと、私の戦闘機乗りとしての姿勢は、吉川英治の『宮本武蔵』に教えられたものが大きかったですね」

命懸けのテスト飛行

昭和十四年春、横空に一機の新型戦闘機の試作機が配備された。低翼単葉、従来の九六戦よりも二回りほども大きいが、九六戦にはなかった引込脚を装備、風防も密閉式で、機銃も、機首の七ミリ七機銃二挺に加えて、二十ミリという大口径の機銃を両翼に一挺ずつ、計二挺を装備している。何よりそのスマートな姿が印象的だった。

十二試艦上戦闘機（A6M1）、のちの零戦の原型である。このときから、実用化に向け、一年以上におよぶ苦難の道がはじまる。

「一目見たとき、すごい美人の前に出たときに萎縮してしまうような感じを受けました。これはすごい、美しいと。ところが、実際に乗ってみるとこれがとんでもないじゃじゃ馬で、これでよく実用実験に回ってきたな、と思うほどでした」

と、三上は言う。

「まず、高度四千メートルまで上昇すると、突然、エンジンがストップしてしまう。私も三、四回止まってしまい、そのたびにやっと飛行場にすべり込みました。それは、タンクからエンジンに燃料を送るパイプの問題でした。

それから、十二試艦戦では、戦闘機としてははじめて、プロペラが油圧による可変ピッチになったんですが、プロペラの軸の先からオイルが漏れて風防が真っ黒になってしまう。あとは、エンジンの筒温過昇、二十ミリ機銃弾が暴発しやすい、フラッター（翼がはばたくような振動）の問題その他、次から次へとトラブルが続き、数え上げたらきりがないほどです。

問題を一つ一つ解決していって、あとは格闘戦や航続力のテスト、無線電話のテストなど。高高度実験や最高速実験もやりました」

最高速実験は、その飛行機が出せる極限のスピードを出し、機体はもちろん、搭乗員の身体がどういう状態になるのかを確かめるのが目的である。

「操縦桿を突っ込んで、降下しながらスロットルを全開にし、スピードを上げていくと、ジュラルミンでできた主翼がフラッターを起こして、表面に皺が寄って大きく波打つんですよ。それでスピードを緩めると、サーッと波が引くように元に戻る。空中分解したら助からないし、あれは覚悟が要りましたね」

一万メートルの高高度実験はまだ未知の分野だった。それまで、こんな高度まで上昇できる戦闘機がなかったためである。

「低温が機体に与える影響などを見るんです。高高度実験は昭和十五年の七月中旬でしたが、この日は実にいい天気で、高度一万九百メートルまで上がりました。そこまで行くと、機首が上を向いてもそれより上がっていかない。ほんとうの上昇限度です。空気が希薄だから、ちょっと操縦ミスがあるとストーンと高度が下がってしまう。

高空に上がると人間の能力も低下して、持っていった小学生の算数の問題も解けません。上を見ても下を見ても同じような青色で、後ろを振り返ると、まるで白煙が渦を巻いているかのような飛行機雲を曳いている。はるか眼下に、三浦半島が小さく箱庭みたいに見える。ちょうど三宅島が噴火していて、噴煙が上がっているのが見えました。目を北に転じれば日本海まで見渡せ、その向こうには朝鮮半島が見える。日本は狭いな、と思いました。一人で高空を漂っていると、自分が生きているのか死んでいるのかもわからないような、妙な気分でしたよ。

気温は氷点下四十度ぐらいでしょうか、操縦装置も凍ってきて、操作も意のままにならなくなってくる。吐く息で飛行服の胸元まで凍りつき、意識も朦朧としてきます。それで、一応目的も達したので降下に移りましたが、ときどき水平飛行に戻して冷えたエンジンを暖めてやらないと止まってしまうので、上昇よりもずっと時間がかかりました。

それで、着陸しようとすると、飛行場に『着陸待テ』の信号が出ていて驚きました。見ると、消防車や救急車が駆けつけてくる。何か、操縦席からは見えない機体の損傷があるのかと思い、『着陸セヨ』の合図を待って着陸したら、そのまま救急車で横須賀海軍病院に運ばれ、三日間にわたって精密検査を受けさせられました。身体に異常はありませんでしたが、高度一万メートルを超える環境が人体におよぼす影響は医学的に未知の分野で、いわば実験台にされたんですね。

消防車は、万一の凍結による機体の損傷に備えたものとあとで聞かされました。このときは、そんな危険な実験なら、なぜ先に言ってくれないのかと腹が立ちました……」

零戦で大陸へ

三上ら横空戦闘機隊が十二試艦戦のテストに明け暮れていた昭和十五年六月末、大村海軍航空隊分隊長の横山保(よこやまたもつ)大尉が、臨時横須賀海軍航空隊附となって横空にやってきた。これは、横山大尉本人も着任するまで知らなかったことだが、十二試艦戦で一個分隊を編成し、中国大陸に進出するためであった。

支那事変も四年めを迎えようとしている。日中両軍の戦いは泥沼化し、日本軍に南京を追われた蒋介石(しょうかいせき)を国家主席とする中国国民政府は、四川省の重慶に首都を移して根強い抵抗を続けていた。

日本海軍航空隊は漢口(かんこう)を拠点に、昭和十五年四月十二日を皮切りに九六式陸上攻撃機をもって重慶への空襲を繰り返していたが、片道四百三十浬（約八百キロメートル）もの長距離飛行となるため、航続距離の短い従来の九六戦（進攻可能距離片道三百七十キロ）では掩護に同行できなかった。

中国空軍の戦意は旺盛で、護衛戦闘機をもたない陸攻隊の犠牲は大きかった。重慶空襲作戦開始以来、七月までに七機の未帰還機を数えている。陸攻には一機あたり七名の搭乗員が乗っていて、この損失はけっして小さなものではない。敵戦闘機による陸攻の被害を防ぐため、長距離進攻に同行できる新型戦闘機の、一日も早い投入が待ち望まれていた。

十二試艦戦に対する海軍の期待は大きく、まだ問題が山積している状態であったにもかかわらず、急遽、漢口へ進出させることを決めたのだ。

七月に入ると、漢口の第十二航空隊からも、分隊長・進藤三郎大尉が、数名の搭乗員をつれて、やはり十二試艦戦を領収するため横空に出張してきた。

七月二十四日、十二試艦戦は晴れて海軍に制式採用され、この年、昭和十五年が神武紀元二千六百年であったことから、末尾の0をとって零式一号艦上戦闘機（A6M2）と名づけられた。略称は、はじめ「零式（レイシキ）」と呼ばれたが、すぐに「零戦（レイセン）」が一般的になる。

そして、まず準備のできた六機を横山大尉が率いて、七月二十六日、漢口基地の十二空に到着する。さらなるトラブルに備えて、航空技術廠から飛行機部の高山捷一（しょういち）造兵大尉、兵器部の卯西外次技師が同行した。このとき進出した零戦には3－161から3－167（3は十二空の部隊記号。164は欠番）の番号がつけられた。

さらに八月十二日、横空分隊長・下川万兵衛大尉を空輸指揮官として七機（3－168から175。174は欠番）が進出、計十三機の陣容がととのった。

三上は、下川大尉とともに漢口に降り立った。

「横空を朝九時に出発、大村基地で燃料補給の上、漢口基地に到着したのは午後六時頃だったと記憶しています。中国大陸の、無限にひとしいとも思える大地の地平線に、いままさに真っ赤な太陽が沈む直前でした。そのあまりの美しさに、一瞬、戦場であることも忘れてしまうほどで、ただあるのは呆然たる感動のみでした」

零戦初出撃、敵影なし

八月十九日、零戦による初の出撃の日はやってきた。

横山大尉、進藤大尉が率いる零戦二個中隊合計十二機は、陸攻隊五十四機を護衛して重慶空襲に出撃。しかし中国空軍は、新型戦闘機の出撃を察知したのか一機も飛び上がってはこなかった。三上は、この日の搭乗割（とうじょうわり）（編成）には残念ながら加わっておらず、

「この日のために、これまで零戦を育ててきたのに、と悔しくて、腹が立ってしようがありませんでした。敵機に遭遇しなかったと聞いて喜んだぐらいです」

と言う。三上の零戦による初出撃は、その翌日、八月二十日のことだった。この日、伊藤俊隆大尉、山下小四郎空曹長が率いる二個中隊十二機がふたたび陸攻隊とともに重慶に向かうが、この日も敵機と遭うことはなかった。

その後、八月二十三日に横空の帆足工中尉が率いる第三次空輸の零戦四機が漢口基地に到着、十二空が受領した零戦は計十七機となった。しばらくは悪天候のため出撃の機会がなく、零戦隊がようやく三度めの出撃ができたのは、九月十二日のことである。横山大尉、白根斐夫中尉の率いる二個中隊十二機は、陸攻隊の爆撃後も一時間にわたって重慶上空にとどまったが、またもや敵機は現われず、飛行場を銃撃しただけで還ってきた。

しかし帰投後、重慶上空を監視していた偵察機より、重要な情報がもたらされた。零戦隊が引き揚げた後、敵戦闘機約三十機が重慶上空に飛来、約二十分にわたり上空を旋回していたというのだ。敵は交戦を避け、零戦がいなくなるのを見計らって、あたかも日本機を撃退したかのようにデモンストレーション飛行を行っているものと考えられた。

ならば、明日はその逆を衝けばよい。戦機は熟した。

重慶上空の激闘

九月十三日金曜日。進藤大尉、白根中尉の率いる零戦二個中隊十三機は、支那方面艦隊司令長官・嶋田繁太郎中将じきじきの見送りを受け、八時半に漢口基地を発進。

九時三十分、中継基地の宜昌（ぎしょう）に着陸、燃料補給ののち十二時に離陸し、高度二千メートルで誘導機の九八式陸上偵察機（機長・千早猛彦大尉）と合流した。

午後一時十分、爆弾を搭載した鈴木正一少佐指揮の九六陸攻二十七機と合流、零戦隊は高度を七千五百メートルにとり、陸攻隊の後上方を掩護しつつ重慶上空に到達。すさまじい対空砲火のなか、一時三十分に爆撃が終了すると、引き返したと見せるため、陸攻隊とともに反転、帰投方向に針路をとった。

約二十分後、待ちに待った偵察機からの電信（モールス信号）が、レシーバーを通して指揮官・進藤大尉の耳に届く。

〈B区高サ五〇〇〇米（メートル）戦闘機三〇機　左廻リ　一三五〇〉

進藤大尉は陸攻隊に手を振ると、ただちに反転、零戦隊は高度六千五百メートルでふたたび重慶上空に取って返した。

午後二時、指揮小隊三番機の大木芳男二空曹が、高度五千メートル付近を反航してくる敵機編隊（ソ連製複葉機E－15、単葉機E－16の、戦闘機計約三十機）を発見、バンク（主翼を左右に傾けること）と機銃発射の合図で進藤機に知らせると、進藤大尉はただちに、より有利な態勢で敵機に攻撃がかけられるよう、接敵行動を開始した。進藤機が空気抵抗になる増槽（ぞうそう）（落下式の燃料タンク）を投下すると、各機がそれに倣う。三上は、白根中尉が率いる第二中隊、第二小隊（小隊長・高塚寅一一空曹）の二番機である。

三上の回想――。

「進藤大尉は、感情をもろに出すタイプの横山大尉とはちがって、口数は多くないし表面的に派手さのある人じゃありませんが、胆の据わった頼りになる指揮官でした。いつも飄々としていて何があっても表に出さない。腕もいいし、空の指揮官として一級の人でしたよ。

そして、進藤機を先頭に敵編隊に攻撃をかけて、一撃めは奇襲になったから全部で七機ぐらいは墜とせたと思うんですが、敵はすぐに隊形を立て直し、きちっと編隊を組んでしまったんです。それがぐるぐる左旋回しながら、容易に崩せる態勢じゃないんですよ。一機を攻撃すると、すぐさま別の敵機が反撃してくる。

それで敵は回りながら、どんどん奥地の方へとわれわれを誘い込もうとする。こちらは手を出しきれないままそれについて行かされる。見事なチームワークでした。飛行機の性能こそこちらが圧倒的にまさっていましたが、搭乗員の実戦的レベルは中国軍の方が優れていたんじゃないでしょうか。

こんなことをしていたら、燃料がなくなって帰れなくなってしまう。敵は、こちらが帰ろうとするところを狙って攻撃してくるに違いない――そう思って私は、意を決して敵機の輪の中に飛び込んで、暴れまわって編隊をかき回したんです。するとようやく、敵の隊形が崩れて、味方機が攻勢に転じることができました」

一機を仕留めた三上が、味方は、と思って見渡すと、増槽の投下を忘れている者、増槽を投下したのはいいが、燃料コックの切り替えを忘れ、ガソリンを噴きながら飛んでいる者などさまざまだった。この日の日本側の搭乗員は、腕に覚えがあるとは言え、空戦経験のない者が過半数を占めている。数少ない経験者も、ひさびさの空戦、しかも慣れない新型機ということもあって、最低限の戦闘準備動作も忘れていたのだ。

空戦中に使える無線電話はないので、零戦同士の意思の疎通はバンクか手信号によるしかない。三上は、燃料を噴いている高塚一空曹機に近づくと、バンクを振って注意を引き、自分の口を指さす動作で燃料関係のトラブルを知らせた。

被弾しながらの撃墜

敵味方が高速で飛び交う空戦は、搭乗員にとっても短距離走のような無酸素運動であると言われ、長くても数分で終わるのがふつうである。ところが、この日の空戦は三十分以上にわたって続いた。それだけ、中国空軍も死力を尽くして戦ったのだ。

はじめ、五千メートルだった高度が、戦ううちに五百メートル付近にまで下がっていた。敵影もまばらになった頃、三上は前下方を単機で飛ぶE－15を発見した。高速で追尾して至近距離から一撃を浴びせると、敵機は白い煙を吐いて降下していった。

「もう大丈夫、と思ったら、そいつが機首を持ち上げてこちらに向かってきました。距離は二百五十メートル。この距離で撃たれても当たるもんかとタカをくくっていたら、それが、カンカーンというすごい音とともに、操縦席をはさんで左右の主翼に二発ずつ、命中したんです。ゾッとしましたよ。見事な射撃の腕前でした」

両翼にある燃料タンクを射抜かれていたなら、帰投はおぼつかない。三上はとっさに自爆を決意したが、不思議なことに風防に母の顔がちらつき、よし、飛べるところまで飛ぼうと思い直した。

下方を見ると、いまの敵機が、力尽きたように降下するのが見えた。ふたたび追尾して地面すれすれで銃撃を加えると、敵機は黒煙を吐いて田んぼに突っ込んだ。

三上は撃墜した敵機の上を二、三回旋回したが、この恐るべき腕前のパイロットに、とどめの銃撃を加える気にはならなかった。三上は、七ミリ七の機銃弾を、狙いをわざと外して敵機の近くの土手に打ち込むと、そのまま単機で帰途についた。

「被弾していたから、不安でしたよ。いまにも燃料がなくなってエンジンが止まるんじゃないか、と。後で調べてみたら、二本ある燃料パイプの間に命中していたんです。それで幸い、燃料漏れもなく、中継基地の宜昌に帰り着き、超低空で飛行場上空に進入して、そのまま一回宙返りしてから着陸しました。

ほんとうに疲れた。しばらく操縦席でぼんやりしていたら、基地の人たちが心配して、搭乗員どうした？　と駆け寄ってくる。こりゃいかんと思い、気を取り直して飛行機から降りました。三時四十五分、私の他にはまだ誰も還ってきていませんでした」

やがて、二機、三機と零戦が還ってくる。四時二十分、十三機めの機影が見えたとき、進藤大尉は小躍りして喜んでいたという。

燃料補給の間に進藤大尉が十三名の搭乗員を集め、戦果を集計すると、報告された撃墜機数は、遭遇した敵機の機数よりも多い撃墜確実三十機、不確実八機にのぼった。三上も、不確実一機をふくむ四機を撃墜していた。零戦隊の損害は被弾四機、また、高塚一空曹機が引込脚のトラブルで宜昌に着陸したさい転覆、機体は大破した。

進藤大尉はとりまとめた戦果に、自身が上空から見た結果を加味し、空戦でありがちな戦果の重複も考慮に入れて、二十七機撃墜確実と判断、さっそく司令部に報告の無電が打たれた。

〈二十一基地（注：宜昌基地）機密第二三七番電　十三日　一六四〇（注：十六時四十分）

確実撃墜機数二十七機　零式艦戦一脚破損　残十二機飛行可能〉

〈支空襲部隊機密第二八番電　十三日　一七三〇

本日重慶第三十五回攻撃ニ於テ我ガ戦闘機隊（零戦十三機）ハ敵戦闘機隊（二十七機）ヲ敵首都上空ニ捕捉其ノ全機ヲ確実撃墜セリ〉

では、ほんとうに中国空軍の戦闘機は、零戦の登場を察知して逃げていたのか。

三上は、

「いや、あれは戦術としての空中退避でしょう。こっちが攻めていくときは出てこない、引くと攻撃してくる。まさに兵法の極意ですよ。しかも彼らはデモンストレーションをやって地域住民には宣伝効果を挙げているわけだから、こちらとしては歯がゆくて」

と言う。

ここに一人の中華民国空軍パイロットが登場する。

徐吉驤（じょきちじょう）（戦後、徐華江（かこう）と改名）中尉。

第四大隊のパイロットとしてこの空戦に参加し、撃墜されながらも生還した。徐は、

「零戦が現れたことを中国側では全然知らなかった。戦闘機の航続力では重慶まで来られるはずがないと信じていた。日本機は、爆撃機と偵察機しか重慶に来ないと思っていたから、パイロットも油断していました。空戦の前日、九月十二日にも出撃しましたが、敵機と遭わなかった。十三日も、あくまで日本機と戦うために発進したから、それまで零戦と遭遇しなかったのは、空襲警報と出撃命令の連携がうまくいかなかったからです」

と言い、日本側の見方を真っ向から否定する。

中国空軍パイロットの証言

徐は、一九一七年、現在の中国、黒龍江省で、学者の家に生まれた。

空軍士官学校を卒業後、中国空軍の名門である第四大隊に配属され、このときまでに日本機との空戦で十五機を撃墜していたという。

九月十三日、中国空軍は、空軍第四大隊長鄭少愚少校（少佐）がE－15十九機、楊夢清上尉（大尉）がE－16九機を指揮、さらに第三大隊の雷炎均上尉が率いるE－15

る。

六機が加わっていた。うち一機は故障で引き返し、空戦に参加したのは三十三機である。

徐中尉は、この日の空戦について、詳細な手記を書き残している。

〈われわれは十一時四十二分（日本時間午後一時四十二分）、重慶の空に到着した。遠くに日本の爆撃機を発見、そのときは遠くてよくわからないが、戦闘機群のような小さく光る点々が見えた。日本機の編隊が重慶上空を二周ほど旋回するのが見えたが、そのとき、地上指揮所から、「奉節県付近で敵機九機が西に向かう。ただちに遂寧に戻れ」と命ぜられた。

そして遂寧に向かおうとした十二時頃、突然、敵戦闘機約三十機（注：実際には十三機）がわれわれに襲いかかってきた。

敵機は、私たちの編隊の上方に回り込み、攻撃をかけてきた。別の一機は、私の飛行機の後下方、距離千メートルぐらいから攻撃してきた。敵はそのまま急接近してきて、私の飛行機の腹の下の死角から撃ち上げてきた。そいつはさらに高速で前方に飛び去り、あっという間にこちらの弾丸の届かないところに行ってしまう。

日本機の方がはるかにスピードが速く、われわれは編隊の外側から包囲され、どうすることもできない。みんな左旋回で逃げようとするが、敵は簡単についてくる。有利な態勢から攻撃してくる。私たちにはなすすべもない。

日本機はわが方の飛行機よりスピードは倍も速く、火力も強力だった。わが軍は敵の力を見誤っていた。

ただ、わが軍には「地の利」がある。一般的に、戦闘機の航続力は大きくない。私は、敵はガソリンがなくなれば帰るはずだから、「以逸待労」（逸を以て労を待つ。敵が疲れたところで攻勢に転じる、中国の「兵法三十六計」で古くから伝えられる戦法）の戦術をとろうとしたが、甘かった。目の前の現実に、自分の認識の遅れを感じざるを得なかった。

最初の十分間で五〜六回攻撃され、潤滑油タンクに穴をあけられた。漏れ出したオイルでガラスが汚れ、前が見えなくなった。仕方なく、横から顔を出して応戦したが、まもなく油で飛行眼鏡も見えなくなり、眼鏡をかなぐり捨てて戦い続けた。

――突然、主翼の張線が音を立てて次々と切れ始めた。防弾板が撃たれ、機体は大きく振動した。私は、弾片で頭と両足に傷を負った。さらに十分後、排気管から黒煙が出て、焦げ臭い匂いが鼻をついた。味方機を探したがもはや一、二機しか残っておらず、頭上を飛ぶのはすべて日本機であった。

戦場を離脱しようと思ったがもう遅い。敵機が二機、追尾しながら撃ってくる。私はふたたび戦う決心で戻ろうとしたが、もうエンジンに力が残っていなかった。眼下に、高い山の頂上が見える。まだ相当高度はある。降下しながら西の方へ飛んで、猛烈な回避運動をする。次第に高度は低くなった。前方にはまだ山が一つ、その下に小川がある。川を越えると平らな地面がなかった。もう一度引き起こして回り込み、田んぼに突っ込んだ。飛行機は壊れたが、神のご加護か、私は無事であった〉

上空を一機の零戦が、勝ち誇ったように旋回していた。徐はしばらく壊れた飛行機の陰に隠れて様子を見ていたが、その零戦は、近くの土手に機銃弾を浴びせると、東の空へ飛び去った。――この零戦が、三上の乗機だった。三上と徐は、この空戦から五十八年後の平成十（一九九八）年、東京で奇跡的な再会を果たす。

零戦がいなくなったのを確かめて、徐は持っていたカメラ（ドイツ製レチナ）で、愛機の残骸を撮影した。徐の手記は続く。

〈私は田んぼに墜ちたので、味方の損害がどの程度か知らなかった。三日後、重慶白市駅飛行場に戻ると、隊には留守番が一人だけいて、第四大隊は成都に移ったとのことだった。私は治療のため黄山の空軍病院に移ったが、そこで聞かされた大勢の戦死者のニュースに驚き、悲しんだ。同僚たちの情報を聞いて、魂が抜けたような気持ちだった〉

この日の中国側の損失は、残された記録によると、十三機が撃墜され、十一機が被弾損傷、パイロット十名が戦死、八名が負傷した。

秘された「零戦」の名

初空戦での華々しい戦果を土産に、脚故障による着陸事故で一機欠けた十二機の零戦隊は、意気揚々と漢口基地に引き揚げてきた。嶋田司令長官をはじめ、ほとんど総員が出迎え、大戦果に基地は湧き立った。三上は、このとき、漢口の空は美しい夕焼けに染まっていたことを憶えている。基地では、大戦果の興奮がさめやらず、祝宴は夜通し続いた。

この空戦のことは、内地の新聞でも、

〈重慶上空でデモ中の敵機廿七を悉く撃墜――海鷲の三十五次爆撃〉

〈帰ったゾ偉勲の海鷲　機体諸共胴上げ・敵機廿七撃墜基地に歓声〉（昭和十五年九月十四日付朝日新聞西部本社版）

〈重慶で大空中戦廿七機全機撃墜　きのふも爆撃海鷲の大戦果〉（九月十五日付大阪毎日新聞）

と、いずれも軒並みトップ記事の扱いで大きく伝えられた。

ただ、新聞記事では「零戦」について、大阪毎日新聞だけが「わが新鋭戦闘機」という書き方をしているものの、他紙は単に「戦闘機」または「精鋭部隊」という表現で、「零戦」の名称や性能については各紙ともまったく触れていない。

従軍記事には軍による検閲があり、零戦に限らず、兵器や任務についての軍事機密に触れる事柄は、発表を許されなかった。「零戦」という名が初めて国民に公表されるのは、驚くべきことにこのときから四年以上が経ち、米軍の重爆撃機・ボーイングB－29による日本本土爆撃が始まった昭和十九年十一月二十二日のことである。

初空戦の戦訓

零戦初空戦の翌九月十四日、漢口基地では、十二空の主要幹部と出撃搭乗員による戦訓研究会が行われた。

搭乗員側から出された意見は、①増槽の落とし忘れや燃料コックの切り換え間違いが多い。②風防が密閉式のため後方視界が悪い。また、操縦席前方左右に装備された七ミリ七機銃の硝煙がコックピットにこもる。急降下すると気温の急激な変化で風防の内側が曇る。③過速に陥りやすく、速力がつきすぎると舵の利きが重い……など、これまでの九六戦とは次元の異なる新型戦闘機に対する不慣れに起因するものが多い。

そして、④それまでの単座戦闘機では考えられなかった長距離進攻で、搭乗員の疲労がはなはだしい。座席クッションの改善やリクライニング可能にするなどの対策が急務である。……との切実な訴えに対しては、その後も最後まで、有効な対策がとられることはなかった。

また、性能の近い単葉戦闘機Ｅ－16に対しては比較的楽に戦えたが、複葉の旧式機Ｅ－15に対しては、スピード差がありすぎる上に敵機のほうが小回りがきくので、意外に苦戦を強いられたという声が上がった。単機同士の格闘戦に持ち込んだ搭乗員も、どうしても敵の後ろに回り込めなかったと報告している。これによって得られた戦訓所見は、

〈(零戦の)旋回圏大ナルヲ以テ劣性能ノ敵機ニ対シ之ニ巻キ込マレザル様戒心ヲ要ス。急上昇急降下ノ戦法適切ナリ〉

つまり、小回りのきく敵機に対しては、格闘戦を避け、ズーム・アンド・ダイブによる一撃離脱戦法で戦えと言っているのだ。また、単機ごとに敵機を深追いする者が多かったことから、編隊協同空戦の必要性にも繰り返し言及されている。

奇しくもこれらは、二年後、零戦の格闘戦性能に手を焼いた米軍が、零戦に対抗する手段として打ち出した戦法と酷似している。戦闘機の性能は、相手となる敵機との

相対的な比較で評価されるという好例だろう。

病で海軍を去る

九月十三日を境に重慶の空から姿を消した中国空軍は、さらに奥地の成都に後退して戦力の回復に努めたが、零戦隊は十月四日、五日と成都を空襲、所在の中国空軍主力をふたたび壊滅させた。

なかでも十月四日には、九月十三日の空戦に参加できなかった搭乗員を中心に、横山大尉以下八機の零戦が出撃し、うち四機が大平寺飛行場に強行着陸、指揮所や飛行機に焼き討ちを図るなど大暴れをしている。三上は十月五日、飯田房太（いいだふさた）大尉の指揮下、成都空襲に参加したが、そのときにはもう、めぼしい敵機は空中におらず、地上銃撃で敵機を炎上させたのみであった。

以後、三上（昭和十六年五月、一空曹に進級、六月、一飛曹に階級呼称変更）は、昭和十六年夏まで、漢口進出以来約一年にわたって十二空で活躍。度重なる奥地空襲にも参加したが、過労と夏の猛烈な暑さのため体をこわし、内地に送還されてしまう。ここで肺浸潤と診断され、軍医に飛行禁止を言い渡された。

呉海軍病院に入院中の十二月八日、日本はついにアメリカ、イギリスに宣戦を布告。

海軍機動部隊によるハワイ・真珠湾攻撃を皮切りに、フィリピン、マレー半島と日本軍の快進撃が伝えられた。三上は戦闘機乗りとして、この大戦争に参加したかったと言うが、病身では如何ともしがたく、この年の暮れに免役となり、切歯扼腕の思いで海軍を去った。このとき三上は二十四歳だった。

教育への熱意

戦後、職を求めて青森に出た三上は、しばらく炭鉱で働き、昭和二十二年、社会党の片山内閣が次々と公団をつくったときには配炭公団に就職。しかし政権が代わると配炭公団は解散し（昭和二十四年）、三上も退職する。その後、北海道の炭鉱の出先機関に職を求めたが、エネルギー革命で固体燃料そのものが落ち目になると、その仕事もうまくゆかなくなった。

「これじゃ駄目だ。情勢が変わるたびに仕事が替わるようなことではいけない。何かやらなくては。誰も知らない、未知のところへ行こう、自分の力を試してみよう」

と、昭和二十七年に結婚した妻と、二人のまだ小さい息子をつれて、岩手県陸前高田の駅に降り立った。昭和三十三年のことである。

陸前高田に本拠を定めた三上は、まず、以前から関心のあった教材販売の仕事に手をつけることにした。戦争体験を通じ、教育の重要性、教養を身につけることの大切さを痛感したこと、それに、教育者であった父の影響も大きかった。

「なにか教育に関係する仕事を、と考えて、教科書は決められているが教材は任意のものだから、教材販売をやってみようと。ところが、そうやって気持ちを決めたものの、学校では教材をどのように選定するのかもわからない。それで、学校に聞きに行きました。

見本を見せてもらい、借りてきて、作っているところを調べました。まずは粘土です。はじめて品物を学校に売り込みに門を入るとき、これは戦争の方がよっぽど気が楽だと思いましたよ。

一袋三十円の、石膏のような粘土を持って、まずはある中学校に行ってみましたが、『いまごろ来たって、もう買うところは決まっている。お前のところから買うものはなにもない』と、つっけんどんな応対でした。それで私は、『ああそうですか。申し訳ございませんが、持って来たものを作る時間を私にくださいませんか』と、その石膏のようなのを水に溶いて、あっという間に一つの形を作ったんです。

そして、『ありがとうございました』と帰ろうとしたら、先生も見てないふりをして見てるんですね、『おい、待て。それいいな。俺の学年に一つずつ持って来い』と、それが最初でした。こんな彫塑の材料なんて、その頃はまだあまり知られてないし、ましてやそれを実演できる人はいなかった。そして、同じ方法で小中学校をまわると、これが売れるんですよ。それで何とかなると思いましたね」

「三上教材社」の誕生である。

三上はその後、教育にかける熱意と真摯な姿勢で、地元の学校、教育機関の信頼を集めていった。方々から講演を依頼されるようにもなり、昭和四十五年に岩手県で開催された第二十五回国民体育大会（みちのく国体）では、岩手県の民意をまとめようと、自らが中心になって『岩手国体の歌』を作るなど、地域社会全体に貢献した。

「教科書にはない大切なことを子供に教える。これが、私が教材の仕事をする大きな目的なんです。教科書が主食なら教材は副食物、間違えると大変なことになりますからね」

しかし三上は、戦闘機乗りであった自らの過去については、ある日、長男が、空戦記の本に父親の名前を見つけて騒ぎ出すまで、家族にさえもなにも語ったことはなかった。

五十八年ぶりの再会

零戦初空戦から五十数年を経た平成八年六月、元中華民国空軍パイロットの徐華江は、東京で開かれた「特空会」の慰霊祭に列席した。特空会は、旧日本海軍航空隊の、下士官兵出身者の集まりである。この会には、台湾出身の元日本海軍整備員も参加していて、徐はその縁で招待されたのだ。

徐は、E－15で零戦に撃墜された後は、アメリカ製戦闘機・カーチスP－40やノースアメリカンP－51を駆って日本軍と戦い、日本との戦争が終わると、こんどはジェット戦闘機に乗って中国共産党軍と戦った。複葉のプロペラ機からジェット機までの連続した実戦経験を持つ戦闘機パイロットは、世界でも稀であろう。軍の要職を歴任、空軍少将で退役したのちも、国会議員にあたる国民大会代表などを務めた。

靖国神社に詣でた徐は、九段下のホテルで開かれた懇親会に臨んだ。台湾の要人となっても、撃墜王を自任していた除にとって、自分を撃墜した零戦の搭乗員を探し出すのは長年の宿願だった。話を聞いて、

「坂井三郎さんに聞けば、何かわかるかもしれない」

と、誰かが知恵を出した。徐は、日本海軍の整備員だった陳亮谷に案内されて、東京・巣鴨の坂井三郎宅を訪ねた。坂井はこの空戦に参加していないが、参加した十三

人の搭乗員のことはよく知っている。徐の話を聞くと、どうも以前、三上に聞いた話と重なるようだった。

その場で、坂井は三上に電話をかけた。

「あなたが撃墜した中国空軍のパイロットが、いま私の家にいる」

三上は耳を疑った。電話口に徐が出たが、もちろん言葉は通じない。二人はその後、手紙のやり取りを通じて、互いの記憶の糸を手繰り始めた。徐機の墜落の状況が、三上の記憶、日本側に残された記録とピッタリ重なった。

零戦初空戦から五十八年が経った平成十（一九九八）年八月十五日。東京、霞が関ビルで、かつて重慶の空で雌雄を決した日中二人の搭乗員は、奇跡的な「再会」を果たした。

「やっとお会いできましたね」

「よかった、ほんとうによかった」

あとは、言葉にならなかった。同年同月生まれの、ともに八十一歳の二人の老紳士は、目に涙を浮かべてガッチリと抱き合った。

「三上さんは、重慶上空で戦火を交えたときは敵でした。しかしいまや、私たちは素晴らしい友人になれたのです」

という徐に、三上も思いを同じくして語る。

「個人的に何の恨みもない者同士が殺し合う、こんな愚かなことはありません。この愚行を二度と繰り返してはならない、ほんとうにそう思いますよ」

再会に際して、徐は三上に一幅の書を贈った。「共維和平」——ともに手を携え、平和のために尽くしましょう、という意味である。

その後も、三上と徐の友情は長く続いた。

翌平成十一年三月には、三上が台湾に徐を訪ねている。このときは私も、二人の再会に尽力した静岡県在住の医師・菅野（すがの）寛也（ひろや）とともに同行している。

高雄に到着、自動車で台南、台中、嘉義と、かつて日本軍の航空基地のあった中華民国空軍の拠点をともに巡り、台北から帰国するという強行軍だった。三上は行く先々で歓迎を受け、移動のときはいつも、徐と肩を並べて歩いていた。言葉はよくは通じないが、互いにベストを尽くして戦ったライバル同士としての、尊敬と慈しみの気持が後ろ姿からもにじみ出て、それが見ていて気持ちよかった。

零戦の初空戦に参加した十三名の零戦搭乗員のうち、九名がその後、戦死。四名が生きて終戦を迎えたが、三上をのぞく三名はすでに鬼籍に入っている。

重慶、成都上空で零戦と戦った中国空軍第四大隊は、対日戦初期の英雄、高志航の名をとって別名・志航大隊とも呼ばれ、現在も台湾の中華民国空軍の主力戦闘機隊として、その伝統を受け継いでいる。

震災にも負けぬ不死鳥

平成二十三（二〇一一）年三月十一日、東日本大震災で陸前高田市街地のほとんどが津波に流された。私は、三上に電話を試みたが繋がらない。ニュース映像を見る限り、三上教材社のあたりは瓦礫となっていて、さすがの三上も無事ではなかろう、と不吉な思いがした。安否不明の不安なときが過ぎ、ようやく連絡がとれたのは、二週間後の三月二十五日のことだった。三上は、奇跡的に家族とともに無事だった。

電話口に出た三上は、

「いやいや、声が聞けて涙が出ますよ。心配くださってる皆さんに宜しく。頑張るよ」

と、途中、感極まったのか涙声になったが、力強い言葉だった。

あの日、三上は、予定の外出先に出るのが遅れ、偶然、高台の自宅にいて難を逃れたのだという。三上教材社の社屋は流されたが、ほどなく、自宅敷地内で業務を再開した。

かつて三上は、

「人生に対し、死ぬまでファイティングポーズでありたい」

と、私に語ったことがある。大震災のあと、三上の無事な声を聴き、この言葉を思い出したとき、「不死鳥」の三文字が、零戦の雄姿とともに、ふと頭をよぎった。

三上は令和五年、満一〇六歳の誕生日を迎え、零戦搭乗員の長寿記録を更新中である。

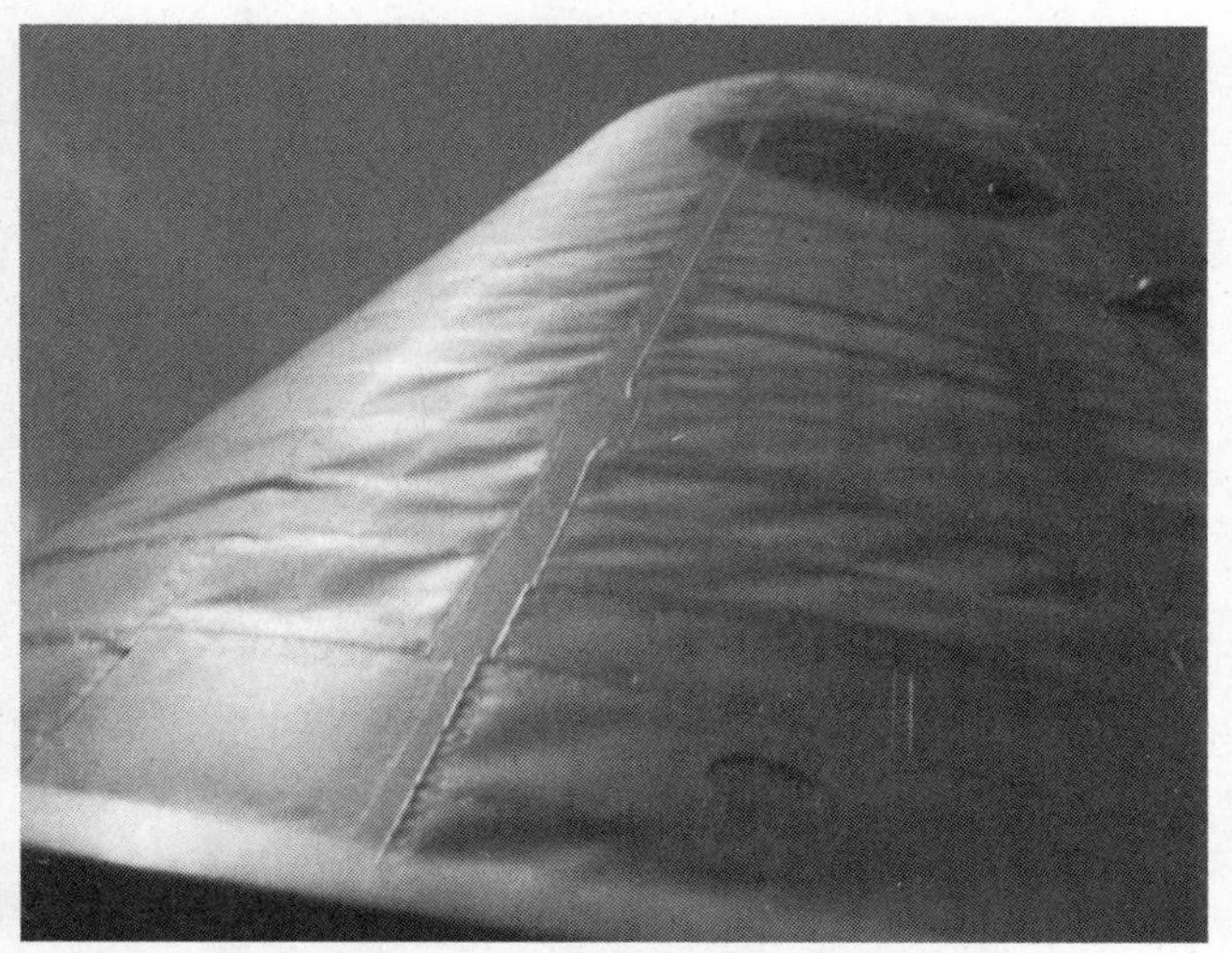

高速度域でフラッターを起こし、外板に皺が寄った零戦の主翼。のちにフラッターによる空中分解事故で殉職する横空分隊長・下川万兵衛大尉が撮影した

漢口基地を発進する零戦。初空戦前の昭和15年8月19日か20日の出撃時の撮影と思われる。風防を閉めたまま離陸滑走に移ろうとしている

昭和15年、十二空時代、自分が操縦する零戦と自身の写真を部隊の暗室で三上自身が合成、プリントした1枚

昭和15年9月13日、重慶上空での零戦初空戦を終えて漢口基地に帰還、整列する搭乗員たち。周囲に人の輪が広がっている

零戦初空戦に参加した搭乗員たちと十二空の幹部。前列左から光増政之一空曹、平本政治三空曹、山谷初政三空曹、末田利行二空曹、岩井勉二空曹、藤原喜平二空曹。後列左から横山保大尉、飛行長・時永縫之助中佐、山下小四郎空曹長、大木芳男二空曹、北畑三郎一空曹、進藤三郎大尉、司令・長谷川貴一大佐、白根斐夫中尉、高塚寅一一空曹、三上一禧二空曹、飛行隊長・箕輪三九馬少佐、伊藤俊隆大尉

愛機ポリカルポフE-15の前に立つ中華民国空軍の徐吉驤（華江）中尉

零戦との空戦で撃墜された徐中尉機の残骸

平成10年8月15日、かつて宿敵だった三上と徐が東京で奇跡の再会を果たした（著者撮影）

平成11年3月、今度は三上が台湾に徐を訪ねた。嘉義の空軍軍官学校で（著者撮影）

昭和十五年十一月、大村空時代、雲仙にて

黒澤丈夫（くろさわ・たけお）

大正二（一九一三）年、群馬県生まれ。県立富岡中学から海軍兵学校（六十三期）に進み、昭和十一（一九三六）年、卒業。アメリカへの遠洋航海、重巡洋艦摩耶、駆逐艦夕霧乗組ののち、昭和十三（一九三八）年五月、飛行学生（二十九期）を卒業、戦闘機搭乗員に。第十二航空隊、霞ケ浦海軍航空隊、元山海軍航空隊を経て、昭和十六（一九四一）年九月、第三航空隊先任分隊長となる。開戦劈頭よりフィリピン、蘭印（現・インドネシア）方面を転戦、連合軍機を圧倒。昭和十七（一九四二）年九月、内地に帰還するが、昭和十八年十一月、第三八一海軍航空隊飛行隊長として蘭印に再進出、バリクパパン油田防空戦で戦果を挙げる。昭和十九（一九四四）年十月、フィリピン戦に参加ののち昭和二十（一九四五）年五月より第七十二航空戦隊参謀となり、大分基地で終戦を迎えた。海軍少佐。戦後は郷里・上野村の村長となり、昭和六十（一九八五）年八月、村内の御巣鷹山に日航ジャンボ機が墜落した際には地元首長として救難活動の陣頭指揮をとった。平成十七（二〇〇五）年、十期四十年間勤めた村長を退任、平成二十三（二〇一一）年歿。享年九十七。

N.Koudachi

昭和六十年八月十二日、羽田空港を離陸し大阪に向かった日本航空一二三便ボーイング747SR(ジャンボ機)が消息を絶ち、群馬県多野郡上野村の山中に墜落、乗員乗客五百二十四人中五百二十人が亡くなるという、わが国の航空史上最悪の事故が起こった。

翌八月十三日になって墜落地点が判明すると、空陸より現地入りした報道陣によるリアルタイムの報道合戦が展開されたが、そのなかで、現場となった上野村長の事故への対応のあざやかさ、救難指揮の見事さが話題を呼ぶようになっていた。

村長の名は黒澤丈夫。大戦中は海軍戦闘機隊を代表する指揮官の一人として開戦劈頭のフィリピン、蘭印(現・インドネシア)航空戦で連合軍戦闘機を圧倒、「無敵零戦」神話の立役者となるなど主に南西方面(インドネシア〜西部ニューギニア)を転戦。日本軍が優勢であった緒戦期のみならず戦争末期にいたるまで、精鋭部隊を率いて出色の戦果を挙げ続けた人である。

「戦争はね、私の人生の一部でしかない。しかし、人間・黒澤丈夫を作ってくれたのは海軍です。我々は、大和民族の歴史のなかでもっとも大変な、激動の時代を生きてきた世代。それが歳とって隠居して、黙ったまま死んでいっていいのか。最後まで、自分が体験しつつ学んだことを次世代の人に語り継ぎ、教えとして残すのが我々の使命だと思いますよ」

海軍将校は科学者たる武人

黒澤丈夫は大正二（一九一三）年十二月二十三日、群馬県の最西南端に位置する多野郡上野村乙父（おっち）に、父・和造、母・ヤス子の長男として生まれた。上野村は、南は埼玉県秩父、西は長野県南佐久に隣接する。御荷鉾（みかほ）・荒船連山や三国連山など千〜二千メートル級の山々に囲まれ、険しい山野が村の総面積百八十六・八六平方キロの九〇パーセントを占める、典型的な峡谷型の山村である。集落は、村のやや北寄りを東西に流れる利根川水系の神流川（かんながわ）に沿った谷あいに点在しているが、昭和初期すでに「日本のチベット」と呼ばれていたというほど、交通不便な山奥の僻地だった。

生家は農家で、また、黒澤が生まれた頃までは酒造業も営んでいた。父・和造は、いわゆる高等教育は受けていないものの、私塾に学び漢書に通じ、黒澤はこの父から論語を教わったという。和造はのちに上野村村長もつとめる。

「当時は教育も生活も、いまでは考えられないほど地域差が激しく、私の生まれた上野村は、活字というと学校の教科書でしか読む機会のないような遅れた村でした。しかし、四季は変化に富んで美しく、周囲には広い遊びの天地が待っている。私はこの自然に囲まれた土地で、遊びたい放題の自然児として育ちました」

大正十五（一九二六）年四月、和造のたっての希望で、黒澤は富岡中学校に進学することになる。わずか三十数キロ離れた富岡に出ただけでも、見るもの聞くもの食べるものすべてがめずらしく、上野村とはまったく異なる文明社会に驚くばかりだったという。

四年生のとき、将来は大学に進んで医者になろうと松本高等学校を受験するが失敗。五年生になった頃、「海軍兵学校の入試案内が来ているが、誰か受けてみんか」との教師の呼びかけに興味を持ち、海軍将校になろうと決心した。一年の浪人生活ののち、昭和七年四月、広島県江田島の海軍兵学校に六十三期生として入校する。

「入校式では、校長の松下元少将が訓示で、兵学校教育の目標について『科学者たる武人を養成するにあり』と明言されたのが印象的でした。海軍兵科将校は、単なる文武の人ではなく、科学の知識を備え、その粋を集めた兵器を合理的に活用できなければならない、ということです。精神偏重ではなく、科学に根拠をおいた教育が主であったことはぜひ知ってもらいたいところですね」

練習航海と艦隊勤務

昭和十一年三月十九日、六十三期生は海軍兵学校を卒業、少尉候補生として海上での新たなる訓練がはじまった。黒澤の席次は、百二十四名中八十四番。将来の進路希望の調査には「飛行学生」と書いて提出した。

だが、海軍士官が飛行学生になるには順序がある。まず練習航海、艦隊勤務で潮ッ気を存分に吸い込み、海軍士官としても船乗りとしても一人前になった上で、適性のある者が選ばれて飛行学生となることを命ぜられるのだ。

「我々は練習艦浅間、磐手に分乗し——私は磐手でしたが——遠洋航海に出発しました。行き先はアメリカです。まず、国力の差にギャフンでしたね。フォードの自動車工場なんか見学に行くと、すでにマスプロとかいって車がポンポンできてくる。サンフランシスコでは完成間近の金門橋を見て、よくあんな巨大な橋が架けられるな、とびっくりしたし、街を歩けば日本にないようなものばかり。

こっちは向こう意気だけは強いから、アメリカ海軍何するものぞ、なんて強がってはいましたが、国内外のギャップというか、資源、工業力、経済力など全ての面で次元のちがう豊かさを、いやというほど思い知らされましたよ。

遠洋航海に行ったのはちょうど二・二六事件のあった年ですが、陸軍の叛乱将校みたいな、何も知らない馬鹿が政治を牛耳ろうとするとダメだね。その点、海軍の方が外国を見ているだけに、国力の差を客観的に見ていたと思います」

海軍では、遠洋航海から帰ったら、少なくとも二年ぐらいは艦隊勤務に就くのが習わしだった。

「最初の任地は、重巡洋艦摩耶(まや)です。配置は、運用士兼上甲板士官でした。運用士というのは、注排水などダメージコントロールの仕事ですね。甲板士官は、上甲板と中甲板、下甲板とに分かれ、艦内の軍紀風紀をつかさどる役目で、『総員起こし』の前から消灯の後まで、裸足で艦内を駆けずり回るんです。八人乗組んだ同期生のなかから私がこの役に選ばれたのは、兵学校の二期先輩で中甲板士官の染谷秀雄中尉が、私に目をかけて推薦してくれたからでした。

それで私は、染谷中尉と一緒に、摩耶の士気を高めるべく、『海軍体操』の考案者でその普及につとめていた堀内豊秋少佐を横須賀鎮守府に訪ね、指導を受けたりもしました。それ以後、私が毎日、摩耶の課業はじめ前の体操を指揮することになります」

摩耶勤務中の昭和十二（一九三七）年四月一日付で海軍少尉に任官。六月には第八駆逐隊に転勤し、駆逐艦天霧（あまぎり）、次いで夕霧に乗艦する。

九六艦戦での漢口上空哨戒

飛行学生の辞令が届いたのは昭和十二年十月一日付である。黒澤は霞ケ浦海軍航空隊に第二十九期飛行学生として赴任した。

「広い飛行場での訓練は厳しく、また楽しくもありました。そりゃあ、空を飛ぶのは爽快ですよ。初歩練習機、中間練習機で一通りの操縦技術を習得し、翌昭和十三（一九三八）年に卒業すると、こんどは実用機の訓練です。私はどうしても戦闘機に乗りたかったんですが、希望通り戦闘機専修に選ばれて、大分県の佐伯海軍航空隊に転勤しました」

佐伯空では、複葉の九五式艦上戦闘機で、もっぱら空戦、射撃、急降下爆撃などの訓練を受けた。秋になると大村海軍航空隊で、低翼単葉の新鋭機・九六式艦上戦闘機の慣熟訓練もはじまる。そして昭和十三年十一月、第十二航空隊附を命ぜられ、中国大陸の漢口基地に赴任した。

「しかし、私が漢口に着任した頃は、こと戦闘機の空戦に関する限りは小休止の状態でした。というのは、中国空軍の主力はさらに奥地の重慶に退き、航続距離のみじかい九六戦ではそこまで飛んで帰ることはできなかったんです」

昭和十四（一九三九）年九月、黒澤は内地に転勤、霞ケ浦海軍航空隊教官として後輩の飛行学生の教育にあたることになる。昭和十五（一九四〇）年十一月、新たに編成された元山海軍航空隊分隊長となり、翌昭和十六（一九四一）年四月にはふたたび漢口に進出。すでに零戦が制式採用され、第十二航空隊の零戦が漢口基地を拠点に重慶、成都の中国空軍戦闘機を相手に一方的な勝利をおさめていたが、元山空に配備された戦闘機は九六戦で、黒澤はもっぱら基地の上空哨戒の任務にあたった。

「元山空には戦闘機二個分隊、十八機の九六戦がいましたが、もう一人の戦闘機分隊長だった周防元成大尉が、横須賀の航空技術廠飛行実験部員（テストパイロット）として転出してしまい、分隊長が私だけ、なりたての大尉（昭和十五年十二月、大尉進級）の身で漢口基地の上空哨戒の全責任を負うことになりました。漢口が猛暑の夏に入った頃、血便が出て、体調に異変を感じた。軍医に診せたところ急性腸炎の診断でしたが、これが実はアミーバ赤痢で、私はこの病気にはのちのちまで悩まされることになります」

海軍初の戦闘機専門部隊へ

八月に入ってようやく、元山空にも零戦が配備されることになったが、その機種転換中、黒澤以下、元山空戦闘機隊員たちに、鹿児島県の鹿屋基地で編成中の第三航空隊(三空)への転勤命令が届いた。

三空は、昭和十六年四月十日、陸上攻撃機の航空隊として新設され、九月一日付で戦闘機隊に改編された、日本海軍初の戦闘機専門部隊である。本拠を台湾の高雄基地に置き、十月一日付で編成された台南海軍航空隊とともに第二十三航空戦隊を編成していた。

第三航空隊の司令は生粋の戦闘機乗りの亀井(かめい)凱夫(よしお)大佐、副長兼飛行長・柴田武雄少佐(十月十五日中佐)。飛行隊長兼分隊長・横山保大尉、戦闘機分隊長は先任順に黒澤丈夫大尉、向井一郎大尉、稲野菊一大尉、蓮尾(はすお)隆市(りゅういち)中尉、宮野善治郎中尉(いずれも十月十五日大尉に進級)、それに偵察分隊長・鈴木鐵太(てつた)郎(ろう)中尉(十月十五日大尉進級)という陣容であった。

分隊長は原則として、作戦の際にはそのまま中隊長として空中指揮をとる。三空は、戦闘機六個中隊(零戦・定数五十四機、補用十八機)、偵察機一個中隊(九八式陸上偵察機・定数九機)を擁する航空隊となった。ちなみに当時、海軍航空隊では一個小隊三機を戦闘の最小単位とし、三個小隊九機で一個中隊という編成が標準になっていた。

台南海軍航空隊（台南空）も、三空と同じく戦闘機主体の航空隊で、司令・齋藤正久大佐、副長兼飛行長・小園安名中佐、飛行隊長兼分隊長・新郷英城大尉、分隊長・淺井正雄大尉、戸梶忠恒大尉、瀬藤満壽三大尉、若尾晃中尉、牧幸男中尉（いずれも十月十五日大尉進級）、偵察分隊長・美坐正巳中尉（同）と、人事も三空によく似せて配置されていた。

「編成替えはいかに急いでも時間がかかる。各方面から集まってくる隊員をまとめて、新しい戦闘機隊を編成し、機材を分配、整備して訓練を開始したのは九月中旬のことでした。新しい搭乗員や零戦に初めて乗る搭乗員には、まず、零戦に慣熟することから始めなければならない。だが、そんな暇もないまま、我々には、航空母艦龍驤と春日丸（特設空母、のち大鷹と改名）で着艦訓練をせよ、との命が下りてきました」

何のための訓練か、搭乗員には知らされないまま、基地航空部隊なのに母艦発着艦の訓練が始まった。高速で疾走する狭い飛行甲板に着艦するのは難しい。しかも、龍驤、春日丸ともに、日本海軍が保有する航空母艦の中でもとびきり小さな艦であった。未経験者にいきなりの着艦は無理なので、まずは鹿屋基地での定着訓練（母艦着艦を想定して、飛行場の決まった位置にピタリと接地できるようにする訓練）が課せられた。台南空でも、同様の着艦訓練が行なわれた。

零戦の燃費試験

着艦訓練が終わると、三空は台湾の高雄基地に移動する。高雄基地は、千二百メートル滑走路一本に千メートル滑走路三本を持つ、当時としては大きな飛行場だった。

「この頃になると、それまで詳細には知らされなかった三空の立場や任務が、私たち分隊長クラスにまでだんだん知らされるようになりました。三空は台南空とともに、来るべき対米英開戦に備え、南西方面進攻作戦の制空部隊になるということでした」

三空、台南空は開戦劈頭（へきとう）、陸攻隊を護衛して、フィリピンにある米航空戦力を壊滅させるのだという。そんななか、最初に問題とされたのが、航空母艦からの発進である。フィリピンの米軍機は主にルソン島南部に配置されていて、台南、高雄の日本海軍基地からの距離は概ね四百五十浬（カイリ）（約八百三十三キロ）。これは、単座戦闘機の進出距離としては、世界に例のない長距離だった。そこで、三空、台南空の戦闘機隊がフィリピンに進攻するにあたって、上級司令部である第十一航空艦隊（十一航艦）では、龍驤、瑞鳳（ずいほう）、春日丸の三隻の小型空母を使用し、比島（ひとう）近海から零戦を発艦させる計画を立てた。だが、この空母使用に対し、黒澤たち現場指揮官が異議を申し立てた。黒澤は語る。

「いままでの長距離進攻の経験上、台南、高雄からなら、マニラに進撃しても、十五分間空戦を行って余裕をもって帰投できる。われわれ三空戦闘機隊は、高雄から発進して攻撃させてくれるよう強く要望しました」

三空からの要望に対して、十一航艦司令部からは、

「作戦計画は、聯合艦隊司令部とともに十分に検討、立案したものである。基地から直接進撃可能というなら、その根拠を示せ」

と言ってきた。そこで、三空飛行長・柴田中佐の提案で始まったのが零戦の燃費試験である。

燃料消費量は、搭乗員の操縦方法や技倆によっても違ってくるが、保有機全力での出撃が前提だから、限られた名人だけがよい結果を残しても意味がない。そこで三空では、若年の搭乗員にももっとも効率よく巡航飛行するためのプロペラの回転数、ガソリンと空気の混合比をなるべく薄くするための空気調節、飛行高度、速力などを教え込み、増槽（落下タンク・正式には落下増設槽）に百リットルの燃料を積んで離陸させ、飛行高度四千メートル、計器速度二百ノット（時速三百七十キロ）、プロペラ

回転数千八百で一時間、増槽の燃料で飛行させ、巡航時の一時間の燃料消費量を正確に求めた。結果は、どの機体、搭乗員でも、燃料消費を毎時九十リットル以下に抑えて、片道五百浬の長距離進攻が可能だとの結論に達した。

　燃費について明確なデータが出せたことは、搭乗員にとっても大きな自信になったし、十一航艦が空母使用を取りやめる根拠にもなった。これによって、三隻の空母を、ほかの戦場でより有効に使えるという副産物も生じた。

比島空襲への猛訓練

「十一月上旬になると、三空の分隊長にも、機動部隊の空母によるハワイ・真珠湾攻撃について知らされることとなりました。ここで、もう一つの問題が生じた。と言うのは、時差の関係で、夜が明けてから出撃したのでは、在比米軍が準備をととのえていて、待ち伏せ攻撃を受ける可能性があることが指摘されたんです」

　できれば、攻撃機隊は敵戦闘機の反撃の少ない中で爆撃したい。それには、夜明けすぐの爆撃が望ましい。そこで一個中隊の編成は通常の九機から六機に改められ、十一月三日、最初の黎明（れいめい）編隊訓練が行なわれた。しかし、夜間飛行の装備などない零戦にとって、暁闇の中での離陸、集合、編隊飛行は難しく、空中衝突による殉職者も出た。

並行して、米戦闘機隊との空戦を想定して、九機対九機、十八機対十八機の編隊空戦訓練も続けられ、開戦に向け戦闘機隊の練度は急ピッチで仕上げに入ろうとしていた。高高度の酸素マスク使用の訓練や、弾丸のコストがかさむのでのちにはほとんど行なわれなくなった、主翼の二十ミリ機銃の実弾を使っての射撃訓練も行なわれた。

十一月末になると、いよいよ開戦は必至との気運が高まってきた。偵察機が隠密裏にフィリピンの米軍基地を高高度からカメラに収めてきて、情報分析の結果が届けられると同時に、ルソン島の模型が届いて、空から見た敵地の様子を搭乗員たちに覚えさせた。

こうして十二月七日午後、三空では総員集合がかけられ、亀井司令より隊員たちに、明八日、アメリカ、イギリス、オランダと開戦することが知らされた。

「三空は台南空とともに、比島方面の敵航空兵力撃滅戦の主力となる。訓練どおり、飛行機隊は夜間発進して中攻隊を掩護しつつ、敵のクラーク基地周辺の攻撃に出撃する。発進予定時刻は午前二時半」

というのが、その要旨である。

「その夜、私は先任分隊長として出発前の飛行機の整備点検を監督するため、翌朝二時の起床を予定して早めに床に入りましたが、強敵との死闘を思うとなかなか眠れない。早く眠らねば、早く眠らねば、と思うが、心が昂ぶって眠れず、己の修養不足を嘆きながら浅い眠りに落ちていきました」

霧に囲まれた出撃

黒澤が予定通り、午前二時に起床して外に出てみると、基地は一面の濃霧に包まれていた。「これでは離陸は無理だ」、心配しながら飛行場に行くと、整備員はすでに作業にかかり、エンジンの試運転の爆音が轟々と響いていた。しばらくすると、司令や副長、ほかの分隊長たちも指揮所に集まってきた。各方面に問い合わせると、台南も高雄も濃霧で、すぐには晴れそうにないという。犠牲者を出してまで訓練を重ねた黎明出撃も、この霧の前には実行不可能だった。

明るくなってからの出撃では、白昼、敵の待ち構えるなかへ突入することになり、苦戦は免れまい。それどころか、台湾が敵の大型爆撃機・ボーイングB－17による先制爆撃を受ける懸念もある。一同の焦燥をよそに、霧は一向に晴れる気配はない。いたずらに時間ばかりが過ぎ、夜明けを迎えた。

「そこへ、ラジオが開戦を伝え、行進曲『軍艦』とともに機動部隊のハワイ空襲の大戦果を派手に伝えるニュースが流れた。『やったな』という思いと、『一番槍を越されてしまった』という悔しさが、霧の中の我々搭乗員の胸に交錯しました」

十時過ぎ、霧が切れ、青空が見え始めた。太陽はすでに高く上っていた。格納庫前に出撃参加搭乗員が整列、司令から出撃が命じられると、零戦隊は十時半過ぎから順次、離陸を開始した。上昇して低い雲の層を抜けると、それまでの霧がうそのように上空は快晴だった。各小隊、中隊が所定の隊形に編隊を組み終わると、指揮官・横山大尉は、高度を四千メートルの巡航高度にまで上げ、高雄空第一飛行隊と鹿屋空の一式陸攻五十三機をはるか右に見ながら、ルソン島に向けて一路、南進をはじめた。

五十機を超える戦闘機の大編隊での進撃は、日本海軍ではかつて例のないことであった。まさに威風堂々、空を圧する勢い。

「私は、この祖国の興亡を賭けた大戦争において、零戦に搭乗して参加している己の冥利（みょうり）を思って、そっと感激の涙をぬぐいました」

と、黒澤。飛行学生になってから日米開戦までの黒澤の飛行時間は、千百八十九時間三十五分と記録されている。

比島空襲

日本海軍の精鋭による戦爆連合の大編隊が、イバ、クラークの敵飛行場上空に殺到したのは、午後一時半過ぎのことである。

ここに、日本側にとっては奇跡的ともいえる僥倖があった。海軍航空隊の攻撃に先立って、午前十時半、陸軍重爆撃機隊がルソン島北部のバギオ、ツゲガラオの米軍拠点を爆撃したが、そのために空中避退していた米軍のB－17爆撃機三十五機が、反撃の台湾爆撃の準備のために全機、クラークに着陸したばかりのタイミングだったのである。

「空の要塞」と呼ばれる米軍の新鋭大型爆撃機B－17が集結しているクラーク基地上空に、台南空の零戦三十四機と五十三機の陸攻隊が到達した時、上空には敵戦闘機の姿はなく、米側が警戒していたにもかかわらず、その虚を衝いた形で、攻撃は奇襲になった。

いっぽう、黒澤ら、三空と台南空の一部からなる零戦五十一機は、一時三十五分に陸攻隊と合同し、一時四十分、イバ飛行場上空に到達した。ここでは数機の敵戦闘機が待ち構えていたが、零戦隊がその一機を撃墜すると、残る敵機は逃げ散っていった。

その直後、一式陸攻五十三機が、イバ飛行場に爆弾の雨を降らせた。

爆撃が終わり、陸攻隊が帰途につくと、零戦隊は一部を上空制圧に残し、敵飛行場に対して地上銃撃を繰り返した。零戦の二十ミリ機銃は、地上にある敵機を撃破するにも絶大な威力を発揮し、敵機は次々と炎を上げた。黒澤の回想――。

「私は、バンク（翼を振る）の合図で編隊を解き、クラークで爆撃を免れた大型機に向かって降下して銃撃を加えました。敵は待ってましたと言わんばかりに、対空砲火を撃ち上げてきた。一撃目で、一瞬、ガーンと衝撃が響いて、敵弾が命中しました。引き上げて、恐る恐る機体を見ると、急所は外れたらしく、燃料漏れもない。そこで二度目の銃撃に入りましたが、また一発やられた。三度目の銃撃の途中で二十ミリ機銃弾がなくなり、そこでまた一発食らいました」

味方機がクラーク飛行場を銃撃している間、掩護のため上空に残った零戦隊は、数回にわたって敵戦闘機・カーチスP－40と遭遇、空戦に入った。零戦は敵機に反撃の機会をまったく与えないまま、計五機を撃墜。まさに一方的な空戦だった。

世界の最強国と思われていた米国の戦闘機が、このとき空戦に参加した搭乗員が意外に思うほどに弱かった。黒澤は続ける。

「地上銃撃を終えて、高度をとろうと上昇しているところへ、高度四千メートル付近で、一目で敵機とわかるP－40が向かってきました。こっちは上昇中だから、スピードは落ちています。私はもう、泡食いましてねえ。プロペラピッチを最低にして、エンジンをふかして加速するんですが、とても間に合わない。敵はまたたく間に私に近づいてきて、格闘戦に入ろうとした。仕方がないから、私もそれに応じて空戦に入った。そしたらやってみますとね、零戦のほうが格闘戦の性能がずっといいわけですよ。たちまちにして敵機の後ろについたんですが、撃とうとしたら敵は急降下、こっちはもともとスピードが落ちてしまっているから、追いつくことができずに逃げられてしまいました。

アメリカと戦争をやると聞かされたときは、遠洋航海で国力の一端をこの目で見てきただけに、あのアメリカとやるのかと不安でした。十二月八日は、おそらく三空の搭乗員の三分の二は戦死するだろうと思って出撃したんですが、まさかP－40あたりがあんなに性能が悪いとは思わなかったですね。帰ってきたら、みんなの意気は大変なものだった。敵があんなものなら世話はないって」

米戦闘機との大空中戦

ルソン島上空を制圧すること四十分。午後二時二十五分、中隊ごとに分かれていた三空零戦隊はふたたび集合し、堂々の編隊を組んで、五時十分までに高雄基地に帰着した。帰還した搭乗員が整列し、横山大尉から戦果が報告されると、基地は湧き立った。さっそく、格納庫前に用意されていたテーブルで、祝杯が上げられた。この日、零戦隊と陸攻隊はフィリピンの米航空兵力の約半分を壊滅させ、クラークおよびイバの両主要基地の基地機能を失わせた。零戦隊の損害は、未帰還七機、搭乗員の戦死七名。

「我々戦闘機隊員には、さらに大きな戦果がありました。それは、敵搭乗員の技倆と敵機の性能を大方知り得たことで、このことがその後の戦闘に対して自信と勇気を与えた効果は計り知れません」

と、黒澤は言う。

「フィリピンへの第一撃で敵航空兵力を半減させたわけですが、敵に立ち直りの暇を与えてはならない。ルソン島米軍基地への空襲は、翌九日も続けるはずでしたが、この日も台湾は濃霧に覆われ、しかもそれが晴れるのが遅い時間になったために、攻撃は見送られました。

十二月十日、三空、台南空はふたたび可動全機をもって、マニラ方面の敵航空兵力撃滅のため出撃しました。三空は零戦三十四機に、誘導機として九八陸偵三機。台南空は、零戦三十九機と陸偵一機と記録されています」

横山大尉の指揮する三空零戦隊は、一時四十分、マニラ上空に進入。空中に敵機の姿を認めなかったので、ただちにニコルス、ニールソン両基地への地上銃撃に入った。敵の防御砲火は前回にも増して熾烈なものだった。そこへ一時四十五分、米戦闘機約四十機が来襲し、たちまち激しい空中戦が繰り広げられた。日米初の大部隊同士の空中戦闘である。敵機の多くはカーチスP－40で、旧式のボーイングP－26の姿も認められた。敵は果敢に空戦を挑んできたが、ここでも敵戦闘機は零戦の敵ではなく、次々と撃墜されていった。

敵機が空中からあらかた消えると、零戦隊は引き続き、地上銃撃を行なった。前回の攻撃で、航続力に自信を持った零戦隊は、弾丸の続く限り攻撃の手をゆるめず、戦闘時間は一時間以上に達した。

「この日の報告を集計すると、三空の戦果は、撃墜四十六機、地上撃破三十四機に達しました。戦闘機隊としては、空前の大戦果です。台南空の戦果と合わせれば、十二月八日、十日の二度の攻撃で、フィリピンの米軍の大部分を壊滅させたものと判断されました」

さらに一日おいて、十二月十二日、三度目のフィリピン空襲が行なわれた。

「十日に横山大尉が負傷したため、この日、三空戦闘機隊の零戦二十五機、誘導偵察機一機の指揮は私が執りましたが、もはや反撃してくる敵機はほとんどなかった。こちらの損失はなし。全機連れて帰るというのは、やはり嬉しいもんですね。翌十三日は、私は非番でしたが、クラスメートの向井大尉以下、零戦十八機と陸偵一機が出撃、クラーク、デルカルメン基地で、前日撃ちもらした敵機二十一機を地上で撃破しています」

攻撃後、陸偵隊がマニラ周辺の飛行場をくまなく偵察した結果、残存米軍機は約二十機にすぎないことが確認された。開戦以来、フィリピンで撃墜破したと報告された敵機は約三百機。これは、開戦前に予測されていた敵機の総数を上回っていた。日本側の損失は、戦闘によるものが陸攻一機、零戦十二機。戦闘以外の事故、不時着などによるもの陸攻七機、零戦五機。だが、不時着機の搭乗員の大半は救助されている。

第十一航空艦隊司令長官・塚原二四三（つかはらにしぞう）中将は、十三日の攻撃をもって、比島航空部隊の大部分を撃滅したものと判断し、大規模なマニラ周辺基地の攻撃を取りやめることにした。

「我々が次に進出したのは、フィリピン南部・ミンダナオ島のダバオ基地でした。ダバオは開戦後まもなく、日本軍が占領していましたが、広いミンダナオ島には、他にも敵の基地が残っていて、制空権の確保が急務だったんです。しかし、ダバオ基地は狭い上に地面の状態が悪く、一式陸攻が離着陸できるだろうかと心配するほどでした。

このダバオ進出以降、我々三空はセレベス島の東岸沿いに、台南空はホロ島に進出して、ボルネオ島の東岸沿いに、いずれも上陸部隊を掩護しつつ、別行動で南下することになりました。基地は一般に田舎の小さな飛行場で、困難な離着陸を強いられましたね」

メナド攻略落下傘部隊援護

黒澤の回想どおり、開戦初頭には、可動全機での全力出撃を繰り返した零戦隊だが、年が明け、昭和十七（一九四二）年になると、少数機で神出鬼没、敵機のいそうなところにはどこへでも出かけていき、まさに虱潰し（しらみつぶし）に敵を殲滅していくという戦法に切り換えるようになった。こんなことが可能だったのも、零戦の長大な航続力のたまものだった。

わずか二個航空隊、実勢七十機足らずの零戦隊が、広大な東南アジアの制空権を、完全に掌握していた。

「破竹の快進撃に、誰の顔も明るかったですね。年が明けるとさっそく、次に予定されていたセレベス島メナド攻略作戦の詳細が伝えられ、三空は輸送船団の上空直衛と、落下傘部隊を掩護する任務につくことになりました。これは、予定されているボルネオ島のタラカン石油基地の占領に先立って、タラカンに睨みをきかせる位置にあり、オランダ軍の拠点のあるセレベス島メナドを占領しようとするものでした」

一月十一日、日本初の空挺作戦となるメナド攻略が実施される。落下傘部隊は、横須賀鎮守府第一特別陸戦隊（横一特）、司令は、黒澤が重巡摩耶乗組のとき、海軍体操の指導を受けた堀内豊秋中佐、副官は、やはり摩耶で中甲板士官だった染谷秀雄大尉である。三空戦闘機隊がのべ二十六機で上空哨戒をするなか、二十七機の輸送機から、三百三十四名の陸戦隊の精鋭が、標高七百メートル付近の高地にあるランゴアン飛行場に落下傘降下した。黒澤の回想——。

「落下傘部隊が搭乗する輸送機の編隊は、ちょうど私が三機を率いて哨戒中に東北方面から進入してきました。このとき、味方水上偵察機との同士討ちがあって、輸送機一機が撃墜されてしまった。なんてことだと思いましたね。暗い思いに沈んでいると、眼下では落下傘降下がはじまって、落下傘が降りて陸戦行動が開始されたように見えた。電波通信が発達したいまになって思うと、落下傘部隊からトランシーバーで連絡して、どこの敵を攻撃しろ、などと命じてくれたら敵の銃火を少なくできただろうにと残念ですが、当時の戦闘機電話は故障が多く、性能も悪くて陸上部隊との連絡は不可能でした」

落下傘部隊は、敵の地上砲火で犠牲を出しながらも飛行場を制圧、同じ日、これに呼応して佐世保鎮守府聯合特別陸戦隊の千八百名がメナド北西海岸に上陸。翌十二日にも、落下傘部隊第二陣の七十四名が輸送機十八機で降下し、その日の午後には、飛行場、メナド市街地をともに占領してしまった。ボルネオ島のタラカン石油基地も、この日、日本軍の手に落ちた。落下傘部隊の戦死者は三十二名、負傷者三十二名だった。

「戦死者のなかに、摩耶で一緒だった先輩の染谷大尉がいることを知って、愕然としました。染谷大尉は私に、『メナドではいい宿舎を用意しておいてやるからなあ』と言い置いて笑顔で出撃していったんですが、降下の途中で顎の辺りを撃たれて聴覚をなくしたらしく、敵前で、隊員とは別に落下傘で降ろされた銃器の梱包を取りに行こうと立ち上がったところを、集中砲火を浴びて戦死したとのことでした」

クーパン進出とオーストラリア空襲

三空戦闘機隊は、メナド、ケンダリー、アンボンと、日本軍の占領地が広がるにつれ最前線に進出。南方攻略作戦の最終的な目的は、蘭印（現・インドネシア）を攻略し、すみやかに石油資源を獲得することだった。フィリピンとマレー半島の攻略は順調に進んだが、まだこれからジャワ島攻略、占領という大仕事が残っていたのである。

この頃、いよいよ窮地に追い込まれた連合軍が戦力を結集して、海でも空でも反撃を強化してきた。敵は、ジャワ島東部北側のスラバヤ周辺の三つの飛行場に、P－40、P－36など百機近い戦闘機を集結させている。これを受けて、第十一航空艦隊司令部では、一挙にスラバヤ周辺の敵航空兵力を撃滅することを決め、二月二日、三空主力はその作戦に備えて、より地理的に有利なボルネオ島バリクパパンに移動した。

二月三日、三空零戦隊二十七機は、スラバヤ上空で敵戦闘機の大編隊と激突、大規模な空戦を展開した。

「この日、私は、ベテランの赤松貞明（さだあき）飛曹長に、危ないところを助けられました。私が、例によって水上の飛行艇を銃撃して上昇中、スピードが落ちているところにP－40が向かってきた。撃たれる寸前に、クイックロール（急横転）を二回うつと、そいつは勢い余って前へつんのめっていったんですが、こっちもクイックロールを二回もやると極端にスピードが落ちて、フラフラな状態になりました。そこへ赤松機が駆けつけて、そいつを墜としてくれたんです。しかし、うかつに銃撃に入っちゃいけないということを痛感しましたね。はじめの頃は、わりあい簡単に地上銃撃を命ぜられましたし、我々も、空中に敵がいなければこん畜生！　と銃撃に入っていきましたが、敵もだんだんそれに備えるようになってきたし、そのための被害も出ましたからね」

その後も零戦隊は、スラバヤ方面基地攻撃、船団上空哨戒、バリ島泊地上空哨戒などで休む間もないような活躍を続けた。

二月十五日、英国の東洋支配の要であったシンガポールが陥落。同日、黒澤の分隊は、占領後間もないセレベス島マカッサル基地に分派され、バリ島攻略部隊の上空哨戒や掩護にあたる。バリ島もほどなく、日本軍の手に落ちた。

二月二十三日から三月八日にかけ、三空は、さらに日本軍が占領したチモール島クーパン基地に駒を進める。クーパンは、第一段作戦の最終の進出基地だった。

蘭印攻略部隊を空から掩護してきた三空の任務は、一応クーパンで終結したが、進出してみると、オーストラリア北部のダーウィン方面から時おり、少数の爆撃機による奇襲攻撃があって、ときには人員機材に被害が出ることがあった。三空のクーパン進出に先立って、二月十九日、日本海軍機動部隊は、艦攻八十一機、艦爆三十六機、零戦三十六機、合計百八十八機の大編隊をもってダーウィンを空襲、航空基地施設、港湾施設などに壊滅的な打撃を与えたが、広大なオーストラリア大陸にはいくつもの基地が散在しており、一度の攻撃で敵航空兵力を殲滅するには至らなかったのである。

クーパンから東南東の方角にあるダーウィンまでの距離は四百五十浬。台湾から比島までの進出距離とほぼ同じで、零戦の行動圏内だった。ダーウィンの南にはブロックスクリーク、その西にウィンダムの敵基地が、また、クーパンから南西方向に飛べば、ダーウィンへ行くのと同じくらいの距離のところに、ブルームの水陸両用航空基地がある。三空戦闘機隊は、これらの基地にも繰り返し空襲をかけ、その都度戦果を挙げた。

「開戦以来ここまでの三空の戦果は、撃墜約百五十機にのぼっていました。対して、搭乗員の戦死者は十一名。敵も戦意は旺盛で、ナメたものではなかったが、振り返ると零戦がいちばん強かった時期ですね。そんななか、第一段作戦終了ということで人事異動が行なわれ、飛行隊長・横山大尉以下、私以外の分隊長が全員、転出することになりました。交代者の着任は遅れがちで、四月中旬、横山大尉の後任の飛行隊長として相生高秀大尉が着任するまで、五個分隊の零戦隊で分隊長が私しかいないという状況になったんです」

アミーバ赤痢再発、内地へ

黒澤は、豪州攻撃のさいはクーパン基地から指揮官として出撃し、作戦の合間にはケンダリー基地で空戦や射撃訓練の指導をするという激務が続いた。まさに獅子奮迅の活躍だったが、この頃、漢口で患ったアミーバ赤痢の再発に悩まされていた。

「アミーバ赤痢というのは、月に一度ぐらい菌が繁殖して、再発するんです。落ち着くときは二十日や一ヵ月の間、何ともないんですが、発症するとこれがひどい。血便が止まらなくなるんです。亀井司令が心配して、どうするかときいてくれたので、『使いつぶしにするなら仕方がないが、もう少し長く使ってもらえるなら、治す間だけ内地にやってください』と申し出ました。

それでさっそく、司令が私の転勤を中央に具申してくれて、六月に横須賀鎮守府附の辞令が出たんだが、その電報がミッドウェー海戦の敗戦の混乱にまぎれて届かなかったんですよ。そんなことを知らずに戦い続け、二、三ヵ月経ってから、輸送機の搭乗員が内地で転勤辞令を見てきて、はじめてわかりました。それで、司令が海軍省に問い合わせの電報を打ってくれ、それでようやく、内地に転勤して治療することになったんです」

黒澤は、休暇で約二週間、上野村に帰ったのち、軍医の判断で入院はせず、九州の大村海軍航空隊飛行隊長兼分隊長として練習生の教育にあたることになった。

昭和十八年一月、黒澤は結婚して大村で所帯を持った。妻・妙子は前橋の公証人の娘で、互いの親が決めた縁談だった。

「ところがね、一月中旬にまたアミーバ赤痢が再発した。こんどこそ入院させてもらおうと、司令に頼んで人事局に掛け合いましたが、飛行隊長の交代要員がいないので、完治までは地上勤務のみにして、アミーバ赤痢の治療に長けている大村空の軍医長が直接、治療にあたってくれることになりました。

――しかし、私がアミーバ赤痢の治療をしている間に、三空で私より先に内地に帰った分隊長連中は、向井君も宮野君も、ふたたび出ていった戦場でみんな戦死してるんですよ。考えようによっては、病気が私を生かしてくれたのかもしれません」

防空戦闘機隊三八一空

黒澤に、第三八一海軍航空隊飛行隊長兼分隊長への辞令が届いたのは昭和十八（一九四三）年十月一日のことである。

「三八一空がいかなる部隊か、まったく知るところがなかったので、所在を確認すると、千葉県の館山基地で新しく開隊される航空隊だという。さっそく家財をまとめ、家内は実家に帰らせて、単身、館山基地に着任しました。司令・近藤勝治大佐に挨拶に行って初めて、わが隊は新鋭の局地戦闘機雷電（らいでん）をもって、海軍の石油精製基地であるボルネオ島バリクパパンを、敵機の空襲から守る防空部隊であることを知りました。

　この頃の海軍は、新たに航空隊を作るのはいいが人手不足でね、三八一空も司令と飛行隊長の間に入るべき副長、飛行長は欠員で、私は実質的に、副長兼飛行長兼飛行隊長兼分隊長という、忙しい役回りになった。

　それで、司令からは至急、横須賀海軍航空隊（横空）で雷電操縦の技術を習得して、部隊を編成するようにと指示されたんです。防空専門の部隊というのはそれまで例がなく、いささか戸惑いましたが、私は防空戦闘機隊の必要性についても考えるところがあったので、張り切って編成作業を始めました」

　着任してきた搭乗員を、すぐに実戦に使える熟練者と、なお訓練を要する未熟な者に分け、熟練搭乗員は横須賀基地で雷電の操縦訓練を受けさせ、未熟な搭乗員は館山基地に残し、零戦で基礎的な空戦訓練から始めさせた。

「雷電は零戦のように操縦のやさしい飛行機ではありませんが、速度、上昇力にすぐれ、邀撃戦には有効だと思いました。しかし、未解決の問題点がなお残されていて、故障が多かった。このため人事局が、海軍戦闘機隊の『整備の神様』と呼ばれた兵から叩き上げのベテラン、橋本藤八中尉を整備分隊長として配属してくれましたが、それでも雷電の整備は難しく、つねに訓練用の飛行機が不足し、保有機数の半分ぐらいしか飛べない。三菱から受領できる機数も少なかったですね」

いっぽう、三八一空が傘下に入る南西方面艦隊の第二十三航空戦隊からは、かつて黒澤が先任分隊長をつとめた第三航空隊が名を変えた第二〇二海軍航空隊が中部太平洋に転用されることが決まり、そうすると東南アジアの防備が手薄になることもあって、早く進出するよう、たびたび督促してきた。

仕方なく、十八年十二月、横浜港で輸送船國川丸に器材、物資を積み込んでバリクパパンに送り出し、分隊長・神崎國雄大尉が率いる零戦数機を先発隊として進出させた。年が明け十九年二月になると雷電での進出をあきらめ、二月五日、零戦五二型五機をバリクパパンに向け出発させる。さらに近藤司令が本隊を率いて二月末に進出。黒澤は残存兵力を率い、二月二十六日、豊橋基地を出発し、三月七日にバリクパパンに到着、ようやく移動を完了した。黒澤にとって二度めの南西方面である。

広大な守備範囲

四月一日付の改編で、三八一空は夜間戦闘機月光を加え、戦闘第六〇二飛行隊（定数零戦四十八機、飛行隊長・黒澤丈夫大尉）、戦闘第九〇二飛行隊（定数月光二十四機、松村日出男大尉）、戦闘第三一一飛行隊（定数零戦四十八機、神崎國雄大尉）の

三個飛行隊を擁する大部隊となったが、副長、飛行長は欠員のままで、黒澤の役割には何の変りもない。

「三八一空は、昭和十九年頃としてはいちばん恵まれた部隊で、なにしろ油田地帯だから質の良いガソリンがいくらでも使える。いま思えば私は厳しかったかもしれませんが、とにかく搭乗員たちに思う存分訓練をさせてやれました。戦場では、生半可なやさしいことを言ってもなんにもならない。だから搭乗員は鍛えるだけ鍛え上げたんです」

黒澤の訓練の厳しさは、この頃、全海軍航空部隊に轟いていた。昭和十九年八月、海軍飛行予備学生十三期の飛行学生教程を終え、朝鮮半島の元山基地から三八一空に着任した田村一少尉（のち中尉）は、同期生三名と一緒に転勤が決まったとき、元山空の飛行長・周防元成少佐から、

「お前たちの赴任するバリクパパンには、俺の一期下の黒澤という凄い隊長が待っているから、たんまりしごかれるがよい」

と言われたという。群馬県安中市出身の田村は、黒澤の富岡中学の後輩だった。バリクパパンに到着した田村ら新任少尉に、黒澤は、

「お前たちはまだ一丁前の飛行機乗りではない。『卵の卵』であることを忘れぬよう

に」

と訓示し、着いた翌日から、噂にたがわぬ実戦さながらの猛訓練が始まった。黒澤は、三八一空の訓練について、

「われわれは防空部隊ですから、対爆撃機戦闘の訓練にも力を入れなきゃいけない。コンソリデーテッドＢ－24のように、防禦を強化してきた敵大型爆撃機が大編隊で来襲するのをいかに迎え撃つかを考えて、三号爆弾（重量三十キロ、投下後一定秒時で炸裂し、飛散した黄燐弾で敵機の燃料タンクに火をつける）の投下訓練も相当やりました。まず三号爆弾で敵の動揺を誘って編隊をくずし、はぐれた敵機を撃墜する戦法です」

と回想している。

三八一空の守備範囲はあまりに広大だった。本隊をボルネオ島バリクパパンに置き、セレベス島ケンダリー、マカッサル、ジャワ島スラバヤ、アンボン島アンボン、スンバ島ワインガップなどに数機ずつを派遣、担当空域は東西二千二百キロ、南北一千キロにおよぶ。

「副長も飛行長もいませんから、私が全部の訓練状況、戦闘状況を見ないといけないんですが、とにかく範囲が広すぎて私だって把握しきれない。一個航空隊の手に余る

戦線を任されて、事務処理も手が回らないから、派遣隊の編成の記録にも抜けがある。しかし敵は待ったなしでニューギニアの北岸沿いに西進してきて、侵攻を強めてきます。そんな重圧のなか、十九年六月に、私は上層部に一つの意見具申をしたんです」

黒澤の意見具申は、〈陸海軍航空兵力を統合して帝国航空戦力を飛躍的に増強せしむる意見の件具申〉というものだった。早い話が、海上で役に立たない陸軍航空部隊を海軍航空部隊に統合し、海軍式の訓練を施せば飛躍的に戦力が強化される、というものである。

この所見は、当時、日本にはなかった「空軍」の概念を持ち込み、その必要性を説くものともいえた。この意見は直属の第二十八航空戦隊、南西方面艦隊を経て聯合艦隊司令部に届けられ、のちに聯合艦隊参謀長より、〈別紙黒澤少佐の意見は、之を軍令部次長宛に送付せり〉との返書が届いた。だが、黒澤の悲願であった「陸海軍航空部隊の統合」は、最後まで実現せずに終わる。

B-24の大編隊を迎撃

昭和十九年九月に入ると、敵の四発大型爆撃機、コンソリデーテッドB-24爆撃機によるセレベス島メナドの日本側拠点の空襲が開始され、三八一空戦闘六〇二飛行隊の上平啓州（かみひらけいしゅう）飛曹長率いるメナド派遣隊の零戦、夜間戦闘機月光各数機は、三号爆弾をもって邀撃、戦果を挙げていた。

同じ頃、遅ればせながら雷電が少数機、三八一空に配備され、さらに、九月十七日、バリクパパンに増援部隊として進出してきた第三三一海軍航空隊の零戦三十機が黒澤の指揮下に入っている。

九月中旬には敵がニューギニア北西部のモロタイ島に上陸、いよいよバリクパパンに手の届くところまで敵の勢力範囲が広がってきた。石油精製施設のあるバリクパパンは、米軍にとって、壊滅させたい日本軍の重要拠点だったのだ。

九月三十日、バリクパパンはB－24約七十機からなる大編隊による空襲を受ける。この日はまた、三八一空のそれまでの猛訓練が実を結んだ日でもあった。黒澤の回想――。

「このとき、私は地上指揮官でしたが、思い通りの戦いができましたね。

敵の進入経路上にあるメナド派遣隊の月光が敵情を無線で刻々と報告してくる。零戦の一部には三号爆弾二発ずつを装備して、敵機がバリクパパン上空に達する一時間前に発進させて、優位の態勢で待ち伏せさせる。そして、続いて発進した零戦と雷電をもって敵編隊の指揮官機や落伍機を狙う。

この邀撃はみごとに成功し、敵機のバリクパパン精油所への爆撃を断念させたのみならず、少なくとも五機を撃墜、多数機を撃破したと推定されました」

この日、邀撃に参加したのは、三八一空の零戦約三十機、雷電九機、三三一空の零戦約三十機で、そのうち雷電一機（石井栄二飛曹）が未帰還になっている。

十月三日、バリクパパンはB－24による二度めの空襲を受けた。敵機は三十九機。これを三八一空、三三一空の零戦約六十機が迎え撃つ。この日、邀撃戦に参加した齊藤朝之一飛曹は、敵機に直上方から逆落としに降下して攻撃をかけたとき、B－24の六機編隊が燃えながら飛ぶ光景を見たという。

やがて、力尽きた敵機は一機、また一機と墜落していった。残るB－24はまたもバリクパパンへの爆撃をあきらめ、爆弾を海上に投棄して引き返していった。零戦隊は逃走する敵機をさらに二百キロにわたって追撃し、一機を撃墜、四機を撃破した。

六機のB－24が、一度に空中火災を起こしたのは、三号爆弾の黄燐弾の弾幕を浴びたためだった。この三号爆弾を投下した殊勲の搭乗員は、九月に三三一空の一員としてバリクパパン基地に着任したばかりの甲種予科練十期出身、十八歳の日野弘高一飛曹である。この日の零戦隊の損失は二機、戦死二名だった。

二度にわたる失敗に懲りた米軍は、十月十日にはB－24約百機にロッキードP－38戦闘機三十機、リパブリックP－47戦闘機十機を掩護につけてバリクパパンに来襲した。この日、邀撃に上がった零戦隊は敵機五十九機に命中弾を浴びせたと報告したが、敵戦闘機の奇襲を受け九名が戦死、ついに精油所への爆撃を許してしまう。十月十三日、十四日にも米軍は百機を超えるB－24と五十機を超える戦闘機をもってバリクパパンを空襲、この両日の邀撃で、零戦隊はさらに八名の戦死者を出した。

米軍機の大編隊によるバリクパパン空襲はこの五回で終わるが、その間の三八一空、三三一空の戦死者が二十名だったのに対し、米軍もB－24十九機、戦闘機六機の損失を認めている。敗色濃厚なこの時期、三八一空、三三一空の善戦は特筆に値すると言っていい。

「捷一号作戦」発動でマニラ進出

昭和十九年十月十七日、米軍が、フィリピン中東部のレイテ島湾口に浮かぶ小さな島、スルアン島に上陸を開始。聯合艦隊司令部はこれを米軍による本格的なフィリピン侵攻の前ぶれと判断して、フィリピンでの決戦を準備する「捷一号作戦警戒」を発令した。

「十月十七日、フィリピン・ルソン島のマニラ市内に司令部を置いていた南西方面艦隊より直接電報がきて、二十八航戦（三八一空、三三一空）の戦闘機隊をもって『S戦闘機隊』を編成する、総指揮官に三三一空司令・下田久夫大佐、飛行機隊指揮官に三八一空飛行隊長・黒澤少佐を指名すると言ってきた。そういう仮設の飛行機隊ができたわけですね。

そして、相次いで電令がきて、『捷一号作戦』が発動されたらマニラに進出しろと。十八日夕方に作戦発動の電令が届いて、同時に、『S戦闘機隊はその一部をもってラブアン（ボルネオ島北部）在泊の艦隊の上空直衛にあたり、主力をマニラに転進せしめよ』と命ぜられたんです。ラブアンには、フィリピンに出撃する日本艦隊の主力、第一遊撃部隊（栗田艦隊）が停泊していました。それで徹夜で整備にあたらせて、零戦二十四機の可動機を得たので、三三一空の八機を長谷川喜助大尉の指揮でラブアンに向かわせ（一機は故障で途中脱落、のちに合流）、残り三八一空の十六機を私が率いて、マニラに向かったわけです。

十月十九日、マニラに着いたのは夕方でした。ちょうど夕凪の無風の状態で、マニラ・ニコルス基地の舗装された滑走路では着陸は危ないと判断し、さらに二十分ほど北に進んでクラーク北飛行場に着陸しました。着陸したのは午後六時頃だったと思います。

さっそく、南西方面艦隊司令部に到着した旨を打電すると、まもなく、同じマニラに司令部を置く第一航空艦隊司令部から、『マバラカットの二〇一空本部に来い』と言ってきた。着陸前に同じルソン島の、マニラ近郊にあるマバラカット基地上空を通ったから、この日、司令長官として着任するためマバラカットに来ていた大西瀧治郎中将が地上でそれを見ていて、黒澤を呼べ、ということになったらしい。

でも私は、われわれは南西方面艦隊の直轄部隊で一航艦の指揮下ではないから、筋が違うと断ったんですよ。すると、暗くなってだいぶ経ってから、一航艦麾下の第二十六航空戦隊参謀・吉岡忠一中佐が直接、自動車に乗って私をつれにきた。やむを得ず二〇一空本部に出頭して、そこで大西中将からはじめて体当りによる航空攻撃、すなわち『特攻』の意図を聞かされたわけです。

夜九時か十時だったと思います。一階の士官室で、大西中将と私のほかには、二〇一空副長・玉井浅一中佐や、一航艦先任参謀の猪口力平大佐、二〇一空戦闘三〇五飛行隊長の指宿(いぶすき)正信大尉、同じく戦闘三一一飛行隊長・横山岳夫(たけお)大尉らがいた覚えがあります」

開戦時、黒澤がいた第三航空隊を指揮下におさめる第十一航空艦隊の参謀長を務めていたのが大西瀧治郎少将（当時）だったから、二人は旧知の間柄にある。
「大西中将の話の趣旨は、レイテ島への敵上陸部隊を壊滅させるため、海軍は戦艦大和以下、主力艦隊をレイテ湾に突入させる。そのためには、敵機動部隊の航空攻撃から味方艦隊を守らなければならないが、それに十分な飛行機もない。そこで、まことに非情な作戦であるが、零戦に二百五十キロ爆弾を積んで敵空母の飛行甲板に体当りして、その使用を一週間程度不可能にする攻撃を決意した、というものでした。

君の率いてきた十六機は、フィリピンにおける貴重な戦力だ。君の隊は今夜じゅうに俺の指揮下に入れるよう手配するから、明朝、敵機来襲前に全機をマバラカットに移動せよ、と言われたんです」

大西中将の言葉には、有無を言わせぬ力があった。だが、ここで黒澤は、微妙な返答をしている。

「長官のご指示はよくわかりました。指揮下に入ることについて異存はありません。しかし、このことは私の一存では決めかねます。三八一空、三三一空両部隊の司令に報告、打ち合わせをして、いずれまた長官のもとへ必ず伺います。なお、零戦全機はマバラカット基地へ移し、引き渡すことにします」

つまり、「零戦を引き渡す」ことについては同意したが、搭乗員まで一航艦の指揮下に入れることはやんわりと拒絶したのである。

マバラカットで会った関行男大尉

黒澤は、すぐに部下たちの待つクラーク北飛行場に戻り、翌二十日朝、夜が明けるとともに全機を率いてマバラカット基地に移動した。

「特攻隊は二〇一空で編成されましたが、乗っていく飛行機が足りなかったんですね。要するに、一航艦としては飛行機がほしかったわけです。それで、私の十六機と、同じ日にマバラカット東飛行場に着陸した長谷川大尉指揮の七機、あわせて二十三機を二〇一空によこせ、ということになった。

作戦を聞いたときは、これは厳しい作戦だ、と思いましたよ。主力艦隊を突入させるという海軍の肚をはじめて聞かされて、いよいよ百パーセントの死を覚悟しないといけないな、と一瞬思うとともに、率直に言って、これで戦局の転換を図れると、相当大きな望みを感じましたね。

レイテ湾に主力艦隊が突入して、戦艦の大口径砲で砲撃を繰り返せば、上陸を阻止できるだろう。これで戦局を変えることができそうだな、そのための大きな犠牲なんだな、と私自身納得して、飛行機を引き渡したわけです」

二〇一空がS戦闘機隊から受領する零戦は、二十日に、先に故障で脱落した一機が到着、合わせて二十四機となったが、うち六機は老朽機材だったために三八一空に返還され、特攻に使われたのは十八機ということになる。

二〇一空に零戦を引き渡した黒澤は、マバラカット西飛行場の指揮所で、二〇一空の玉井副長から、神風特別攻撃隊指揮官の関行男大尉を紹介された。

「彼はそのとき、机に向かって何か書いていました。おそらく遺書だったんでしょう。その後、一日半ぐらい行動をともにして、同じところで休んだりもしました。関君はこのとき腹をこわしていて、けっしてパリパリした感じではなかったが、捨て鉢な感じも意気消沈した様子もなく、厳粛そのものの姿に見えました。関君もほかの隊員も、生への執着がなかったとは言えないと思う、それを断ち切って、自分たちが日本を救うんだ、という気持ちになりきっていたように思うんです。

しかし、当初は特攻は、あくまでフィリピンだけ、という話だった。長官も無理は重々承知だが、敵空母から発艦する飛行機を封じるにはそれしかない。それはよくわかるし、私も納得できたんですが、作戦としては以後の恒常化した特攻とは分けて考えるべきだと思います。あとからやってたように、練習機まで駆り集めてやることが、戦局を変えるのに何ほどの役に立つか。もう、どうにもならなくなってもやってるでしょう。特攻が特別じゃなくなって、しまいには攻撃といえば特攻になる。人は、一時の激情に駆られているときは比較的、抵抗なく死んでいけると思うが、命というのは生きるという本能を持ってるんだから、それを否定できるのはウソだと思う。一ヵ月も前から特攻を言い渡して、いつ出撃するかわからないような使い方、あれはかわいそうでしたよ」

飛行機を取りあげられた黒澤たちS戦闘機隊の隊員は、握り飯三個の航空弁当をあてがわれただけで、無為な時間を過ごさざるを得なくなった。黒澤に率いられ、マバラカットに進出した田村一少尉は、二十日、一緒に行動していた分隊長・林啓次郎大尉が、

「明日、俺のクラスメートが、帝国海軍始まって以来のどえらいことをやる」

と、沈痛な表情でつぶやいたのを憶えている。林大尉は特攻隊指揮官に決まった関大尉と海軍兵学校七十期の同期生だった。特攻隊が始めて出撃したのは、翌十月二十一日のことである。

内地から零戦空輸

とはいえ、たとえ戦場であっても、「当事者」でなければそれほどの悲壮感はない。

黒澤の回想――。

「二十日の晩、部下の搭乗員に、ダンスを見に行きましょうと誘われました。行ってみると、個人の家の広間みたいな部屋で、フィリピン人の女性が踊ってるんです。それを日本軍の将兵が見ている。戦闘配置が与えられなければ呑気なものだと思うと同時に、海軍有数の実力をもつ我が戦闘機隊がこれでいいのかと自問したわけですよ。

それで、翌日、トラックを借りてマニラの南西方面艦隊司令部に赴き、『こんな練度の高いわれわれの隊を飛行機も持たせずに放っておくということはない。飛行機を持ってきてぜひ作戦に参加したいのですがどうでしょう』と申し出ました。

すると、参謀が、『黒澤君、いいところに気づいてくれた。今夜輸送機を出すから、搭乗員をつれて内地に戻ってくれ』というので、二十二日午前二時頃、二機の一式陸攻に分乗し、ニコルス基地を離陸しました」

出発を前に、マニラから戻った二〇一空飛行長・中島正少佐から黒澤に、南西方面艦隊司令長官・三川軍一中将よりあずかってきた陣中見舞いの煙草と名刺が届けられた。

名刺には、三川中将自筆で、〈バリクパパンに於ける累次の戦果、並に今時の神出鬼没の進出誠に見事なり〉と、賞賛の言葉が書かれていた。

黒澤以下、S戦闘機隊の搭乗員たちは、台湾の台南基地、沖縄県の小禄飛行場、鹿児島県の鹿屋基地を経由して、ここでダグラス輸送機（零式輸送機。ダグラスDC－3の日本海軍型）に乗り換え、十月二十三日羽田飛行場に到着の予定だったが、この日、東京上空は厚い雲に覆われ、輸送機が羽田に着陸することができずに多摩川河川敷に不時着する。

二十四日、搭乗員一行は浅草駅から東武伊勢崎線に乗り、太田駅へ。そこから迎えのトラックで小泉飛行場へ移動し、さっそく新しい零戦の領収作業が始まった。中島飛行機の戦闘機組立工場から飛行場までは、道幅の広いアスファルト舗装の約二キロの誘導路でつながっている。完成したばかりのピカピカの零戦五二甲型は、工場でエンジンをかけられ、テストパイロットの手で地上滑走で飛行場に運び込まれた。ここで、S戦闘機隊の搭乗員による、一機あたり四十五分間の試飛行が行なわれた。

十月二十八日までに新機材の受領を終え、霞ケ浦海軍航空隊に移動、ここで機銃などの装備を施し、まず十一月一日、黒澤以下三八一空の十六機がフィリピンに向け出発（翌二日マバラカット着）、六日には長谷川大尉以下、三三一空の七機も出発（翌七日着）したが、せっかく空輸した二十三機を、こんどは第二航空艦隊に取り上げられてしまった。

「搭乗員の練度が低下して、フィリピンに進出するのに何日もかかる部隊が多いなか、われわれは最初の進出のときも、夕方命ぜられて次の日には全機そろえて到着してる。二度めも、内地を発った次の日にはマバラカットに着いた。当時、そんな戦闘機隊はほかにないですよ。しかし、そういうことが直属でない一航艦や二航艦にはわからない。それと、『S戦闘機隊』という臨時の編成で、司令はついてこず、指揮官といえば飛行機隊指揮官の私だけ。それで、一人前の航空隊なみの扱いをされなかったのでしょう」

飛行長に昇格

二度めの進出でも飛行機を奪われた黒澤は、ふたたびマニラ市内の南西方面艦隊司令部に出向き、

「いったい、艦隊としてはわれわれを今後、いかに使用するかを明らかにしてほしい。三八一空、三三一空は今後いかにするのか。国家危急存亡のとき、わが隊のように燃料豊富な環境で訓練し、練度の高い部隊を零戦の輸送隊にしておいていいのか」

と、司令部の考えをただした。

そして幕僚たちが話し合った結果、S戦闘機隊は内地で零戦を受領の上、バリクパパンの原隊に帰ることになり、黒澤以下搭乗員たちは十一月十五日未明、一式陸攻に便乗してクラーク基地を出発、台湾の新竹基地、九州の宮崎基地を経て、十八日、三菱重工業名古屋航空機製作所の飛行場がある三重県の鈴鹿基地に到着した。

「ところが、その頃になると生産能力が落ちていて、なかなか飛行機が揃わない。試飛行もままならず、全機揃うまで待っていられないので、やむを得ず私が、受領できた零戦四機を率いて鈴鹿を出発しました。十一月二十九日のことです。このときの零戦は新型の五二型丙で、二十ミリ機銃二挺に加え、両翼に二挺と機首に一挺、あわせて三挺の十三ミリ機銃を装備していました。笠野原、小禄、台中、台南を経て、十二月四日にマバラカットに着き、そこからバリクパパンに戻ろうと思ったんですが、フィリピンを経由したのがまちがいで、またも一、二航艦の聯合空襲部隊に飛行機を取り上げられました。

私はフィリピンの航空部隊が直面している苛烈な戦闘を知っているだけに無下に断ることもできず、三機を引き渡し、一機を私がバリクパパンに帰るため残すことで妥協しました。搭乗員は、一人は私の零戦の胴体内に乗せ、あとの二人は内地に送り返してもらう約束をして、単機でバリクパパンに帰ったんです。

帰ってみたら、基地ではちょうど藤山一郎ら慰問団の演芸会を開催中で、十月に交代してきた司令・中島第三大佐はそちらにいましたね。主戦場じゃなければ呑気なものですよ。関君らとじかに接して厳しさを感じてきた者としたら、これでいいのか、と叫びたくなりました……」

そしてこのとき、黒澤は、十二月一日付で自分が飛行機隊を指揮する「飛行隊長」から、三八一空の飛行機部門全体を統括する立場の「飛行長」に昇格していたことを知る。

「それまで、三八一空の一部に過ぎない戦闘六〇二飛行隊の飛行隊長なのに、二個飛行隊をつれて歩いて、行く先々で燃料、弾薬、メシの面倒まで全部私が見なけりゃいけない。この隊に飛行長をよこせ、と二度めにマニラに行ったさいに司令部に直訴したら、私自身が飛行長に発令され、戦闘六〇二飛行隊分隊長の林啓次郎大尉が飛行隊長に昇格、ということになっていました。要するに、肩書き以外、何も変わらなかったわけです」

黒澤が、戦場と内地の間の飛行機空輸に明け暮れている間にもフィリピンの戦況はますます悪化し、特攻隊の、まさに命を爆弾に代えた反復攻撃をもってしても米軍の侵攻を食い止めることはできなかった。

大分基地で終戦

バリクパパンの三八一空には、なおも内地から新人搭乗員が送り込まれていた。黒澤は、練度の低い搭乗員を、空襲がなく比較的平穏だったジャワ島のスラバヤ基地に集め、またも猛訓練を始めた。

昭和二十年二月、米軍のフィリピン侵攻で司令部が孤立した南西方面艦隊は解隊され、新たに編成された第十方面艦隊が、シンガポールに拠点を置いて、引き続き東南アジア方面の海軍部隊を指揮することになった。

「当時、南西方面には、三八一空、三三一空、錬成部隊の十一空と、三隊の戦闘機隊がありましたが、それらをシンガポールのセレター基地に集めることと決まり、私は三八一空飛行長の職はそのままに、それら部隊の統合指揮官となりました。

セレターに移動してみると、空襲を受けたことがないせいか防備体制が脆弱で、これではいけないと、基地部隊である馬来空司令に話して隊員の外出を止め、防御態勢を整えるとともにのんびりムードを一掃しました。この私の行動は隊員たちには不評で、突如現れた飛行長のせいで外出できなくなったと恨まれましたが、戦争の苛烈さを知らない者に恨まれてもしようがない。いっぽうで、搭乗員の訓練はいっそう熱を入れてやりました」

そして、五月に入ると「南西方面の可動戦闘機全機と使用可能な搭乗員、整備員を九州に移動させ、第五航空艦隊の指揮下に入れ」との命令が届く。

「南方はもういいから、日本本土の防備を固めようということですね。そこでまた、転進する全戦闘機の指揮官を命ぜられ、六月はじめに零戦五十五機、月光六機、一式陸攻一機、計六十二機を鹿屋基地に移動させました」

黒澤が率いて鹿屋基地に到着した零戦隊は、それぞれ二〇三空、三五二空など九州各地に展開する戦闘機隊に編入され、黒澤は、第五航空艦隊のもと新編成された第七十二航空戦隊参謀として鹿屋基地、のち大分基地で勤務することになった。

「七十二航戦は、西日本防空の戦闘機隊を集め、効果的に活用しようと編成された戦隊で、司令官は航空の大先輩・山本親雄少将、先任参謀は野村了介中佐でした。麾下部隊は、紫電改の三四三空が大村基地と松山基地に、零戦、雷電、月光の三五二空が大村基地に、零戦の二〇三空が鹿屋基地と築城基地に展開していました。しかし、沖縄も陥落し、主要都市は空襲で焼き払われ、ここまで戦力差が開いてしまっては戦況を好転させることなどできるはずもありません」

八月十五日、終戦。この日の夕方、大分基地からは、第五航空艦隊司令長官・宇垣纏中将が、彗星艦爆十一機（指揮官・中津留達雄大尉）を率い、最後の特攻機として沖縄の空に消えた。

「宇垣長官の出撃は、私は直接の幕僚じゃないから見送りにいかなかった。長官は死に場所を求めたんでしょうが、中津留君たちを道連れにしたことはね……。割腹して自決された大西瀧治郎中将のように、一人で身を処してもらいたかったと思っています。

終戦の動きは、八月十日ぐらいからいろいろな情報が入ってきました。八月十五日は、いよいよくるべきものがきたな、と思うと同時に、それまでの犠牲の大きさを思って、戦争の虚しさをしみじみと感じましたよ」

黒澤はこのとき三十一歳、残された航空記録によると、終戦までの総飛行回数二千五百九十三回、飛行時間千九百六十時間だった。

故郷上野村への復員

七十二航戦の残務処理を終えたのち、十月八日付で海軍省前橋人事部員として転任の辞令が出て、黒澤は、故郷・群馬県の復員業務につくことになった。将兵を郷里に帰し、戦死者の遺骨や遺品を遺族に引き渡し、未帰還者の消息を調査し、海軍の兵器や備品を占領軍に引き渡したりするのがその仕事である。十一月三十日、陸海軍が解隊、海軍省が第二復員省と名を変えると同時に充員召集を受け、第二復員官という身分で従来通りの勤務を続けることになる。退官し、故郷・上野村に帰ったのは昭和二十一年九月のことだった。

「弟二人が戦死、父も終戦の年の春に死去したために、残された母と妹が困っていたので、村に帰ることにしました。それで村に帰ったら、村人たちから戦犯呼ばわりされましてね。長く村を離れていたし、自分がまさかのちに村長になるとは、そのときは想像もしませんでした」

とりあえず、妻子を前橋において上野村に帰った黒澤は、稲、麦、甘藷の生産から農民生活をスタートし、のちに椎茸栽培に手をつけると、徐々に椎茸に力点を移していった。だが、長年にわたり外の世界を見てきた者にとって、旧来の因習にとらわれた山村の人たちと心を通わせるのは容易なことではなかったという。

「戦後政治はしきりに民主化を叫んでいるが、末端社会は民主化などおかまいなく、少数の者たちの意志だけで動いている。この陋習(ろうしゅう)を打破しなければ、幸福を求めてみんなで協力することなどできません。政治に携わっている人たちを見ても、あまりに事大主義で地域振興に対する熱意がとぼしい。これでは、上野村の属する奥多野の振興は望めない。

こんな不満がつのり、昭和三十（一九五五）年、群馬県会議員選挙に立候補したんですが次点で敗れ、地元票の大きさを知るとともに、人口の少ない上野村からの立候補は無理だと悟りました。しかし、一度そうやって目立つ政治的行動をすると、周囲は注目して相談を持ち込んでくるようになります。いっぽう、上野村の村政は腐敗していて、財政も人心もすさんでしまい、これではいけない、と。それで昭和四十（一九六五）年、村長のリコールにより、自ら村長選挙に立候補したんです」

村長として健康・教育・産業振興に尽力

黒澤は昭和四十年六月十四日、上野村村長に就任したが、上野村の抱えていた問題は予想以上に深刻なものだった。

その第一は、村政の財政執行が予算を無視した丼勘定で扱われていて、歳入も歳出も就任時に明確につかめない状態であった上に、多額の赤字を抱えていたこと。次に、村外で相次いで起こった村民による犯罪行為、そして若者の人口が急減していくことだった。

「私は村政も経営だととらえ、まずは緊縮財政を宣言し、村民から不評を買ってもそれを押し通しました。

それと、村民による犯罪行為については、己と己の出身地である上野村に誇りが持てないから、抵抗なく悪事を働くのだと気づき、道徳教育をなんとかしなければと考えました。

私は、わが上野村民にも誇りをもってもらえるよう、『栄光ある上野村の建設』をスローガンに、村民が誇りに感じ、他からは模範にされる上野村をつくりましょう、と呼びかけました。具体的には、『健康水準の高い村に、道徳水準の高い村に、知識水準の高い村に、経済的に豊かな村にしていこう』と。

確かに、物質文明的な尺度で見れば恵まれない点は多く、何ごとも後まわしにされ、日本のチベットなどと蔑視されていれば、心がひねくれて誇りも失いがちになるでしょうが、人間だれしも長所、美点を指摘して激励すれば、しだいにその気になって努力するようになるんじゃないか。私はそこに期待したんです」

村民の健康面については、専門医の指導を受け、昭和四十二（一九六七）年から成人病対策として、減塩をはじめとする食生活の改善を推進した。これはまだ「成人病」という言葉自体が耳慣れないものであった当時、自治体の取り組みとしては草分け的なものだった。さらに、当時の村では家の母屋の外に風呂や便所があるのがふつうで、寒い冬など、それが脳溢血や心臓麻痺の原因になることから、「内便所設置条例」を制定、補助金を出して改めるようにした。さらに、昭和四十三（一九六八）からは、村外から医師を招き、四十歳以上の全村民を対象に、三年に一度の健康診断を村の予算で行うようにした。これらの施策の効果はてきめんで、村民の脳卒中の発生率が十年で四分の一になったという。

道徳教育についても同様で、黒澤が就任して数年後には、群馬県内でもっとも犯罪発生率の低い村になった。知識水準についても、小中学校にいちはやくコンピューターを導入、英語教育にカナダ人教師を招聘し、さらに中学三年生の全員を対象に、カナダへの研修旅行を実施するなど、過疎の村の悩みである人口の少なさを逆手にとって、都市部では実行がむずかしいようなきめ細かな施策を次々と実行に移した。

「都会の子供は、大学まで行ってレッテルを貼ってもらうのに必死で、そのために小学校から塾通いでしょう。世界が狭まり、子供のときから、友達が友達じゃなく競争相手になっちゃう。すると、素直ないい子ほど学校がいやになる。だから、海外に出してたとえ十日間でも外から日本を見る体験をさせる、この効果は大きいですよ。私も、上野村から富岡中学に行っただけで世界が変わった、そんな経験をしていますからね」

経済面では、黒澤が先頭に立って産業振興に力を入れ、猪と豚をかけあわせた「イノブタ」畜産、味噌作り、木工業など、地域性を活かした産業を次々と興した。特に味噌は、黒澤自らが「世界一の味噌を目指した」という自信作である。また、レジャー産業も必要だということで、国民宿舎「やまびこ荘」を建設した。

日航ジャンボ機墜落事故

昭和六十（一九八五）年、この年の六月は、黒澤の村長として五期めの任期が終わるときであった。このとき、引き続き立候補するにあたって、妻・妙子が相談に行った僧侶が、「あなたの旦那さんは、今年、世界的な事件に遭遇する」と、予言めいたことを口にしたという。

黒澤が打ち出した数々の施策をもってしても若年人口の流出は止めることができず、昭和四十年、村長就任時に三千五百人いた人口は、六期めを迎えた昭和六十年現在で千九百六十八人にまで減少している。黒澤は七十一歳になっていた。

八月十二日、黒澤が出張先の東京から帰って、自宅で服を脱ぎながらテレビをチラッと見たとき、航空機墜落事故発生のニュース速報のテロップが流れた。さらにそれが五百二十四名が搭乗する大事故であることを知ってチャンネルをＮＨＫにかえ、続報に耳を傾けていると、だんだん事故が上野村の近くで発生しているらしいことがわかってきた。

午後十時すぎ、群馬県警の河村一男本部長から、黒澤の自宅に電話が入る。それは、

「長野県警から、捜索したが長野県内には墜落していない、群馬県側に墜落の公算が高いとの連絡があった。明日早朝、機動隊員約千五百名を上野村に送り込むから協力を頼む」

というものだった。この瞬間から、黒澤の事故対策が始まった。

頭上を飛行機やヘリコプターが飛び交い、墜落現場が近いことをうかがわせる。黒澤は、村役場に電話で県警からの協力要請があったことを伝え、全職員に非常呼集をかけて役場で待機するよう指示を出した。夜十一時過ぎ、黒澤も翌朝早く出勤することにして、いまは休養しておこうと床についたものの、海軍時代にしばしば遭遇した航空機事故の悲惨な情景が瞼に浮かんでなかなか眠れない。

自宅から神流川をはさんだ国道を走る車や、頭上を飛ぶ航空機の騒音がさらに激しくなるなか、浅い仮眠をとって十三日の朝を迎え、午前四時には娘の運転する車で役場に登庁した。日の出まではあと一時間あり、辺りは暗かった。機動隊はすでに役場に到着していたが、まだ墜落現場をつかめないでいた。

役場に着いて二、三十分も経つと、だんだん空が白み始める。夜が明けると、ヘリコプターから撮影した事故現場の状況がテレビに映し出された。これを見た黒澤は、山の形や樹木の様子から、

「ああ、本谷（神流川の源流）の国有林のなかの植林地だ」

と直感した。村役場の南西、直線距離にすると約十キロのところだが、地元の住民ですら誰も足を踏み入れることのないような峻険な尾根である。墜落現場が判明すると、機動隊や陸上自衛隊の救助救難関係者が陸続と村内になだれ込んでくる。報道関係者も大勢押し寄せて、二千名足らずの村の人口はあっという間に倍以上にふくらんだ。

村役場の二階に県警の日航機事故対策本部が置かれ、河村本部長が自ら指揮をとることになった。役場から東に一キロの上野小学校には、陸上自衛隊第十二師団の司令部が置かれた。指揮系統が混乱するのを防ぐため、黒澤は、救難作業の主役である機動隊、自衛隊のサポートに徹することにした。まずは消防団員を三、四名ずつの数班に分け、救難部隊の道案内にあたらせる。午前四時半には早くも、救難部隊の第一陣が村役場を出発した。

上野村に飲食できる場所はほとんどないから、救難や報道で村に入った数千人の人

たちに提供する食糧の用意を役場がしなければならない。朝の早いうちから、職員が手分けして役場庁舎を兼ねる村民会館の炊事施設を使って昼食の準備を始めたが、とても足りない。村の女性たちに頼んで、上野小学校の学校給食の設備を使いおむすびを作ってもらうが、それでも足りそうにないので高崎市内の弁当業者に発注する。

黒澤は、村としてなすべきことに逐一、指示を飛ばしながら、状況を見極めようとつとめた。そこへ、生存者がいたというニュースが入ってきた。

八月十三日の上野村は、激しい混乱のなかで救難作業が始まり、暮れていった。夕刻、腹をすかせて役場に帰ってきた消防団員に聞くと、現場一帯は墜落の衝撃で四散した遺体が散らばり、その惨状は目を覆うほどで鬼気迫るものがあったという。そんななか、四名の生存者がいたことは奇跡に思えた。

水際だった事故対応

現場近くの四～五キロは道もなく、地形も険しい。山に野宿した村民たちが現場近くの木を伐採して仮設のヘリ発着場を作ったが、二ヘクタールを超える範囲に飛び散った遺体の収容作業は難航し、九月になっても続いた。

「うちの村に墜落したのも何かの縁だ。精一杯、できる限り犠牲者の霊を弔おう」

と、黒澤は決意した。村民たちも、いわば降って湧いた災難であるにもかかわらず、進んで救難、遺体収容の作業につき、あるいは現地に入る遺族の世話をした。いつしか上野村の事故に対する水際だった対応は世間の話題に上るようになり、村長がかつて零戦隊の指揮官であったことが週刊誌の記事で紹介されるようにもなった。

「いちばん思うのは、迷走中の三十分。特攻隊もそうだが、考える時間があるのは、むしろむごいと思う。目前の死を待つしかなかった乗客、乗員たちの心情を思うと、ほんとにやるせないですよ。

事故のとき、救難作業をしながら私が考えたのは、『陰徳』という言葉があるように、われわれは口が裂けても恩着せがましいことは言うまい、ということです。幸い、村民の皆さんもそういう気持ちで対処してくれたから、遺族の方々もだんだん上野村に親しみを感じてくれるようになりました。村議会も、『村長、うちは日航に金を出せとか、恥ずかしいことは言わないでくれ』と言ってくれましたね」

事故処理が一段落つくと、上野村には別の角度からの責務が課せられていた。それは、身元不明の遺体の葬送をすることであった。

当時の新聞報道などでは、一人をのぞき全員の身元確認がなされたように報道されたため、ほとんどの遺体が遺族のもとへ還ったように理解されがちだが、実際には、遺体が完全な形で遺族のもとへ還った人は百九十二人にすぎない。

残る三百二十八人は、墜落の衝撃で体が飛散して一部しか確認できず、大部分は上野村に移管され、葬送されることになったのである。上野村では、五百二十人すべての霊を供養する道徳的立場から、御巣鷹の尾根を聖地として守り、村の中央付近に墓所（慰霊の園）を建設することとし、日航、群馬県、そして一般からの浄財に村予算を加えて昭和六十一年八月三日に完成させた。

陛下からのお言葉

事故処理も峠を越えた昭和六十年十月三十日、黒澤は天皇主催の秋の園遊会に招待された。

「『事故のあとはどうなっているか』というようなお言葉だったと記憶しています。私は、答える前に涙が出そうになってね、かろうじてお答え申し上げたんですが。

陛下（昭和天皇）は、われわれにとっては、命がけで日本の将来を救ってくれた方ですよ。戦争中、私は軍人だったが、天皇は神であるというような考え方にはついていけなかった。要は、国民のかたまりが天皇と思えばいいんだ、と。国家という、依存すべき社会を守るために戦うんだと。

陛下は、ほんとうに『私』ということをお考えにならない。接してみるとその人格が伝わってきて、尊敬の念が自然と湧いてくるし、畏れさえ感じます。指揮官にしても、政治家にしても、人の上に立つ人の条件は『無私』ということですよ。もちろん、私心が全くゼロでは生きられないし、昭和天皇のようにはなかなかいきませんが、身を捨ててでも周囲をたすける気持ちがないといけません。

海軍では、山本五十六大将、竹中龍造中将、大西瀧治郎中将はそういう人だった。なかでも大西中将は、特攻という、あれだけむごい作戦をしても、それでも部下がついてきたばかりか、いまでも慕っている旧部下が多いのはそのせいですよ。逆に、戦前の聯合艦隊司令長官・永野修身大将など、自分の故郷に錦を飾るために艦隊を土佐湾に入港させた、それだけでわれわれ青年将校の信頼を失ったということもあったんです。

ひるがえって、昨今の自治体首長や政治家をみると、やれ賄賂だ選挙違反だと、あんなのが社会のリーダーだというのは情けない。私自身の目標として、首長に必要なのは、私心がないこと、やる気があること、指揮統率力があること、その三点だと思っています」

村長引退を決意

私の、黒澤へのインタビューが一段落したのは、平成十一（一九九九）年夏のこと。初めて会ってから三年が経っていた。

「私も、もう八十五歳。いくらなんでもバケモノじゃないから、いつまでも村長をしているわけにはいかないんだが、早く後継者が育たないと……。全国町村会会長は今年限りですがね、黙っているわけにはいかないことがまだまだ多いから」

平成十（一九九八）年一月、自民党行政改革本部が、全国に約三千二百ある市町村を、郡などを軸に五百～五百五十程度に統合する新たな合併策を検討する方針を固めたことから、黒澤の身辺はさらに忙しさを増していた。

行革推進には国から地方への権限の本格的移譲が必要で、受け皿となる強力な自治体づくりが必要になる、というのが行革本部の言い分だったが、

「とんでもない。そんな、品物をくっつけるようなわけにはいかないですよ。市街地に近いところの町長には賛成の人もあるが、心が一致しないことには、ただくっつけたってダメですよ。合併すれば大きくはなるが、主導権を握るのは票の多い市街地の人間だけ。人口二千人や三千人の村からは、市長も議員も出せないでしょう。

山村と市街地とでは、全く事情がちがう。人口の少ない村が切り捨てられるのは目に見えています。いままで推し進めてきた理想の村づくりも、そこで断ち切られてしまいますよ。自治ではなく他治になる。よそから治められることになってしまう。そんなことになっていいのかと、意気さかんに主張しているわけですよ。

私が矢面に立って反対の急先鋒に立ってきたから、東京に出ると小突きまわされるし、地方に行けば一生懸命やれ、とハッパをかけられる。大変ですよ」

平成十七（二〇〇五）、九十一歳の黒澤は、六月の任期切れを最後に村長を引退、後進に道を譲ることを宣言した。村長としての在任期間は十期四十年におよび、日本の地方自治体首長として最高齢だった。引退の前年には、地方自治における多年にわたる功績により旭日重光章（旧勲二等旭日重光章）を受章しているが、これは、市町村長に授与された勲章としては史上最高位だという。

黒澤が、引退を決意した理由として私に話したことの第一は、高齢となり、足腰が弱って、日航機事故の慰霊祭が行われる御巣鷹の尾根へ自力で登ることができなくなったことだった。いかにも黒澤らしいなと、私はそのとき思った。

黒澤は以後、いっさいの公の場から身を引くが、それでも最後まで、上野村では「村長」と親しみを込めて呼ばれていた。

平成二十三年十二月二十二日、死去。享年九十七。九十八歳の誕生日を翌日に控えていた。黒澤の訃報は、二十四日の新聞各紙やテレビニュースでいっせいに報じられたが、亡くなってから一日おいての発表は、二十三日——この日は黒澤の誕生日でもあるのだが——の天皇誕生日の祝賀気分に水を差すまいという配慮なのではと、近しい人は噂しあった。

黒澤の葬送は近親者のみで行ない、翌平成二十四（二〇一二）年一月二十二日、上野村立上野中学校の体育館で、改めて黒澤家・上野村合同葬が盛大に執り行なわれた。上野村は、現在も鉄道のない交通不便な山村だが、それでも降りしきる雪のなか、村人総出で道案内にあたり、体育館は五百名を超える参列者であふれた。

*

私は時おり、黒澤の談話を書き留めた取材ノートを開いてみる。零戦での戦いや戦後の地方自治の話が主になることはもちろんだが、その合間、合間にハッとするような言葉が残されていることに気づく。

〈「健康の秘訣」毎日一万歩　節制（特に飲み食い）心を積極的に平穏に保つ。くよくよしない。人は、ともすれば肉体が自分自身だと思いがちだが、そうではない。肉

体の主人公たる「心」を大切に。成功するには、心の悩みを解くこと。〉

〈国の将来や人類のことを憂えたり、いくつになっても年のことなど忘れて青二才でありたい。〉

〈私の人間を作り上げてくれたのは海軍。海軍には、「坊主の坊主らしきは坊主にあらず、軍人の軍人らしきは軍人にあらず」という言葉があった。〉

〈陰徳を積む。人のやりたがらないことを人知れずやる。〉

〈自分が正しい、大物だと思っているうちは絶対にダメ。より高いところに理想の人物像を持ってそれに近づくように。〉

〈戦闘機乗りは、曖昧な人生観では生きられなかった。人のせいにする余地はない。〉

——黒澤はいつも相手の目をじっと見て話をする人だった。黒澤の、こちらの心の奥底まで見通しているかのようなするどい眼光を思い出すと、いまも身が引き締まる思いがする。私心を微塵も感じさせず、自らを律することに厳しい、それでいてなんとも言えない優しさの伝わってくる、まさに「将たる器」を備えた名零戦隊長であり、名村長だった。

佐伯海軍航空隊で戦闘機専修の同期生たちと。左から2人目が黒澤

昭和15年、大尉に進級。大尉になると礼装の肩章に房飾りがつく

元山空時代の黒澤中尉。九六戦の前で

昭和16年12月8日、台湾の高雄基地を出撃前に整列する三空戦闘機隊員たち。中央で搭乗員に向き合い、答礼するのが司令の亀井凱夫大佐

フィリピンに向け、つぎつぎに高雄基地を発進してゆく三空零戦隊

昭和17年2月、ケンダリー基地上空を飛ぶ三空の零戦

昭和18年、佐世保空飛行隊長時代の黒澤

昭和19年2月26日、黒澤大尉に率いられ豊橋基地からバリクパパンに向け出発する零戦五二型

昭和19年暮れの戦闘三〇九飛行隊（S戦闘機隊）。前列中央が黒澤少佐。バリクパパン基地にて

昭和20年5月、第七十二航空戦隊参謀となった黒澤少佐

昭和19年秋、飛行機受領に来た横須賀航空隊にて

昭和60年8月、日航ジャンボ機墜落事故現場で。右から黒澤上野村村長、小寺弘之群馬県知事、山口上野村議会議長

昭和60年10月30日、秋の園遊会での昭和天皇と黒澤村長。手前は女優の高峰三枝子（撮影・島田啓一）

藤田怡與藏（ふじたいよぞう）

真珠湾以来歴戦、日本人初のジャンボ機機長

昭和十七年後半、飛鷹分隊長時代

藤田怡與藏（ふじた　いよぞう）

大正六（一九一七）年、中国・天津生まれ。昭和十年、海軍兵学校に六十六期生として入校。卒業後は戦艦金剛乗組、飛行学生を経て戦闘機搭乗員となる。空母蒼龍戦闘機隊小隊長として真珠湾攻撃、ウェーク島攻略作戦、印度洋作戦、ミッドウェー海戦に参加。ミッドウェー海戦では味方空母の対空砲火に撃墜され、海面を漂流、九死に一生を得る。その後、空母飛鷹戦闘機分隊長としてソロモン航空戦、三〇一空戦闘六〇一飛行隊長として硫黄島上空邀撃戦、三四一空戦闘四〇二飛行隊長としてフィリピン航空戦を戦い抜き、筑波空福知山派遣隊で終戦を迎えた。海軍少佐。戦後、日本航空に入社、ダグラスＤＣ－４、ＤＣ－６Ｂ、ＤＣ－７Ｃ、ＤＣ－８の機長を経て日本人初のボーイング７４７（ジャンボ）機長となり、昭和五十三年、六十歳で退社するまで世界の空を飛び続けた。総飛行時間は一万八千三十時間。退職後は、元海軍戦闘機搭乗員で組織する零戦搭乗員会の代表世話人（会長）を務めた。平成十八（二〇〇六）年十二月一日歿。享年八十九。

137　藤田怡與藏　真珠湾以来歴戦、日本人初のジャンボ機機長

N.Koudachi

「最近は人も訪ねてこないし、子供たちも日中は出かけていて、物音ひとつ聴こえないこの部屋に一人でいると、生きてるのか死んでるのかもわからなくなります」

東京・世田谷の閑静な住宅地の一角にある自宅応接間で、八十三歳の藤田怡與藏(ふじたいよぞう)は語り始めた。平成十三年初夏のことである。この年は、昭和十六(一九四一)年十二月八日の大東亜戦争(太平洋戦争)開戦、真珠湾攻撃から六十周年にあたり、私は講談社の月刊総合誌「現代」の取材で藤田邸を訪ねていた。藤田は、空母蒼龍(そうりゆう)戦闘機隊小隊長の中尉として零戦を駆って真珠湾攻撃に参加したのを皮切りに各地を転戦、終戦まで第一線の指揮官として戦い抜いた。さらに、戦後は日本航空の国際線機長となり、日本人初のボーイング747(ジャンボ)機長として六十歳の定年まで空を飛び続けた人である。

私はそれまでにも藤田には何度か会い、取材を重ねていたが、記事にする機会のないまま数年が経過していた。藤田が癌をわずらい、長時間にわたるインタビューがむずかしかったことが、その大きな理由である。だが、聞けばこのところ病状は安定してきており、自宅でなら話ができるという。そこで、真珠湾六十年の節目を機に、こんどこそ記事にまとめようと、私は藤田を訪ねたのだ。

「近頃はなんだか変な心境になっちゃってね、人間なんていうのは地球上に住んでるウジ虫みたいなもんだな、と。俺はウジ虫の一匹だな、死んだって生きたってどうってことはない。いつ死んでもいいや、そう思ってるんだけど、なかなか死にやがらない。案外、長生きしますかな。これはもう、神の思し召すままに、と考えるより他はないですね。

——そうですか。真珠湾に行ってから、もう六十年も経ちますかな。私はその後、ミッドウェーで一時的に記憶喪失症みたいになって、記憶が飛び飛びになっているところもあるんですが、真珠湾攻撃で分隊長・飯田房太大尉の自爆を見送ったときのことははっきりと憶えていますよ」

飛行機の虜に

藤田怡與藏は、大正六（一九一七）年、中国・天津で生まれた。父・語郎は医師で、天津で病院を営んでいた。

「小学生の頃、天津に陸軍の飛行機がやってきて、在留邦人の希望者を順番に乗せて飛んでくれたことがあったんです。それで、これは自分も乗せてもらえるな、と喜んでいたら、先に飛んだ父が飛行機に酔って、フラフラになって降りてきましてね、こんな危ない乗り物、お前はダメだ、と言って連れて帰られちゃったんです。しかしそのときから、飛行機に対する憧れはずっと持ってましたね」

天津の小学校を卒業した藤田は、父の郷里である大分県の県立杵築中学校（現・杵築高校）に進学。陸上競技部に入部し、短距離選手として活躍した。

海軍を志したのは、中学四年の夏、広島県江田島の海軍兵学校に進んだ二年先輩の生徒が、純白の制服に短剣を吊った姿で帰省してきた姿に接したことがきっかけだった。中学五年の十二月に海軍兵学校を受験、難関を突破して昭和十（一九三五）年四月、六十六期生として入校した。

海兵在校中の昭和十二（一九三七）年七月七日、中国・北京郊外の盧溝橋で日中両軍が衝突、戦火はまたたくまに上海に飛び火し、支那事変（日中戦争）が始まった。そのため六十六期生の教育期間は半年短縮されることになり、昭和十三（一九三八）年九月、卒業する。この年、藤田の卒業を見届けることなく、父・語郎は脳溢血で急逝していた。

兵学校を卒業、少尉候補生となった藤田は、練習艦隊で南洋諸島を巡航したのち、筑波海軍航空隊で講習員として約三週間、航空適性の検査を受けた。

「このとき、初めて飛行機に乗ったわけですが、ああ、これは気持ちがいいなあ、と。すっかり飛行機の虜になりましてね、飛行学生を志すようになったんです」

戦艦金剛（こんごう）乗組を経て昭和十四（一九三九）年十一月十五日、念願かなって飛行学生を命ぜられ、筑波海軍航空隊に転勤。

「このときの分隊長兼教官が、兵学校の四期先輩、六十二期の飯田房太大尉でした。もの静かな人でしたが、指導は厳しかった。あるとき、われわれ同期の誰かがヘマをして、分隊長を怒らせたことがあるんですが、『お前たちのなかで、将来、実施部隊に配属されたとき、俺の部下として来る者がいると思うが、そのときには改めてみっちり鍛えなおしてやるから覚悟しておれ！』と怒鳴られたのを憶えています」

筑波空での訓練を終えると、飛行学生は各々の専修する機種を割り当てられ、実用機教程に入る。藤田は戦闘機専修と決まり、昭和十五（一九四〇）年六月二十九日、五名の同期生とともに大分海軍航空隊に赴任した。

「ここでの分隊長は、海兵六十一期の菅波政治（まさはる）大尉でした。一緒に大分空へ行った同期生は、私と、六十六期首席の坂井知行（ともゆき）、原正、日高盛康、山下丈二の五名です。訓練に使ったのは複葉の九五式艦上戦闘機でしたが、筑波で乗った九三中練と比べると、段違いにスピードが速く、操縦のむずかしい飛行機でした」

大分空では、空戦訓練や射撃訓練も行なった。射撃訓練は、曳的機の引く布製の吹流しを的に、各自二十発の機銃弾を撃ち込む。自機も的も高速で飛行しているわけで、命中させるのは容易なことではない。一発も命中させられない者も多かったが、藤田はここで、二十発中二十一発命中というめずらしい記録を残した。吹流しの布がたわみ、重なった部分に弾丸が命中、一発で二発分の穴が開いたのだ。

美幌空から空母蒼龍へ

十一月十五日、中尉に進級し、実用機課程を修了。同期生たちはそれぞれ実施部隊に転勤していったが、藤田はそのまま大分空に教官として残された。そして約半年、昭和十六年（一九四一）四月十日付で美幌海軍航空隊に転勤となる。美幌空は、北海道美幌村（現・網走郡美幌町）に原隊を置き、九六式陸上攻撃機を主力とする航空隊だったが、戦闘機一個分隊が付属し、当時は中国大陸で作戦に従事していた。

「すでに零戦は登場していましたが、美幌空にまではまだ回ってこない。私は九六戦で、上海、漢口、運城と移動を重ねながら、基地の上空哨戒に飛ぶ毎日でした。漢口では、第十二航空隊の零戦が中国奥地の空襲に出撃していくのを見送りながら、羨ましかったですね。漢口の夏は暑く、電線にとまった雀は足踏みをしているし、暑さに負けて落ちるのもいる。『落雀の候』という時候の挨拶があったぐらいです。整備員は増槽（機体の下につける補助の燃料タンク）に細工をして、水を入れた一升瓶を二〜三本入れておき、高度六千メートル二時間の哨戒飛行で十分に冷やして、それで暑さをしのいだりもしていました」

敵よりも暑さと戦うこと四ヵ月あまり。昭和十六年九月一日には早くも転勤命令がくだる。藤田の行く先は、第二航空戦隊の空母蒼龍だった。

「母艦乗組の搭乗員は、なんといっても海軍航空隊の花形ですから、辞令を受け取ったときは天にも昇る気持ちでした。しかもようやく零戦に乗れる。喜び勇んで、飛行機隊が訓練している大分県の佐伯基地に赴任の途中、日豊線の車内で、別府から乗り込んでこられた飯田大尉と会ったんです」

飯田大尉は蒼龍戦闘機隊の分隊長になっていた。藤田は、筑波空でのことを思い出し、恐る恐る挨拶をした。

「分隊長のお世話になることになりました。これから鍛えなおしていただきます」

すると飯田大尉は、

「よし、これからレスで鍛えてやるから覚悟しろ！」

と答えてニヤリとした。海軍には部内でしか通じない隠語がいくつもあり、「レス」というのは「レストラン」の略、当時で言うところの海軍料亭のこと。海軍のいるところ「レス」があり、「レス」には「エス」(Singer の略。芸者のこと)がつきもので、飯田大尉の言葉を翻訳すると、「芸者遊びを教えてやる」ということになる。緊張する藤田に、飯田大尉は海軍流のユーモアで応えたのだ。

佐伯基地には、空母赤城、加賀の第一航空戦隊、蒼龍、飛龍の第二航空戦隊の戦闘機隊が集まって訓練をしていた。それぞれの空母の戦闘機は二個分隊十八機の編成で、もう一人の分隊長は、藤田が大分空時代の分隊長、菅波政治大尉だった。

「私は、母艦乗組の士官搭乗員としてはいちばん若いクラスでした。蒼龍では、飯田大尉の分隊で分隊士、空中の戦闘配置としては第二小隊長(一個小隊三機の指揮官)を務めることになりましたが、筑波空、大分空の修業時代の分隊長が自分の上に二人揃っているわけで、まじめにならざるを得ませんでした」

と、藤田は言う。藤田小隊の二番機、三番機には、高橋宗三郎一飛曹、岡元高志二飛曹がついた。

さっそく、猛訓練がはじまる。ほかの小隊は午前、午後一回ずつだが、新入り小隊長である藤田の小隊は、午前二回、午後二回と二倍飛んだ。零戦の慣熟飛行から始まって、編隊、射撃、一対一の空戦、二対一の空戦と訓練を重ね、着陸のときは必ず、母艦への着艦訓練にそなえて飛行場の隅に設置した布板を目標に、定地着陸訓練（決められた小さな範囲内に接地、着陸する）を行なった。空戦訓練中、藤田の機と岡元二飛曹機が空中接触し、あわやということもあったが、訓練の甲斐あって、技倆はぐんぐんと上がってきた。

「当時、母艦部隊に配属された整備員や兵器員は超一流で、飛行機の稼働率は百パーセントに近かった。つねに決められた愛機に搭乗できたので、われわれはペンチを持ってエルロン（補助翼）や方向舵の修正片を好きなように曲げ、水平飛行の巡航で五分間は手足を離してもまっすぐ飛べるように調整していました。そんなふうに接していると、機械にも命があるように感じられ、この零戦が体の一部になったような気がしてきたものです」

訓練は多忙を極めたが、遊ぶほうも忙しかった。搭乗員は航空加俸（かほう）や危険手当がついて、毎月の給料は本俸の二倍にはなる。士官は当直のとき以外、夜間の外出は自由である。藤田は飯田大尉らと連れだって、三日にあけず別府へ繰り出してはフグを喰い、酒を呑み、深夜二時まで騒いで四時に起き、汽車で佐伯基地に帰ってそのまま訓練に飛ぶような日々だったという。

真珠湾出撃前夜

「十月下旬でしたか、源田實参謀が佐伯基地に飛来して、士官を集め、ハワイ・オアフ島の米太平洋艦隊の拠点、真珠湾を攻撃する構想を明かされました。これはえらいことになったと身震いしましたね。あの大国を相手に戦って勝てる道理があるのか、と。ハワイ空襲では当然、戦死するものと覚悟を決めました。

十一月に入ると、赤城、加賀の一航戦の零戦隊は十八機対十八機の編隊空戦訓練を行ったと聞きましたが、蒼龍、飛龍のわれわれ二航戦は、九機対九機まででした」

母艦への着艦訓練も行なわれた。藤田は、ここで飯田大尉から、「ネコ」というニックネームを頂戴した。猫はどんな姿勢で空中に放り上げられても、四本の脚をそろえて着地する。藤田機の着艦がいつもみごとにピタリと決まることから、そう名づけられたのだ。

十一月十八日、飛行機隊は各母艦に収容され、南雲忠一中将率いる、赤城、加賀、蒼龍、飛龍、翔鶴、瑞鶴の六隻の空母を主力とする機動部隊は、択捉島単冠湾に集結した。二十六日、単冠湾を出港、ハワイ北方海域へと向かう。

「真珠湾に向け航海中、我々搭乗員は暇なので、よくミーティングと称して飯田大尉のところに集まって、いろんな話をしていました。

あるとき、分隊長が『もし敵地上空で燃料タンクに被弾して、帰る燃料がなくなったら貴様たちどうする』と言われた。あらかじめ、被弾して帰投不能と判断したらニイハウ島に不時着せよ、そうすれば味方潜水艦が収容に来るから、と言われていましたが、そんなのはあてにならない。みんなああでもない、こうでもないと話をしていると、分隊長は『俺なら、地上に目標を見つけて自爆する』と。それを聞いてみんなも、そうか、じゃあ俺たちもそうなったら自爆しようということになりました。ごく自然な成り行きで、悲壮な感じはなかったですよ。しかし出撃の前の晩は、明日死ぬんだと思うとさすがに眠れなかった。寝つけないのでビールを六本空けたんですが、一向に酔わず、結局、朝まで一睡もできませんでした」

飯田大尉自爆

暁闇のなか、支度をして飛行甲板に出た藤田は、菅波大尉の指示で艦橋に上がった。気象班から高度三千メートルの測風値をもらい、航海長に五時間後（帰投時）の艦隊の推定位置をもらい、作図をして攻撃終了後の集合地点に定められたオアフ島北部のカフク岬を起点とした帰りの針路、所要時間を計算し、出撃搭乗員全員にメモさせた。やがて、水平線が明るくなりはじめる頃、六隻の母艦から、零戦四十三機、九九艦爆（急降下爆撃）五十一機、九七艦攻八十九（水平爆撃四十九、雷撃四十）機、計百八十三機の第一次発進部隊が発艦する。「蒼龍」戦闘機隊は、菅波大尉率いる九機が第一次、飯田大尉の率いる九機は第二次として発進することになっていた。飯田中隊第二小隊長の藤田は第二次発進部隊である。第二次は零戦三十六機、九九艦爆七十八、九七艦攻五十四（水平爆撃のみ）機、計百六十八機が発進し、うちエンジン故障で引き返した零戦一機と艦爆二機をのぞく百六十五機が攻撃に参加した。

「いざ発艦、というときは、まったくの平常心でした。というより、戦闘機は飛行甲板の先っぽに近い、いちばん前から発艦しますから、うまく発艦しなければと、技術的なことで精いっぱいでした。発艦したとたんに機はグーッと沈みますからね、海面に墜ちる前にスピードを上げて上昇しなきゃいけない。発進してからは、戦闘機隊は速度の遅い攻撃隊について行くのに一苦労で、ジグザグ運動しながら飛びました」

この日、オアフ島上空は雲が多く、断雲の切れ目からかろうじて海岸線が見えた。いよいよ戦場だ、そう思ったとたん、藤田は体が震えるほどの緊張を覚えた。そのとき、指揮官機から無線（モールス信号）で、「全軍突撃セヨ」を意味する「ト」連送（・・―・・を繰り返す）がレシーバーを通じて耳に届いた。飯田中隊の零戦九機は攻撃隊から離れ、高度を六千メートルに上げる。

「すると、下方に真珠湾が見えてきました。われわれ第二次発進部隊が真珠湾の上空に着いたときには、すでに一次の連中が奇襲をかけたあとですから、敵は完全に反撃の態勢を整えていました。後ろを振り返ると、わが中隊が通った航跡のように、高角砲の弾幕の黒煙が追ってきている。もうちょっと前を狙われたら木っ端微塵です。

はじめ空中には敵戦闘機の姿が見えなかったので、作戦で決められた通りにカネオへ飛行場の銃撃に入りました。目標は地上の飛行機です。飯田大尉機を先頭に、単縦陣で九機が一直線になって突入しました。地上砲火は激しくて、曳痕弾が自分に向かって飛んでくる。当たるかな、と思うと、直前でピッという音を残して上下左右に飛び去ってゆく。三度ぐらい銃撃したところで、ガン、という衝撃を感じて、見ると右翼端に銃弾による穴が開いていました。

われわれが銃撃中に艦爆隊もカネオへ基地を爆撃したらしく、爆煙で地面が見えなくなったので、ホイラー飛行場に目標を変更して二撃。二十ミリ機銃弾を撃ち尽くし、七ミリ七（七・七ミリ機銃）だけになったので効果は薄かったと思いますが……。ここでも対空砲火は激しかった。飛んでくる弾丸の間を縫うように突っ込んでいったんですからね。

ホイラー飛行場の銃撃を終え、飯田大尉の命令（バンク――機体を左右に傾ける――による合図）により集合してみると、飯田機と二番機の厚見峻一飛曹機が、燃料タンクに被弾したらしく、サーッとガソリンの尾を曳いていました。これはやられたな、と思って飯田機に近づくと、飯田大尉は手先信号で、被弾して帰投する燃料がなくなったから自爆すると合図して、そのままカネオへ飛行場に突っ込んでいったんです。その表情までは見えませんでしたが、迷った様子は全然ありませんでした。ミーティングで自ら言った通りに行動されたわけです。煙のなかへ消えていく飯田機を見ながら、涙が出そうになりました。

当時、飯田大尉は格納庫に自爆したのを私が確認したように報じられ、戦後も映画でそのように描かれたりしましたが、煙に遮られてそこまでは見えませんでした」

じっさいに飯田機が墜ちたのは、カネオへ基地の敷地内ではあるが、格納庫や滑走路から一キロは離れた、隊門にほど近い道路脇である。米側の証言記録によると、飛行場に突入してきた飯田機は、対空砲火を受け低空で火を発したが、最後の瞬間までエンジンは全開で、機銃を撃ち続けていたという。飯田大尉の遺体は機体から引き出され、米軍によって基地内に埋葬された。墜落地点には、真珠湾攻撃三十周年にあたる昭和四十六年、米軍が小さな碑を建てた。

米戦闘機との空中戦

カネオへ基地に降下してゆく飯田機を見送った藤田が、残る八機をまとめ、集合地点に向かう途中、銃撃音にふり返ると、後上方から敵戦闘機九機（米側記録では、陸軍第十五追撃隊のカーチスP－36A五機）が攻撃をかけてくるのが見えた。

「すぐに戦闘開始を下令して、空戦に入りました。増槽を落とそうとレバーを引きましたが、長い航海に錆びついたのか落ちない。仕方がないので増槽をつけたままで戦い、私は一機に命中弾を与えましたが、最後に一機、正面から向かってくるのがいる。そこで、ちょうどいいや、こいつにぶつかってやれ、と腹を決めてまっすぐ突っ込んでいくと、敵機は衝突を避けようと急上昇した。そこへ、機銃弾を存分に撃ち込んでやったんです。

ところが、正面から撃ち合ったもんだから、私の零戦にもかなりの被弾があったようで、エンジンがブルンッといって止まってしまいました。目の前の遮風板（前部風防）にも穴が開き、両翼は穴だらけです。これはしようがない、自爆しようと思ったら、また動き出した。それでなんとか帰ってみようと、途中ポコン、ポコンと息をつくエンジンをだましだまし、やっとの思いで母艦にたどり着きました。油圧計はゼロを指していて、焼きつく寸前です。着艦すると、その衝撃でエンジンの気筒が一本、ボロンと取れて飛行甲板に落ち、同時にエンジンが完全に止まってしまいました」

P－36Aは、日本でいえば九六戦の世代にあたる旧式戦闘機だったが、奇襲を受けたことで「蒼龍」零戦隊は思わぬ苦戦を強いられた。藤田機が命中弾を浴びせたうちの一機は墜落したかに見えたが、厚見一飛曹機は、後上方攻撃から過速に陥り、エンジンを絞ったときに排気管から出た炎が、漏れ出したガソリンに引火、火だるまとなって地上に激突した。

飯田大尉の三番機・石井三郎二飛曹は、逃げる敵機を深追いして編隊からはぐれ、単機となって機位を失し、帰艦できず戦死した。

自爆した飯田大尉は山口県出身の二十八歳、兵学校時代、「お嬢さん」というニックネームで呼ばれていたという。気性の荒い者が多い戦闘機乗りにはめずらしく、気品を感じさせるほど温和で寡黙な士官であった。

「飯田機は還れないほどの被弾ではなかったと思う。行きは増槽を使い、戦闘のときにそれを落として機内の燃料タンクを使うわけですが、やられたのはそのうちの一つで、胴体ともう片翼の燃料は残ってますからね。冷静になって計算したら燃料はあるわけですよ。もしかしたら還れたかもしれないのに、惜しいことでした。いま思えば、航海中のミーティングのときから、心中に期するものがあったのかもしれません」

ウェーク島での無念

真珠湾攻撃の帰途、蒼龍、飛龍の第二航空戦隊に、ウェーク島攻略作戦を支援するよう命令が届いた。

ウェーク島は、アメリカ本土とグアム、フィリピンを結ぶ線上に位置する、米軍の重要拠点である。日本軍はこの島を占領すべく、十二月八日、委任統治領であるルオット島を発進した陸上攻撃機をもって空襲をかけ、さらに上陸を試みたが、予想外に頑強な敵の反撃に遭い、駆逐艦二隻を撃沈されるなどの損害を出し退却していた。攻略部隊がわずか四機のグラマンF4Fワイルドキャット戦闘機に翻弄されたことから、再度の攻略作戦開始にあたって、機動部隊の戦力の一部を投入することとなったのだ。

十二月二十一日、第一次攻撃。菅波政治大尉率いる零戦九機は、蒼龍の艦爆十四機、飛龍の艦爆十五機、艦攻二機を護衛してウェーク島攻撃に発進。だが、この日は敵機の反撃はなく、零戦隊は拍子抜けして還ってきた。翌二十二日の第二次攻撃では、藤田の率いる蒼龍の零戦三機は、岡嶋清熊大尉率いる飛龍の零戦三機とともに、蒼龍の艦攻十六機、飛龍の艦攻十七機を護衛して攻撃に向かった。

「昨日は出てこなかったが、グラマンがまだ残っているはずだというので、敵戦闘機を掃討するのがわれわれの任務でした。しかし、ウェーク島上空に着いてみると敵機の姿は見えない。それならばと地上銃撃に移ろうとしたところで、突然、雲の合間からグラマンが降ってきて、蒼龍の艦攻二機が撃たれて火を噴くのが見えた。急いでそちらへ機首を向けましたが、敵機はすでに飛龍の零戦が撃墜したあとでした。母艦に帰って、火を噴いた艦攻の一機には、機動部隊きっての水平爆撃の名手で、真珠湾攻撃でも水平爆撃隊の嚮導機(きょうどうき)(編隊を誘導し、爆撃目標を定める。ほかの機は、嚮導機の照準にあわせて爆弾を投下する)を務めた金井昇一飛曹が乗っていたことを知りました」

金井一飛曹は九七艦攻の偵察員。その爆撃照準の腕には天才的な冴えがあり、操縦員・佐藤治尾飛曹長とのペアで、訓練でほぼ百パーセントの命中率を上げ、嚮導機に抜擢されていた。金井一飛曹の戦死は、司令部にも大きな衝撃を与えた。

藤田は艦長・柳本柳作(やなぎもとりゅうさく)大佐から、護衛を果たせなかったことに対してきびしい叱責を受けた。このことについて、藤田は最後まで多くを語らなかった。

蒼龍は十二月二十九日、内地に帰投、呉に入港した。飛行機隊は大分県の宇佐基地に集められ、搭乗員には正月休暇が許されたが、翌昭和十七年一月十二日、次の作戦のためにあわただしく出港する。こんどは蘭印(現・インドネシア)攻略作戦である。

蒼龍は、続いてセイロン島（現・スリランカ）の英艦隊拠点を攻撃するため、赤城、飛龍、翔鶴、瑞鶴とともにインド洋に進出。藤田は四月五日のコロンボ空襲に零戦九機を率いて参加、敵戦闘機との空戦で一機を撃墜したが、藤田小隊の三番機についた東幸雄一飛（一等飛行兵）を失った。

ミッドウェー海戦、母艦上空直衛

印度洋から帰った藤田たち蒼龍戦闘機隊は、笠之原（かさのはら）基地で整備、訓練ののち、こんどはミッドウェー作戦に出撃することになった。藤田は五月一日付で大尉に進級している。

日本本土と、米海軍太平洋艦隊の拠点であるハワイの中間に位置するミッドウェー島を攻略し、米艦隊を誘い出して一挙に撃滅しようというこの作戦には、聯合艦隊の決戦兵力のほぼ全力が投入されることになった。

五月二十七日は、日露戦争で、東郷平八郎司令長官率いる聯合艦隊がロシア・バルチック艦隊を壊滅させた日本海海戦から三十七年目の「海軍記念日」である。この日、赤城、加賀、蒼龍、飛龍を主力とする第一機動部隊は広島湾を出航した。この作戦では、山本五十六聯合艦隊司令長官が直率する戦艦大和以下主力部隊も、機動部隊のあとに続くことになっている。まさに威風堂々の大戦力だった。

だが、真珠湾攻撃以来、ほとんど休む間もなく戦い続けている機動部隊各艦の乗組員の疲労は蓄積し、飛行機搭乗員も補充、交代が完了したばかりで、訓練内容も基礎訓練の域を出ていない。藤田ら、引き続き艦に留まっている歴戦の搭乗員も多いが、新参者の編隊空戦訓練を行なう時間的余裕はなかった。機動部隊全体として、ハワイ作戦当時の練度にはほど遠く、実質的な戦力は大きく低下していた。それでいて、連戦連勝だったこれまでの戦果に対する過信が緊張感を欠如させ、機密保持にも作戦にも緩みを生じさせていた。

結果から先に述べると、六月五日から六日にかけて日米機動部隊が激突した「ミッドウェー海戦」で、日本側は主力空母四隻のすべて、赤城、加賀、蒼龍、飛龍と飛行機二百八十機を失い、開戦以来初の大敗を喫した。

米軍は日本側の通信を傍受し、暗号を解読してその動きを察知していた。エンタープライズ、ホーネット、ヨークタウンの三隻の空母を主力とする米機動部隊はミッドウェー島周辺海域で戦闘態勢を整え、日本艦隊をいまやおそしと待ち構えていたのだ。

日本の機動部隊が第二次攻撃隊の準備に追われている間に、ミッドウェー島を発進した敵機が相次いで来襲している。藤田のこの日の任務は母艦の上空直衛だった。

「明け方、朝食を摂る暇もなく、前夜から艦隊に触接していた敵のボーイングB－17を攻撃するため発艦しましたが、敵の高度があまりにも高く、まだ私が上昇中で追いつけない間に、爆弾を投下して逃げていきました。

やがて、ミッドウェー島攻撃に向かう第一次攻撃隊が発艦するのを上空から見送った直後、敵機来襲の報を無線電信で聞き、指示された方角に向かいましたが、低空を飛んでくる双発のマーチンB－26多数を発見したものの間に合わず、するとまた敵編隊来襲の報が入ったのでそちらの方角に向かって……」

藤田の目に、約二十機の敵艦上爆撃機が、五機ずつの編隊を四段の梯型に組んで飛んでくるのが見えた。周囲を見渡すと、これを攻撃できそうな位置にいる零戦は藤田機しかいない。

「それで、私一機でこいつらに爆撃させないためにはどうしたらいいかと考えました。そうだ、敵は斜め後ろ下がりの梯型で来てるんだから、敵が一線に見える斜め上方から攻撃して弾幕をつくれば、相当数撃墜できるんじゃないかと。そう思いついて私は、機銃の発射レバーを握って遮二無二突っ込んでいった。一撃後、振り返ってみると、敵はたして二機が煙を吐いて編隊から脱落してゆく。同様に何度か攻撃を繰り返し、敵機が約半数になったところで味方の零戦隊も加わって、結局、急降下爆撃に入った敵機は三機だけでした。これも私が急降下しながら針路を妨害したせいか、味方艦隊への命中弾は一発もなし。ホッとしましたね」

爆撃を終えた敵機が、超低空を逃げてゆく。藤田がその一機を追うと、その機はさかんにバンクを振っている。「俺の任務は終わったのだから、許してくれよ」と言っているようだ。藤田は思わず噴き出したが、そこは戦争である。かわいそうだが許すわけにはいかないと、照準器に捉えて機銃を発射。敵機は水しぶきを上げて海面に突っ込んだ。

墜とされても墜とされても、敵機の来襲は切れ目なく続く。藤田は、米軍搭乗員の勇敢さに内心舌を巻いた。次に来たのは雷撃機。これも約二十機が、先ほどの艦爆と同様の編隊を組んで飛んでいる。藤田はまたもや斜め上方から攻撃をかけ、駆け付けたほかの零戦とともにその大部分を撃墜している。雷撃に成功した敵機は三機のみ。だがこれらの魚雷も、味方空母の巧みな操艦で回避された。

機銃弾被弾、海上へ落下傘降下

「敵襲が一段落し、弾丸も撃ち尽くしたので着艦しました。艦橋で報告し、握り飯を待っていると、またもや敵襲。飛行甲板上に準備されていた零戦に急いで飛び乗りました。発艦直前、従兵が操縦席に握り飯を届けてくれたのでありがたく一口ほおばりましたが、ちょうどそのとき、発艦の合図が出て、残りの握り飯はもったいないですが投げ捨てて、発艦しました。指示された方位に飛ぶと、敵はまたも雷撃機。先ほどと同じような編隊で、同様の攻撃をしているうちに残りは四機だけとなり、味方の零戦のほうが多くて空中接触の危険を感じたので、あとは仲間に任せようと、最後に一撃をかけると、味方の母艦に腹（機体下面）を見せる形で旋回した。そこへ、ちょうど赤城の方角から飛んできた機銃弾が、私の機体に命中したんです。

カン、という音が足元でしたと思ったら、白煙が出てきて、すぐにパッと火がつき操縦席に燃え広がった。機銃弾が胴体の燃料タンクに命中したんでしょうな。炎除けに、絹のマフラーをひっぱり上げて顔を覆い、飛行帽の上に跳ね上げていた飛行眼鏡をかけ、不時着水しようと海面の場所を見定めているうちに、目の前にある七ミリ七の機銃弾倉に火がまわり、銃弾がパチパチ弾けだした。自分の機銃弾に当たったんじゃつまらないと思い、落下傘降下を決意して、ふたたび高度を上げて見ると、眼下に軽巡長良（ながら）がいる。よし、ここで飛び降りようと、風防を開けバンドを外して身を乗り出したんですが、風圧で体が後ろに押しつけられて脱出できない。両脚を風防の上縁にかけ、のけぞって機体の横に転がり出ました」

脱出のとき、高度計をチラッと見ると二百メートルを切っていた。落ちてゆく途中、ヒューヒューと風を切る音は聞こえるが、落下傘はヒョロヒョロ伸びるばかりで開かない。これはこの二ヵ月間、怠けて傘体のたたみ直しをしなかったため、風をはらまないのだと直感した藤田は、傘体を両手でつかんで思い切り振ってみた。とたんに大きなショックを感じ、落下傘が開いたと思った次の瞬間には海面に叩きつけられていた。言葉にすると長いが、ほんの数秒の出来事である。

「海に落ちてから落下傘を外そうとしましたが、水中ではこんな単純な作業も手間取るもので、海中で体を回転させて、苦労してようやく外しました。海面に顔を出し、ホッとして周囲を見渡すと、頼みの長良は全速力で横を通り過ぎて行ってしまいました。波は高くないがうねりがあって、底に沈んだときは四方は海の壁みたいだし、頂上では周囲が一望にできるようで、その差十メートルはあるように感じました。うねりに持ち上げられたとき、水平線の彼方に三筋の黒煙が見える。その付近にわが艦隊がいるにちがいないと思い、その方向をめざして泳ぎはじめました」

藤田はそのとき知る由もなかったが、遠望した三筋の黒煙は、被弾した赤城、加賀、蒼龍から立ち上るものだった。藤田が味方対空砲火に撃墜され、落下傘降下した直後、零戦隊が低空の敵雷撃機に気を取られている間に、上空から断雲を縫うように急降下してきた敵艦爆の投下した爆弾が加賀、ついで赤城、蒼龍へ、つぎつぎと命中したのだ。初弾の命中は、午前七時二十五分。三隻の空母では、敵艦用に用意されていた魚雷や爆弾を、ミッドウェー島攻撃隊指揮官・友永大尉の「第二次攻撃の要あり」との無電で陸上用の爆弾に換装し、さらに索敵機による敵空母発見の報告を受けて急遽、それを元の敵艦用兵器に換装する作業に追われていた。命中した敵弾は飛行甲板を貫いて格納庫で爆発、そこで信管をつけたままの魚雷、爆弾が誘爆を起こし、大火災となっていた。

最初に沈んだのは蒼龍だった。生存乗組員は午後三時までに、駆逐艦濱風（はまかぜ）、磯風に移乗を終えたが、四時十二分、蒼龍は艦首を上げ後部から沈んでいき、八分後、水中で大爆発を起した。柳本艦長は、艦と運命をともにした。

たまたま、魚雷回避のため転舵して、他の三隻と離れていたために無傷で残った飛龍は、ただ一隻で反撃を試みた。飛龍はこのとき、第二航空戦隊の旗艦で、司令官・山口多聞（たもん）少将の将旗を掲げていた。

加賀、赤城、蒼龍の被弾から約三十分後の午前七時五十七分、飛龍では小林道雄大尉が率いる九九艦爆十八機を、六機の零戦とともに敵空母攻撃に発進させる。艦爆隊の一部は敵空母の攻撃に成功、爆弾六発を命中させ（実際には三発）、大破炎上させたと報告したが、帰艦できたのは零戦三機、艦爆五機に過ぎなかった。

十時三十分、友永大尉率いる艦攻十機、戦闘機六機が、司令官以下の見送りを受けて発進、敵空母に二本の魚雷を命中させた。飛龍では、なおも残存機を集めて第三次攻撃の準備に入った。ところが、その準備中に飛龍もまた被弾、大火災を起こし、味方魚雷で処分される。山口司令官と艦長・加来止男大佐は艦と運命をともにし、ここに、真珠湾以来、無敵を誇った日本海軍機動部隊は壊滅した。

駆逐艦の同期生に救われる

さて、海上を漂流している藤田には、味方艦隊に何が起きているのかわからない。救命胴衣をつけているので浮力はあるが、泳いでいるうち、身につけているものが海水を含んで重くなってくる。飛行帽、手袋、飛行靴と順に脱ぎ捨て、しまいには靴下まで邪魔になって脱ぎ捨てた。鱶(ふか)のことが気になったが、鱶は自分よりも長いものは襲わないと言われていたので、首に巻いていたマフラーをほどいて腰に結んで垂らす。ところが、泳いでいるうち、海水が胸元から入って寒くなってきた。ミッドウェー島付近は、艦の上では暑くても、海水温度は体温より低い。我慢できなくなって、せっかく垂らしたマフラーを手繰り寄せ、また首に巻きなおす。

「鱶に食われたら仕方ないわい」

　と諦めることにした。

　しばらく泳いでいたが、味方の艦隊は一向に近くならない。朝、昼と食事も摂らずに戦ったので、急に空腹感に襲われた。藤田はじたばたするのをやめ、海面に大の字になって、暖をとるため手と足の先だけを水面から出した。

「何もすることがないので、自分の手を見て手相を勝手に判断したり、瞑想にひたっていましたが、空腹と疲労のせいか、だんだん眠くなってきました。こんなウトウトした状態で死ねたら楽だな、などと考えているうち、ほんとうに眠ってしまったようです。

　墜落して四、五時間も経ったかと思われる頃、なんだか周囲が騒がしくなったので目を覚ますと、なんと赤城が燃えながら約千メートルのところにいる。まだスクリューが回っているのか、少しずつ動いていました。駆逐艦野分（のわき）が赤城の警戒をしながら私のほうへ向かってくるので、これは助かったと思って泳いでいくと、野分の機銃が私を狙っているのに気づいた。首だけ出して泳いでいたら、遠目には日本人だかアメリカ人だか、見分けはつきませんからね。また味方に撃たれてはかなわんと思い、あわてて立ち泳ぎをしながら手旗信号で、『ワレソウリュウシカン』（われ蒼龍士官）とやったんです。やがて銃口が上がったので安心して泳ぎつき、舷側から垂らしてくれた縄梯子(なわばしご)を上って、ようやく甲板にたどりつきました。野分には私の同期生が二名、それぞれ水雷長と航海長として乗組んでいましたが、そのうちの航海長が、望遠鏡で私と認めて救助を命じてくれたそうです」

蒼龍が沈んだので、藤田はそれまでの思い出の写真や、私物をすべて失った。

飛鷹戦闘機隊ラバウルへ

機動部隊の搭乗員たちは、敗戦の事実を隠蔽するため、内地に還ってもしばらくは軟禁状態におかれた。藤田は鹿児島県の笠之原基地に送られた。だが、これまでの戦いで多くの搭乗員を失った日本海軍に、機動部隊のベテランを遊ばせておく余裕などない。ちょうど、豪華貨客船出雲丸として竣工予定だった船を建造途中で空母に改造した飛鷹(ひよう)の完成が近づき、同じく橿原丸(かしはらまる)として竣工予定だった姉妹艦の空母隼鷹(じゅんよう)とともに新たな第二航空戦隊が編成されることになった。隼鷹はひと足先に完成し、ミッドウェー作戦の陽動作戦として行われたアリューシャン作戦に参加して帰ってきたばかりである。藤田たち蒼龍戦闘機隊の多くは、そのまま飛鷹の乗組を命ぜられた。飛鷹飛行隊長には、兼子正(かねこただし)大尉が着任した。

「十月、飛鷹はトラックに進出、ソロモン海域で艦隊の上空直衛に任じたり、ガダルカナル島攻撃に参加したりしましたが、母艦が配電盤室火災で作戦行動ができなくなり、戦闘機隊は兼子大尉に率いられてニューブリテン島ラバウル、次いでブーゲンビル島ブイン基地に応援として派遣されました。日本側は当初、ソロモン諸島のガダルカナルに飛行場をつくって前進基地にしようとしたが、それを米軍に奪われてしまった。それで、ガダルカナルを奪還すべく、ラバウルから航空部隊を飛ばせて、続いてガ島からもっと近いブインにも飛行場を建設して、輸送船団や陸軍部隊を空から支援していたわけですね。米軍も必死で、ソロモンの戦いは熾烈を極めていましたが、肝心の基地航空部隊の戦力が足りなかったんです。それで、母艦が修理の間、飛行機隊は基地で戦ってろ、と。

十一月十一日、艦爆隊を直掩してガダルカナル島攻撃をしたときのこと、艦爆隊についてガ島上空に来ましたが、敵機はいない。艦爆隊が急降下爆撃するのにあわせて急降下に入りましたが、艦爆はスピードブレーキを使うのでわれわれはつんのめって先に出てしまう。それで、先回りして艦爆の避退集合地点に向かうと、そこにグラマンＦ４Ｆが約五十機、待ち伏せをしてたんです。

われわれは、二〇四空の六機とあわせて零戦十八機、それで突っ込んでいきました。

たちまち乱戦になり、撃ちまくっているうちに一瞬、直線飛行してしまった。すると途端に、機体に大きな衝撃を感じ、目の前を黒い影が右から左に横切った。グラマンＦ４Ｆです。しまったと思って機体を見ると、私の零戦は機体の右側、エンジンと操縦席の間に被弾して、五十センチほどもある大穴が開いている。やがてエンジンが、爆発音とともに停止しました。幸い火災は起きていない。見張りをしながらエンジンの再始動を試みました。燃料圧力が下がっているので、手動でポンプをつきながらスロットルレバーを動かし、必死でやっていたら高度千メートルぐらいに下がったところでやっとエンジンが始動した。

先ほど私を撃ったグラマンは、またもや後方から迫ってくる。全力を出せないエンジンで空戦するのは不利だと思い、気づかぬふりをして敵機を引きつけました。距離百メートル、そろそろ撃ってくるぞと感じたのでクイックロール（急横転）を打ったところ、敵はつんのめって私の目の前に飛び出した。二十ミリ機銃に切り換える暇もなく、七ミリ七機銃弾を浴びせたが、真後ろから撃つのでなかなか墜ちません。敵はよほど驚いたらしく、急反転して急降下で逃げていきました。

約三十分ほど飛んだ頃、また爆発音がしてエンジンが止まった。航空図で不時着場を物色しながら、また前回と同様に再始動を行ないました。列機が心配して寄ってくるので、大丈夫だと頷くそぶりで合図をしながら滑空し、ポンプをついているうち、また高度千メートル付近でやっと動いた。それで高度を上げてブイン基地に向かったんですが、基地の直前でまたエンスト。こんどはついに始動せず、基地上空で脚、フラップを下げて横滑りで高度を調節しながら無事、着陸できました。滑走路の端まで行って左に機首を振って停止しましたが、整備員が調べたところでは、吸排気管に穴が開いていたようです」

空母飛鷹飛行機隊行動調書には、この日、藤田はグラマンF4F二機を撃墜し、被弾四発、と記録されている。

飛鷹零戦隊の基地航空部隊への応援は、十二月中旬までの約二ヵ月にわたった。十一月十四日には、輸送船団上空直衛に出撃した飛行隊長・兼子大尉が、来襲した敵機と空戦の末、戦死している。ブイン基地では、ほとんどの搭乗員が風土病や下痢に悩まされた。

「い」号作戦の激闘

いったん、トラックに引き揚げて訓練に務めていた飛鷹零戦隊にふたたび出動が命じられたのは、昭和十八年四月のことである。戦死した兼子大尉の後任の飛行隊長には、岡嶋清熊（きよくま）大尉が着任していた。

すでにガダルカナル島争奪戦の勝敗は決し、日本軍は二月上旬、ガ島（とう）から撤退していた。しかも日本側は、オーストラリアへの足がかりとなるニューギニアの重要拠点、ポートモレスビーの攻略にも失敗している。敵にこれ以上の前進を許し、勢いづかせれば、やがて島伝いに北上し、日本本土の喉元を窺うことになる。そのため日本軍は、ガダルカナル、ポートモレスビーからの敵の侵攻を食い止めようと、苦しい戦いを続けていた。

そこで、敵航空兵力に痛撃を与えて勢力を優位に持ってゆくべく、基地航空部隊、母艦航空部隊の総力を結集しての大規模な航空作戦が、山本五十六聯合艦隊司令長官の主導で始められることになった。この航空総攻撃は、いろは四十八文字の最初の一字にあやかって「い」号作戦と名づけられた。山本長官はこの作戦の重要性を示すために、ラバウルで自ら陣頭指揮に当たることとし、司令部幕僚のほとんどを率いてラバウルに進出する。

とはいえ、この作戦に投入された航空兵力は、基地航空部隊は零戦九十機をふくむ約百六十機に過ぎず、ラバウルに進出することを命じられた空母瑞鶴、瑞鳳、隼鷹、飛鷹に搭載の零戦百三機、艦爆五十四機、艦攻二十七機、計百八十四機をあわせても三百五十機足らずと、真珠湾攻撃時の六隻の空母の搭載機の機数にも満たなかった。「い」号作戦は、四月七日から十四日まで、ガダルカナル島、ニューギニア両方面に対して実施され、のべ零戦四百九十一機、艦爆百十一機、陸攻八十一機、計六百八十三機が出撃している。

藤田はそのうち、四月十一日のニューギニア東部北岸・オロ湾の敵艦船攻撃には岡嶋大尉指揮のもと、飛鷹零戦隊第二中隊長として六機を率い、さらに四月十四日、ミルン湾の敵艦船攻撃のさいには飛鷹零戦隊二十機の総指揮官として、それぞれ艦爆隊を護衛して参加。激しい空戦を繰り広げている。

「あるとき、白い第二種軍装を着た山本長官が、飛行場でわれわれの出撃を見送ってくれたことがありました。このとき、エンジンを吹かし、離陸滑走しながらチラッと見た長官の、なんとも影の薄かったことを憶えています」

山本長官が、前線視察に赴いたブイン基地の直前で乗機・一式陸攻（いちしきりっこう）が米陸軍のP-38戦闘機に撃墜され、戦死したのは、「飛鷹」零戦隊がトラックに引き揚げた直後の四月十八日のことだった。山本長官の戦死は当分のあいだ極秘とされたが、藤田はわりあい早い時期に、長官戦死の噂を聞いたという。

「い」号作戦の期間中、敵に与えた損害を米側資料と照合すると、駆逐艦一隻、油槽船一隻、輸送船二隻、計四隻を撃沈、失わせた飛行機は二十五機に過ぎない。いっぽう日本側の自爆、未帰還は零戦十八、艦爆十六、陸攻九の計四十三機にのぼっていた。

硫黄島で潰滅した飛行隊

開戦以来一年半、第一線の母艦部隊に勤務し、多くの修羅場をくぐってきた藤田だったが、昭和十八年六月、ようやく内地帰還が発令される。行き先は福岡県の築城(ついき)海軍航空隊だった。空母戦闘機隊の補充搭乗員を養成する訓練部隊である。藤田にとっては、ひさびさの休暇配置と言えた。ところが、ひと息つけたのもつかの間、十一月二日付で、こんどは新しく編成された第三〇一海軍航空隊の、飛行長兼飛行隊長兼分隊長を命ぜられる。三〇一空は、司令・八木勝利中佐、新鋭の局地戦闘機(対爆撃機の邀撃用戦闘機)雷電を装備し、ラバウルに進出して戦うことを想定して横須賀海軍航空隊で編成された。

「当初は雷電がなかなか揃わず、やっと届いた飛行機も故障が多くて、改修、整備に追われました」

横須賀基地で整備、訓練中の昭和十九年一月八日、藤田は八木司令の仲立ちで、妻・貞と結婚した。藤田二十六歳、貞二十一歳だった。

三月四日付で、三〇一空は夜間戦闘機（本来、昼間戦闘機である零戦を、特殊な訓練をほどこした搭乗員により夜間戦闘に使用する）の戦闘第三一六飛行隊（飛行隊長・美濃部正大尉）と、雷電の戦闘第六〇一飛行隊（飛行隊長・藤田大尉）の二個飛行隊で編成されることになった。ただ、戦闘三一六の搭乗員の多くは水上偵察機からの転科者で、空戦訓練をほとんど受けていない。

そんな状況であるにもかかわらず、六月はじめ、マリアナ諸島のサイパン島に敵が来襲することが予想されると、戦闘三一六飛行隊にテニアン基地への進出命令がくだった。テニアンに進出した戦闘三一六の第一陣、零戦十機は、六月十一日、来襲した米機動部隊艦上機を邀撃、慣れない対戦闘機の空戦で壊滅する。続いて進出するはずだった戦闘三一六主力の零戦十九機は、悪天候で硫黄島に足止めされていた六月十五日、やはり来襲した米艦上機を邀撃するため発進したが、出撃した十八機のうち十七機を失った。

この日、米軍は大挙してサイパン島に上陸を開始している。サイパンが敵手に落ちたら、日本のほぼ全土が、米軍の新型爆撃機・ボーイングB－29の空襲圏内に入ってしまう。そこで、聯合艦隊司令長官・豊田副武大将は、サイパン救援のため、横空、二五二空、三〇一空などからなる臨時編成の「八幡（はちまん）空襲部隊」に硫黄島進出を命じた。

三〇一空は、戦闘三一六飛行隊が壊滅したので、藤田の戦闘六〇一飛行隊が行かなければならないが、硫黄島からサイパンへ攻撃に飛ぶことを考えると、雷電の航続距離では無理がある。そこで、三〇一空は、せっかく揃えた雷電を、厚木の第三〇二海軍航空隊に引き渡し、一週間で零戦をかき集めて硫黄島に進出することになった。

「ところが梅雨前線に阻まれましてね。何度も出撃しては引き返さざるを得なかったんです。われわれがやっと硫黄島に進出できたのが六月二十五日。しかしその前日、硫黄島は敵艦上機の空襲を受け、先に進出していた零戦隊は大きな犠牲を出していました。硫黄島は、島が全部火山のような殺風景なところでしたが、もしここを取られたら、敵戦闘機が本土に来るようになりますからね。なんとか守らなきゃならんと思っていたんですが」

七月三日、四日にも硫黄島は激しい空襲を受けた。藤田は両日とも邀撃戦に参加している。敵機は、藤田にとって初対戦となるグラマンF6Fヘルキャット。速度、運動性、機体強度にすぐれ、零戦では持て余すほどの相手だった。

「七月三日は指揮連絡がバタバタしましてね。味方レーダーの『敵編隊近づく』との報告で、各隊の零戦約百機がいっせいに飛び上がり、低空で北硫黄島上空の集合地点に向かい、高度をとって硫黄島上空に戻ったんですが、敵機が来ない。三十分ほど哨戒飛行をして、逐次着陸したところ、全機が着陸したのとほぼ同時に、見張所から『敵編隊来襲』との報告があり、ふたたび零戦に飛び乗って発進しました。まずは低空でスピードをつけ、集合点に向かおうとしましたが、振り返ると硫黄島上空ですでに空戦が始まっている。態勢を整える暇はありません。ただちに反転して空戦場に飛び込んで行ったんです。ところが空戦中、不覚にも敵機にエンジンと座席の中間あたりを撃たれて……。潤滑油が噴き出し、遮風板を覆って前方が見えなくなったのでやむを得ず着陸しました。

この戦いで、わが隊は、約半数の搭乗員を失いました。硫黄島に進出するのに零戦を急いでかき集めたため、三〇一空は二一型と五二型が交じっていました。若い搭乗員には古い二一型を当て、古い搭乗員には新しい五二型を当てたんですが、空戦が終わって還ってくるのは若い連中ばかりで、それも、一機、二機と撃墜してくる。五二型で出た古い搭乗員は半数以上が還ってきませんでした。腕に自信があるから無理な戦いを挑んだのかもしれませんが、五二型はエンジン出力と速度の向上と引き換えに、空戦性能は二一型に比べ、犠牲にされていましたからね」

この日、未帰還となった零戦は、各隊をあわせて三十一機にのぼっていた。

七月四日にも邀撃戦（ようげきせん）があり、零戦十二機が未帰還。零戦隊が着陸するとほどなく、硫黄島は敵艦隊の艦砲射撃を受け、三つの飛行場に残存していた零戦をはじめ約八十機の飛行機は全機が破壊された。生き残り搭乗員は、迎えの陸攻に分乗して内地に帰り、再建を図ることになった。

紫電飛行隊比島へ進出

壊滅状態となった三〇一空は解隊され、藤田は、こんどは戦闘第四〇二飛行隊長となる。戦闘四〇二は第三四一海軍航空隊に属し、新鋭の局地戦闘機紫電(しでん)の部隊である。三四一空の司令は、舟木忠夫中佐だった。

紫電は、水上機専門メーカーだった川西航空機(現・新明和工業)が開発した水上戦闘機強風(きょうふう)を陸上機に改めたもので、川西の陸上機に対する経験の浅さなどから、さまざまな問題点が未解決のまま残されていた。新たに装備された中島製の誉エンジンが故障続出、さらに中翼機のため主脚が長くなり、その長い脚をいったん縮めて収納するという二段操作が必要で、複雑な構造のため故障が多い上に折れやすく、視界も悪いなど、未完成な部分の目立つ戦闘機だった。

「九月下旬、わが隊は宮崎基地に移動しました。同じ三四一空に属する戦闘第四〇一飛行隊は、ひと足先に台湾へ進出しましたが、敵機動部隊艦上機の空襲があり、邀撃に上がったのはいいが、上空ではグラマンに撃たれ、下からは味方に撃たれて全滅したんです」

ずんぐりした形状の紫電は、遠目にはグラマンＦ６Ｆによく似ている。スマートな零戦を見慣れた味方対空陣地の将兵の目には、敵機と変わらぬ姿に映ったのだ。両翼と胴体に描かれた日の丸が確認できればよいが、もしも敵機なら、マークを視認できる距離まで接近されるともう遅い。紫電に対する味方の誤射は、その後もたびたび続くことになる。

「戦闘四〇一のあとをうけて、私の戦闘四〇二にも出撃命令がくだりました。沖縄に集結して、台湾沖の敵機動部隊攻撃に参加する計画です。ところが、沖縄に向かう途中で私の飛行機のエンジンが故障し、列機をつれてやむなく伊江島に不時着したんです。すぐに三番機の搭乗員をおろして飛行機を乗り換え、沖縄本島に到着したんですが、私の到着が遅いからと、指揮官が後輩の鴛淵孝（おしぶちたかし）大尉に変更されていました。それで腹を立てて、攻撃隊を見送ったあと、一刻も早く宮崎に帰ろうと飛べる飛行機を探したところ、基地に残る飛行機は全部故障していて、かろうじて一機、なんとか飛べそうな零戦を見つけた。それから、戦闘四〇二の宮崎に残っていた飛行機を集め、十月二十五日、ふたたび出撃準備が完了したので宮崎基地を出発、台湾の高雄基地を経由して、フィリピン・ルソン島のマルコット基地へ一日で進出しました」

特攻隊員の人選を拒否

十月二十五日といえば、レイテ島に来襲した敵上陸部隊に一矢を報いるべく出撃した日本海軍主力部隊の敗北が決定的になり（比島沖海戦）、また爆弾を搭載した零戦もろとも敵艦に体当りする、神風特別攻撃隊が初めて戦果を挙げた日である。艦隊決戦には敗れたが、フィリピンを占領されれば敵は台湾、沖縄と兵を進めてくることが予想され、日本陸海軍としては一日も長くフィリピンで持ちこたえなくてはならなかった。

「連日、レイテ島へ増援する陸軍部隊を乗せた船団の上空哨戒、特攻隊掩護、基地上空哨戒などにあたりましたが、新型機の悲しさ、交換部品がたちまち底をつき、使用可能機は激減しました。仕方がないので、飛べない紫電から二十ミリ機銃をはずして、指揮所周辺に機銃陣地を構築しましたが、これも敵急降下爆撃機の目標にされて壊滅した。飛行機は足りない、敵機の空襲は激しくなる。悔しい思いでいたところに、隣のマバラカット基地に零戦十数機が空輸されてきた。私はすぐに、この零戦を分けてほしいと司令部にかけ合いましたが、これは特攻隊用だからと、にべもなく断られました。到着した零戦は掩体壕に入れられましたが、翌日の空襲で焼かれてしまいました……」

しばらくして第二航空艦隊司令部より、戦闘四〇二から特攻隊員として十二名を差し出すよう命令が達せられた。

「すぐに司令部に飛んでいき、特攻隊員は全滅したのかと聞いてきたところ、隊員は百名以上いるがほとんど全員が病気であると。これはどうしたことかと考えるに、特攻待機中の搭乗員の心中は、ちょうど死刑囚が刑の執行を待っているのと同じであると。司令部にこれを話しましたが相手にされず、そのときから私は、はっきりと特攻には反対の気持ちを持つようになりました。

ただし、軍人ですから命令が出たら従わないといけない。そこで、『私の部下から十二名の特攻隊員を出すのではなく、私の隊に特攻出撃を命じてください』と頼みましたが、これも聞き入れてもらえませんでした。それで私もつむじを曲げて、隊に帰ると舟木司令と園田飛行長に、『私は特攻隊員の人選をしません。司令と飛行長でやってください』と言い捨てて、部屋にこもってしまいました。人選が決まって、彼らを送り出すときは涙が止まらなかったですよ」

昭和二十年一月六日、米軍はついにルソン島への上陸作戦を開始した。フィリピンの日本軍には、飛べる飛行機はもうほとんどない。翼を失った航空隊は、ピナツボ山麓に立てこもり、陸戦隊として戦うことになった。藤田も、山中で敵兵と斬り合って戦死することを覚悟したが、一月七日深夜、そんな状況に変化が起きる。

フィリピン脱出、本土決戦に備える

マルコット基地に残っていた藤田は、残存搭乗員を率いてトラック、あるいは徒歩でツゲガラオに移動し、台湾に脱出するよう命じられた。陸上戦闘の経験のない搭乗員は、地上ではたいして役に立たないが、飛行機さえあればふたたび戦力になる。しかも、一人の搭乗員を養成するには多くの時間と手間がかかる。そう判断しての、司令部の決定だった。

藤田以下、三四一空の搭乗員たちは、途中、ゲリラに襲われながらも数日から十数日かけてツゲガラオに移動、その後全員が内地に帰還したが、舟木司令以下の地上要員は山にこもり、貧弱な装備で圧倒的な火力を持つ米軍と交戦、凄惨きわまりない陸上戦闘の末、そのほとんどが戦死した。陸戦隊となった三四一空隊員は約五百名、そのうち生き残ったのは、戦後米軍の捕虜となった十三名のみである。

内地に還った藤田率いる戦闘四〇二飛行隊の搭乗員は、第三四三海軍航空隊の指揮下に入ることとされ、愛媛県の松山基地に移動したが、まもなく、三月五日付で第六〇一海軍航空隊に所属が変更になり、茨城県の百里原、千葉県の香取基地と移動、時おり敵機の邀撃戦に参加しながら、整備、新人搭乗員の錬成などにあたった。五月一日、さらに戦闘四〇二飛行隊は茨城県の筑波海軍航空隊に配属替えになり、京都府の福知山基地で本土決戦に備え、戦力を温存中に終戦を迎えた。使用機は、問題の多かった紫電から、その欠点のほとんどを解消した新型機、紫電改に順次更新されている。

「八月十五日、たまたま慰問に来ていた宝塚少女歌劇団月組の女の子たちが、敗戦を知ってあまり嘆き悲しむので、即興の踊りを見せて笑わせたのを憶えています。はじめから、勝てる戦争ではなかった。国は敗れても、国民さえしっかりしていれば、日本は必ずまた立ち上がる、と思い、それほど悲壮な感じはしませんでしたね」

藤田は、飛行機を操縦して生まれ故郷である天津に渡ろうと画策するが司令に止められ、やむなくそのまま、妻とその両親が疎開していた宮崎県川渡温泉に向かい、連合軍の出方がわからないので、しばらくの間、そこで潜伏した。真珠湾攻撃の関係者は全員、戦犯に問われるという噂が広まっていたからである。戦犯の詮議がないのを確かめて、中学時代を過ごした父の生地、大分に帰ったのは、昭和二十年十月のことだった。

米軍キャンプで働く

伯父を頼って大分に復員した藤田は、弟たちと力を合わせて小屋をつくり、そこに暮らしながら、荒れた畑を借りて農作業を始めた。だが数ヵ月もすると地主の息子たちが復員してきて、せっかく手入れした畑は取り上げられてしまう。世間知らずの元軍人に対する周囲の目は冷ややかで、したたかな農民には太刀打ちできなかったと、藤田は言う。

頼みの綱であった海軍の退職金も、すさまじいインフレであっという間に底をつき、藤田は、生活費を得るために町の臨時防疫職員に応募し採用されるも、公職追放令で解雇。昭和二十二年五月、海軍兵学校の同期生・山本重久の紹介で、払い下げの戦車を使っての開墾を業とする大分市の第一開発産業という会社に就職するが、これも半年ももたず、山本と社長の不和のあおりを食って退社することになる。同年十二月、中学時代の縁故で、別府市にある工藤工務所という土建業会社に就職。労務係として現場、営業、帳場の仕事に携わったが、ここも長続きせず、九ヵ月後、社長の夜逃げで会社解散の憂き目にあった。

藤田が次に就職したのは、後藤組という土建会社である。昭和二十三年十月のこと。

仕事は、作業員としてトラックの上乗りなどをする肉体労働だった。ここでは、土木作業のため、占領軍の別府キャンプにたびたび行かされる。

「当時、キャンプ内で働く日本人の給料は一般とくらべて桁違いによく、労働者の憧れの的でしたが、私は、敵兵のいるキャンプでなんか死んでも働くまいと思っていました。ところがその頃、人の借金を一部肩代わりする羽目になり、また子供ができたあと妻が栄養失調になったので、やむなく米軍キャンプに、知人を介して機械工として雇ってもらいました。技術隊の隊長に面接に行ったとき、はじめに前歴をはっきり言った方がよいと思い、『私は元海軍少佐で、戦闘機パイロットである』と言ったら、ただちに採用されました」

別府キャンプでは、土木機械の運転をするセクションに配置されたが、兵学校で習った英語が役に立ったという。

昭和二十五年、朝鮮戦争が始まると、別府キャンプも慌ただしくなり、藤田たち日本人労働者は、朝から夜十時まで、土木機械の貨車積みなどの作業に追われた。

「当時、米軍の苦戦が伝えられ、このままでは共産主義勢力が日本に及ぶのではないかという心配が心の底にあって、みんな愚痴もこぼさずに協力したんです。ちょうどこの頃、風の便りで、日本人が飛行機に乗っているらしい、自衛隊ができて、やがて空軍ができるらしいと聞きました。終戦以降、日本人は飛行機を持つことも操縦することも占領軍に禁じられていたから、この噂には驚きました。こんな田舎で仕事に追われていたら、バスに乗り遅れてしまう。そう思って、矢も楯もたまらず上京を決意したんです。

昭和二十五年十月、米軍キャンプを辞めて上京し、妻の実家の世話になりながら、当座の仕事を探しました。そこで、横浜原田組という港湾作業の会社に陸上運送部門ができたというので、そこに就職しました。将来パイロットになる道が開けたら、いつでも辞められる条件をつけてです」

横浜原田組の陸上運送部門の業績がよかったので、運送専門の会社を興すことになり、藤田も発起人の一人として名を連ねて横浜運輸産業という会社を設立する。

「その頃、日本航空が設立され、民間航空輸送の営業を開始しましたが、パイロットは全員アメリカ人で、日本人はまだ空を飛べませんでした。昭和二十七年、会社が詐欺に遭ってたちまち経営が行き詰まり……。給料がもらえず、妻の内職に頼るようなありさまで、自衛隊の前身である警察予備隊の試験を受けたんですが、不合格とされてしまいました。

日本航空を受験

この年の九月頃だったか、新橋税関に仕事で行ったとき、海兵同期の黒田信と薬師寺一男とばったり会って、喫茶店で話をしたんですが、このとき薬師寺から、日本航空が乗員の募集をしているという話を聞いたんです。彼も受験する予定だったが、自衛隊に入ることになったので、私に代わりに受けてみないかと。さっそくその足で、新橋にあった日航本社を訪れて、松尾静磨専務に面会を求めました。お話を聞いて翌日、ふたたび日航本社を訪ね、松尾専務に願書と履歴書を渡したんですが、松尾さんは私の履歴書を見て、飛行時間が足りないという。飛行時間二千五百時間とあるが、今回の募集は三千時間以上としてあるから受験資格がない、と。これは私としては心外で、同期で大型機の者は五千時間乗っているし、離着陸の回数なら誰にも負けないなどと食い下がりましたが、聞いてもらえない。それから計十度にわたって面会し、頼んでみたけどダメでした」

待ちに待ったパイロットへの門が、閉ざされたかに思えたが、十一回めに松尾専務に面会したさい、藤田は最後の手段に出る。

「二千五百時間ではどうしてもダメですか、と念を押すと、松尾さんは『そうだ』と言う。では私の履歴書を返してくださいとお願いして、渡された履歴書の飛行時間の二千五百にペンで線を引き、その上の空白部分に三千二百と書いて、『これならよいでしょう』と言ったんです。睨み合うこと数分、ついに松尾さんは笑い出し、『お前には負けたよ。受験しなさい』と言ってくれました」

入社試験の最終面接では、日航の柳田誠二郎社長も同席した。真珠湾攻撃に参加した海軍戦闘機隊の生き残りとあって、日航の重役たちもその点には興味があるらしく、話題はもっぱら戦時中の話だったが、最後に一人の面接官が、

「君は単発の戦闘機にばかり乗っていたようだが、旅客機の操縦ができるのか」

と訊いてきた。藤田はすかさず、

「皆さんがおやりになるなら私にだってできますよ」

と答えた。藤田は続けた。

「私は戦争で人生が終わったものと思っていますので、これから日本航空で余生を送らせてください。また、私はハワイ空襲もやった骨董品みたいなものです。日本航空が、こんな骨董品の一つや二つ、持っていてもよろしいのではありませんか」

ここで面接官一同、大笑いしたという。やがて、採用通知が来たときはほんとうに嬉しかった、と、藤田は述懐する。

日本人初のジャンボ機機長に

昭和二十七年十月、仮採用として日航に入社した藤田は、郵政省の航空級無線士の資格をとり、続いて運輸省の三等航空通信士の資格をとった。十一月、本採用となると、無線士の資格で飛行機に乗務するようになる。パイロットはいまだ全員がアメリカ人である。

「なまじ英語がわかるばかりに、彼らが日本人の悪口を言うのを黙って聞いている、屈辱の日々でした」

やがて、日本人もパイロットとしての訓練が始まる。昭和二十九年五月、藤田は運輸省の定期運送用操縦士の技能証明を取得。ダグラスＤＣ－４の副操縦士となった。

「副操縦士としてアメリカ人の操縦を観察したのは興味深い経験でした。彼らの見張り能力が低いことは、戦闘機育ちの私にとってもっとも気になるところでした。上空で、ほかの飛行機を発見するのにも、私と彼らとでは三秒以上の差がある。これは、もし空戦なら――そんなこと言ってもはじまりませんが――致命的な遅れです。当時のわれわれ日本人操縦士は、副操縦士ではありますが、自分の飛行機を飛ばせているという気概があった、戦争を生き残った猛者がほとんどでしたから、機長の調子が悪いと見るや、自分が操縦桿を握ることもありましたよ」

昭和三十年十月、藤田はついにDC－4の機長になる。三十八歳の誕生日を目前に控えていた。

「じっさいに自分が機長となって飛んでみると、大勢の乗客の命を預かり、会社からは高価な飛行機を委ねられた責任の重みが、両肩にズッシリと感じられます。戦闘機なら、いざというときは自分が一人死ねば済んだが、旅客機はそうはいかない。全然違った緊張感がありましたね。ただ、まだ便数も少なく余裕もあった時代ですから、空を飛ぶ爽快感も存分に味わうことができました」

昭和三十二年八月、藤田はダグラスDC－6Cの機長となり、東南アジア線（東京―香港―バンコク―シンガポール）を飛ぶようになった。初めての国際線である。翌年、最後のレシプロ旅客機・DC－7が就航する。この飛行機は高性能で、東京―ホノルル間の直航が可能だったが、エンジン故障が多かった。そして昭和三十五年、日航はジェット旅客機ダグラスDC－8を購入する。藤田がDC－8の機長になったのは昭和三十七年のことである。

それからの藤田は、日航の第一主席操縦士を務め、さらにローマ駐在首席乗務員などを経て、昭和四十五年十一月、日本人として初となるボーイング747（ジャンボジェット）の機長となった。

「DC－8はクセがあって操縦しやすい飛行機ではなかったけど、747は素直な、乗りやすい飛行機でした。零戦とジャンボ、大きさが全然違うので、比べられてもピンとこないかもしれませんが、どちらも着陸がしやすくて、操縦感覚には不思議に共通するものがあったんです。ジャンボ機では、一年半、北回りのヨーロッパ便専門に飛んで、さすがに体に堪えたので、その後は国内線や香港便を主に受け持ちました。昭和五十一年、定年を迎えましたが、特別運航乗務員として六十歳まで飛ぶこととなり、昭和五十二年十一月一日、満六十歳になったときに飛行機を降りました。

最後のフライトを終えたときは、もう十分、やりたいだけのことをやったと満足でした。一万八千三十時間、存分に空を飛べた。子供の頃からの夢を全うできて、ほんとうに幸せだったと思っています。飛行機を降りて、肩の荷がすっかり軽くなった気がするとともに、ふたたび飛びたいという気持ちが少しもないことに気づきました。換算すると、月と地球を三往復半したことになります。これだけ飛べば、気が済みますね」

「諸君、空はいいぞォ！」

日航を退社した藤田は、昭和五十三年、全国の元零戦搭乗員が大同団結、相生高秀

（元中佐、戦後、海上自衛隊自衛艦隊司令官）を代表世話人（会長）として「零戦搭乗員会」が結成されると請われてその世話役になり、二代目の代表世話人・周防元成（元少佐、空将）が昭和五十六年に急逝したのをうけて三代目の代表世話人に就いた。以後、平成四年、癌をわずらい、後を海兵の先輩である志賀淑雄（元少佐）に託して退任するまでの十一年間、生き残り海軍戦闘機搭乗員の「顔」であり続けた。

いっぽうで、藤田は自分自身のことをあまり語らない人だった。インタビューには快く応じるし、けっして口が重いわけではないが、たとえば戦争中、亡父の遺産をそっくり寄付して戦闘機を一機、海軍に献納したという、一部の元海軍関係者のみが知る事実について、藤田が自ら語ることはなかった。「報国号」と呼ばれる、企業や団体、個人からの献納機は、海軍だけで千七百～千八百機にのぼるとされているが、当事者である戦闘機搭乗員が個人で献納したのは、おそらく藤田が唯一の例である。

「幾度となく死に直面して奇跡的に切り抜けてくると、自分なりの死生観が出てきました。また、何度も修羅場を生き残った者として、宗教観のようなものも出来上がったと思います。自分の上に、人間を超越した何か大きな力のようなものがあり、われわれはこの力の指令によって生きたり死んだりする。ある人はこれを運命と呼び、宗教家はこれを神といい、仏と称していますが、私は早くに失った両親の霊であると信じてきました。危機に直面したとき、生死は父母の霊に任せ、冷静に最後まであきらめずに最善を尽くす。これが私の信念といえば信念ですね」

晩年、藤田は、訪ねる人も稀な静かな自宅で、一人時間を過ごすことが多かった。「零戦搭乗員会」が、戦後世代が事務局を運営する「零戦の会」に発展的解消をしたのち、平成十七年、元零戦搭乗員と若い世代が集った宴席に顔を見せたのが、公の場に藤田が姿を見せた最後の機会となった。

体調が思わしくない藤田は、会の途中で席を立ったが、帰り際、

「それでは藤田さん、何かお言葉を」

との若い人からのリクエストに、一呼吸おいて、

「諸君、空はいいぞォ！」

と言い、まるで少年のような笑みを浮かべた。大きな、張りのある声だった。

平成十八年十二月一日、死去。享年八十九。通夜は十二月七日、告別式は同八日、奇しくも真珠湾攻撃から六十五年目の日に、近親者のみで執り行なわれた。藤田の死で、あの日、真珠湾の夜明けを見た零戦の士官搭乗員は、一人残らずこの世を去った。

真珠湾攻撃で自爆した飯田房太大尉（中央、こちら向きの人物）。昭和16年、鈴鹿海軍航空隊に近い三重県白子駅でのスナップ（撮影・日高盛康）

空母蒼龍。昭和12年12月の竣工した本格的空母

空母から発艦直前の零戦二一型。大戦初期、優れた運動性で連合軍機を圧倒した

零戦をバックに飛行服姿の藤田

第一種軍装を身につけた藤田大尉。昭和18年末から19年初めの三〇一空飛行隊長のころと思われる

米軍機の空襲下の硫黄島（昭和20年2月17日、米軍撮影）

ダグラス DC−6

ダグラス DC−8

ボーイング 747
「ジャンボジェット」

昭和 39 年、皇太子ご夫妻（当時）搭乗機の機長を務めた藤田（後列左）

昭和十三年、南京にて

中島三教（なかしま・みつのり）

大正三（一九一四）年、大分県生まれ。海軍兵学校を目指したが果たせず、昭和八年、志願兵（四等水兵）として佐世保海兵団に入団。昭和十年、第二十九期操縦練習生を卒業し、戦闘機搭乗員となった。昭和十二年から十五年にかけ、中国大陸戦線で活躍、その後、戦闘機の訓練部隊である大分海軍航空隊、徳島海軍航空隊の教員を歴任、笹井醇一中尉（海兵六十七期）ら、多くの搭乗員を育てた。昭和十八年一月、第二五三海軍航空隊分隊士としてソロモン方面に赴任するが、同月二十五日、ガダルカナル島空襲に出撃のさい、エンジン不調で海上に不時着、米軍の捕虜となる。ガダルカナル、ニューカレドニア、ハワイ、米本土のサクラメント、ウィスコンシン州マッコイと、各地の収容所を転々とし、テキサス州のケネディキャンプで終戦を迎えた。海軍飛行兵曹長。戦後は玩具店、食料品店などを経営。平成十九（二〇〇七）年、死去。享年九十三。

N.Koudachi

「私の同年兵の戦闘機乗りに、中島三教（なかしまみつのり）という大の仲良しがいました。腕のいい搭乗員で、日本舞踊の名手でもありました。ソロモンで不時着して、米軍の捕虜になった男です。本人は捕虜になったことを恥じて、戦後もほとんど戦友会に出てこなかったけど、そんなの気にするなと一生懸命誘って、最近やっと出てきてくれるようになったんです」

と、元零戦搭乗員・原田要は言った。私が生き残り搭乗員の取材を始めたばかりの平成七（一九九五）年のことである。当時、長野県で幼稚園を経営していた原田は、私が最初に出会ったゼロファイターであった。原田も、ガダルカナル島上空の空戦で負傷、不時着し、それがたまたま味方陣地の近くだったため、救出されたという経験を持つ。

「気のいい男でね、真正直に生きてきた。最初の奥さんを亡くして、いまは再婚した奥さんと二人、別府で暮らしています。紹介するから、中島さんの話もぜひ聞いてみてくださいよ」

虜囚として生きる

「生きて虜囚の辱を受けず」という言葉は、近代日本の軍隊の道徳律を表すものとして広く知られている。この文言自体は、昭和十六年一月、東条英機陸軍大臣の名で陸軍内部に示達された「戦陣訓」の一節にすぎず、海軍はこれには縛られない。そもそも陸海軍には「俘虜査問会規定」という規則があって、軍人が戦闘で捕虜になりうることは想定されていたから、示達にすぎない「戦陣訓」の教えは絶対的な拘束力を持つほどのものではない。戦中、海軍に籍を置いた人のなかには、陸軍にこのような示達があったこと自体、知らなかったという人も多い。

――だが、当時の一般的な日本人の通念とすれば、やはり、捕虜になることは「恥」であった。「戦陣訓」のなかった海軍でも、将兵に対し、捕虜になること、なったときの心構えなどを教えることはなかった。

捕虜を、最前線で義務を果たした戦士として、むしろ英雄的に扱う西洋的価値観とは正反対の「気分」が、理屈抜きに醸成されていたと言える。そのため、あたら助かるべき命が数多く失われ、残された家族を悲嘆の淵に追い込んだのだ。

それでも、支那事変から大東亜戦争にかけて、捕虜になった日本軍将兵は意外に多い。ほとんどが不可抗力によるものだが、そんな戦中の日本的な「気分」は、戦後も長い間、彼らを苦しめた。

原田の紹介を得て別府の中島宅を訪ねたのは、平成八年春のことだった。取材依頼の手紙を書き、電話をしたとき、中島は、

「捕虜になった私に、人様に語るような資格はないですがな……」

と、はじめは困惑した様子だったが、海軍では「同年兵」のつながりは血のつながりに勝るとも言われている。他ならぬ原田の紹介ならと、インタビューを承諾してくれた。

「私は、アメリカに捕まってから頭がおかしゅうなって。何もかも忘れてしもたんです。戦争が終わるまでは戦死の扱いで、靖国神社にも祀られとった。戦死認定後、家族に合祀の通知があったらしいです。戦後、靖国神社に生きて帰ったことを申し出ましたが、一度合祀したものは取り消しはできん、ということで、いまも『中島三教命』は祀られたままなんです。東京に行ったとき、『遺族でも戦友でもなく、祀られてる本人じゃ』と言うて、お参りさせてもらったこともありました」

兵学校受験に失敗、水兵から搭乗員に

中島は大正三年四月一日、大分県宇佐郡に、七人きょうだいの三男として生まれた。大分県立中津中学校（現・県立中津南高等学校）に進学。兄二人は上京して早稲田大学、明治大学に進学するが、中島は実家の業績悪化で上の学校へ進むのがむずかしくなり、官費で学べる海軍兵学校を受験した。

「海軍士官になれば親にも負担をかけんで済むし、将来も安泰じゃ、と思って。ところが、中学四年、五年と二年続けて海兵を受験したんじゃが、あと一歩のところで合格できなかった。浪人するにもその間、金がかかる。それで、中学卒業の資格があれば海軍部内からも海兵を受験できるというので、とりあえず兵隊として海軍に入ったんです」

中島は、一般志願兵として海軍を志願、昭和八（一九三三）年五月一日、海軍四等水兵として佐世保海兵団に入団した。海兵団は新兵に基礎教育をほどこす機関で、志願兵、徴兵ともにここで四ヵ月の教育を終えると、三等兵に進級して実施部隊に送り出される。

中島は、水兵の身分のまま三度めの受験に挑戦するも、またしても合格はかなわず、これで海軍兵学校を諦めてしまう。海軍士官の夢やぶれた中島は、空母加賀乗組を命ぜられ、砲術科に配属された。

「加賀には左右の舷側に二十センチ砲が装備されていて、私の仕事はその弾運びです。それで見てると、飛行機の搭乗員っていうのが母艦では花形なんですな。それまでは飛行機乗りになろうと考えたこともなかったですが、兵学校も受からんし、志願兵は義務年限で五年は海軍におらんといかんというから、それなら飛行機にでも乗るかと」

操縦練習生を受験。数十倍の難関を突破して、昭和十（一九三五）年五月、第二十九期操縦練習生となる。練習機での操縦訓練を経て、同年十一月、三十二名中六番の成績で卒業、選ばれて戦闘機専修と決まり、同期生十三名とともに大村海軍航空隊に入隊した。

「大村空の頃、休日になると日本舞踊を習いに行ってました。そのほかにもいろいろな出来事があったはずなんですが、捕虜になったときに頭がおかしくなって、この頃のことはもうほとんど覚えとらんのですよ」

九六戦での激闘

昭和十二（一九三七）年七月七日、北京郊外の盧溝橋で日中両軍が衝突した「盧溝橋事件」を皮切りに「北支事変」が勃発すると、海軍はただちに航空兵力を大陸に派遣することを決定、第十二航空隊を大分県佐伯基地で、第十三航空隊を長崎県大村基地で編成した。

八月九日、上海で大山勇夫海軍中尉、斎藤與蔵一等水兵が中国兵に射殺されたことをきっかけに「第二次上海事変」が勃発。海軍は空母加賀、龍驤、鳳翔（ほうしょう）を上海沖に派遣、艦上機をもって南京、広徳、蘇州の中国軍飛行場攻撃を開始、烈しい航空戦が展開された。戦火は拡大の一途をたどり、九月二日、これら両事変を総称して「支那事変」と呼称することが閣議決定されている。

中島は第十三航空隊に配属され、九月九日、いまだ砲声鳴りやまぬ上海公大（クンダ）飛行場に進出した。乗機は当時の最新鋭機・九六式艦上戦闘機（九六戦）だった。

九月十九日、山下七郎大尉以下、九六戦十二機が艦上爆撃機を護衛して出撃した第一次南京空襲に参加したのが初陣で、中島は以後、連日のように続いた戦闘で、中国空軍のソ連製戦闘機ポリカルポフE－15、E－16やアメリカ製戦闘機カーチス・ホークなどを相手に撃墜を重ねた。その殊勲でのちに「勲功抜群」のあかしである功六級金鵄勲章を授与されている。ところが、いざ話題が戦闘におよぶと、中島の口はとたんに重くなった。

「空戦の話はあまりしたくない。人を殺したわけですからね。誰に聞かれてもしたことはありません。戦争はもう嫌です。戦争なんかないほうがいい……」

九月二十六日の南京空襲では、指揮官として出撃した山下七郎大尉が敵地に不時着、重傷を負って中国軍の捕虜になるという事態が発生し、中島は衝撃を受けたという。

「山下大尉は、そりゃあもう、大和魂の権化のような人で、非常に気性のはげしい人じゃった。それが捕虜になって、こりゃ全然わからんもんだわい、と思ってびっくりしました」

中国軍も、この海軍士官の捕虜を当初は大切に扱い、最大限宣伝に利用、本人が郷里に手紙を出すのを許したりもしている。

「山下大尉の奥さんは立派な人じゃったらしい。福岡の自宅のまわりに竹囲い（蟄居謹慎中をあらわす）をしてな、気の毒な生活をしておられたそうです」

山下大尉は終戦後の昭和二十一（一九四六）年二月、中国軍によって処刑された。

空戦の話をしたがらない中島だったが、それでも特に印象的な出来事はあるらしく、私のインタビューに心を開くにしたがい、ポツリ、ポツリと戦闘の話もするようになった。

九六戦は最初の頃、故障が多く、敵地上空でエンジンが止まって死を決意したこと。味方軍艦から敵機と誤認され、対空砲火で撃墜され、負傷した経験――。

中島は、翌昭和十三（一九三八）年三月には第十二航空隊に転じ、ふたたび上海に出征。さらに空母赤城に乗組むなど、最前線での勤務が続いた。

「昭和十五年十月、大分海軍航空隊の教員として転勤を命ぜられたときはホッとしました。それまでずっと戦地に出ずっぱりでしたからな。大分空は戦闘機搭乗員の実用機教程の航空隊ですから、ある程度基礎のできた搭乗員に仕上げの教育を施すんです」

ソロモンの空で

やがて、日本は米英をはじめとする連合国との戦争に突入。中島は、大分空でそのニュースを聞いた。連日、ラジオや新聞で、日本軍の破竹の快進撃が伝えられる。だが、中島は、日本海軍の戦闘機搭乗員の実数が思いのほか少ないことをよく知っていたから、戦争が長引くことに懸念を抱いていたという。

中島はさらに、昭和十七（一九四二）年四月一日付で戦闘機搭乗員の訓練部隊として新たに創設された徳島海軍航空隊に転勤、ここでも教員をつとめた。

昭和十七年十一月、准士官の飛行兵曹長に進級。十二月、第一線部隊である第二五三海軍航空隊に転勤を命ぜられ、妻と生後半年の長男を大分に残して、昭和十八（一九四三)年一月五日、ラバウルの北、ニューアイルランド島カビエン基地に展開していた二五三空に着任した。

昭和十七年八月七日、米軍のツラギ島、ガダルカナル島上陸にはじまったソロモン諸島の戦いは、すでに泥沼化の様相を呈していた。米軍に占領されたガダルカナル島飛行場の奪還作戦もことごとく失敗に終わり、島に上陸した部隊への補給もままならない。

海軍は、ガダルカナルにほど近いニュージョージア島ムンダに前進基地を設け、零戦隊を進出させるが、間断のない敵機の空襲を受けあっという間に壊滅、日本側は、せっかく作ったムンダ基地を常駐基地として使用することをあきらめざるを得なくなった。

十二月三十一日の御前会議でガダルカナル島撤退の方針が決定され、一月四日、ついに大命が下された。中島が二五三空に着任したのは、そんな時期だった。

「二五三空では、分隊長・飯塚雅夫大尉を補佐する分隊士でした。着任してしばらくは、訓練やら当直やら基地の上空哨戒やらをしていました。私はそれまでずっと九六戦で、零戦は慣熟飛行しかしたことがなく、二十ミリ機銃も撃ったことがなかった。だから二十ミリを海に向かって撃ってみたり……。はじめて二十ミリを撃ったときは驚いたですな。ドッドッドッと主翼に振動が伝わって、一瞬、飛行機が後ずさりするんじゃなかろうか、翼が取れるんじゃなかろうか、と心配になるほどでした。

そして一月二十四日、不時着機を捜索する飛行艇を護衛して、私が指揮官で六機を率いて飛んだんです」

防衛省に残る「二五三空戦闘行動調書」によると、中島飛曹長が率いる六機は、午前四時四十五分、カビエン基地を発進、飛行艇と合流した。

「敵地近くで、飛行艇だけでは危ないからと護衛についたんですが、探しても探してもわからんのですよ。それで、飛びながら機上で海苔巻きの弁当を食べて、飛行艇は航続距離が長いからいいが、我々はそろそろ引き揚げないといかんというときに不時着機を見つけて（記録では午前九時三十分）。飛行艇が高度を下げていくのを六機で旋回しながら上空で見てたら、下で搭乗員らしいのがオーイと手を振っとる。島に上陸して助かっていたんですな。それで食糧などを投下して引き返しました。途中、ブーゲンビル島のブイン基地で燃料補給して、ラバウルに立ち寄って、薄暮ぎりぎりの時間にカビエンに帰りました。朝出てから十五時間。もうくたくたですな。

ラバウルで、『中島さんありがとうございました』と、ビールを一ケース、お土産にもらったのを憶えています」

エンジン不調で不時着水

ガダルカナル島からの撤退を成功させるための航空作戦が、始まろうとしていた。一月二十五日には、戦闘機、爆撃機協同による大規模な作戦が行なわれることになる。

十五時間におよぶ飛行から帰ったばかりの中島も出撃を命ぜられ、二十五日早朝、カビエンからラバウルに進出した。

「こんどはガダルカナルに大空襲をかけると。出撃前に整備分隊士が私のところにきて、『中島さん、あんた十五時間も飛んだ飛行機で行かんと、整備したのがあるからこれで行ってください。故障したのを整備して、絶対大丈夫だから。もう予備機もないんですから』と言うわけですよ。そこで、その飛行機で試飛行をやってみて、エンジンを吹かしたらいい音だった。それで出撃したわけです」

一月二十五日朝、陽動隊の一式陸攻十八機の誘導のもと、ラバウル、ブインより五十八機の零戦隊が出撃した。陸攻隊の爆撃と見せかけて敵戦闘機を誘い出し、戦闘機同士の空戦でこれを撃滅しようという作戦である。

中島は、二五三空第二中隊第三小隊長として、二番機・前田勝俊一飛曹、三番機・入木畩次二飛曹を従えていた。

「いよいよガダルカナル島が見えてきて、高度を上げ始めました。ところが、六千メートルより上がろうと思ったらエンジンの調子が突然悪くなって、ブスブスと息をつき始めました。これはいかん、と思って列機に先に行け、と合図するんだけどもどうしても離れない。そこで二機を連れたまま、もと来た道を引き返しました。ふと攻撃隊の行った先を見ると、空戦しているのが見えました。それを見て、おう、やっとるやっとる、と。

しかし、私の飛行機はエンジンが駄目になって、だんだん高度が下がってくる。そして間もなくムンダの飛行場が見えるというところで、とうとう止まってしまったんです。

もうこれは不時着するしかない。それまで、零戦は海に墜ちたらすぐに沈むから海には降りるなと教えられていましたが、私は支那事変での経験からそんなことはないと思っていました。そこで、島の海岸近くの海に降りたんです。すると、やっぱりすぐには沈まない。それ見ろ、上手に着水したら沈まんじゃないか、これは帰ってみんなに教えてやらんといかんと思いましてな、そのうち沈んできたけど十分に時間はありました。そしてバンドを外して翼の上に出て、海に飛び込んで、約三百メートル、泳いで岸にたどり着きました。列機は上空をしばらく旋回していましたが、やがて帰っていきました。私の零戦は、海が浅いから全部は沈まず、尾翼の一部が海面から出ているのが見えました」

現地人に売られ捕虜に

不時着して岸に泳ぎ着いた中島が、さてどうしたものかと海を見ると、岩の間をウツボがたくさん泳いでいるのが見える。試しに棒でつついてみたら、ガブッと噛みついてきた。いざとなればこれを捕って食べられないこともない。椰子（やし）の実もある。少し安心した気持ちで服を脱いで乾かしていた中島の耳に、ジャングルの奥から「ニッポンバンザイ、ニッポンバンザイ」という声が聞こえてきた。

「二、三人の現地人が——ええ、肌の色は真っ黒で、腰蓑（こしみの）をつけておりました——『ニッポンバンザイ』と言いながら近づいてきました。

急いで服のところに戻って拳銃を抜いて構えたら、彼らは持っていた蕃刀（ばんとう）を地面に捨てて、『ニッポンバンザイ、ムンダ行こ行こ』と日本語で言う。ラバウルやカビエンでも現地人が日本軍に友好的で、不時着機を担いできたりと協力的だったのを思い出して、これは味方だ、助かったわい、と思いました。

不時着するところは部下が見ているから、そのうち味方の飛行艇が助けに来てくれるだろう、と思ったんですが、現地人のやつらがムンダ行こ行こ、言うてきかないんですよ。それでまあ、どうにかなるわい、と思ってついていったわけです」

　中島が不時着したのは、ニュージョージア島ムンダ近くのガダルカナル島寄りに位置するウィックハム島だった。

　この頃のラバウル方面には中島の教え子が多い。列機の報告をもとに、一月二十六日、二十七日と、零戦十二機が飛行艇とともに捜索に発進、中島機の捜索につとめたが、不時着した機体は見つかったものの、中島の行方は杳として知れなくなった。

「不時着から一夜明けて次の日でしたが、上空を盛んに飛行機が飛んでいました。それで、探しに来てくれたんだと思って出ようとしたら、現地人が、出ちゃいかん、撃たれる、と言うんです。心配ない、撃たれやせん、と言うんだけども、出たらいかんと言って怖がるんですよ。こっちは拳銃を持ってるんだし、無理にでも出ればよかったんだけど、まあ、ムンダまで案内すると言うんだしと、私の方が折れてしまいました」

　そうして、ムンダもうすぐという二日めの晩——。

「その晩は、現地人の集落でえらく歓待されて、酋長のような偉いのが出てきたり、鶏の丸焼きを食べさせてもらったり、すっかりええ気分になってしまいました。

そしたらいきなり、現地人に後ろ手に押さえつけられて、拳銃を盗られて。すると奥からイギリス軍の大尉が出てきて、現地人のやつはそいつに私の拳銃を手渡しました。いままで仲良くしていた連中も私に銃を突きつけて、こっちは丸腰でどうにもならん。隙を見て拳銃を取り返そうとしたけどダメでした。

それで、これもわしの運命だと諦めて、ここまで来てダメになったかと思って捕まりました。それまでは、もうすぐムンダの友軍基地に着くと信じてたんですが」

中島は、現地人に売られたわけである。

「その島に敵軍の見張所があるなんてことは、日本軍は知らんわけですよ。現地人はどちらにもいい顔をして、ある人は日本軍につれて行き、ある人は私のように敵に売る。諦めて捕まったけども、これは何としてもムンダに帰って報告しないといかん。ムンダの近くにこういうのがある、攻撃せねばと。逃げようとしましたが、こんどはジャングルの端の、ワニを入れるような頑丈な檻に入れられました。

それで、これはいよいよダメだから死なきゃいかん、そう思ってベルトをはずして首を吊ったわけですよ。とうとう捕虜になってしまった。捕虜にだけはなるなと教育されてきたのに……。ところが、首を吊って自分では死んだと思ったんですが、死にきれずに地面に落ちてしまいました。

そして今度こそ、と思ってふと柱に目をやると、薄暗いランプの灯りに照らされて、『星野中尉以下十三名』と書いてあるのがはっきりと読みとれたんです。それを見て、これは、ここに確かに日本人が何かの理由でいたのに違いない、もしかしたら私のように捕えられているのかもしれないと思い、やはり何としても帰って報告せねばと思いました。

味方の飛行機が上空を飛ぶときには、やつらジャングルに逃げるから、その隙になんとか脱出を試みて、一度は檻から出て海に飛び込んだりもしましたが、また捕まってしまいました。

これはもう逃げられん。そのうち飛行機かなにかで迎えに来るだろう、そのとき、高いところから飛び降りれば死ねるだろうと考えていましたが、ある日、また四、五名の現地人に押さえつけられてギリギリ縛りあげられ、それから迎えの飛行艇が来たんです。日本軍に見つかるのを恐れて、遠くから水上滑走で海岸近くまで来ました。そして私を担ぎ上げて乗せると、ガダルカナル島の収容所につれて行ったわけです」

戦死と認定される

日本側では中島は「行方不明」として扱われたが、のちに戦死と認定され、行方不明となった日に遡って海軍少尉に進級、正八位勲六等功五級に叙せられた。そして、靖国神社に合祀する旨の通達が、家族のもとに届いた。

これは余談になるが、当時、二五三空の一員であった零戦搭乗員・本田稔の名前で刊行された『私はラバウルの撃墜王だった』（筆者は岡野允俊）をはじめ一連の回想録では、中島は不時着後、鱶（ふか）に喰われたことになっている。搭乗員の間ではそのように話に尾ひれがついて広まっていたのかもしれない。本田はずっとのちまで、中島が捕虜になり、戦後、生還したことを知らなかったという。

二五三空司令・小林淑人大佐が、昭和十九年一月、留守宅の中島夫人に宛てた手紙が残されている。小林大佐は、日本海軍戦闘機隊の草創期を代表する名パイロットであり、すぐれた人格者として尊敬を集めた指揮官だった。行方不明の状況など、事実と異なる点もあるが（空戦の末、行方不明になったとあるが、これは夫人の心情を慮ったものであろう）、機密のやかましかった時代であるにもかかわらず、地名や作戦について詳細に記され、また部下を思い遺族を思いやる気持ちがにじみ出た手紙である。

〈謹啓　酷寒の候如何お過ごしの事かと御察し申し上げて居ります。実は突然の書状にて御不審の事かと存じますが、私は御主人三教殿南方戦線で御活躍なさつて居た当時の部隊長でございます。昨年秋内地帰還を命ぜられまして表記の処（注：横須賀・航空技術廠飛行実験部）で飛行機の研究実験に従事して居る次第です。

御夫君御戦死の状況は、或は公表に拠り或は戦友方々からの御手紙に拠り御きき及びの事かとも存じますが、当時の部隊長として一応御知らせ申し上ぐるのが義務であると存ずる次第です。

昨年の今頃は、御承知の事かとも思ひますがガダルカナル方面に対する敵反撃の企図が次第に猛烈になつて来まして、我が方も僅かの兵力で之に猛烈なる反撃を加えて居る時期でありましたが、一月二十五日は我が戦斗機（せんとうき）隊が戦斗の中心となり他隊の戦斗機隊と共にガダルカナル島にある敵飛行場上空に進攻し、敵戦斗機隊をたたきつぶしてしまふといふ大作戦が実施されました。（中略）

撃墜敵戦斗機二十数機、破壊戦斗機十数機大型飛行艇数機といふ大戦果を挙げて引き上げて参りましたが、この戦斗に於て我が方も尊い犠牲未帰還機十一機を出しました。御夫君も残念乍らこの内の一機に数へられました。

御夫君は小隊長でありまして、自分の小隊を引き具して終始力戦奮斗せられ他小隊と協同して十数機の敵戦斗機を撃墜せられましたが、不幸この空戦中敵弾を被り燃料

不足となり、帰途「ウィックハム」といふ島の所に不時着せられました。（中略）

当時レンドバ島の南端のウィックハム島の向側附近には我が陸戦隊の見張所がありましたので、早速その陸戦隊に連絡すると共に飛行艇で現場に至り捜索いたしましたが当日は発見出来ず、翌日再び戦斗機と飛行艇で捜索してついに現場を発見、不時着水せし飛行機もみつかりましたが、御夫君は何処にもその姿を発見し得ず残念乍ら当日は同所を引き上げ、その翌日三度附近の島嶼を捜索しましたが遂に発見し得ず、以後五ヵ月間見張所及び同附近行動の味方艦船に捜索を依頼し、我が隊は引き続きガダルカナル方面敵航空兵力の攻撃作戦を続行して居りました次第ですが、（中略）御夫君は壮烈なる空中戦斗にて相当の傷を身に受けられたるが為不時着水時の衝撃により戦死せられたるか、或は陸上にたどりつき「ジャングル」内を味方陣地に向ひ帰還せらるる途中敵兵と遭遇、壮烈なる戦斗の末戦死せらるるに至りたるものと想像せらるるところに有之、（中略）遂に状況をたしかめ得ない内に敵の反撃上陸に遭い全く絶望となりました次第で、我々として非常に面目なく残念で仕様がありません。

あの沈着な不言実行の立派な典型的日本武士を失ひました事は、この非常時局に於て国家の損失これより大なるはなく、惜しみても惜しみても余りあるところで御座います。（中略）

私、勿論軍人その内にまた再び米英撃滅の最前線に立つべきは明らかなる処、御夫君御生前の幾多の貴き戦訓所見等自ら携へ、戦友と共に出で立ちて御国の仇として部下の仇討ちとして必ずや米英に痛撃を加へ、今年こそ彼等の足腰の立たなくなる迄にたたきのめさん覚悟である事を敢てここに附記いたします。

何卒御自愛くださいまして、やがて来るべき大日本大勝利の日の来り御夫君の御武勲を語り合ふ日の来る事をと念じ申し上げます。

御大切に　乱文御免下さいませ

一月十三日

海軍大佐小林淑人

中島マツ子殿

〉

狂気と正気の狭間で

ガダルカナル島の収容所に送られた中島が見たのは、栄養失調で幽鬼のように痩せ衰えた陸軍将兵の姿だった。

「骨と皮ばかりにガリガリに痩せた人間が五十〜六十人。日本兵の捕虜があんなにいるとは思わんですから、最初は、こいつら何だろうと不思議に思いました。

私は航空隊で、食うものはちゃんと食っていましたから、体はしっかりしていました。陸軍の兵隊に、キサマ、元気がいいのう、人間食ってたんとちがうか、なんて言われるけどピンとこないんですよ。ガダルカナルでは、陸軍さんは食うものがなくて、そりゃあ大変だったらしいですな。

当時の陸軍の兵隊は海軍のことを知らず、一人の上等兵がキサマ、階級はなんじゃ、と言うから、海軍の兵曹長じゃと答えたら、兵曹長ちゅうのは上等兵の上かな、下かな、と。そしたらある人が、兵曹長は陸軍で言うたら准尉じゃ、と教えてくれて。上等兵のやつがびっくりして『失礼しました』と、そんな一幕もありました」

捕虜になった現実が日に日に実感できるようになると、もう二度と生きて日本には帰れないであろうという思いが胸に重くのしかかってくる。中島は、何もかもを忘れようと努力するうち、ほんとうに精神に異常をきたしたという。

「ガダルカナルに送られてしばらくして訊問にあいました。中佐か大佐の前に出されて、通訳が名前を書きなさい、と言うんだけど、書けなかった。中だけ書いて、島という字がどうしても思い出せなかった。忘れてしまったんです。

どうして名前を書かんのか、と言われて、いや島の字がわかりませんが、と言うと、バカヤロー！　とえらく怒られました。私を侮辱するか、とかなんとか。なんぼ怒られてもわからんものはわからんのだから。結局ガダルカナルにいる間、自分の名前が書けないままでした。

またあるとき、突然、頭がおかしくなったみたいに何もかもがわからなくなって。食事を持ってきてもそれを食べていいのかどうか、声をかけられても返事をしていいのか、どう言えばいいのかもわからない。いま返事をしたらみんなに笑われるんじゃなかろうか、アメリカの兵隊に馬鹿にされるんじゃなかろうか、変な強迫観念に囚われてなにも判断できないんです。

食事もできず、水も飲まず、ただベッドに寝たり起きたりを数百回繰り返していたそうです。そのうち奈落の底に沈んでいくような感覚があって、周囲の連中もとうとう中島さん狂ったかと言い合ってたらしい。

で、そのまま眠ってしまい、翌朝ひょこっと目が覚めたら正気に戻ってた。あれ、わしどうしたんかいな、と。お茶を一口飲んで、そしたらみんなが、おい中島さん大丈夫かい、と声をかけてくれました。たった一日でしたが、ほんとうに狂ったかと思いましたな。

他にも、アメリカと戦争をしていることもわからなくなってる陸軍少尉がいましたが、彼は、戦争が終わる頃にはまともになってました」

捕虜たちの決起

中島は、昭和十八年四月頃、他の数名の捕虜と一緒に、ニューカレドニア・ヌメアにある収容所に送られた。

「ニューカレドニアでは、例の星野中尉に会いました。柱に名前を書いたのあんたですか、と。彼の話では、ツラギの飛行艇基地から全滅寸前に五十数名で脱出、島伝いに航行しているうちに毎晩のように襲撃を受け、ついに十三名になってしまった。そして私と同じように、現地人にだまされて捕虜になったということでした」

ヌメアの捕虜収容所には、ガダルカナル沖で撃沈された駆逐艦に乗組んでいた古参の下士官がいて、「よくおいでなさいました」と言って中島を迎えた。

「彼が言うには、わしら脱走しようと思うんじゃが、中島さん指揮をとってくれんですか、と。よしやろう、となったわけです。あんな島で収容所から逃げても、太平洋を泳いで渡るわけにもいかんけど、いずれにしても、もう日本には帰れんし、敵兵を何人か殴り殺して道連れにすれば全くの無駄死にはなるまい、と、まあ破れかぶれですな。

それで脱走を計画していたんですが、その頃、海兵六十八期の艦上爆撃機搭乗員で、のちに直木賞作家になった豊田穣中尉が来た。ガダルカナル空襲に参加して撃墜されたそうです。もっとも彼は、しまいまで大谷少尉という偽名で通していましたが……。私はライフジャケットに名前を書いたまま捕まったから偽名もなにもなかったが、偽名の人も多かったんです。

とにかく自分より上官の豊田さんが来て、私が、脱走を企てとるからあんたが指揮をしてください、と言ったら、豊田さんはじっと考え込んでました。脱走しても、そのあとどうするんじゃ、よく考えて行動しようと」

豊田穣の直木賞受賞作『長良川』には、中島が「海軍の兵曹長」として登場する。『長良川』によると、ヌメア港を見下ろす郊外の丘の斜面にある収容所で、駆逐艦の先任下士官であった「勝野兵曹」以下二十名が、豊田中尉、中島飛曹長の自重論をよそに決起、暴動を起こし、その大部分が自決した、とある。

米本土の収容所へ

その後、中島らは船でハワイの捕虜収容所に送られ、そこで約半年を過ごした。そしてさらにアメリカ本土のサンフランシスコに送られ、カリフォルニア州サクラメントの収容所で約二ヵ月。ハワイまでは捕虜になったときの服装のままだったが、ここではじめて、デニム地に白いペンキでPW（Prisoner of Warの略）と大きく書かれた服を支給された。

「サンフランシスコに着いたとき、もう逃げようもない、運命のままに生きて行こうと諦めました。サクラメントでは個室に入れられ、一通り尋問を受けましたが、チャランポランなことを答えていました。個室は後にも先にもここだけでしたな。

それからこんどは、ウィスコンシン州のマッコイキャンプにつれていかれました。汽車に乗せられて、だいぶ時間がかかったですよ。

マッコイでは、真珠湾攻撃の特殊潜航艇で捕虜第一号になった酒巻和男少尉と会いました。酒巻さんは豊田さんと海兵の同期生です。しっかりした人でマッコイキャンプのリーダーでした。英語も堪能でしたし、アメリカ側からも信任されて、彼だけは自由に町に出たりしていました。酒巻さんがしっかり押さえてたから、マッコイでは捕虜たちの統制が保たれて、オーストラリアのカウラ収容所のような暴発は起きなかったんだと思います。

それから、ミッドウェー海戦で空母飛龍から脱出した機関科の人たち。飛龍は、機関室に生存者を残したまま味方の魚雷で処分され、かろうじて脱出した人たちが十五日間の漂流の末、米軍に救助されたそうです。機関長の中佐がいましたが、彼は少々精神に異常をきたしていて、萬代久男機関少尉が飛龍生存者のリーダー格でした。あとは、昭和十七年四月十八日の日本本土初空襲のとき、敵機動部隊を発見して撃沈された徴用漁船の人たちなど、いろいろな人がおりました」

捕虜に対する米軍の扱いは、きわめて人道的かつ丁重なものだったという。

「人によっては酷い訊問を受けたみたいですが……。ガダルカナルからハワイまでは、食事もアメリカの戦闘食で良くも悪くもなかったけど、アメリカ本土に行ってからはよかったですな。肉やスープも出るし、週に一度は米の飯も出ました。

捕虜取扱いに関する国際条約で、食事も給料もアメリカ兵の最低以下にしてはならん、となっていたらしいです。給料は現金ではなくクーポンで支給され、月に何度かはビールの券まで出る。豊田さんや酒巻さんが中心になってみんなの券を集めておいて、なにかの記念日には宴会をやろうと。正月や四大節（四方拝・紀元節・天長節・明治節）など、なかなか派手にやってたですよ。私も、豊田さんと一緒に劇をやった憶えがあります」

捕虜には労働が課せられるが、マッコイキャンプでは、日本軍の風船爆弾への対策として、防火施設のための道路をつくる作業に駆り出されたという。

「風船爆弾はうまいこと考えたもんですな。風に乗って飛んできて山火事を起こしたり、どこに落ちるかわからんから、米軍もだいぶ気味悪がってるみたいでした。道路作業をしながら、もっと焼いてやれ、と思ったりして。准士官以上は監督ですから肉体労働にはなりませんが」

何不自由ない生活の裏側で

捕虜にはさまざまな前職の者がいるので、たいていのものは自分たちで作ることができた。手製の花札、麻雀牌、将棋の駒、碁石。野球のバットにグラブ、コルクの芯に毛糸を巻き、それを牛革でくるんだ本格的な硬球……靴職人だった兵隊もいて、革靴まで器用に作ってしまう。それでも足りないものは、労働で得た給与で買うこともできた。

「冬は寒いところですから、運動場に囲いをして風呂の湯をジャーッといっぱい入れて、するとすぐに凍ってスケートリンクになるんです。スケート靴は誰かがこしらえたのを履いたり、酒巻さんが町に出て買ってきたりして。おかげでスケートはだいぶ上手になったです。なにしろ広いところで、運動はなんでもできましたよ」

「あるとき、私はよく知らないですが、捕虜と米兵の間でなにか衝突が起きたらしく、士官と下士官兵が分離されました。我々はウィスコンシンの大きな病院の一室に、准士官以上の二十〜三十名で入れられて。でも、そこに入ってからは仕事もなく、待遇はよかった。石炭が豊富で暖房は利くし、風呂には自由に入れるし。どうせならアメリカの物資をなるべく多く使わせてやろうと、石炭も水も食糧も、かなり贅沢に使っていました。コーヒーを飲むのに砂糖を使ったふりしてどんどん捨てたり、つまらんいたずらもしました」

監視つきではあったが、外出を許されることもあったという。

「時々、トラックに乗って大勢で町に出たりもするんですが、町の人たちはとても好意的でした。年寄りは無言で通り過ぎるけど、手を振ってくれる人も多かった。市民がわざわざキャンプに来て、ハンカチ出してそこへサインを求められることもありました。こっちはもう、敵愾心丸出しで、馬鹿野郎って書いて渡したり、ろくなことは書きませんでした。これも島国根性でしょうな。

フェンスの向こうにはドイツ軍やイタリア軍の捕虜もいて、なにかと話しかけてくるんですが、言ってることがわからんし、私はなるべく避けていました」

囚われの身ではあるものの、何不自由のない暮らしが続いた。ただ、生きて日本に帰ることはないとの思いは誰の心のなかにも澱のように溜まっていて、日常生活が快適であればあるほど、先のことを少しでも考えれば、胸が締めつけられるような気持ちになるのであった。

アメリカで知った日本の降伏

「それから最後に、テキサス州の砂漠の端にあるケネディキャンプに移されました。そこでは、サイパンやらあちこちで玉砕した陸軍の兵隊がずいぶん増えました。みんな痩せ衰えた姿で、陸軍さんは大変じゃな、と思ったですよ。テキサスでは、いままで扱いをよくし過ぎたと、煙草を止められたり食事が悪くなったり、ちょっといじめられました。

戦況は耳に入ってくるし、容易ならざる事態であることは、新たに送られてくる捕虜の話を聞いても想像がつきます。字引を引きながら新聞を読んだりもしました。アメリカの新聞にも日本の大本営発表は載るんですが、景気が良くてそれを読むのは気持ちいいもんだから、よく読んで人にも聞かせました。

私は、いまは負けていても最後には必ず日本が勝つと信じていましたが、豊田さんはしっかりしてましたな。もう長くは続かん、日本は負ける、と。特攻隊で、撃墜されて海に放り出されて捕まった搭乗員もいて、負けた、どうしても勝てん、と言ってました」

そして終戦。

「その頃の我々の長は、海軍の中村中佐という人でした。ある日、重大発表があると集められ、そこで日本が降伏したことを知らされました。泣く人も騒ぐ人もなく、みんな静かに聞いていました。日本に帰ったら、軍法会議にまわされて死刑になるかもしれんが、じたばたしても始まらん。もうここまできたら同じこと、とにかく日本政府の命令を待つしかないと、船に乗せられて帰国の途についたんです。

しかし、日本に帰れることが嬉しいともなんとも思わなかったですな。なにしろ、私らは捕虜になったんじゃから。いつまでも気持ちは落ち着きませんでした」

不安の中の帰郷

昭和二十一（一九四六）年一月四日、中島らアメリカ本土より送還された捕虜たちは、三浦半島の浦賀に上陸した。このとき、浦賀上陸場で指揮官を務めていた武田光雄大尉は、私のインタビューに対し、捕虜たちの規律正しい態度が印象的だったと回想している。

「捕虜になった自分たちを日本はどう扱うのか、不安におびえながら帰ってみたら、一人一人、係官の簡単な聞き取り調査があって、それで終わり。拍子抜けしました。電話や電報は通じないと言われ、汽車も何時に出るかわからないけど、とにかく復員者用の無料乗車証となにがしかの現金をもらって、そのまま郷里に帰りました。しかし、日本に帰ってみたら、人の心は荒んでいるし、朝鮮人は威張ってるし、歯がゆくて悔しくて、やっぱり戦争は負けるもんじゃない、と思ったですな。

郷里に帰るまでは心配でした。あちこち焼野原になってることは聞いていたから、はたして家はあるんじゃろうか、捕虜になった私が帰ったら、長男坊がいじめられやせんかと。もし長男坊がいじめられるようなことになったら、暴れて、長男坊を殺して自分も死ぬわい、などといろいろ覚悟しながら帰りました。

宇佐の家に帰ったら、母と弟がいました。私は戦死したことになっていたから、信じられなかったみたいでした。母が私の体をなで回して、おうおう泣き出して……。弟が私の位牌を庭に投げて、『焚き物じゃ、焚き物じゃ』と。私は、こんな立派な位牌、また作ってもらえるかどうかわからん、と笑って拾い上げたんですが。

すぐに高田の実家にいた家内のもとへ連絡がいって、翌朝、義父が大きな鯛をもって、家内と長男坊をつれてきてくれました。

最後に見たときは一歳にもならず、まだ歩けなかった長男坊が、もう四つになっていました。

家内から写真を見せられて父親の顔は知ってたんでしょうが、こっちに来んかい、と言うのに人見知りしてなかなか寄りつかない。

私の体のまわりを二回か三回、ぐるぐるまわって観察して、やっとわかったんでしょう、突然、『わあ、父ちゃんじゃ』言うて飛びついてきました。感激したですよ」

中島の予想に反して、郷里の人々はみな、あたたかく迎えてくれた。

「捕虜になって帰ってきたのに、まわりはみんな歓迎してくれる。みんな喜んでくれる。しかし私は、なんだかそらごとのような気がして、うわべだけじゃないか、とか、ほんとうは蔑まれてるんじゃないかなどと、相当悩みましたよ。いつまでも長い間、『恥』という感覚は消えませんでしたなあ。

収容所ではよその星にでも来たような感覚で、国のことも家族のことも戦局のことも、なにもかも忘れてしまえ、と。捕虜同士でも、昔話も戦争の話もしない。極力、なにも考えないようにしていた。生きて日本に帰れない、いつかは死なないといかんな、というのが心の奥底でしこりのようになっていて、そんな感覚はすぐには変えられませんでした。

日露戦争でロシア軍の捕虜になった人が、日本に帰れずアメリカに渡って真宗の僧侶になっていて、マッコイに面会に来たことがありました。立派な人でしたが、我々も日本がもし勝ってたら帰れなかったでしょうな。負けて、日本の軍隊がなくなったから帰ってこられたようなもんですよ」

パイロットへの誘いを断わる

中島は、役場で戸籍を回復し、少尉進級と戦死認定後の勲六等功五級の叙勲は取り消された。勲章と、勲章についた一時金の返還も役場を通じて書面で求められたが、それには〈特段の理由のある場合はその限りにあらず〉との但し書きが添えられていたため返還はしていない。だが先に述べたように、いったん合祀したものの取り消しはできないとの建前から、靖国神社には祀られたままになっている。

「地元で薬局を営んでいた薬剤師の同級生がおって、しばらくそこで働かせてもらいました。医者をまわって頭を下げて薬を置いてもらう、まあ、営業ですな。それで少し商売を覚えた。それから、戦後十年ぐらい経って、高田の家内の実家の近くでおもちゃ屋を始めました。近所の衣料品の主人に大阪につれて行かれ、商売を始めるならおもちゃでも売れやと、おもちゃの問屋を紹介してもらったんです。ガラガラから子供がまたがる自動車、汽車の乗り物まで、いろいろ仕入れてやりましたよ。

家内の実家は食料品店じゃったけど、店を継ぐ人がおらんようになって、後を引き継いで、そちらの店もやるようになった。やがて食料品店のほうが主になって、食料品全般から雑貨まで扱うミニスーパーの形になりました」

その間、占領軍によって禁じられていた日本の航空活動が再開されると、かつての中島の操縦技倆を惜しむ関係者を通じ、自衛隊や日本航空からパイロットへの誘いがあったが、すべて断ってしまったという。

「操縦にはいささか自信があったし、ほんとうは飛行機にまた乗りたかった。しかし、捕虜になった私は、過去を忘れて生きなきゃいかんと思っていましたから。マッコイで一緒だった空母飛龍の萬代久男機関少尉なんかは、自分の経験を後輩に伝えなきゃいかんと海上自衛隊に入られて、そういう考え方もあったのかもしれませんが、どうも決心がつかなかった。戦闘機で一緒だった後輩の斎藤三郎少尉が自衛隊の教官になっていて、だいぶ熱心に誘ってくれたですがね」

中島は、高田市の中央市場の組合長、役員を経て、私が出会った頃にはすべての役職から身を引き、息子たちが建ててくれた別府の自宅をベースに、平日は店を手伝ったりと自適の日々を送っていた。

「戦友会も、マッコイキャンプで一緒だった人たちでつくった『待来会（マッコイ）』は、みんな捕虜じゃからいいけど、零戦搭乗員会なんかはなかなか行く気持ちになれんかったです。同年兵の原田要さんや相良六男さんにずっと案内をもらって、数年前からようやく参加するようになりました。最初に出たときは遠来の客じゃというので乾杯の発声をしたり、〆のバンザイをしたりしましたが……。皆さん、捕虜になった私をどう思ってるのか、口に出さんからわからんのです。同じ兵隊上がりの操練出身者は気安く話せるし、戦闘機の教え子もいて私を立ててくれるんですが、操縦を教えた海兵出の人で、見て見ぬふりをして言葉も交わさん人もおるしね。こっちも恥じゃと思ってるから積極的には声もかけんし。まあしかし、戦後半世紀も経って、ようやく平気になってきましたな」

これまでの人生を振り返って、との問いに、中島は、

「私は海軍では上官に恵まれていました。山下七郎さん、八木勝利さん、板谷茂さん、相生高秀さん、そして鈴木實さんに進藤三郎さん。——みんなかわいがってくれましたし、海軍で嫌な思い出は一つもありません。ええ、一つもない。

子供にも恵まれたし、家内には先立たれましたが、再婚したいまの家内にも恵まれたし、幸福な人生でしたよ。人には笑われるかもしれんが、いまはほんとうに楽をさ

せてもらっています」

と答えた。だが、戦争についてどう思うかとの問いに対しては、

「戦争は嫌いですな。戦争はないほうがいい。あればもちろん負けちゃいかんが、戦争は悪いですな。戦争は悪い……ほんとうに戦争は悪い。戦争のない時代にならないと、いつまでも。戦争はいかんです」

と、首を振り振り、何度も繰り返した。その表情には、戦争に翻弄された人生の重みが、年輪となって宿っているように感じられた。

＊

丸二日間におよぶインタビューが終わると、中島は、

「ああ、こんなに自分のことをしゃべったのは初めてじゃ」

と、ホッとしたような表情を浮かべた。

その年の八月三日、東京の上野精養軒で開催された「零戦搭乗員会」の総会に、中島は単身、上京して参加した。

この日の参加者は約百五十名。中島の同年兵や近い年代の操練出身者も多く集まり、互いに久闊(きゅうかつ)を叙(じょ)しあった。勢い、アルコールも進み、テンションが上がる。だが、こ

のとき、中島に異変が起きた。少し前まで上機嫌で戦友と話していたのが、突然、椅子の背もたれに仰向けになり、動かなくなったのだ。原田要らが懸命に声をかけたが反応はない。この集いに参加していた医師・菅野寛也の応急処置で事なきを得たが、健康に不安を感じた中島は、これっきり戦友会に参加することはなくなった。

中島はその後も長命を保ち、私とは年賀状や時候の挨拶のやりとりは途切れることなく続いたが、そこには必ず、

「若い人に迷惑をかけながら余生をおくっています」

という意味のことが書かれてあって、なんとも言えない思いがしたものだった。平成十九年十一月、ご家族より中島逝去と年賀状欠礼の葉書が届いた。享年九十三。

いまも、「戦争は悪い」と繰り返した中島の表情は私の脳裏に焼きついている。戦記にほとんどその名をとどめていないが、忘れがたい人だった。

昭和13年暮れ、十二空時代。左から2人目が中島、3人目は相良六男二空曹、4人目は樫村寛一三空曹

昭和13年、九江基地にて。中島が抱えている子犬の名は「蔣介石」といい、搭乗員たちのアイドルだった

昭和13年、九江にて、余暇に魚とり。左より宮崎儀太郎三空曹、森貢一空曹、中島三空曹

昭和13年、占領直後の南京飛行場で撮影した十二空戦闘機隊員の写真。2列目中央は飛行隊長小園安名少佐

昭和15年、相模湾の空母赤城艦上で九六艦戦とともに

昭和16年、大分空時代。伊丹飛行場で行なわれた報国号（海軍への献納機）の命名式。飛行服姿が中島

昭和16年、大分基地にて第35期飛行学生（海兵67期）らとともに。前列左より虎熊正飛曹長（分隊士）、中島一飛曹、馬場政義少尉。中列左より山口定夫、山口馨（サングラス姿）、栗原克美、渋谷清春、岩崎信寛。後列左より川添利忠、荒木茂、川真田勝敏各少尉。撮影者は笹井醇一少尉。中島をのぞく全員が、終戦までに戦死（虎熊飛曹長は殉職）した

中島が送られた米本土ウィスコンシン州の捕虜収容所、マッコイキャンプ

昭和17年暮れ、生後5ヵ月の長男と。九州・出水で、ソロモンに出撃直前の1枚

昭和十五年ごろの岩井勉

岩井　勉（いわい・つとむ）

大正八（一九一九）年七月、京都府生まれ。昭和十（一九三五）、海軍飛行予科練習生（のちの乙種予科練）六期生として横須賀海軍航空隊に入隊。昭和十三（一九三八）年八月、飛行練習生を卒業、戦闘機搭乗員となる。昭和十五（一九四〇）年一月、第十二航空隊に配属され、中国大陸・漢口基地に進出。同年九月十三日、進藤三郎大尉の指揮下、二十七機撃墜（日本側記録）の大戦果を挙げた零戦初空戦に参加。昭和十七（一九四二）年十一月、空母瑞鳳乗組となり、ソロモン、ニューギニア、マーシャル諸島の航空戦で激戦を戦い抜く。昭和十九（一九四四）年八月、母艦航空隊である第六〇一海軍航空隊に転勤、十月、空母瑞鶴に乗艦し、小澤囮艦隊の一員として比島沖海戦に参加。さらに昭和二十（一九四五）年春には沖縄航空戦に参加した。終戦時、海軍中尉。戦後、独学で経理を学び、米穀会社を経営。平成十六（二〇〇四）年四月十七日歿。享年八十四。

N.Koudachi

日本海軍航空隊で、大東亜戦争の開戦前後に訓練課程を修了したクラスの搭乗員の戦死率は、概ね八割を超える。生き残った二割弱も、その多くは負傷の経験があるから、戦闘を重ね、なおかつ無傷で生還することは、想像以上に困難なことであったに違いない。

岩井勉（終戦時・中尉）は、昭和十五（一九四〇）年、中国大陸重慶上空における零戦のデビュー戦で初陣を飾って以来、のべ二十二機もの敵機を撃墜しながら、自分の身体はもちろん、機体にさえ一発の敵弾も受けず、戦地では愛機の尾輪ひとつ壊したことがないという、稀有な経歴を持つ零戦搭乗員である。

その技倆から、昭和十九（一九四四）年、教官を務めていた台湾の台南海軍航空隊で、教え子の飛行科予備学生たちの間で「ゼロファイターゴッド」（零戦の神様）の異名で呼ばれていた。

不思議な縁

岩井との出会いは、戦後五十年の平成七（一九九五）年秋のこと。この年、生き残り元零戦搭乗員の取材を始めた私は、伝手を頼って住所を調べては、インタビュー依頼の手紙を書いた。その数はのべ数百通にのぼったが、なにしろ当時の私は一介の雑誌カメラマンに過ぎない。胡散臭いと思われたか返事がもらえないこともあったし、けんもほろろに断られたこともあった。そんななか、打てば響くような素早いレスポンスで、取材承諾の返事をくれたのが岩井だった。

〈取材の御趣旨はよく理解できました。お待ちしておりますので、ご都合のよい時何時でもお越し下さい〉

岩井の自宅は奈良市内にある。私は大阪の実家に帰郷し、翌日、車で岩井方を訪ねた。教えられた道にしたがって到着してみると、その景色に見覚えがある。私は中学生の頃、月に一度は友人たちと、大阪から奈良まで片道四十キロを自転車で走りサイクリングに興じていたが、岩井の家は、私がいつも走っていた道路に面したところにあったのだ。二十年近く前、私は岩井の家の前を、そうとは知らずに毎月、通っていたことになる。不思議な縁を感じた。

搭乗員仲間の間では「利かん気のベンさん」で通っていて、最初は気難しい人を想像していたが、岩井は柔和な笑顔で迎えてくれた。

「私は一見、元気に見えるかもしれませんが、あちこちガタがきておりましてな、大動脈瘤がいつ破裂してもおかしくない状態なんです」

初対面の私に、七十六歳の岩井は言った。

「そやから、また今度、というのがないかもしれん。まあ、いつ戦死するかわからんかった戦争中と似た感覚ですな。尻切れトンボじゃあんたも困るやろうし、今日は一通り、最初から最後までお話させてもらおうと思うてます」


「えらいところに来てしもた」


「諸君、おめでとう。ただし、ここに入ったからには未来の提督にはなれない」

昭和十（一九三五）年六月七日、未来への希望に胸を膨らませて横須賀海軍航空隊に入隊してきた岩井たち第六期飛行予科練習生を前に、分隊長・大塚大尉が訓示をした。

「それがいやだという者は、郷里に帰って兵学校の試験を受け直せ」

帰って受け直せと言われても、故郷で盛大な見送りを受け、しかも入隊と同時に軍籍に編入された身とあらば、いまさら辞退して帰るなどできることではない。

「『しまった、えらいところに来てしもた』と思ったけど、あとの祭りでした……」

岩井の話は、そんなふうに始まった。

岩井は大正八（一九一九）年七月二十日、奈良県境にほど近い京都府相楽郡當尾村（現・木津川市）で、農家の五人きょうだい（男三人、女二人）の末っ子として生まれた。二番めの兄が現役の海軍軍人として奉職していたので、幼い頃から海軍には憧れを抱いていたという。

子供の頃から飛行機が好きでたまらず、地元の木津農学校に進むが、兄から「海軍少年航空兵制度」（予科練習生）があることを教えられ、受験を決意。

「学校の先生に退学届を出したら、『そんな危ないとこへ行かんでも、人生にはほかにいくらでも道がある』と反対されてましてな。試験を受けに横須賀へ行ったときも、『不合格になって帰ってくることを祈っている。退学届は仮に預かっておく』と言われました。

ただただ飛行機に乗りたい一心で、パイロットになるのにほかにどんな手段があるのかも、まるで知らんかった。兄が海軍におるのに、海軍兵学校も知らなんだぐらいです。それにこの頃はまだ事変前で、海軍に入ったからって戦争に行くことになるとは考えもしませんでした。

――しかし、危ないと言われて先生に反対された私が生き残って、地元の同級生たちはその後、みんな陸軍に召集されて、そのほとんどが戦死してるんです。人の運命はわからんもんですなあ」

岩井が受験した第六期飛行予科練習生の募集定員は二百名。全国から一次試験にパスした二百五十名が二次試験に臨み、うち百八十六名が合格、採用された。この頃の海軍は、定員を割ってでも優秀な少年を厳選し、少数精鋭を貫いたのである。

「入隊してみると、それはそれは厳しいスパルタ教育で、夢も希望も一瞬にして忘れてしまうほどでした。当時の予科練は、横須賀海軍航空隊の奥に設けられ、前面は海、背後は航空廠の塀で仕切られていて、娑婆（一般社会）とは完全に隔離されていました。みな、十五～十六歳の子供ですからね、一週間もしないうちにホームシックにかかりましたよ」

入隊後二ヵ月間は、基礎教練として陸上戦闘の訓練に明け暮れる。最初の夏は休暇が許されず、代わりに三浦半島南東端の金田湾にテントを張り、四十日間の幕営生活で手旗信号、モールス信号、そして水泳を叩き込まれた。

甲飛と乙飛の軋轢

座学に、訓練に、息つく暇もなく鍛え上げられること二年半。その間に適性検査が行われ、昭和十二（一九三七）年六月一日付で同期生が操縦、偵察の二手に分けられ、岩井は念願かなって操縦要員と決まる。七月七日、中国・北京近郊の盧溝橋で日中両軍が激突（盧溝橋事件）、支那事変がはじまった。

「急に周辺が慌ただしくなるのが感じられました。上海上空での諸先輩の戦いぶりが紹介され、教官たちは、これぞ『予科練魂』の成果だと説明していました」

一期先輩の五期生が、予科練で三年二ヵ月にわたって基礎教育を受けたのに対し、岩井たち六期生の教育期間は、事変の影響で二年半に短縮された。昭和十三（一九三八）年一月十日、予科練を卒業し、飛行練習生として霞ケ浦海軍航空隊に入隊、いよいよ飛行訓練が始まる。岩井の胸は躍った。

ところがこの頃、事変とは別に、岩井らにとって青天の霹靂ともいえる、思いがけないことが起きていた。「甲種飛行予科練習生（甲飛）」制度の誕生である。

本来、予科練習生制度は、将来の初級指揮官を養成するために昭和五（一九三〇）年に発足したものだったが、昭和十一（一九三六）年十二月、それまで海軍力の拡張に歯止めをかけていたワシントン軍縮条約が失効し、無条約時代に突入すると、航空戦力のさらなる拡充に迫られた海軍は、より短期間で特務士官（兵より累進した士官）を養成するコースを新設した。これが甲種飛行予科練習生である。

応募資格は、従来の予科練が高等小学校卒業程度だったのに対し、甲飛は当初、中学四年一学期修了程度としていて、一段高いところを対象としていた。

甲飛の発足と同時に、従来からの予科練は「乙種飛行予科練習生」と呼ばれることになり、これが岩井たちにとっては癪の種だったという。

「もともと、甲乙丙というのは優劣や上下を表すのに使われる言葉でしたから、あとからできたのが『甲』で、本家本元がなんで『乙』なんや、と。学力的にも、われわれの半分は中学三年を修了していて、ほとんど差はなかった。しかも『乙』が予科練を卒業してようやく進級する一等航空兵に、『甲』はわずか一ヵ月でなりよる。

戦後も、甲飛出身者は『旧制中学卒業相当』という文部省の学力認定を受けましたが、乙飛出身者は『高等小学校卒業相当』とされたまま二十年以上も放置されていて、就職のとき、どれだけ辛い思いをしたか。そのくせ、すでに下級士官になっていたから公職追放にかかり、三十歳前後のいちばん就職したい七年間というもの、いっさいの公職に就くことを許されなかった。まさに踏んだり蹴ったりでした」

「車引き」の屈辱

霞ケ浦では、複葉の三式初歩練習機、九三式中間練習機で操縦訓練を受けた。同じ飛行場で、海軍兵学校出身の飛行学生（士官）たちも操縦訓練を受けている。おもに海兵六十三期を卒業した者で、そのなかに、岩井がのちに空母瑞鳳で一緒になる佐藤正夫少尉（のち大尉）がいた。

八月に入り、飛行練習生教程の卒業が近くなった頃、同期生それぞれの専修機種が発表された。その内訳は、戦闘機二十名、艦上爆撃機十名、攻撃機二十名。

「私は念願かなって、戦闘機専修と決まりました。ほんとうに嬉しかった。ここまで順調に、望み通りにきたことに、心のなかで神仏に感謝を捧げました」

昭和十三（一九三八）年八月十六日、飛行練習生を卒業した岩井ら戦闘機専修の二十名は、大分県の佐伯海軍航空隊で、こんどは本物の戦闘機（複葉の九〇式艦上戦闘機）で延長教育の訓練を受けることになる。

「ここは戦闘機の教育部隊だけあって、教官、教員も全員が戦闘機乗りで、霞ケ浦とはまったく違った雰囲気でした。先任教員の赤松貞明一空曹は、『仕事のないときは寝ておっても構わん。その代り、一朝有事のさいは、寝食を忘れてでも目的を完遂する。これが海軍戦闘機隊の気風である』と。九〇戦は、当時すでに旧式機でしたが、いかにも精悍で、操縦桿の効きもそれまでの練習機とはまったく別物でした」

十二月、戦闘機の教育部隊として大分海軍航空隊が新たに開隊すると、岩井ら練習生はそちらに移転、昭和十四（一九三九）年二月、延長教育を終え、実施部隊である長崎県の大村海軍航空隊に転勤を命ぜられる。延長教育を終えた戦闘機搭乗員は、ここでお座敷がかかるのを待って、おのおの実戦部隊に巣立っていくのが通例だった。支那事変も二年め、中国大陸での戦闘は間断なく続いていて、岩井も当然、次は戦地に行くものと思い込んでいた。ところが――。

「五月一日付で、ほとんどの者が大陸で作戦中の第十二航空隊か第十四航空隊に転勤を命ぜられたのに、私ともう一人、舟川という男には『鈴鹿海軍航空隊附』の辞令が出て、ガッカリしました。鈴鹿空は戦闘機隊じゃなく偵察練習生の訓練部隊で、九〇式機上作業練習機という、特殊飛行もできない飛行機の操縦をさせられることになったんです。

一応、資格は『教員』でしたが、要は機上無線や航法、旋回銃の訓練を受ける偵察練習生を後ろに乗せて飛ぶ『車引き』で、やっと一人前の戦闘機乗りになれたと喜んだ身からすれば、情けないというか、屈辱的な配置でした。

当時、誰が言い出したのか『戦闘機無用論』なる奇怪な説が力を持っていて、そのあおりでパリパリの戦闘機搭乗員が大勢、ここにまわされてきてたんです。行ってみたら、大先輩の山下小四郎、赤松貞明、同年兵ながら操練出身で操縦歴の長い尾関行治、武藤金義……名だたる戦闘機乗りがズラッと顔を揃えていて、驚きました」

海軍航空隊の「戦闘機無用論」には二度の波があり、一度めは昭和十年頃、双発で高性能の九六式陸上攻撃機が開発され、当時の戦闘機の性能ではこれに太刀打ちできないとの理由で、戦闘機乗りであった源田實大尉（当時）が提唱したとき、二度めは昭和十四年、九九式艦上爆撃機が開発されて、これが爆弾を落とせば身軽に空戦もできるといった意見が出されたときである。岩井が鈴鹿空に追いやられた昭和十四年は、「第二次戦闘機無用論」が幅を利かせた時期だった。

零戦との対面

鈴鹿空での退屈な半年を経て、昭和十五（一九四〇）年一月、岩井に第十二航空隊への転勤命令がくだった。行き先は中国・湖北省の漢口基地である。

「これで俺もようやく戦地に行ける、と思うと、胸が躍りました。汽車で佐世保まで行き、そこから輸送船で、軍馬並みの船底の一室に放り込まれて荒波に翻弄されながら上海へ。それでもはじめて中国大陸の大地を見たときは感動しましたな。上海からは揚子江を舟で十日がかりで遡って、やっと漢口に着きました。鈴鹿を出てからちょうど二十日が経っていて、いま思えばのんびりした転勤でした」

昭和十二年、南京を追われた蒋介石を国家主席とする中国国民政府は、四川省の重慶に首都を移して根強い抵抗を続けている。漢口基地は重慶爆撃の拠点で、海軍航空隊の主力部隊である第二聯合航空隊（第十二航空隊、第十三航空隊）が展開していた。ところが、当時の主力戦闘機・九六式艦上戦闘機には重慶空襲の陸上攻撃機に随伴するだけの航続力がない。戦闘機隊のやることと言えば基地上空の哨戒飛行ぐらいで、戦闘らしい戦闘のない平穏な日々が続いた。いっぽう、戦闘機の護衛なしで重慶空襲を繰り返していた陸攻隊は中国空軍戦闘機の邀撃を受け、その損害は増加の一途をたどっていた。

しかし、七月下旬になって、十二空に新鋭の零式艦上戦闘機（零戦）六機が配備されたことで、戦闘機隊はにわかに活気づく。最初に零戦を空輸してきた指揮官は、新たに十二空分隊長となった横山保大尉である。

「彼らが着陸するやいなや、機体の周囲にみんなが駆け寄って、歓声が上がりました。優秀な飛行機だということは噂に聞いていましたからね。われわれは飽きることなくこの六機を眺めまわしましたが、機体が九六戦と比べても一回り以上大きくて、これで格闘戦ができるんかいな、と一抹の不安を覚えた記憶があります。いま考えたらおかしいけど、風防が密閉式なのも、何か隔離されている感じで違和感ありましたな。でも実際に乗ってみたら乗りやすくて、そりゃあもう、ええ飛行機でした」

続いて、八月中旬には横空分隊長・下川万兵衛大尉の率いる七機が漢口に到着、戦力としての陣容がととのった。

感激のデビュー戦

さっそく、零戦に搭乗する隊員の人選が進められた。横空から飛行機とともに転勤してきた横山大尉ほか十名の搭乗員を中心としたA班、進藤三郎大尉ほか、もとから十二空にいた搭乗員十二名を中心に選抜されたB班が編成され、その二班の搭乗員が交代で零戦での出撃に参加することになる。

「私の名前はB班にありました。このときはどんなに嬉しかったことか」

と、岩井。このとき、岩井の飛行時間は約八百時間に達していた。

そして九月十三日金曜日、零戦はデビュー戦を迎える。岩井も、出撃搭乗員の一員に加えられていた。

午前八時三十分。進藤大尉の指揮する二個中隊の零戦十三機は、支那方面艦隊司令長官嶋田繁太郎中将の見送りのもと漢口基地を発進した。発進前、嶋田中将は小さな紙片を手に持って整列した搭乗員一人一人に激励の言葉をかけた。

「君が岩井二空曹かね。しっかり頼むよ」

と言われ、背中を軽く二、三度叩かれたとき、岩井は、

「ああ、俺は今日の初陣で死んでも悔いはない」

と感激したという。

この日の編成は、進藤大尉率いる第一中隊七機と白根斐夫中尉率いる第二中隊六機からなり、中隊はそれぞれ二個小隊に分かれている。岩井は、白根中尉の三番機（白根機の右後方に編隊を組む）についた。

九時三十分、中継基地の宜昌に着陸、燃料補給と昼食ののち十二時に発進、高度二千メートルで誘導機の九八式陸上偵察機と合流。さらに午後一時十分、爆撃隊の九六陸攻二十七機と合流、その後上方を掩護しつつ、高度七千五百メートルで重慶上空に進撃する。この日の爆撃目標は「敵要人邸宅」とされていた。

「爆撃中は、ものすごい対空砲火の弾幕でした。そんなときに二番機の光増政之一空曹が、風防のなかでニコッと笑いよったのが印象に残っています」

午後一時三十四分、爆撃が終わると、いったん引き返したと見せるため、零戦隊は陸攻隊とともに反転、漢口基地のある東方向に機首を向けた。そして十六分後、重慶上空にとどまっていた偵察機からの敵戦闘機発見の無線電信が、進藤大尉の耳にレシ

ーバーを通じて届いた。零戦隊はただちに再反転する。

「進藤大尉は陸攻隊の指揮官に敬礼すると、重慶のほうへ反転しました。われわれ第二中隊は第一中隊の左後方、かなり離れたところを飛んでいましたが、右下方に小さな点々が見えて、敵機が現われたことはわかった。機数は約三十機。それで私は、白根中尉機の横に出て、『敵機発見』を伝えました。白根中尉もすぐに了解したらしく、ニッコリ笑うと増槽（落下タンク）を落とし、第一中隊に続いて空戦場に突入しました」

総天然色だった初空戦

岩井は、一機のソ連製戦闘機ポリカルポフE－15（И－15を、日本海軍、中国空軍ともにこう呼んだ）に狙いを定めて攻撃に入ろうとするが、その敵機は別の零戦が一瞬で撃墜してしまう。仕方なく、墜ちる敵機から飛び出した落下傘に一撃をかけると、別の敵機を求めて空戦圏に戻った。

飛行機の性能差は一目瞭然で、十三機の零戦が、三十数機もの敵戦闘機を次々と追い詰め、撃墜してゆく。

「以心伝心で、左旋回しながらの反復攻撃です。逆に旋回したらぶつかりますからな。

空戦してると高度が下がるのが常なんですが、どんどん高度が下がっていって、はじめ五千メートルあった高度が、しまいには五百メートルまで下がっていました」

岩井は敵機を追いながら、空戦の悲壮美に酔いしれていた。

「なんときれいな、と思いました。その頃はカラー何とか、という言葉はないから、『総天然色』です。零戦が明るい灰色で、複葉のE-15は濃紺、単葉のE-16は緑色と、それぞれ色がちがう。機銃弾には四発に一発、曳痕弾（えいこんだん）が入っていますが、それがバァーッ、バァーッとまるで紙テープを投げたように大空を飛び交う。この日は風がなく、それが何秒か空に残りよるんです。真白い落下傘、火を噴いて墜ちる敵機、爆発する敵機。何とまあ、空中戦というのはきれいなもんだわい、と見とれてしまいました」

初陣の岩井は、この空戦で撃墜確実二機、不確実二機の戦果を挙げた。

「決められた集合地点に行ってみたら、もう誰もおらん。それでも四川省の山岳地帯の上空を、勝ち誇った気持ちで鼻唄を歌いながら帰りました」

零戦はあるいは単機、あるいは数機で、三時四十五分から四時二十分までの間に、全機が中継基地の宜昌に帰投した。

進藤大尉は十三名の搭乗員の報告でとりまとめた戦果に、自身が上空から見た結果を加味し、空戦でありがちな戦果の重複も考慮に入れて、二十七機撃墜確実と判断、早速司令部に報告の無電が打たれた。

岩井はそれからも数度の出撃を重ね、十月二十六日には飯田房太大尉の指揮下、参加した成都上空の空戦で、ふたたびE-15一機を撃墜。その戦果を手土産に、十一月、茨城県の筑波海軍航空隊へ転勤を命ぜられ、内地に帰還した。転勤の途中、常磐線の汽車を待つ間に上野広小路を歩いていると、ニュース映画館に「成都空襲八勇士」という看板が出ているのが目に入った。

「切符を買って入ってみると、つい先日の成都空襲のニュース映画（日本ニュース第二十二号・昭和十五年十一月六日）が上映されていて、飯田大尉の顔、山下空曹長の顔、そして自分が胴上げされるシーンが映っていました。あんなことぐらいで内地ではこれほど大きく取り上げられるのかと思うと気恥ずかしく、周囲の人が皆、自分の顔を見ているような気がして、そそくさと映画館を出ました」

教員時代に開戦

筑波空では、九三式中間練習機で、主に予科練出身の飛行練習生に基礎的な操縦訓練をほどこす教員になった。

「受け持った教え子は、こいつは将来、俺よりうまくなるなあ、と思うようなのもいれば、何度乗せてもどうにもならないようなのもいました。人を育てるのはやりがいのある仕事かもしれませんが単調な毎日で、ストレスは溜まりましたね」

筑波空での教員生活は一年三ヵ月におよんだ。その間、関東に点在する練習航空隊の教員たちのうち、航空母艦への着艦訓練が未修の者が大分県の佐伯海軍航空隊に集められて着艦講習を受けることになり、岩井もこれに参加している。はじめて着艦した空母は、瀬戸内海を航行中の空母鳳翔だった。鳳翔は大正十一（一九二二）年に竣工した世界初の正規空母で、日本海軍でもっとも小さな母艦である。

そして、昭和十六（一九四一）年十二月八日、日本陸海軍はアメリカ、イギリスを中心とする連合軍と交戦状態に入り、大東亜戦争が勃発した。

「支那でさんざんやってきて、もう戦争も終わりかと思っていたのに、世界を相手にまだやるんかいな、いままでのはリハーサルやったんか、えらいこっちゃ、と、正直なところ思いました。しかし、戦争が始まったんなら行かなきゃならん。早く実施部隊に転勤して戦場に出たいという気持ちのほうが強かったですね」

昭和十七（一九四二）年二月、岩井に転勤命令が届く。だが次の任地は、戦闘機搭乗員に最後の仕上げの訓練を行う大村海軍航空隊で、岩井はまたしても教員配置につくこととなった。同年九月、結婚。妻・君代は、下宿先の娘であった。

「このときの気持ちは、ここで俺が死んだら俺の血筋が絶える、一人ぐらいは子供を作っておきたいと思ったのと、もし自分が戦死しても、家内は『軍神の妻』とあがめられて遺族年金で生きていけるやろう、と思ったのと。しかし家内は女学校を出たばかりで、まだ十八歳。そんな気持ちで結婚されたんではさぞ災難やったろうなあ、と思います」

分隊長・蓮尾隆市（はすおりゅういち）大尉の媒酌のもと、大村の料亭で結婚式と披露宴を催したが、岩井の兄が「高砂や、この浦舟に帆をあげて……」と謡い始めたとき、泥酔状態で遅れてやってきた赤松貞明飛曹長が、全裸の肩から料亭の白いカーテンを前に垂らし、脚の脛には藁で新聞紙をくくりつけた姿で「色は黒いが南洋じゃ美人……」などと歌いながら座敷の真ん中で踊り狂い、大混乱になってしまった。大村空の教員仲間が合唱してくれた歌もまた、ふるっていた。

♪飛行機乗りにはお嫁にゃ行かぬ
　今日の花嫁明日は後家ダンチョネー

「戦争中はもう、地獄のような日々でした」

と、君代は言葉少なに回想する。

瑞鳳へ転勤

新婚わずか四十五日、昭和十七年十一月一日付で、岩井に空母瑞鳳への転勤が発令された。瑞鳳は、潜水母艦高崎を改造した小型空母で、同年六月五日のミッドウェー海戦で日本海軍が主力空母赤城、加賀、蒼龍、飛龍を一挙に失ってからは空母翔鶴、瑞鶴とともに第一航空戦隊を編成。零戦二十一機と九七艦攻九機を搭載し、十月二十六日には日米機動部隊が激突した「南太平洋海戦」に参加したばかりだった。

「飛行練習生の頃、一緒に訓練を受けた佐藤正夫大尉が瑞鳳飛行隊長で、その引き抜きやったらしい。佐藤大尉は『ゴリラ』というあだ名のいかつい男で、まだ二十七歳というのに頭もすっかり禿げ上がっていました。豪傑で、個性が強くて喧嘩っ早くて、上下からとかく敬遠されるタイプでしたが、私はなぜか、妙に気に入られていました」

瑞鳳は、南太平洋海戦で敵艦爆の爆弾を飛行甲板後部に受け、佐世保軍港のドックで修理中、飛行機隊は大分県の佐伯基地で訓練をしていた。岩井は佐伯基地に着任し、翌日から激しい訓練に加わることになる。

やがて瑞鳳の修理が完了し、十二月に入ると飛行機隊は鹿児島基地に移動、さらに訓練を続けた。そして昭和十八（一九四三）年一月、出撃命令がくだり、十七日、瑞鳳は呉軍港を出港、飛行機隊を洋上で収容して、一路、中部太平洋の日本海軍の拠点トラック島へ向かった。

瑞鳳はさっそく、ガダルカナル島撤退作戦の掩護に従事し、続いて二月十九日には零戦隊と艦攻隊がニューギニア北岸のウエワク基地に進出。連日のように陸軍輸送船団の護衛に出撃した。

ダンピールの悲劇

ガダルカナル島を手中におさめた連合軍は、東部ニューギニアでの反攻も活発化させていた。日本軍はこの戦線を維持しようと、ラエ、サラモア地区の兵力を増強することを決め、陸軍第五十一師団をラバウルからラエに輸送することになった。海軍は陸軍航空部隊と協力して、輸送船団の上空直衛に当たることになった。

陸軍輸送船七隻、海軍運送艦一隻と護衛の駆逐艦八隻からなる輸送船団は、約七千名の陸軍部隊を乗せて、二月二十八日深夜、ラバウルを出港、三月三日の朝にはニューギニア・フィンシュハーフェンの東方海域に達した。

午前七時五十分、船団の南方から敵機の大編隊が現われる。最初に来たのは、高度三千メートルの中高度から水平爆撃のボーイングB－17十三機。その上、高度五千五百メートル付近にP－38二十二機がかぶさるようについていた。このとき船団上空には、二〇四空十二機、二五三空十四機、あわせて二十六機の零戦がいた。零戦隊は、これらの敵機に一斉に攻撃を開始、P－38と激しい空戦に入った。

ウエワクからニューアイルランド島カビエン基地に移動していた瑞鳳零戦隊は、佐藤大尉以下十五機をもって八時半からこの船団の上空哨戒任務につくことになっていたが、佐藤大尉が早く現場に到着しようと言い、予定より三十分早く発進した。

「私は佐藤大尉の中隊（九機）の第三小隊長でした。ニューギニアのクレチン岬がはるかに見えるあたりまで来たとき、予定海面に船団の姿を発見して、そちらへ機首を向けたんですが、にわかに無数の水柱が立ちのぼり、船がかき消されたように見えなくなった。これはただ事やないと思い、ただちにスロットル全開、全速で駆けつけたんですが……」

記録によると、瑞鳳零戦隊が空戦場に到着したのが八時五分。しかし、敵機は続々と増えて八時十分には約七十機にも及んでいる。

敵は、みごとな連携プレーを見せた。B－17の上空にはP－38戦闘機を配し、零戦隊がそれらに気を取られているうちに、十三機の英国製双発機ブリストル・ビューファイターが低空から進入、艦船を銃撃し、次いでノースアメリカンB-25、ダグラスA-20などの双発爆撃機が二十五分にわたって超低空爆撃をした。これは、爆弾を魚雷のように超低空で投下し、海面に反跳させて艦船の側部に命中させる、「反跳爆撃」（スキップ・ボミング）という新戦法であった。

「われわれはB-17の編隊に対し前下方から反復攻撃を加え、私の三番機・牧正直飛長（飛行兵長）機が敵機に体当たりを敢行しました。彼はつねづね、酒に酔うと『俺はこんど敵機に遭ったら体当たりしてやる』と言っていて、私は冗談だと思っていたんですが、言葉通りのことを私の目の前で実行してみせたんです。双方の機体が真っ二つに折れて墜ちてゆくのをまのあたりにしながら、私は深い感動に打たれました」

この戦いで、日本側は輸送船七隻、海軍運送艦一隻、駆逐艦三隻が撃沈され、午後にはさらに駆逐艦一隻が撃沈された。上陸部隊の半数以上にあたる三千六百名以上もの将兵が戦死し、輸送作戦は完全な失敗に終わった。「ダンピールの悲劇」（米側呼称・ビスマルク海海戦）と呼ばれる。

ラバウルで見た山本長官

三月八日には、ニューギニア東部北岸のオロ湾に集結する敵艦船を攻撃する陸攻隊を掩護して出撃、岩井はここではじめて、双発双胴の米陸軍戦闘機・ロッキードP－38と遭遇、これを撃墜。以後、岩井の撃墜戦果も伸びてゆく。

「私が墜としたのは、P－38がいちばん多かったです。あれは私ら、ペロ八と呼んでいました。スピードが速くて高高度性能もいいけど、空戦になったら絶対に負けへん自信がありました。

射撃するときの私なりのコツというのがありまして、射撃訓練のときなら全弾命中を目指すけど、実戦で全弾命中なんかするもんやない。しかし二十ミリ機銃弾が一発当たれば、敵機にはバーンと三十センチぐらいの穴が開きよるし、二発も当たれば翼が吹っ飛びます。それで、敵機を射程に捉えて射撃するときに操縦桿を一瞬、しゃくるように前後に動かすんです。すると弾丸が上下に散って、挟叉弾になってそのなかの二～三発は必ず命中する。こんな撃ち方、誰に教えられたものでもないし、ほかにやっていた搭乗員がいるかどうかはわかりませんが」

四月一日付で、岩井は飛行兵曹長（飛曹長）に進級。その翌日、瑞鳳零戦隊は、海軍航空隊の一大拠点であったニューブリテン島ラバウルに進出した。

虎の子の艦隊飛行機隊の全兵力を投入し、ソロモン、ニューギニア方面の戦局を一気に挽回しようという大作戦（「い」号作戦）に参加するためである。

「い」号作戦は、四月七日から十四日まで行なわれ、飛行機隊が出撃するさいには、山本五十六聯合艦隊司令長官は白の第二種軍装に身を固めて、帽を振って見送った。

「『い』号作戦のときは、ガダルカナル、ポートモレスビー、オロ湾、ラビ（ミルネ湾）と、四回の攻撃に参加しましたが、出発のとき、長官は幕僚を後ろに従えて、一人、列線のそばまで出てきて見送ってくれていました。私ら戦闘機はいちばん最初に離陸するんですが、攻撃隊を待って上空を旋回しながら下を見ると、最後の一機が離陸するまで見送る長官の姿が見えました。長官の見送りで感激とか、士気が上がるとか、そら、そういうことは確かにありましたなあ」

と、岩井は振り返る。

「そのとき私は二十三歳。長官は六十歳ぐらいでしたか。整列しながら、『この人、長生きしてはるなあ』と思ったものです。しかし長官は、その数日後（四月十八日）に戦死されてしまいました」

射撃のコツ

岩井は、四月十一日のオロ湾攻撃のさいにP－38一機を撃墜、なおも別の敵機と格闘戦になり、急上昇から反転しようとした直前、カーンという金属音の衝撃を感じた。

「やられた！　と思って戦場を離脱、基地に帰って、整備員に『あかん、今日こそはやられたわい』と言って見てもらいましたが、どこにも被弾はなかった。あの音は何やったのか、いまだに不思議に思っています」

この日の空戦のことも、岩井は、

「撃ち合うような真似をしながら機体をすべらせて敵機の射弾をそらしつつ、じわじわと反撃のチャンスを狙った」

とか、

「反航してくる敵機に、正面からの撃ち合いは禁物と、操縦桿をちょっと押し、敵の射弾をかわすなり、大きな音を立てて五条の曳痕弾が頭上を通り過ぎた。それをやり過ごして、敵の三番機に対し前下方から突き上げた」

などと回想するが、敵弾の避け方や攻撃のタイミングのつかみ方には天性のものがあったのではないだろうか。

岩井は、翌十二日のポートモレスビー攻撃のさいも、P－38一機を撃墜、さらに、米陸軍の大型爆撃機B－17二機を発見、単機で上方からこれを攻撃、空中衝突寸前まで接近して全銃火を開き、その一機を撃墜している。

さらに四月十四日、ニューギニア東部のラビ、ミルネ湾攻撃のさいには、邀撃のため上昇してきた米陸軍の戦闘機・ベルP－39エアラコブラを一撃で空中分解させ、続いてもう一機のP－39を格闘戦に引き込み、撃墜した。

「しかしこの日、予科練同期の光元治郎飛曹長が、帰途、私と一緒に途中まで編隊を組んで飛んできたのに基地には還らず、そのまま行方不明になってしまいました。合流したとき、私は飛行眼鏡を上げて顔がよく見えるようにしてニッコリ笑いかけたんですが、彼はニコリともしなかった。いまとなってはわかりませんが、負傷していたのかもしれない。この時点で同期の戦闘機乗り二十名のうち十三名が戦死し、七名を残すのみになっていましたが、これでまた一人減ってしまいました。同期生の死ほど身につまされるものはありません。直面した者でないと、この気持ちはわからんでしょうが……」

母の面会

この日をもって「い」号作戦は終了、瑞鳳をふくむ第一航空戦隊は、いったん内地に帰還することになった。

十二日間の休暇を、長崎県大村の妻・君代の実家で過ごし、こんどは鹿児島基地で、ふたたび南方へ進出するための猛訓練がはじまる。その頃はまだ、練度の高い搭乗員が多くいて、瑞鳳には佐藤正夫大尉、日高盛康大尉以下、河原政秋少尉、山本旭飛曹長、そして岩井と、歴戦の勇士が顔を揃えていた。

訓練に明け暮れていたある日、鹿児島基地に母が面会にやって来た。明日をもしれない息子の身を案じて、はるばる京都から一人、汽車に揺られて訪ねてきたのだ。

「お前が無事でご奉公させていただけるよう、毎日、氏神様にお百度詣りをしてお祈りを続けている。そして、月に一度はお前が信仰している鞍馬さんへお参りして武運長久を祈願しているから、安心して頑張っておくれ」

母の目に光る涙に、岩井は、休暇が十二日間もあったのに帰郷しなかった自分の心を恥じた。翌日、母をつれて映画館に入り、当時、日本映画の興行収入記録を塗りかえていた「ハワイ・マレー沖海戦」（東宝・昭和十七年十二月公開）を観た。主人公の予科練生活、そして緒戦の真珠湾攻撃（昭和十六年十二月八日）からマレー沖海戦（同十日）の、海軍航空隊の大活躍を描いた作品で、海軍省が後援、実際の空母や軍用機を用い、のちに「ゴジラ」を産み出す円谷英二が特撮を担当した大作である。

「お前も南の国であんなふうに戦争をしているんやな、と思っておくよ。私もこんな遠い鹿児島まで来て、よい映画を見せてもらった」

そして、西鹿児島駅まで母を送ったが、プラットフォームで別れるとき、

「母上も元気でなァ」

照れくさくて手を握ることもできなかったのが心残りだったという。

「ろ」号作戦は居残りに

昭和十八年七月九日、瑞鳳はふたたび、南方へ向け呉軍港を出港した。

「いつもは母艦が航行中のところに着艦、収容されて出ていくんですが、このときは出撃のときから乗艦していました。柱島泊地の多くの軍艦が、序列にしたがって抜錨していくなかを、まず前路哨戒の駆逐艦が出港して、旗艦が動き出した瞬間、拡声機のボリュームをいっぱいに上げて、全艦隊に轟き渡るように軍艦マーチ（行進曲『軍艦』）が演奏された。なんと勇壮なものやなあ、と。血沸き肉躍るとはこのことです。軍艦マーチというのは、それまで映画の伴奏ぐらいに思っていましたが、出港のときほんまに演奏されるというのをこのときはじめて知りました」

瑞鳳零戦隊はトラック環礁の春島基地で基地訓練に入り、さらにカビエン基地に派遣され、米陸軍の大型爆撃機・コンソリデーテッドＢ－24と交戦したりもしている。

トラック泊地で、聯合艦隊旗艦武蔵に各隊の准士官以上が集まって作戦会議が行なわれたことがあった。岩井もこれに参加したが、

「長官が代わるとこんなに違うもんかいな、と思いました。山本長官のときは前に立つだけで感激したものですが、古賀（峯一）長官にはそれがなかった。長官が言うことも、何やこれ、と思うほどつまらんかったですな」

十月下旬以降、日本軍の南方における重要拠点ラバウルは、連日のように敵機の大編隊による猛攻を受けるようになっていた。十月二十七日、連合軍がソロモン諸島のモノ島、続いてチョイセル島に上陸。

退勢を挽回しようと、聯合艦隊は第一航空戦隊（瑞鶴、翔鶴、瑞鳳）飛行機隊を十一月一日をもってラバウルに派遣することを決め、「ろ」号作戦を発令した。

ところが岩井は、十月二十八日、移動用のトラックの荷台に飛び乗ったさい、足を踏み外して思わぬ負傷をしてしまう。

十一月一日朝、ブカ基地が大空襲を受け、ショートランドも艦砲射撃を受けた。同日、連合軍はブーゲンビル島中南部のトロキナに上陸を開始。

日本側は、母艦部隊もあわせた航空部隊全力をもって敵艦船、航空兵力の攻撃に向かったが、米軍は優秀なレーダーでその動きを事前に察知して待ち構えており、この頃米軍に装備されるようになったＶＴ信管（近接自動信管。砲弾が目標の一定距離内に達すると、弾頭内の電波信管が感応して自動的に砲弾を炸裂させる）の威力もあいまって、敵艦に取りつくことすらできずに撃墜される飛行機がめだって増えてきていた。

この「ろ」号作戦にまつわる戦いを「ブーゲンビル沖航空戦」と呼ぶが、岩井は怪我のためトラック基地に居残りとなり、それまで縁の深かった佐藤正夫大尉が戦死した最後の出撃（十一月十一日）にも出ることはできなかった。

「あのときは情けなかった。悔しくて涙が出ました。私はいつも、佐藤大尉の第二小隊長あるいは二番機で出撃していたのに……」

味方飛行艇誤射事件

岩井の傷がようやく癒えた昭和十八年十一月二十一日、敵は中部太平洋・ギルバート諸島のマキン、タラワ両島に上陸、戦火はさらに、ギルバート諸島のすぐ北にあるマーシャル諸島にも飛び火した。

ラバウルから帰った瑞鳳零戦隊は戦力が半減していたが、増援部隊としてマロエラップに進出を命ぜられる。

「十一月二十二日、マロエラップに進出し、さっそく対潜哨戒に出撃しましたが、基地に帰ると、私が洋上を飛んでいる間に空襲を受けたらしく、燃料のドラム缶が炎上し、滑走路も爆弾で穴だらけになっていました。穴をよけて着陸すると、こんどは私が八機を率いて上空哨戒に当たれと言う。すぐに三号爆弾（対大型機用の空中爆弾。投下後、時限信管で一定秒時後に空中で炸裂し、広がった黄燐弾で敵機に火をつける）を搭載した零戦に乗り換え、発進しました」

哨戒高度でしばらく飛んだ頃、敵機の進入方向から大型飛行艇が接近してくるのが見えた。岩井はただちに攻撃に移り、少々距離は遠かったものの迷わず機銃を発射する。敵の爆撃機なら、まずは威嚇射撃をして爆撃の照準を狂わせなければならないからだ。ところが、そこで岩井の目に映ったのは、大きな主翼に描かれた日の丸のマークだった。

この飛行艇は、二ヵ月に一度、内地からの手紙や慰問袋などを運んでくる定期便だったが、銃撃に驚いてそのまま引き返してしまった。のちにわかったところでは、二十ミリ機銃弾が一発命中したものの、幸い、死傷者は出なかったという。

着陸して、基地司令・柳村義種大佐に報告すると、司令も空襲に殺気立っていて、

「見ていた。この空襲下、敵機の進入方向から来るようなやつは遠慮はいらん、叩き墜としてしまえ！」

と、岩井を咎めなかった。しかし、この誤射事件はのちに横須賀海軍航空隊が作成

した「空戦五カ条」と題する印刷物のなかで、
〈大型機に対する攻撃は遠距離攻撃に陥りやすい。一例を挙げると、マーシャルにおける味方飛行艇誤射事件にも見られるように……〉
と戦訓に取り入れられ、空戦講習に使われることになる。
「それを知ったときは恥ずかしかった。列機がみんな気付いて攻撃を止めているのに、准士官にもなってる私だけが知らずに攻撃してたんですから……」

ルオットでの思わぬ再会

十二月五日、瑞鳳零戦隊の十五機はトラックに帰還を命ぜられ、マロエラップからルオットを経由してトラックに帰ることになった。

「ルオットに向かうときは洋上一面にミスト（霞）がかかっていて視界が悪く、それまでの疲労と、トラックに帰れるという安心感もあって、何か居眠りしたいような飛行でした。ところがルオットに近づいたとき、向こうから飛行機の編隊がヒュッと反航して飛び去るのが見えた。あれ、敵やったんやな。それで、もうそろそろ島が見えてくる頃かと思って目を凝らして前方を見てたら、水平線が一瞬、真っ赤になるのが見えた。なにごとや、と全速で飛んで行ったら大空襲の最中でした。

上空では零戦がグラマン――このときは新型のF6Fヘルキャットです――と空戦を繰り広げている。われわれもそこに加わって、たちまち空戦になりました。

私は、二機のグラマンを捕捉し、太陽を背にしてその一番機を狙って撃つと、二十ミリ機銃弾が命中して右翼が吹っ飛んだ。続いて、縦の巴戦に入ろうとする敵の二番機が、宙返りの頂点で背面になったところを撃って撃墜しました。しかしF6Fは手ごわくて、瑞鳳零戦隊も十五機のうち八機がやられたんです。

で、空戦が終わって着陸しようと、脚を出し、フラップを下げて降りて行ったら、突然、陸上の味方陣地からダダダーッと撃ち上げられた。

『馬鹿者ども！　敵と間違えて撃ちやがって！』と思いながら着陸すると、私の機の後ろにグラマンがピッタリついて撃たれてたらしい。地上砲火はそのグラマンに向けてのものでした。私は、飛行場の弾痕に気を取られて気づいてなかったんです。馬鹿者は私やった。それでも、敵がよほど下手なパイロットだったのか、一発の被弾もありませんでした」

着陸すると、熱帯の基地なのに、紺の冬軍服を着た士官が目をひいた。千島列島の最北端、幌筵島からルオットに派遣されてきた第二八一海軍航空隊の飛行長・蓮尾隆市大尉であった。大村で岩井が結婚したとき、仲人をつとめた人である。

「この暑いのに冬服とは誰やろうと思ったら、蓮尾大尉や。『おお、岩井！』と、向こうから声をかけられました。『ひねり込み』を考案したことで知られる有名な空戦の名人・望月勇中尉もいましたが、零戦二十七機を引きつれてやってきたのに、今日の空戦で十八機がやられた、という話でした。

蓮尾大尉は、『おい、奥さん元気か？』と、やっぱり仲人や。元気か元気でないか、こっちもさっぱりわからんが、まあ、お陰さまで、と。また内地へ帰ったら夫婦同士でゆっくり飲もうや、と言ってくれたのが最後でした」

千三百三十メートル一本、千百メートル滑走路二本を持つルオットでは、瑞鳳零戦隊がトラックに引き揚げた後、敵機の空襲を受け零戦が全滅した状態で米軍の上陸を迎える。

二八一空司令・所茂八郎中佐以下、蓮尾大尉や望月中尉など、少なくとも十七名の零戦搭乗員が、二千五百余名の守備隊とともに玉砕した。二八一空の生還者はなく、蓮尾大尉の最期の状況は不明である。

「トラックに帰ってみると、私に、教育部隊である台湾の台南海軍航空隊に転勤命令が出ていると聞かされました。しかし、こんなに搭乗員が減ってしまっては、交代が来るまで帰るわけにいかん。そして十二月下旬、瑞鳳は、飛行機を基地航空隊に引き渡して内地に還ることになり、十二月三十日に横須賀に入港、私はここで一年二ヵ月にわたって勤務した思い出深い瑞鳳に別れを告げました」

ニックネームは「零戦の神様」

昭和十九（一九四四）年一月中旬、岩井は台南基地に着任した。

「ところが、到着したとたん、中西という飛行長が、『二ヵ月半も前に転勤命令が出ているのに、今頃まで何をしておったか！』と決めつけるように怒鳴りつけてきた。すかさず、『マーシャル作戦に派遣され、転勤命令が出ていることが作戦終了後、トラック島に帰還するまでわかりませんでした』と答えると、急に態度を変えて『そうか、そうか、戦争をしてくれていたのか、ご苦労であった』と。その場はそれでおさまりましたが、第一印象の悪さは拭えませんでした。この頃は人手不足で、教育航空隊では正規の飛行将校は少なく、この飛行長も水雷が専門やと聞きました」

台南空は、実用機の延長教育部隊で、岩井は、大学、専門学校から昭和十八年十月に海軍に入隊した第十三期飛行科予備学生四十二名の一個分隊を受け持つ教官となった。岩井は学生たちに、

「学問の点では君たちに教わることが多いと思うが、こと戦闘機の操縦にかけては私

は君たちより一日の長がある。飛行機の操縦では『失敗は成功のもと』という諺は通用しない。一度失敗したら命がなくなるのだ。毎日の訓練が本番であり、真剣でなければならない。今後は零戦の操縦技術ならびに心得について、私が君たちを直接指導するから、みんな真剣になって私についてきてほしい」

と、最初に宣言した。翌日からただちに激しい訓練が始まったが、たちまち予備学生の間で岩井にニックネームがつけられた。「ゼロファイターゴッド」、つまり「零戦の神様」である。複座の零式練習戦闘機で同乗訓練するときなど、教えられる側にも、教官の技倆が操縦桿を通してひしひしと伝わってきたという。

この頃、戦局の逼迫で、日本国内の生活は日に日に不自由の度を増していた。だが、台湾ではまるで状況が違う。灯火管制は敷かれているものの、砂糖、氷、酒、果物などなんでもあり、女性はノースリーブにスカート姿で歩いている。

「そんな環境に慣れると、暗く陰気な内地になど、誰も帰りたがらなかったものですが、私は、新しい飛行機を受領するため、月に一度は大村基地に出張していました。しかし、当時は飛行機の出来が悪く、部品も揃わないので苦労の連続です。あるとき、苦心惨憺して部品を調達し、十日がかりで台南へ帰ったら、例の飛行長が『岩井飛曹長は、奥さんのところに戻ったらなかなか帰ってこないね』とぬかした。搭乗員の気持ちなど、爪の先ほども理解しないこの人にはうんざりしました」

昭和十九年六月十五日、米軍がマリアナ諸島のサイパン島に上陸を開始。聯合艦隊は、機動部隊と基地航空隊の総力を挙げて米軍の動きを封じようと「あ」号作戦を発動、六月十九日から二十日にかけて空母九隻を基幹とする日本海軍機動部隊と空母十五隻を擁する米機動部隊が激突するが、日本側は空母大鳳(たいほう)、翔鶴、飛鷹と、飛行機四百機以上を失い、敗退した。「マリアナ沖海戦」と呼ばれる。

六月下旬から七月上旬には、敵機動部隊は硫黄島に来襲、八月になると、台湾にも来るかもしれないと、緊張が高まってきた。岩井に、ふたたび母艦部隊である第六〇一海軍航空隊への転勤命令が届いたのはそんな時期だった。

六〇一空再建

第六〇一海軍航空隊は、昭和十九年二月、それまで空母の飛行機隊は母艦ごとに付属していたのを改め、作戦上の必要に応じて臨機応変に動かせるようユニット化した航空隊として編成された。ふだんは陸上基地で訓練を行ない、作戦のときは空母に搭載される。マリアナ沖海戦では第一航空戦隊(空母大鳳、翔鶴、瑞鶴)に搭載されて出撃したが大敗を喫して壊滅し、愛媛県の松山基地で再編成の途中であった。

「飛行隊長の小林保平大尉は、私が瑞鳳にいた頃、同じ一航戦の翔鶴に乗っていて一緒に作戦に参加したこともあり、旧知の間柄でした。同じ型の零戦でも出来、不出来があって、ふつう指揮官はいちばん調子のよい、馬力の強い飛行機に乗りたがるものですが、小林大尉はいちばん馬力の低い飛行機を選んで乗っていました。そのほうが列機がついてきやすい、ということです。この人は偉いな、と思いました」

だが、再建中の六〇一空の搭乗員の技倆は心細い限りで、ほとんどの隊員は実用機の延長教育を終えたばかり、飛行時間は二百時間に満たない。初陣までに八百時間を飛んだ四年前の状況とは比較にならなかった。特に、部下を率いる立場である指揮官クラスに、実戦経験のまったくない者が多かった。

「編隊空戦訓練などやろうものなら、たちまち大混乱をきたすぐらいで、飛行時間が足りないのは彼らのせいではないと分かっていても、つい『このヘタクソが！』と怒鳴ってしまうこともありました。それでも訓練を重ねるうち、彼らの技倆はめきめきと上達し、単機ならばどんな特殊飛行も一通りできるようにはなった。ただ、操縦技倆は飛行時間にほぼ比例しますが、空戦となると実戦を経験しないことにはどうしようもない。みんな、教えたことは『ハイ、わかりました』と素直に聞くんですが、それが実戦に生かせるかとなると話は別。敵も強くなっていましたからね」

囮空母瑞鶴に乗艦

十月十七日、ダグラス・マッカーサー大将の率いる米陸軍第六方面軍四個師団の一部が突如、フィリピン・レイテ湾口にあるスルアン島に上陸を開始。それを受けて、敵上陸部隊を撃滅するため「捷一号作戦」が発動された。この作戦は、栗田健男中将率いる戦艦大和、武蔵以下の戦艦部隊がレイテ湾に突入、敵上陸部隊に大口径砲による砲撃を加え、撃滅することが骨子となっていた。その突入を成功させるため、敵機動部隊を引きつける囮として、小澤治三郎中将率いる第三艦隊（機動部隊）にも出撃が命ぜられる。

空母瑞鶴、瑞鳳、千歳、千代田の四隻に搭載されたのは、六〇一空、六五三空に加えて、海上護衛専門の九三一空からもかき集められたわずか百十六機。六〇一空零戦隊は、母艦着艦の経験者のみで十八機。機動部隊と言っても、もはや米機動部隊と正面からぶつかるだけの戦力はない。

岩井は瑞鶴に乗艦して出撃することになった。出撃に先立つ十月十七日、六〇一空司令主催の壮行会が、別府の料亭でおごそかに行なわれた。第三種軍装を着た海軍士官が大広間にずらりと正座した姿には、凛々しくも悲壮感がただよっていた。舞台の芸者の舞さえ決別の餞（はなむけ）に感じられ、岩井は、厳粛さが背筋を走るのを覚えたという。

栗田艦隊のレイテ湾突入は、十月二十五日とされた。それに先立ち、十月二十四日、敵艦隊に対する航空総攻撃が実施される。洋上で、小澤中将は全乗組員に対し、

「わが艦隊は全滅するとも、主力部隊の行動を支援する決意である」

と訓示をした。いざ、出撃。岩井は瑞鶴の飛行甲板上で、発艦命令をいまや遅しと待ち構えていた。

「マストに、軍艦旗と小澤長官の中将旗が翻っている。そこに『戦闘開始』を告げるZ旗がするするっと上がりますのや。大きく揺れる艦の上、零戦の操縦席で出撃を待つ。生きては帰らん覚悟。あのときの緊張と感激は、戦闘機乗りやないとわからんでしょう。いちばん躍動する瞬間でした」

約六十機の攻撃隊は、高度七千メートルで南南西に進撃、レイテ方面に針路をとった。岩井は編隊最後尾の位置についている。

「飛んでしまえば落ち着いて、平常心でした。発艦して五十五分後、突然、レシーバーから、ワワワーッと声が聴こえた。何かいな、と思ったら零戦が一機、火だるまになっとる。上空を見たら、グラマンF６Fが二十数機、降ってきよる。完全に奇襲でした。三撃、四撃ぐらい、撃ってくるのを、敵機にわからんようにじりじりと機体を

滑らせて狙いを外しながら反転急上昇、反撃を試みましたが、なにしろ初陣の私の二番機が、ついてくるのに精いっぱいで反撃どころやない。こりゃあかん、と思って雲に飛び込みました」

空戦が終わって、母艦を探したが見つからず、やむを得ずルソン島のアパリ基地に着陸した。そこには、小澤機動部隊を発艦した二十六機がすでに着陸していた。

「母艦が見つからなくてかえってよかったのかもしれません。あのとき母艦に戻ってたら、翌日には全滅でしたから」

小林保平大尉も、翌二十五日、敵艦上機の空襲で母艦を沈められ、駆逐艦に救助されたものの、同日夜の海戦でその駆逐艦も撃沈され、戦死している。

「海軍くそ喰らえ！」

岩井ら、アパリに着陸した機動部隊の搭乗員は、その後、ツゲガラオ、ニコルス、バガンダス、バンバンとルソン島の基地を転々と移動するが、原隊を失った母艦搭乗員はどこへ行ってもよそ者あつかいで、そのくせ連日の出撃を強いられた。

十一月一日、この日、少尉に進級した岩井をふくむ六〇一空の三名の搭乗員に、突然、内地への帰還命令が伝えられた。マニラまで行って内地行きの飛行機をつかまえて帰れ、乗ってきた零戦は置いていけ、という。バンバンからマニラまでは六十キロ、その間は武装ゲリラの出没する危険地帯である。それでも、帰りたい一心で歩き続け、海軍の輸送機にはことごとく便乗を拒否されたあげくに、ようやく陸軍の重爆撃機に便乗を許され、九州の宮崎基地まで帰れることになった。

「陸軍サマサマ、海軍くそ喰らえ！」

岩井たちは飛行場に向かって叫んだ。すると草色の第三種軍装の襟に海軍少佐の階級章をつけた士官がこちらに向かって歩いてくるのが見えた。

「しまった！　いまの悪態が聞こえたかな」

と岩井は思ったが、よく見ると風貌に見覚えがある。進藤三郎少佐――。懐かしさがこみ上げてきた。思えば、進藤のもとで戦った重慶上空では、零戦は無敵だった。あれから四年。もう遠い昔のことのように思える。ほぼ同時に進藤少佐も岩井を認めたらしく、目が合うと同時に互いに思わず駆け寄った。

「岩井、元気で生きていたか。もう、古い搭乗員が減ってしまってどうにもならん。気をつけて長生きしてくれよ」

内地に帰還した岩井は、六〇一空が訓練中の松山基地に復帰した。戦死した小林大尉の後任には香取穎男（かとりひでお）大尉が着任した。香取大尉はマリアナ沖海戦で母艦が次々と撃沈されるなか、四隻の空母に発着艦を繰り返しては戦い、数機の敵機を撃墜。大敗北のなかで一人気を吐いた戦闘機乗りである。戦後、海上自衛隊に入り、海将にまで昇進したが、私のインタビューに、

「岩井ベン（岩井の愛称）、彼は頼りになった。こと操縦と実戦経験からいえば飛行隊随一、いわば重鎮であり神様的な存在でした。神様ですから、煙たく感じることもありましたが」

と語っている。

岩井はその後、鹿児島県の国分基地に進出し、昭和二十（一九四五）年四月三日、特攻隊の前路掃討隊として出撃したのを皮切りに、沖縄航空戦に参加した。

「この頃のこと、艦爆の特攻隊に、ベテランの甲種予科練四期出身の飛曹長がいました。妻帯者で、技倆も相当のものです。その彼が、特攻出撃前の整列のとき、第五航空艦隊司令長官・宇垣纏中将に、『質問があります』と手を挙げ、『本日の攻撃において、爆弾を百パーセント命中させる自信があります。命中させた場合、生還してもよろしゅうございますか』。長官は即座に、『まかりならぬ！』と、声を張り上げて答えました。『かかれ』の号令のあと、彼は私のところへ駆け寄ってきて、『いま聞いていただいた通りです。あと二時間半の命です。ではお先に』と言い置いて、機上の人と

なりました。沖縄戦ではこのことが、いつまでも胸に残っています」

玉音放送と軍国の母

岩井はその後、戦場での疲労が原因で肺浸潤にかかり、四ヵ月の入院を命ぜられて霞ケ浦海軍病院に入院。療養中に終戦を迎えた。

「ここで、私の青春のエネルギーが燃え尽きたんやと思います」

と、岩井は言う。満二十六歳。総飛行回数約三千二百回、飛行時間約二千二百時間、母艦着艦七十五回、敵機撃墜二十二機。これが、岩井の戦闘機乗りとしての総決算であった。

そしてもう一つ、これまでの激戦で一度も被弾しなかったというめずらしい記録も残していた。

「人から、逃げ回ってたんやろ、と言われたことがありますが、逃げてたらかえってやられるもんです。信仰している鞍馬さんのおかげかな、などといろいろ考えたりもしたけれど、なんで敵弾が当たらなかったのかなあ、自分でも不思議ですなあ」

八月十五日は、転地療養でたまたま京都府の生家にいた。

「親戚の家で玉音放送のラジオを聴きましたが、陛下が何を言うておられるのか、さっぱりわからん。しかしまあ、戦争が終わるらしいというのはわかった。そしたらうちの母も軍国の母や。『これから何があるかわからんから、すぐに隊に帰りなさい！』と、荷物を持って加茂の駅まで送ってくれました。このときは、あれだけ一生懸命やったのに負けてしまったか、と気が抜けるような思いと、戦友や遺族に対して生き残って申し訳ない、という気持ちが大きかったですな」

岩井は、このとき茨城県百里原基地にあった六〇一空の本隊に帰ったが、戦闘機隊は三重県の鈴鹿基地にいるとのことであった。百里原で終戦の訓示をした司令・杉山利一大佐が、鈴鹿でも訓示をするというので、岩井が機上作業練習機白菊を操縦、司令を乗せて鈴鹿へ飛び、そのまま復員となった。

「復員すると聞かされて、復員とは何じゃい、と。そんな言葉、はじめて聞きましたから。それで鈴鹿からいまの近鉄に乗って実家に帰ったんですが、それまでさんざん持ち上げてくれてた近所の人たちが、『オ、敗残兵が帰ってきよった』、これですわ。郷里では、搭乗員とわかれば妻子まで皆殺しや、とか、紀伊半島に敵が上陸してきて日本が分断される、とか、いろんなデマが飛び交っていました。妻子はまだ九州にいったから、母がまた『すぐに行きなさい』と言うてくれて、それで貨物列車に飛び乗って大村まで行って、そのまま五年ほど向こうにいたんです」

妻の涙──「飛行機だけはやめてください」

岩井は、大村の第二十一航空工廠の軍需物資を連合国に引き渡すために設立された「兵器処理委員会」に、その業務が終了するまで一年間勤め、のちにその関係者が「天野組」という土建会社を興すとそこに入社した。ところが、社長の天野元機関大佐が、「未亡人や復員者を助けてやれ、困っている人から金をもらうな」という主義で利益が出ず、ほどなく会社はつぶれてしまう。「天野組」で経理の大切さを知った岩井は、殖産会社の経理課に職を求め、元海軍主計大尉の経理課長から経理を習った。

「海軍では、『主計看護が兵隊ならば、蝶々トンボも鳥のうち』なんて言って馬鹿にしていましたが、習ってみると、なんて難しいものなんや、と思いました」

昭和二十五（一九五〇）年暮れには妻子をつれて郷里に帰り、翌昭和二十六（一九五一）年、食糧公団が民営化されるのを見込んで食糧会社が多くできたのを機に、「奈良米麦卸売株式会社」に入社。以後ずっと経理の道を歩み、昭和四十六（一九七一）年、奈良県の食糧卸売会社四社が合併して「奈良第一食糧株式会社」が発足したときには経理部長として迎えられ、以後、常務取締役を五年、専務取締役を六年、取締役社長を九年間勤めた。

だが岩井は、飛行機への思いが断ちがたく、昭和二十七（一九五二）年に一度、日本航空に受験を申し込んでいる。岩井が民間航空に行くと言い出したとき、それまで一度も夫に異を唱えることのなかった妻・君代が、

「戦争が終わってやっと安心したのに。なんぼ貧乏してもついて行きますから、もう飛行機だけはやめてください」

と叫ぶように言って涙を流した。新婚当時からずっと抑えていた感情が、初めて表に出た瞬間だった。

「それでもわし、四十歳で死んでも好きなことをやる、と言って履歴書を出したんです。ところが、ちょうど試験のときに十二指腸潰瘍になってしまい、泣く泣く行くのを諦めた。すると、先に日航に入社していた予科練の同期生から電話がかかってきました。彼が言うには、『お前、どうして来なかった。フリーパスで合格することになっていたのに、えらいことしたなあ』と。返ってきた履歴書を見ると、㊕パイロット、松尾、と、松尾静磨（しずま）専務のサインがしてある。フリーパスの印です。これが、運命の分かれ目になりました」

航空会社への道は諦めたが、飛行機への未練はなかなか断ち切れるものではなかっ

たという。

「いまも夢に見ますんや。飛行機で狭い山道に、木に引っかからないように降りたり、火葬場の真っ暗な煙突のなかを、ぶつからないようぐるぐる旋回しながら飛んでる夢とか。空戦の夢もだいぶ見ました。

七十歳の頃、大阪の八尾空港で自家用飛行機の教官をやってる友達に、金はとらんから乗りに来い、と誘われて行ったことがありました。離着陸二回。うまいこと着陸できました。まだ、勘は残ってるみたいですな」

わが青春に悔いなし

昭和五十四（一九七九）年には、今日の話題社より『空母零戦隊』と題する回想録も出版している。しかし、

「回想録を書くよう頼まれて、一生懸命書いたけど、いざ本を出す段になって、印税は払えんと。本になるだけありがたく思え、と言われました。まあ、プロの物書きやないから金のことはええんですが、預けた写真を、当時の経営者の夫婦喧嘩で、奥さんが燃やしてしまったとかで、失くされてしまったのがなんとも残念でした。そやから、私の手元に昔の写真はほとんど残ってないんです」

岩井は、国は敗れても自分自身が敵に敗れたことは一度もなかった。そんな岩井の目から見ると、戦後、進駐軍がきて百八十度価値観が逆転したかに見える世相は、歯がゆいものであったようだ。私がはじめて岩井と会った平成七年は、平成五（二〇〇三）年、細川護熙首相が、先の大戦を「日本による侵略」とした談話を発表した記憶が生々しく残り、また、総理大臣の靖国神社参拝が是か非かという現在につながる議論が、メディアを賑わしていた。

「いまは情けない世の中になりましたな。われわれ、子供の頃から台湾、朝鮮は植民地じゃなく対等な日本の領土だと教えられてきましたが、いまさらそれを侵略やなんやと言われてもピンときませんわ。

靖国神社もそう。靖国神社に参拝することがどうして戦争美化につながるんや。国のために命を捧げた人を国が祀るのは当たり前ですやろ。戦争に負けたからって掌を返して。結局、連合軍から日本が悪かったということばかり吹き込まれてこういうことになってきたんやないか。戦争中とは逆の方向に洗脳されてるだけですわ。東京裁判なんか、勝者が敗者を裁くんやから、何でもありや。矛盾したことだらけです。

戦争をじかに戦った者としたら、ほな、アメリカはどれだけ正しかったんかい、と言いたい。結局、民族というか、白人と有色人種の根強い偏見もあるんやないかな。

戦争は、これからの若い人は二度とああいうことは体験せんでしょうが、国のために太平洋上で雌雄を決する戦いを経験できたこと、零戦の初の空戦に参加できたことは誇りに思っています。この道を選んでよかった、わが青春に悔いはないぞ、と」

零戦搭乗員会の御意見番

岩井は、元零戦搭乗員が集う「零戦搭乗員会」でも、その戦歴、とりわけ零戦初空戦に参加したことで、昔の仲間からも一目置かれる存在だった。と同時に、予科練出身者こそが海軍航空隊の屋台骨を支えてきたという自負と反骨精神から、かつての上官に対しても言いたいことは言う、御意見番のような存在だった。「利かん気のベンさん」と呼ばれていたのは、岩井のそんな一面のせいに違いなかった。

平成十四（二〇〇二）年九月十三日、「零戦搭乗員会」が、会員である元搭乗員の高齢化で解散し、事務局を戦後世代が担う「零戦の会」と改組された最初の総会が、東京のグランドヒル市ヶ谷で開催された。

この日は、昭和十五年九月十三日の零戦初空戦から六十二年にあたり、岩井は、開戦時の第三航空隊先任分隊長で戦後は群馬県上野村村長となった黒澤丈夫、岩井と同じく零戦初空戦に参加した三上一禧（かつよし）とともに、二百四十名の参加者を前に記念講演を行なった。岩井は八十三歳。背筋はピンと伸び、かくしゃくとしていて、話にも淀みはなかった。

このとき、取材で多くの元零戦搭乗員に接したいきがかり上、会を取り仕切ったのが私だったが、十一月八日、講演のお礼を言いに奈良の岩井方を訪ねた。

「九月十三日は特別な日やから、その日にみんなと会えて、話までさせてもらえてよかった。もう東京に出ることもないでしょうが、靖国神社にもお参りできたし、思い残すことはないかな。亡き戦友たちの霊に、そろそろそっちに行くで、と言うてきましたしな」

人生の終わりを暗示するような言葉に不吉なものを感じたが、気づかないふりをした。ひとしきり話して辞去するとき、岩井は自宅から坂道を数百メートルくだったバス停まで見送りに出てくれた。

「神立さんとも不思議なご縁で、長いお付き合いでしたなあ。これからも元気で活躍してください。戦闘機の仲間たちをよろしく」

秋の夕日が、岩井の柔和な笑顔を照らしていた。バスが出るとき、私は、ふとこれが最後の別れになる予感がして涙ぐんだ。

岩井が体調をくずしたらしい、と聞いたのは、それから間もなくのことだった。平

成十六（二〇〇四）年四月十七日、死去。享年八十四。

＊

だが、岩井との縁は、これで終わりではなかった。

これは私事になるけれど、平成十七（二〇〇五）年の大晦日、父が外出先の奈良市内で大量吐血をして、県立病院に救急搬送された。「父危篤」の知らせに、私は翌平成十八（二〇〇六）年元日の始発の新幹線に乗り、京都で近鉄に乗り換え、奈良の病院に向かった。

吐血の原因は肝がんに起因する食道静脈瘤破裂で、その後もこの病院で長い入院生活を送ることになるのだが、容態が落ち着いて一般病棟に移されたとき、主治医が、父が枕元に置いていた私の著書『零戦最後の証言Ⅱ』を見て、

「息子さん、こんな本を出してはるんですか。この近所にも零戦に乗ってはった方がいて、私がずっと診させてもらってたんですよ。もう亡くなられましたが……」

と声をかけたのだ。父はすでに、この本を何度か読み返している。

「奈良で零戦に乗ってた人というと、この岩井さんという人とちゃいまっか？」

ページを開いて医師に見せると、

「そうそう、この人。こんな本に出るとは、有名な方やったんですねえ」

この医師が岩井の主治医であり、最期を看取ったのだという。奇しくも同じ医師が、平成十九（二〇〇七）年十一月、父を看取った。さらに言えば、父が息を引きとったのは、私が岩井と最後に会ってからちょうど五年となる日の夕刻で、あのときと同じような美しい夕日が、大和路を見おろす病室を照らしていた。

――どうということのない偶然なのかもしれない。しかし、人を深く取材していると、ときにこんな「何かの必然」としか言いようのない偶然に遭遇することがある。これをどう捉えるかは、人それぞれだろうが。

昭和14年、大分空での延長教育修了のとき。画面中央が岩井

昭和15年9月14日、零戦初空戦の翌日に漢口の十二空指揮所前で撮影。
後列左より岩井二空曹、山下空曹長、山谷三空曹、大木二空曹、進藤大尉、北畑一空曹、白根中尉。前列左より平本三空曹、光増一空曹、三上二空曹、高塚一空曹

昭和15年10月、十二空の搭乗員たち。2列目右より山下小四郎空曹長、飯田房太大尉、横山保大尉、飛行隊長・箕輪三九馬少佐、司令・長谷川喜一大佐、飛行長・時永縫之助中佐、進藤三郎大尉、白根斐夫中尉、東山市郎空曹長。3列目右から4人目より三上一禧二空曹、羽切松雄一空曹、大石英男二空曹、大木芳男二空曹、北畑三郎一空曹、高塚寅一一空曹、光増政之一空曹、岩井、1人おいて中瀬正幸一空曹。後列右から2人目、角田和男一空曹

空母瑞鳳

昭和18年4月、トラック基地の瑞鳳戦闘機隊。零戦のカウリング横、整列搭乗員と正対している飛行帽姿が佐藤正夫大尉。整列している左端が岩井。中ほどの略帽姿が日高盛康大尉

「い」号作戦中の昭和18年4月14日、ニューギニア東端、ミルン灣攻撃のため整列する直前の瑞鳳戦闘機隊。右から河原飛曹長、大友上飛、川畑一飛曹、日高大尉、長田一飛曹、岩井飛曹長（横向き）、村岡二飛曹、佐藤飛長、山本飛曹長、大野一飛曹（サングラス姿）、森田一飛曹、松井飛長。手前のシルエットの人物は、右が聯合艦隊司令長官・山本五十六大将、左は南東方面艦隊司令長官・草鹿任一中将

18年、飛曹長任官後に夫人と

ラバウルで零戦隊の出撃を見送る山本長官

昭和19年10月、比島沖海戦に出撃直前の搭乗員たち。手前右が岩井

昭和20年4月、沖縄への出撃を控えて、第六〇一海軍航空隊戦闘三一〇飛行隊の搭乗員たち。前列中央は香取穎男大尉、左端が岩井

昭和十九年、三〇二空時代

中村佳雄（なかむら　よしお）

大正十二（一九二三）年、北海道生まれ。昭和十五（一九四〇）年、海軍を志願し横須賀海兵団に機関兵として入団。昭和十六（一九四一）年、第三期丙種飛行予科練習生として土浦海軍航空隊に入隊。昭和十七（一九四二）年五月、飛行練習生を卒業すると同時に第六航空隊（のち、第二〇四海軍航空隊と改称）に配属。同年十月、ラバウルに進出し、ソロモン、ニューギニア方面の激戦に参加。空戦で二度にわたって負傷するが、昭和十九（一九四四）年一月に内地に帰還するまで、誰よりも長い期間を、ラバウル零戦隊の中核を担って戦い抜いた。その後、厚木海軍航空隊（訓練部隊）教員を経て第三〇二海軍航空隊へ。局地戦闘機雷電に搭乗し、B－29を撃墜する戦果を挙げ、さらに第三四三海軍航空隊戦闘第四〇一飛行隊に異動、同戦闘第七〇一飛行隊の一員として終戦を迎えた。ラバウルで十機（うち、協同および不確実二機）、本土上空で一機の撃墜戦果が記録されている。海軍飛行兵曹長。戦後は地元・北海道で造材業を営む。平成二十四（二〇一二）年歿、享年八十九。

N.Koudachi

大戦中、南太平洋における日本陸海軍の一大拠点だったラバウル。この地に展開した海軍の精鋭航空部隊は、俗に「ラバウル海軍航空隊」として知られ、その名を冠した歌（「ラバウル海軍航空隊」作詞・佐伯孝夫、作曲・古関裕而、歌・灰田勝彦）が国内でも大ヒットした。

だが、いかにも勇壮で軽快な歌の旋律とはうらはらに、ラバウルを拠点としたソロモン、ニューギニア方面の航空戦は、長く苦しい熾烈なものだった。開戦直後の昭和十七年一月末、千歳海軍航空隊の九六式艦上戦闘機がラバウルに進出して以来、昭和十九年二月下旬に航空隊の主力がトラック基地に後退するまで、のべ二年一ヵ月におよぶ戦いに投入された搭乗員は、その大半が戦死。戦後、「零戦搭乗員会」が調査したところでは、ラバウルに進出した戦闘機搭乗員の、戦死するまでの平均期間は三ヵ月、出撃回数八回、という数字が出ている。

そんな過酷な戦場で一年四ヵ月にわたり、一度の内地帰還もないまま誰よりも長く戦い抜いた零戦搭乗員が中村佳雄である。

ラバウルで一年四ヵ月戦い抜いた男

北海道上川郡朝日町（現・士別市）に暮らす中村を訪ねたのは、平成八年十月十六日のこと。ラバウルでともに戦った同年兵の零戦搭乗員・大原亮治の紹介だった。

「中村っていうのは無茶なやつでね。あるとき、空戦中にエンジン故障で戦場離脱、帰る途中で敵戦闘機と遭い、そいつを叩き墜として帰ってきたんです。あとで『お前、なんで戦場離脱したのかわかってるのか！』と、大目玉を食ってましたよ。私も一年一ヵ月、ラバウルに長くいたほうだけど、中村はそれより三ヵ月も長くいたんだから。彼の話もぜひ聞いてやってくださいよ」

旭川空港に出迎えてくれた中村は、大原に聞かされたエピソードから想像する通りの、いかにも戦闘機乗りらしく精悍で、温厚ななかにも、どこかやんちゃ坊主の面影を残す人だった。当時、七十三歳。

「やあ、はじめまして。大原からあなたのことは聞いています。じゃあ、行きましょうか」

旭川空港から中村邸までは約九十キロ、車で二時間弱の道のりである。広い北海道、ほかに交通手段がないから仕方がないが、中村は自分でハンドルを握り、わざわざ迎えにきてくれたのだ。

東京では、まだ紅葉もはじまらない季節だが、ここではすでに、山という山が紅や黄色に彩られ、晩秋の気配が濃かった。私は、そのあまりの美しさに思わず息を呑んだ。

「いまがいちばんいい時期です。あと半月もすれば雪が降ります。ヒグマもそろそろ冬眠の準備でしょう。——このへんの山にも、ヒグマがいるんですよ」

道央自動車道を北上し、士別市内で東に折れる。中村の家は、防寒のため玄関が二重のつくりになっていた。冬季の最低気温は氷点下二十度を下回ることもしばしばあるという。

「数年前、トラックの荷台から落ちて神経を傷めましてね。少しでも冷えると動けなくなるもんだから、暖房であなたには暑いかもしれませんが。まあ、さっそく話をしましょう」

機関兵として海軍へ

中村佳雄は、大正十二（一九二三）年一月二十日、北海道上川郡上士別村（現・士別市朝日町）の農家に、七人きょうだいの三男として生まれた。

「私らが子供の頃は、このあたりにはまだ自転車もありませんでした。米の飯もめったに食べられず、貧しいところでしたよ」

厳しい自然環境のもと、近隣では並ぶ者のいないガキ大将に成長した中村は、高等小学校を卒業してしばらく家業を手伝うが、家を継ぐのは長男だから、三男の中村にはいずれ居場所がなくなる。将来の進路を考えると、農家の次男、三男に与えられた選択肢のうち、もっとも確実なのが兵隊になることだった。

「海のないところですから、もちろん軍艦など見たこともありませんが、高等小学校の恩師が海軍の下士官だった人で、手に職をつけるなら海軍だ、と。それで海軍の機関兵を志願したんです。戦争に行くなんて考えてもいません。動機はあくまで、家から独立して生きていくためですね。地元の役場で試験を受けて、それで入団が決まりました。

入団と言っても、海軍は陸軍とちがってどこにでもあるわけじゃない。北海道は横須賀鎮守府の管轄で、横須賀海兵団に入団することになります。札幌までは村の兵事係に付き添われ、そこからは全道から集まった志願者数百名と一緒に、道庁の兵事課の人に引率されて、二日がかりで横須賀に着きました。

――汽車に乗ったのもはじめてのことで、いまの海外旅行よりも大変でした。ここまで来たらもう引き返せないと思いましたね」

海軍の新兵は、海兵団で四ヵ月の基礎訓練を受けたのち、実施部隊に配属される。昭和十五（一九四〇）年六月一日、四等機関兵として入団した満十七歳の中村は、海軍で毎日米の飯が食べられることに感激したという。毎日の訓練は厳しいものだったが、それも、育った自然環境のなかでの生活と比べると、さほど大変だとも思わなかった。

海兵団を卒業し、三等機関兵に進級した中村は、同年十月、戦艦比叡乗組を命ぜられる。

「私は艦底にある補助機械室にまわされたんですが、ここでの新兵に対するしごきはすさまじかった。誰かが何かヘマをやると、連帯責任で全員が『海軍精神注入棒』と称する樫の木の棒で思い切り尻を叩かれる。ヘマがなくても、古い兵隊の虫の居所が悪ければやっぱり叩かれる。海軍には『ギンバイ』という言葉があって、食糧の積み下ろしのときを狙ったり、主計科の倉庫に忍び込んで食糧をくすねたりするんですが、そんなのにも駆り出される。命がけですよ、これは。

来る日も来る日も艦の底で、機関は暑いし、時間の感覚も季節感もなくなります。たまの非番には上甲板に出て外の空気を吸うんですが、あるとき、艦載水上機がカタパルトで射出されるところを見て、その雄姿に心を奪われたんです」

操縦練習生受験

海軍では部内選抜の操縦練習生（操練）に合格すれば飛行機搭乗員になる道が開ける。中村は、機関科の先任下士官に操練受験を相談するが、

「猛反対を受けました。機関科を嫌ってよそへ行くのか、と。しかし、どうしてもここを出て、自分も空を飛んでみたい。その一心で、どんなに殴られても曲げずに希望を出し続けました」

ついには先任下士官も根負けし、しぶしぶ中村の受験を分隊長に伝えてくれた。操縦練習生は、倍率数十倍におよぶ狭き門である。しかも、操縦訓練を卒業するまでは本籍は原隊にあるので、不合格になったり適性なしと判断されれば、もとの場所に帰されてしまう。

「不合格になって比叡に帰ったらどんな目に遭うかわからない。決死の覚悟でしたよ」

霞ケ浦海軍航空隊で適性試験を受け、合格。このときすでに、海軍の制度変更で、従来の操縦練習生が丙種予科練習生（丙飛）となっていたため、中村は昭和十六（一九四一）年二月二十八日、第三期丙種予科練習生として土浦海軍航空隊に入隊した。

丙飛は、従来の操練が、文字通り操縦訓練に特化していたのに対し、予科練習生としての短期間の基礎教育をほどこした上で、飛行練習生（飛練）として操縦訓練を受けさせるという、二段構えの教育となっていた。丙飛三期の入隊者は四百二名、うち戦闘機に進んだ者は百五十一名と記録されている。

「毎日、米の飯が食えるばかりか、外の空気が吸える。しかもゆくゆくは飛行機に乗れる。希望に満ちた日々でした。適性検査ではじめて水上練習機に乗って霞ケ浦を離水したときは感激しましたね」

予科練の教程を経て第十八期飛行練習生に進み、九三式中間練習機による操縦訓練を受けたあと、戦闘機専修に選ばれて大村海軍航空隊に転属。ここで複葉の九五式艦上戦闘機、単葉の九六式艦上戦闘機での訓練を経て、昭和十七（一九四二）年五月、新編成の第六航空隊（六空）に配属された。自転車も見たことがなかった寒村の少年は、海軍に入ってわずか二年足らずで戦闘機パイロットに育て上げられたのだ。

新設の六空へ

中村が操縦訓練を受けていた昭和十六年十二月八日、日本はアメリカ、イギリスを中心とする連合国に宣戦。開戦当初、日本軍は各地で破竹の進撃を続け、東南アジア一帯を勢力下におさめていた。

第六航空隊は、太平洋方面の次なる作戦に投入する基地航空部隊として新たに編成された戦闘機隊で、司令・森田千里中佐、飛行長・玉井浅一少佐、飛行隊長兼分隊長は新郷英城大尉（のち兼子正大尉と交代）、戦闘機分隊長・宮野善治郎大尉、牧幸男大尉、偵察機分隊長・美坐正巳大尉、飛行機定数零戦六十機、陸上偵察機八機という陣容であった。六空は三月十一日から編成準備に入り、二十八日頃から人員も逐次到着、四月一日に正式に開隊すると、千葉県の木更津基地で飛行訓練を始めた。

「着任してすぐに聞かされたのが、六空はこれから占領する予定のミッドウェー島の駐留部隊になると。それで五月下旬、零戦と搭乗員は機動部隊の航空母艦に便乗して出撃したんですが、着任したばかりの我々はまだ未熟だということで、木更津に居残りになりました。丙飛三期は人数が多かったので、飛行練習生も二手に分けられ、二ヵ月前に飛練十七期を卒業した丙飛三期の同期生はミッドウェーに行くことになりました。ところが、行ったはずの連中が、六月の下旬に帰ってきた。詳しいことは聞かされませんが、機動部隊が壊滅して同期生からも戦死者が出たらしい。それで六空は、ふたたび錬成に入りました」

ミッドウェー作戦の失敗で、大本営海軍部は、フィジー、サモア両諸島とニューへブリデス諸島、およびニューカレドニアを攻略して米豪を遮断する「FS作戦」の実施を決め、六空は改めてこの作戦に投入されることになった。

すでに海軍航空隊はラバウルに拠点を置き、台南海軍航空隊（戦闘機）、第四航空隊（陸攻）、横浜海軍航空隊（飛行艇）などからなる第二十五航空戦隊（二十五航戦）が、ニューギニア・ポートモレスビーの敵要地への攻撃を繰り返していた。さらに、FS作戦を進めるための基地航空部隊の前進基地として、ソロモン群島のガダルカナル島に飛行場を建設することになり、ミッドウェーに投入される予定であった設営隊と陸戦隊がトラック島から急派された。設営隊がガダルカナルに上陸したのは七月六日。そこから、飛行場建設に向けての突貫作業が始まる。

出撃に備えて、六空では慌ただしく人事異動も行われた。飛行隊長・兼子大尉をはじめ、ミッドウェー海戦に出た搭乗員の一部はほかの部隊へ転出し、新しく飛行隊長として小福田租大尉（こふくだみつぎ）が着任した。

ラバウル進出

六空、木更津海軍航空隊、三沢海軍航空隊からなる第二十六航空戦隊（二十六航戦）に、ガダルカナル島基地への進出が発令されたのは、七月三十一日のことである。

突貫作業がようやく実を結んで、八月上旬には、飛行場の使用が可能になる見込みであった。

二十六航戦は、この年の春以降、ラバウル方面にあって疲労している二十五航戦と、秋には交代することになっていた。二十六航戦が木更津からラバウル、さらにガダルカナルへと進出し、二十五航戦が木更津に帰ってくるわけである。

ところが――。

八月七日、機動部隊に護られた米海兵師団が、突如として、ガダルカナル島北側対岸で横浜海軍航空隊が水上機基地を置いていたツラギ島、次いでガダルカナル島に上陸を開始した。ミッドウェー海戦大勝の勢いに乗って、米軍はここを足がかりに、逐次、陸上航空基地を北上させようとしていたのだ。

八月八日、海軍軍令部は、練成中の二十六航戦を主力とする「第六空襲部隊」を臨時に編成、ガ島奪回に向けてラバウル方面に派遣することを決定した。

一方、米軍は占領した日本軍飛行場をヘンダーソン飛行場と命名し、八月十九日に完成させる。そして早くも、二十日には米海兵隊のＦ４Ｆ十九機とＳＢＤ艦爆十二機が進出してきた。以後、ガダルカナル島の米軍航空兵力は着々と増強されてゆく。

八月十七日、木更津基地から、小福田大尉の率いる六空零戦隊の先遣隊十八機が、陸攻三機に誘導され、ラバウルに向け発進した。これは、単座戦闘機としては前例を見ない長距離移動である。このときの零戦は、全機が新鋭の二号戦（零戦三二型）であった。

先遣隊として進出する搭乗員は二十名。零戦が十八機なので、二名は誘導機の陸攻に便乗する。中村はまたも居残りとなり、後日、第二陣として進出することになった。

宮野善治郎大尉以下、木更津に残っていた六空零戦隊の主力が、空母瑞鳳に乗って横須賀を出港したのは、九月三十日のことである。搭乗員は二十七名。満十九歳の中村も、このなかの一員として加わっていた。

十月七日、瑞鳳は、トラック島とラバウルの中間の海域に達した。いよいよ、発艦。途中、ラバウル北方のニューアイルランド島上空で悪天候に阻まれ、三機が脱落、二十四機がその日のうちにラバウルに到着した。

「ラバウルに着いてまずびっくりしたのは、着陸して滑走していると、現地人が飛行場両脇の椰子の木の陰からもの珍しそうにこっちを見てるんですが、とにかく真っ黒で男も女も腰巻きひとつ。話には聞いていたけど、この目で見るのははじめてだから。これは変わったところに来たなあ、と思いましたよ」

六空の新たな拠点となるラバウル東飛行場は、煙を吐く活火山・通称「花吹山」(タブルブル山)と擂鉢をかぶせたような休火山・通称「西吹山」(バルカン山)が向かい合う湾の、少し花吹山に近い海べりにあった。そこから湾の奥にかけては市街地が広がり、街には活気があった。西吹山を越えてずっと西に入った山の上に、ブナカナウ飛行場、通称ラバウル西飛行場があり、主に陸攻隊が使用していた。湾は天然の良港になっていて、多くの軍艦や輸送船が在泊していた。

六空零戦隊は、ガダルカナル島空襲、輸送船団上空直衛、基地上空哨戒と連日の出撃を重ね、基地も、ラバウルよりガダルカナルに近い前進基地のブカ島、ブーゲンビル島ブイン基地へと移動を重ねたが、この頃の搭乗員には歴戦のつわものが多く、若い中村にはなかなか出番がまわってこなかったという。

「せっかく戦地に来たのに、出撃させてもらえなきゃ始まらない。とにかく名前を売り込んで連れて行ってもらおうと、小福田隊長や宮野大尉、下士官の古い人の弁当を運んだり、風防磨きや飛行機の手入れなど、一生懸命にいろいろやりましたよ。出撃のときに持って行く『空襲袋』というのがあって、古い落下傘の布を切って若い搭乗員が作るんですが、それに食糧品とかサイダー、ポケットウイスキーなんかを詰めて届けたりね」

戦艦比叡喪失

ところで、昭和十七年十一月一日付で、海軍の制度上、かなり大きな改訂が加えられた。

まず、下士官兵の階級呼称の変更。従来、下から四等兵、三等兵、二等兵、一等兵、三等兵曹、二等兵曹、一等兵曹であったのが、陸軍式に合わせて、この日から二等兵、一等兵、上等兵、兵長、二等兵曹、一等兵曹、上等兵曹と呼ばれることになった。飛行科でいえば、三等飛行兵曹がなくなり、上等飛行兵（上飛）、飛行兵長（飛長）、上等飛行兵曹（上飛曹）という呼称が新たに増えた。十月三十一日付で中村は進級して一等飛行兵になり、さらに翌十一月一日付で新制度の飛行兵長（飛長）になった。

次に、航空隊名の変更。外戦部隊である航空隊は、従来、国会審議を経て予算の通った常設航空隊は、正式には編成地の「地名」に「海軍」がつき、たとえば「台南海軍航空隊」のように呼ばれ、戦時予算で臨時に編成された特設航空隊は、「海軍」が入らず「第六航空隊」などと呼ばれていたが、それでは移動の激しい現状にそぐわず、任務もわかりづらい。そこで、外戦部隊については「数字」「海軍」「航空隊」の呼称で呼ばれることとなった。

新しい航空隊名は、百位が機種（一・偵察機、二、三・戦闘機、四・水偵、五・艦爆または艦攻、六・母艦機、七・陸攻、八・飛行艇、九・哨戒機、一〇、輸送機）、十位が所管鎮守府（〇〜二・横須賀、三、四・呉、五〜七・佐世保、八、九・舞鶴）、一位は奇数が常設航空隊、偶数が特設航空隊、という区分となった。

横須賀鎮守府所管の戦闘機特設航空隊である六空は、第二〇四(ふたまるよん)海軍航空隊（略称二〇四空）と改称された。

十一月十二日の深夜、戦艦比叡、霧島、軽巡一隻、駆逐艦十四隻からなる日本艦隊は、ガダルカナル島の米軍飛行場を砲撃するため、島の北西部に位置するルンガ泊地沖に突入した。米軍は、すでにある飛行場のほかに、新たな飛行場の建設も軌道に乗せていた。前月の十月十三日、戦艦金剛、榛名が砲撃に成功、飛行場を一時使用不能にする戦果を挙げていて、その夢をふたたびという、いわば二匹めのドジョウを狙ったかのような作戦であったが、さすがに敵も同じ手に引っかかることはなく、巡洋艦五、駆逐艦八からなる警戒部隊を配置していた。目標地点を目前にして両艦隊は激突、砲撃戦を繰り広げ、日本側は敵軽巡二隻、駆逐艦四隻を撃沈、重巡二隻、軽巡一隻、駆逐艦三隻に損傷を与えたが、比叡が大破、駆逐艦三隻を失い、軽巡一隻、駆逐艦六隻が損傷を受けている。

翌十一月十三日、航空部隊各隊は、舵が故障して行動の自由がきかなくなり、サボ島のまわりを回っている比叡の上空直衛に交代で出撃した。その数、のべ四十二機というが、防衛省防衛研究所所収の戦闘行動調書には不備があるらしく、生存者の記憶と残された記録が一致しない。

この日、出撃した二〇四空零戦隊で、記録が残っているのは森崎武予備中尉以下の六機のみ、それも比叡を発見できずに帰ってきている。中村はその搭乗割（編成表）には入っていないが、上空から確かに比叡を見た記憶があると言う。

「私は海兵団を出て最初に配属されたのが比叡でしたから。飛行機を志願せずにあのまま乗っていたら、今頃あそこにいたんだな、と感慨がありましたね……」

比叡はその夜、自沈し、大東亜戦争における日本戦艦として初の喪失となった。

「次の日に行ったら、もう沈んでいました。その頃から、古い人がどんどんやられていって、我々にも出番がまわってくるようになったんです」

以後、中村は、主に尾関行治上飛曹や宮野大尉の列機として、通算して約二百回もの出撃に参加することになる。

エンジン不調の機で敵機撃墜

零戦隊は、数にまさる敵機と互角以上の戦いを続けたが、ガダルカナル島への補給は続かず、飢えと風土病に苦しむ陸軍部隊は、満足な重火器もないまま苦戦し、飛行場奪還の総攻撃もことごとく失敗していた。昭和十八（一九四三）年一月四日、大本営はついにガダルカナル島からの撤退を決め、以後、ソロモン諸島は日本にとって進攻拠点ではなく、敵の反撃を食い止める防衛拠点として、これまでとは正反対の位置づけとなる。

撤収が決まって、ガダルカナル島をめぐる動きも慌しくなってきた。それに加えて連日のように来襲する敵機の邀撃で、ブイン基地の二〇四空は多忙をきわめていた。

「一月十九日、輸送船阿蘇丸の上空哨戒を務めたときのことです。輸送船上空で私の飛行機のエンジンの調子が悪くなって戦場を離脱、尾関上飛曹がついてくれて引き返す途中、フラフラと雲の上を飛んでいると、はるか下の方、雲の合間にグラマンF4Fワイルドキャットの二機、二機の四機編隊が反航してくるのが見えました。ハッと思って、何も考えずにいきなり攻撃に入ってしまったんです。

敵機は何も知らずに巡航速度でスイスイ飛んでいるから、訓練で曳的（吹流し）を撃つのと一緒です。端っこの奴を狙ってバラバラッと撃ったら、バッと火を噴いて、そのまま墜ちていきました。尾関さんがあわてて来てくれたけど、そのときには残りの三機は急降下して逃げてましたね。

帰ってから、尾関さんにヤキを入れられました。突然いなくなったと思ったら勝手な真似しやがって、お前、何で戦場離脱したかわかってるのかと。

私はこのときが初撃墜でしたが、敵機を墜とせるときというのはそういうものです。格闘戦で墜とす、というのは全くないとは言わないけれど、まずない。敵も必死ですからね」

空戦というと、格闘戦(巴戦)、いわゆるドッグファイトを連想するが、中村は、

「空戦のときはスピードを落としたらイチコロでやられますよ。スピードを保ったまま格闘戦はできないし、敵もそんなフラフラ飛んでるやつはいないから、最初から格闘戦になることはなかったんじゃないですか。敵も味方も何機も同じ空を飛んでいて、つねに敵機のほうが多いわけだから、一対一でぐるぐる回ってたら横から別の敵機に撃たれます。私の場合、縦の巴戦は一回だけ、それも結局、墜とせませんでした」

と言う。零戦がすぐれた運動性能、すなわち旋回半径の小ささを生かして格闘戦に持ち込み、敵機を撃墜するようなのどかな時期はすでに終わりを告げていたのだ。

小福田少佐と宮野大尉

戦いは徐々に苦しくなり、連日のように搭乗員が戦死してゆく。それでも零戦隊の士気はあくまでも高く、邀撃戦ともなると我先に飛行機に飛び乗って出撃するのがつねだった。

「それはね、上官がよかったんですよ。この時期の二〇四空はとても雰囲気がいい部隊でした。ふつう、飛行隊長ともなると、大きな作戦を指揮して出撃することはあっても、上空哨戒や邀撃戦に上がることはまずないんですが、小福田少佐（十一月一日進級）はどんな作戦でも率先して飛び上がっていった。蒸し暑いブイン基地で、みんな半袖の防暑服やランニングシャツ姿でいるときでも、隊長は指揮所で飛行服に身を包み、白いマフラーをきりっと結んで折椅子に座って待機してる。貫禄がありましたね。

それに対して、宮野大尉は、親しみやすくて兄貴分のような感じでした。宮野大尉は、まず俺がやる、俺がやるからお前たちもやってくれ、それから、死ぬな、絶対にやられるなよ、俺について来いよ、そういう姿勢の人でした。汗を流すのも、祝杯を上げるのも、つねに部下と一緒です。誰とでも分けへだてなく、下士官兵も分隊士も、海兵出も予備士官も、全く同じように接してくれる、あの人のいいところはそこでしたね」

ガダルカナル島の陸軍部隊が撤退しても、ソロモンの空をめぐる戦いはさらに激しさを増していった。敵機による日本軍基地に対する空襲も間断なく続き、昭和十八年二月十三日、ブイン上空の邀撃戦では、陸軍の新型戦闘機、双発双胴のロッキードP－38ライトニングが、カーチスP－40戦闘機とともに、コンソリデーテッドB－24重爆撃機を護衛して来襲、翌十四日には、P－38に加え、これが零戦と初対決となる米海軍の新型戦闘機、ボートシコルスキー（チャンスボート）F4Uコルセアがやはり B－24を護衛して来襲、激しい空戦が繰り広げられている。二〇四空零戦隊はこれら新鋭機に対しても優位に戦い、十三日にはB－24三機、P－40二機、P－38四機を撃墜、零戦の損失は一機。十四日にはB－24二機、F4U二機、P－38四機を撃墜、全機が無事帰還している。新鋭機を二機種も投入して惨敗を喫した米軍は、二月十四日の空戦を「セント・バレンタインデーの虐殺」と呼んだ。

「そうこうしているうちに、三月上旬、森田司令、小福田隊長が内地に転勤となりました。搭乗員室で隊長の送別会を盛大にやりましたが、やはり寂しかったですね……。後任の司令には杉本丑衛（うしえ）大佐が来られて、飛行隊長には宮野大尉がそのまま昇格しました。宮野大尉も転勤の内示があったらしいですが、部下を残して帰るのは忍びないと辞退されたという噂でした。本人が言ったわけではありませんが、そんな話を聞くとね、よし、宮野大尉をみんなで守り立てなきゃ、と闘志が湧いたものです」

「い」号作戦直後の山本長官戦死

日本軍をガダルカナル島から追い落として、勢いに乗る米軍は、二月二十一日、ガ島よりもラバウル、ブインに近いルッセル島に上陸を開始、またたく間に飛行場を作り上げた。さらにこの時期、ニューギニア東海岸・ブナ付近のオロ湾は、敵の重要な補給路の拠点となっていた。敵はここを足がかりに、ラバウルのあるニューブリテン島を窺っていた。

いま、敵航空兵力に痛撃を与えて勢力を優位に持っていかなければ、今後、ますます苦戦を強いられるのは明白であった。そこで、聯合艦隊司令長官・山本五十六大将の命で、基地航空部隊に加え、空母に搭載されている航空兵力を臨時にラバウル基地に派遣、ソロモン、ニューギニア両方面の敵機を撃滅しようと計画されたのが「い」号作戦である。

「い」号作戦は、四月七日から十四日まで実施され、延べ零戦四百九十一機、艦爆百十一機、陸攻八十一機、計六百八十三機が出撃している。

「私は、『い』号作戦では四月七日のガダルカナル島上空制圧、十二日のニューギニア・ポートモレスビー攻撃、十四日のニューギニア・ミルネ湾敵艦船攻撃の三度、出撃しました。出撃のとき、白い第二種軍装を着た山本長官が、帽子を振って我々を見送る姿が印象に残っています。私は十四日の空戦で、敵戦闘機一機を撃墜しました」

「い」号作戦を通じて、日本側攻撃隊はのべ巡洋艦一隻、大型駆逐艦二隻、輸送船十八隻、計二十一隻を撃沈し、輸送船八隻を大破、輸送船一隻を小破、飛行機百三十四機(うち不確実三十九)を撃墜、十五機以上を地上で撃破したと報告した。損失は零戦十八機、九九艦爆十六機、一式陸攻九機の計四十三機。

だが、実際の戦果は報告されたよりもはるかに少なかった。米側記録によると、この間、ソロモン、ニューギニア戦線を通じて、喪失したのは駆逐艦一隻、油槽船一隻、輸送船二隻、飛行機二十五機にすぎない。

作戦が失敗に終わったことは、現在の目で日米の史料を突き合わせてみれば明らかだが、当時は、敵兵力に相当のダメージを与え、所期の目的を達したものと判断されていた。

陣頭指揮を終えた山本長官は、四月十八日、幕僚たちを引き連れ、ブイン方面の前進基地へ激励視察に赴くことになった。長官一行は一式陸攻二機に分乗し、その護衛が二〇四空に命ぜられる。

聯合艦隊司令部から指定された機数は六機。当初、宮野大尉は杉本司令を通じ、可動機全力、二十数機での護衛を司令部に進言したが、「それには及ばず」と却下されたのだという。

護衛戦闘機の指揮官には森崎武予備中尉がつくことになった。長官一行を乗せた陸攻二機とそれを護衛する零戦六機は、目的地・ブインの手前で米軍戦闘機P－38十六機の奇襲を受け、零戦隊の反撃もむなしく、陸攻は二機とも撃墜される。海に墜落した二番機に搭乗していた参謀長・宇垣纏少将は助かったが、山本長官以下、一番機に搭乗していた全員が戦死した。

「陸攻の護衛に出たはずの六機がなぜか戦闘機だけで帰ってきました。普通なら、報告後はすぐに宿舎に帰ってくるのに、あのときはずいぶん手間どっていて、おかしいな、と。長官機がやられたことを彼らは絶対に口外しませんでしたが、顔色でわかりました」

山本長官の戦死は二〇四空にとって大きな重荷となり、その戦いもますます悲壮感を帯びたものになる。

「ソ」作戦と「セ」作戦

五月一日には定例の下士官兵の進級があり、中村は、他の同年兵とともに、下士官（二等飛行兵曹）に任官した。

中村は、五月十三日、ルッセル島上空で零戦四十二機と約六十機の敵戦闘機が激突した空戦で、ボートシコルスキーF４U戦闘機二機を撃墜。

「この頃になると、無我夢中だった初撃墜の頃とちがって、敵戦闘機には絶対に負けない自信が芽生えてきました。F４Uなんかは零戦より最高速はずっと速いんだけども、動きが鈍くて、グラマンF４Fなんかと比べてもそれほど怖い相手ではなかった」

この頃になると、ソロモンの敵航空兵力はますますその数を増し、昼夜を問わず、大編隊で日本軍の各拠点に空襲を繰り返すようになった。そこで、頽勢（たいせい）を挽回するため、ふたたび「い」号作戦のような大規模作戦が立案された。この作戦は六〇三作戦とよばれ、戦闘機だけでガダルカナル島西方のルッセル島付近に出撃、敵機を誘い出して撃滅する「ソ」作戦と、その後、艦上爆撃機と戦闘機が合同してガダルカナル島の敵艦船を攻撃する「セ」作戦の二つの作戦が柱となっていた。

「この頃、敵戦闘機は四機で一個小隊の編成で、二機、二機がつねに連携して戦うようになり、こちらも従来の一個小隊三機編成のままでは戦いづらくなってきた。そこで、宮野大尉の発案で、四機で一個小隊を編成することになり、二〇四空では戦闘の合間に訓練を重ねました」

六月七日、第一次「ソ」作戦が発令され、第五八二海軍航空隊飛行隊長・進藤三郎少佐を総指揮官として、五八二空、二五一空、二〇四空のあわせて八十一機の零戦が出撃。この日は二〇四空のみが一個小隊四機編成をとり、五八二空、二五一空は三機編成のままである。

「この日は、宮野大尉が直率する二個小隊八機が、艦爆に見せかけて敵戦闘機を誘い出すために六十キロ爆弾二発を積んで行きました。すると案の定、百機以上とも思えるありとあらゆる種類の敵戦闘機が邀撃してきて、大空戦になった。空戦の最初に、柳谷謙治二飛曹機がグラマンに撃たれてグラッと傾き、墜落状態で降下していくのが見えました。彼は右手を失い、なんとか生還するんですが……。

敵機は数に物を言わせて、やる気満々でかかってくる。こっちも負けてたまるか、と。私はグラマンF4F一機とベルP-39二機を撃墜しましたが、とにかく敵が海面に墜ちるまで見ている余裕はないので、グラマンは不確実です。P-39のうち一機も、味方の誰かと一緒に攻撃したので協同撃墜。激戦で戦果を確認するのは容易じゃないですね」

二〇四空は、あわせて十四機（うち不確実二）を撃墜したと報告したが、山本長官機護衛の日高義巳上飛曹と岡崎靖一飛曹が戦死、柳谷二飛曹が右手を失う重傷を負ったほか、一機が未帰還になった。

第二次「ソ」作戦が実施されたのは、六月十二日のことである。宮野大尉の率いる二〇四空の零戦二十四機は、五八二空の二十一機とともにブイン基地を発進、ブカ基地より飛んできた二五一空の三十二機（うち二機は途中不時着）と合同し、一路ルッセル島へ向かった。この日の総指揮官は宮野大尉。宮野大尉直率の二番機は辻野上豊光上飛曹、三番機・大原亮治二飛曹、四番機に中村がついた。

進撃高度八千メートル。八時二十五分、敵編隊発見、宮野大尉は七十五機の零戦隊をリードして、有利な態勢で空戦に入るべく接敵行動に入る。敵は、七日のときと同じように、高度四千メートル、五千メートル、七千メートルと、三段構えで十数機ずつが編隊を組んでいた。

八時三十分、五八二空がルッセル島西方海上で一つの敵編隊に突撃、三十五分、二五一空もルッセル島東方海上で空戦に入る。三十七分、二〇四空宮野隊は別のＦ４Ｆ

十二機編隊と遭遇するがこれをやりすごし、四十分、Ｆ４Ｆ、Ｆ４Ｕからなる敵編隊と空戦に入った。交戦した敵機の機数は、二〇四空の記録では七十機、二五一空は五十機、五八二空は「数不明」とある。

「この日の空戦は凄かった。戦闘は約二十分も続いたでしょうか、海面には墜落した飛行機の波紋と、ガソリンの炎が何ヵ所も海に漂っていました。ヘトヘトに疲れて帰ろうとしたとき、約五百メートル後上方から敵の一機が宮野隊長機に突っ込んできた。隊長機を助けようとその後ろに私がついて、私の後ろにＦ４Ｕがついて、そのまた後ろに大原機がついて、向こうの六機とこちらの三機が縦にグルグルと、高度五千メートルから千五百メートルに下がるぐらいまで回り続けました。高度は下がるし、逃げるに逃げられないし、結局、どちらも一機も墜とせずに離れていきました。この空戦はじつに印象的でしたね」

ルンガ泊地攻撃

二度にわたる「ソ」作戦で敵戦闘機にある程度の打撃を与えたと判断されたことから、六月十六日、艦爆隊（急降下爆撃）と零戦隊が合同して、ガダルカナル島ルンガ泊地の敵艦船を攻撃する「セ」作戦が実施されることになった。

六月十六日、朝五時五分、宮野大尉の率いる二〇四空零戦二十四機はラバウル東飛行場を発進した。中村は、宮野大尉の四番機である。この日、いつものように宮野の三番機として出撃するはずだった大原亮治二飛曹は、指を怪我して基地に残ることを命ぜられる。代わって、交代員として待機していた橋本久英二飛曹が出ることになり、この日の宮野大尉の列機は、二番機・辻野上上飛曹、三番機・橋本二飛曹、四番機・中村二飛曹となった。

六時五十五分、ブイン基地着。燃料補給、打ち合わせを済ませて、午前九時、指揮所前に全搭乗員が集合。二十六航戦司令官・上阪香苗少将、五八二空司令・山本栄大佐、そして空中総指揮官・進藤三郎少佐の訓示ののち、搭乗員は各々の乗機に向かう。

午前十時、五八二空の零戦十八機、九九艦爆二十四機、二五一空の零戦八機とともにブイン基地を出撃。艦爆にはそれぞれ、二百五十キロ爆弾一発と六十キロ爆弾二発が搭載されている。十時五分、ブカ基地から飛来した大野竹好中尉率いる二五一空の零戦二十二機とブイン上空で合同し、零戦七十二機、艦爆二十四機の大編隊は一路、東南方面に向かって飛んでいった。

ルンガ泊地はガダルカナル島の北西端に位置している。そこへ、南西から島を横切る形で突撃するのが日本側の計画である。艦爆隊を中心に、その左右と後方にほぼ同数の零戦が掩護する形で飛ぶこと一時間四十分。

「戦闘機と艦爆、合わせて百機近くいるんだから、これは素晴らしい、と機嫌よく飛び続けました」

と、中村は回想する。

被弾、重傷を負う

「敵は地上からもの凄い対空砲火を撃ち上げてきましたが、爆撃態勢に入るまでは絶対に艦爆から離れられません。戦闘機の方がスピードが速いから、二番機の辻野上上飛曹機と互いにジグザグに交差しながらバリカン運動のように飛んで行きました。ようやくルンガ泊地が見えてきて、艦爆隊が攻撃隊形に入ったところで、我々はかねてからの打ち合わせ通り、ぐんぐんと前に出て、爆撃を終えた艦爆の前路の掃討に向かいました。

スピードを上げて高度六千メートルから緩降下、おそらく四千メートルになったとき、左下方からカーチスP－40が向かってくるのが見えた。そのときはまだ距離は遠いし、敵機が射撃するには無理な姿勢だと判断しました。まだ、かわしたり反撃するには早いと。

ところがその、遠くから撃ったやつが命中したんだから運が悪かった。

撃ってくるのも、弾丸が命中するのもわかります。とにかく、あっという間に左下から撃たれて、左翼の燃料タンク、このとき私は零戦二二型に乗っていたんですが、二つあるタンクのうちの外側に被弾して、燃料を噴き出しました。

これではもう、味方について行けん、と、エンジンの排気炎が引火しないよう、ガソリンが外に流れるように機体を横すべりさせながら、高度を下げていきました。

低空を這うように飛ばないと敵機にやられるから、高度を目いっぱい下げて、それでまず燃料タンクを切り替えようと燃料コックの把柄を操作したら、血がダラーッと流れた。全然、痛いとも痒いとも感じなかったから気がつきませんでしたが、自分の体に目をやると、胸、顔、手とやられて、血が噴き出してるんです。

あ、やられた！　と思ってふと見ると、右横に宮野大尉機がついていました。隊長機は胴体日の丸の後ろに、黄線二本の指揮官標識をつけているから一目でわかります。

宮野大尉は手信号で、燃料だけでなく潤滑油も漏れてるぞ、コロンバンガラ島の不時着場に向かえ、と。当時の零戦は無線の雑音がひどく、ラバウルの部隊では機体を少しでも軽くしようと無線機も降ろしていましたからね。

ともあれ、右手を上げて了解の合図をして、また燃料コックの操作をしてコロンバンガラ島に針路をとり、もう一度振り返ったら、そのときにはもう、隊長機はいませんでした。まだ空戦は始まったばかりだし、宮野大尉のことだから、おそらく空戦場に戻ったと思うんですよ。八木隆次二飛曹がそのあと、乱戦のなかで二度、隊長機を見たそうですが」

中村は出血がひどく、マフラーを切って腕を縛ってみたが、片手ではうまくいかず、血は流れ続けた。敵弾は、操縦席左下前方にある脚出し確認ランプの真ん中で炸裂し、無数の弾片が体に食い込んでいたのである。機体には八発の敵弾が命中していた。エンジンも濛々と煙を吐き、焼きつく寸前であった。

「ようやくコロンバンガラ島上空にたどり着いて、着陸しようと脚を出しても、ランプが破壊されているから確認できない。ぐっと空気抵抗を感じたから、出たとは思いましたが。で、着陸した時ひっくり返ってもいいように座席をいちばん下まで下げて、そのまま何とか、うまく着陸できました。

整備員が誘導してくれるのは見えましたが、出血のせいか意識が朦朧として、すぐに行き足が止まってしまい、私は立ち上がることもできませんでした。そしたら、これは搭乗員がやられとると、整備員たちがトラックでやって来て、私を飛行機からひっぱり出して戸板に乗せて、荷台に上げて運んでくれたんです。

ちょうどその時、艦爆が一機、不時着してきましたが、後席の偵察員が立ち上がって、私の方に敬礼してる。それが、目迎目送といって死者に対する敬礼だったから、俺はもう駄目かも知れないと思いましたね……」

宮野隊長の戦死

コロンバンガラ島では、海軍横須賀鎮守府第七特別陸戦隊の約千五百名が、陸軍第六師団歩兵第十三聯隊の千六百名とともに島の守備にあたっている。

中村は、看護兵による応急手当てを受け、飛行場から二キロ離れたジャングルのなかにある病室に運び込まれた。そこには、やはり空戦中に被弾して、左手の指を一本失った坂野隆雄二飛曹もいた。島に軍医は四名いたが、中村を診た軍医の名前はわからない。

「若い軍医少尉でした。病室ったたって何もないから、目で見える範囲で弾片を取り出して、ピンセットで血管をつまんで止血して、あとはヨーチン塗って包帯を巻いて終わりです。麻酔もないのに、そのときは痛いとも何とも感じませんでした」

コロンバンガラでは約二十日間の入院を余儀なくされた。

「気持ちが落ち着いてくると、ようやく激しい痛みを感じました。やっと何とか飛行機に乗れるようになって、そろそろ帰ろうと坂野機と二機で掩体壕から出して、地上滑走をしてブレーキのテストをやりました。そのまま飛んで帰ったら三十分でブインまで帰れたんですよ。だけどもそこで軍医少尉から『待て』がかかったんです」

送別会をしてやるからもう一泊していけ、と軍医に言われ、ふたたび飛行機を掩体壕に戻す。しかしこの日、コロンバンガラに二機の零戦があることは、おそらく原住民を通じて敵の知るところとなった。その晩、コロンバンガラ不時着場は執拗な敵の夜間爆撃を受け、ついに零戦は二機とも炎上してしまった。

「それで帰るに帰れなくなって、さらに一週間ばかりそこにいましたが、敵が上陸してくるかもしれないし、いつまでもそのままってわけにはいかない。これは舟で帰るより仕方がない、と、たまたま島に立ち寄った十トンか二十トンぐらいの小舟に便乗して、昼は島陰に隠れて夜だけ航走、それで二日がかりでブインに着きました」

しかしそこで、中村は、六月十六日に宮野大尉が、山本長官機護衛の指揮官を務めた森崎武予備中尉らとともに未帰還になったことを知った。

「びっくりしました。まさか隊長がやられるなんて思いもしないですから。ショックでしたね……。列機として、ほんとうに責任を感じましたよ。あとから何人もの指揮官についたけど、宮野大尉の右に出る人はいなかった。ラバウルで、半袖の防暑服、半ズボンにカンカン帽、茶色のハイソックス、足元は飛行靴や革のサンダルなど、そんな一風変わったええ格好で指揮所にいたスマートな姿が思い出されます」

「ルンガ沖航空戦」と名づけられた六月十六日の戦闘で、日本側は敵機二十八機撃墜、輸送船七隻撃沈、一隻撃破という戦果を報告したが、米側資料によると、この日の米軍戦闘機百四機のうち、失ったのは六機のみ。輸送船一隻と戦車揚陸艦一隻が大破したが、いずれも沈没を免れている。一方、日本側の損害は、零戦十五機未帰還、一機不時着水、被弾四機、九九艦爆十三機が自爆、未帰還、四機被弾という大きなものだった。

内地帰還を拒否

この日を境に零戦隊がガダルカナル島上空に進撃することはできなくなり、それからのソロモン航空戦は、防戦一方の凄惨な戦いとなった。

宮野大尉を失った二〇四空は、一時期、士官搭乗員が皆無となり、二十三歳の下士官・渡辺秀夫上飛曹が飛行隊の指揮をとるなどして戦い続けた。七月以降も士官搭乗員が何名も着任したが消耗が激しく、ソロモンの海と空はまさに「搭乗員の墓場」となっていった。

「負傷して帰って、体に力が入らなくなり、片目の視力も悪くなったりして、司令からは『内地に帰してやる。もう戦闘機はあきらめて大型機にまわったらどうか』と言われました。普通ならあのとき、胸を張って日本に帰ることもできたんですよ。しかし私は、包帯から膿（うみ）がジクジク沁み出したりしてるのに、戦闘機から変わりたくない一心で、『いや、何ともありません。帰してもらわなくて結構です』と頑張りました。いま考えると真面目というか、純情でしたねえ。

ラバウルに進出した当時は、なかなか実戦に出してもらえず、出撃したくてしようがなかったのに、この頃になるともう、逃げようがない。ひどいときは邀撃戦で一日五回も八回も飛ぶことさえありました。栄養剤を注射しながら上がるようになると、さすがにうんざりすることもありましたね」

戦死した宮野大尉の後任の飛行隊長には、七月、進藤三郎少佐が、五八二空飛行隊長から横すべりで転任してきた。進藤少佐は昭和十五年九月十三日、中国大陸重慶上空での零戦のデビュー戦を指揮、真珠湾攻撃でも第二次発進部隊制空隊を率いた歴戦の指揮官で、海軍戦闘機隊有数の実力者だった。海軍兵学校では宮野大尉より五期も古く、下士官兵と交わることもないので、若い搭乗員には近寄りがたく感じられた。

進藤少佐の二〇四空での出撃記録は、輸送機の直掩が二度のみである。さらに九月、進藤少佐が第二航空戦隊司令部に転出すると岡嶋清熊大尉が短期間、飛行隊長を務め（出撃記録一回）、続いて倉兼義男大尉が着任する。

「搭乗員の消耗も激しくなり、若い海軍兵学校出の士官や、予備士官の中尉、少尉が何人も着任してくるけど、来てすぐに、記憶に残る暇もなく戦死する人が多かった。なかには福田澄夫中尉のように長く戦った勇敢な人もいましたが、ほとんどは飛行学生を出たばかりの初心者で、実戦経験がないのに階級が上だから指揮官になってしまう。

敵機の発見も遅い、接敵行動も緩慢、こんなのについていったら殺されると、大きな声では言えませんが、空戦が始まるときに列機がパッと左右に離れて、指揮官機が単機で敵編隊に突っ込む形になったこともあります。彼は命からがら還ってきて、私らに、『おお、お前たち、無事だったか！　誰も姿が見えなくなったから心配したぞ』と涙ぐんで言う。それで、悪いことしたかな、とみんなで顔を見合わせたこともありました」

飛行艇に撃たれ落下傘降下

十月二十日、東部ニューギニア・クレチン岬に敵上陸との報に、磯崎千利少尉率いる二〇四空の零戦十六機は、敵上陸用舟艇銃撃のためラバウル基地を飛び立った。中村は、第二小隊長・片山傳少尉の二番機である。

「行ってみると、海面には敵の上陸用舟艇がうようよといました。上空に敵機は一機もいないし、下からもほとんど対空砲火を撃ち上げてこない。それで、海面すれすれの超低空まで舞い降りて、海から陸地の方へ向かいながら銃撃しました。二撃か三撃。面白いように銃撃を繰り返しましたね。

そしてその帰り、高度五千メートルぐらいでしたが、我々よりちょっと上空を、コンソリデーテッドPB2Y、四発の大型飛行艇ね、あれが反航してくるのが見えました。それで、敵発見の合図に七ミリ七（七・七ミリ機銃）を撃って片山少尉に知らせるけど、彼はまだ経験が浅いせいか、キョロキョロするばかりで敵機がどこにいるのかわからない。それで、手信号で『お前、行け！』と言うから、編隊の前に出てバンク、『我誘導ス』の合図をして接敵、前下方から一撃をかけました。

いいところに命中してるのは見えたんですが、敵発見の伝達に手間どったために私の機のスピードが十分についてなく、撃ってから下方に避退するときの動きにキレがなかった。フワーッという感じになってしまって、そこを撃たれたんです。操縦席前の胴体燃料タンクに被弾して、バアッと火が出た。目の前が一面炎ですよ。ワーッ熱い！　と思って何秒経ったか、気がついたら落下傘にぶら下がっていたんです。どうやって脱出したのか、全然記憶にありません。

落下傘が開くと同時に、敵機の方からバラバラと機銃を撃ってきました。後続の味方機が攻撃に入るとやみましたが、相当撃たれましたね。身を縮めて降下していきました」

中村が落下傘降下した場所は、ニューギニア本島から十五浬（約二十八キロ）沖合いの海上であった。

「海面に着くと、磯崎少尉機が上空を旋回していて、私はそれに向かって手を振りました。その日はいい天気で、海はベタ凪ぎでした。確認してくれたから、これは夕方には助けに来てくれるわい、と、水中で邪魔な飛行靴を脱ぎ捨てて、フカよけにマフラーを足に結んで垂らしました。ところが、味方機は夕方になっても来てくれない。あとで聞いたら、ちょうど水上機が全部、出払ってたらしいですが。

とにかく、ライフジャケットで浮いてはいるけど、私は山育ちなもんで泳ぎができない。それでもはじめは、手足をバタバタさせて一生懸命前に進もうとしましたが、疲れてしまって、あとはただ浮いていました。

三十時間の海上漂流

夜半になると、私のすぐそばを、人の何倍もある大きな魚がバシャバシャ跳ねて泳いでいるのが、月明りで見えました。あのへんは世界一フカの多いところだと聞かされていましたから、たぶんフカだと思いますよ」

フカに身体を食いちぎられることを想像し、もう駄目だと観念した中村は、自決用に身につけていた十四年式拳銃をとり出し、夜空に向けて一発、試写してみた。すると、轟音とともに銃口から一メートル以上にもなる炎が出るのが暗闇のなかにもはっきり見え、そしてまた、もとの静寂に戻った。

「やっぱりまだ子供だったんですね。いやー、これは、と怖ろしくなって、しまっとけ、と、また拳銃を元に戻しました。

それからまた、必死で水を掻いて少しでも陸地に近づこうと試みました。でも、二十キロ以上も沖に降りたんだから、海岸に着くはずがありません。

やっぱり駄目だ、と思って、こんどこそ、と拳銃を頭にあてました。何とも思わないもんですよ。悲しくもなければ何でもない。失敗したな、これまでの命だ、と思っただけで。

それで、引き金を引いたけれど、カチッ、弾丸が出ない。いろいろ試してみたけど、とうとう出ませんでした。最初の一発は薬室に装填された状態なので発射されましたが、弾倉に残る八発は、長時間海水に浸かったために、バネが錆びついて装填されなかったのかもしれません」

いつの間にか眠っていた。気がつくと朝になっていた。

「泳げなかったのが幸いして、体力が残っていたんでしょう。気がつくと、すぐ近くに陸地が見える。夜のうちに風向きが変わって、陸地の方に吹き流されたみたいです。助かった！　と思いました。

三十分も泳げば着くかと思い、また手足をバタバタさせてみたけど、そのときはまた、潮の流れが違っていたのかなかなか進まず、朝の九時頃泳ぎはじめて、岸に着いたのはもう日の暮れる頃でした。太陽はじりじりと照りつけるし、喉は渇くし、大変でしたよ。

その間、敵の飛行機が頭上にやって来て、おそらく私の降下地点を捜索してたんでしょう、旋回するのが見えたので、あわてて、フカよけに垂らしたマフラーをたぐり寄せ、見つからないようにじっとしていました。幸い、しばらく旋回して行ってしまいましたが。

結局、三十時間近い漂流でした。ライフジャケットはその間、浮力の変化は感じなかったですね」

八日間の放浪

海岸にたどり着いた中村は、疲れ果ててそのまま樹の下で泥のように眠った。それから八日間、一人ぼっちの放浪が始まる。

「ニューギニアでは、ラバウルあたりとちがって現地人が友好的ではないし、ところどころに敵の見張所があって、捕まったら終わりです。

飛行服は海岸に埋め、裸になって防暑服を腰に巻き、カモフラージュに顔に泥を塗って、見当をつけた方向へ歩き始めました。

靴がないので、足が痛くて仕方がない。マフラーを裂いてそれを足に巻き、なるべく痛くないように工夫しました。でも、一日に歩けた距離はせいぜい五～六キロだと思いますよ。体はいかれてるし、肩の骨は折れてるし、顔は大やけどしてるし。疲れたら、木陰で休み休みしながら、歩き続けました」

このときの漂流、放浪が、中村にとって、戦争中のいちばん思い出深い出来事だったのだろう。口調はだんだん熱を帯びてきた。

「腹が減って、何か食うものはないかな、と、川べりに生えてる草をかじってみたら、これが甘い。野生の砂糖黍だったんです。これには助かりました。

あとは、現地人が野菜を作った跡なのか、トマトやトウガラシが野生化して、びっしりと実をつけているんです。それから地面に落ちた椰子の実とか、自生している芋とか。そんなわけで、食糧が何とか調達できたのは大きかったですね。

歩き始めて三日めぐらいだったか、顔がかゆくて、川に映して見てみたら、何か白いものがいっぱいついてる。手でこすってみたら、蛆がボロボロ落ちてきました。このあたりはハエがすごくて、昼寝をしていてもワンワンたかってくるんだから。それで、傷口に卵を産みつけたんでしょう。

これはいかん、と思って、あわてて顔を洗って、泥を塗り込んで、それからはマメに手入れをするようになりました。

やはり三日めぐらいの晩、海岸に近い、誰もいない小屋にもぐり込んで泊まりました。部屋の隅でぐっすり眠っていると、ふと気配を感じて目が覚めました。外から何か音が聞こえる。ボートのエンジン音です。しばらくすると、海岸にボートをとめて、人が二人ぐらい、小屋に入ってきた。もちろん敵兵ですよ。

もう遅い、これは捕まるかな、と観念しました。抵抗したり、自決するほどの体力も残ってない。息をころしてじっとしていると、敵兵たちは小屋のなかを探すでもなく、二言、三言何かを話すと、それからまた出ていったんです。

彼らが外に出てからも、話し声が聞こえました。ボートまで四十〜五十メートルだったと思いますが、そこからも声が聞えてくる。

すると、彼らのうちの誰かが、突然、空に向かって機銃をババババーッと撃ちまくった。日本兵がどこかに潜んでいたら出てくるとでも思ったんでしょうが。

陸軍部隊に収容される

夜が明けて、それからずっと歩いていくと、川がありました。幅が二十〜三十メートル、わりと浅くて歩いても渡れそうに思えました。

見つからないようにと草むらの見通しの悪いところを選んで渡ろうとしたら、目の前で大きなワニがポコッと頭を上げた。びっくりしましたね。これはいかん、と上流に向かって歩いてゆくと、現地人の家が二、三軒あって、水辺にカヌーが浮かべてある。草の間に隠れて様子をうかがうと、家のなかには人の気配がありました。

そこで、カヌーを貸してくれと言うわけにもいかんから、かっぱらう機会を待ちました。しかし、夜になってしまうと対岸まで渡る自信がないので、意を決してそっとカヌーに近づき、飛び乗って、対岸めざして漕ぎだした。すると、川の中ほどまで来たときに気づかれて、現地人が出てきてワーワー言ってる。何か言いながら手を上げているからこっちも手を上げたら、二人が別のカヌーに乗って追いかけてきました。必死で漕いで対岸まで渡りきり、カヌーをポーンと離したら、彼らはもう追ってきませんでした。別の部族か何かがカヌーを盗みにきたとでも思ったんでしょう。

その後も海岸線を歩き続け、途中、日本陸軍の不時着機を見つけてそのなかで一夜を過ごしたりしながら、ようやく八日めに陸軍部隊と遭うことができたんです。

小屋から声が聞こえるから、敵かと思ってしばらくジャングルに潜んで見ていました。味方のような気もするし……と、小屋の外に立てかけてある小銃の上に載せられた鉄かぶとの星のマークに気がついて、これは日本の陸軍だと。

それで、オーイと声をかけたら、兵隊が鉄砲を構えて出てきましたね。味方だ、日本の海軍だ、と言うと、そうかそれは、と、飯盒でお粥を炊いてくれて、傷の手当てもしてくれました。この陸軍部隊は、准尉が指揮官で、前線の傷病兵を交代させるための部隊だということでした」

潜水艦でラバウル帰還

中村は、その後は陸軍部隊とともに、さらに十日間以上にわたって歩き続け、ようやく陸海軍部隊が集結しているフィンシュハーフェンにたどり着いた。そしてここで海軍陸戦隊に引き渡され、ちょうどその日の夜、補給のために来た潜水艦に便乗してラバウルへ帰れることになった。

「潜水艦に乗ったら、海兵団で同じ分隊だった同年兵の渡辺という男がいて、奇遇に驚きました。おかげで、彼のベッドを使わせてもらえて、ずいぶん助かりました。しかし、帰る途中に突然、攻撃命令が出て、ガダルカナル方面に出動することになったと聞かされました。渡辺が、『あーあ、これはもう終わりだ。帰れんぞ』と言ってましたが、幸い、途中で中止になったらしく、助かりました」

中村は、この潜水艦を「伊号第十七潜水艦」と記憶していたが、伊十七潜はこれより早く、昭和十八年八月十九日、ニューカレドニア・ヌメア沖で沈没しており、別の潜水艦であったことは間違いない。日本海軍の潜水艦の全戦歴、戦没者を網羅した「日本海軍潜水艦史」によると、当時、ラバウル、ニューギニア方面の輸送任務に就いていた潜水艦のなかで、渡辺姓の乗組員の名があるのは伊号第六潜水艦のみである。

ともあれ、中村を乗せた潜水艦は、道中、敵駆逐艦による爆雷攻撃を受けながらも数日後にはラバウルに入港した。落下傘降下から一ヵ月近くが経過していた。

昭和十八年十一月半ば。六空ラバウル進出以来の生き残り、大正谷宗市上飛曹、大原亮治一飛曹、坂野隆雄一飛曹の三名は、中村が海を漂流していた十月下旬、内地転勤の内示を受け、放浪中の十一月上旬には輸送機でラバウルを発っている。中村（十一月一日、一飛曹に進級）は、期せずして、二〇四空でいちばん古くからいる搭乗員になっていた。

「陸戦隊で打ってもらった電報が届いておらず、私はとっくに戦死したことになっていました。のちに日本へ帰るときに司令・柴田武雄中佐が言ってましたが、実は大原たちと一緒に転勤命令が来ていたんだと。ところが、行方不明、戦死認定になってしまっていたので、それを取り消す手続きをする間、残されたということだそうです」

中村はその後も連日の邀撃戦に参加、昭和十八年十二月二十七日には、ラバウル上空でF4Uコルセア戦闘機一機を撃墜している。

「うまい具合に、敵機に気づかれないまま追尾できて、うんと近づいて射撃、あやうく追突しそうなところで左にかわすと、その瞬間、そいつはバアッと火を噴きました。しかしそのとき、驚いて振り返った相手のパイロットの顔を、間近ではっきりと見たんです。

めったにないことだけど、自分が撃った相手の顔を見るのは嫌な気持ちでしたね。

戦後も、あの恐怖に引きつった顔を夢にまで見ましたよ。あれはいまでも忘れられません」

中村に、ようやく内地への転勤が発令されたのは、昭和十九年一月のことだった。新たな任地は厚木海軍航空隊である。ラバウルに進出してから一年四ヵ月。被弾、重傷を負うこと二度。その間、一緒にラバウルに来た搭乗員は四分の三が戦死、生き残った者も、中村以外の全員がすでに他の部隊へ転勤していた。

雷電でB－29撃墜

厚木空は、基地航空隊の戦闘機搭乗員の最後の仕上げを行なう練習航空隊で、飛行隊長はかつて一時期、二〇四空飛行隊長をつとめた岡嶋清熊大尉。教官にはラバウルで活躍した鴛淵（おしぶち）孝大尉、林喜重（よししげ）中尉、飛行時間二千八百時間を超える予科練一期出身の大ベテラン・安部安次郎中尉ら錚々たる顔ぶれが揃い、なかにはラバウルで中村の小隊長だった尾関行治飛曹長もいた。

ここでは主に、海軍兵学校七十一期、七十二期出身の飛行学生を受け持ち、教員生活が始まったが、ほどなく厚木空は外戦部隊に編成替えになり、第二〇三海軍航空隊として北千島に移動することとなる。

「私は、海軍に入ってからは一度も家に帰ったことはないもんで、移動中に家にも寄れるかと楽しみにしてたんですが、なぜか北千島行きのメンバーから外されてしまいました。

結局、運がいいのか悪いのかわかりませんが、二〇三空は北千島からさらにフィリピンに移動して、この年の秋には全滅してるんですからね。尾関行治飛曹長もそこで戦死しています。尾関さんなんて、間違っても敵機に墜とされるような人ではなかったのに」

二〇三空の北千島行きからはずれた中村は、横須賀基地で編成中の第三〇二海軍航空隊に転勤を命ぜられた。

三〇二空は司令・小園安名中佐（のち大佐）、厚木基地に本拠を置き、帝都防空部隊としての任務を帯びていた。小園中佐は、撃墜困難な敵大型爆撃機との戦闘用に、通常は機体の進行方向に装備される機銃を斜めに向けて装着する「斜銃」を考案、それを搭載した双発の夜間戦闘機月光で大きな戦果を挙げたことでも知られる。

「小園司令は、とても純粋ないい人。でも、真っすぐすぎて、こうと決めたら人の言うことなど絶対に聞かない。零戦や雷電にまで斜銃をつけろと言うのには困りましたね。

昭和十九年十一月頃、雷電の胴体側面、左斜め上四十五度に二十ミリ機銃をとりつけて、実験を兼ねて邀撃に上がったことがありました。この頃には本土上空にもB－29が来るようになってたから、斜銃をつけた雷電二機で、馬場武彦飛曹長と一緒に行くことになったんです。飛んでるB－29に狙いを定めて撃ってみるんだけども、斜銃用の照準器というのはなくて腰だめで撃つもんですから、命中している気配がない。それで、じわじわと近づいていったら、カーン、と敵弾が命中しました。

あわてて基地に帰って見ると、被弾したのは斜銃の弾倉から十センチも離れてないところで、ヒヤッとしました。弾倉に敵弾を食らったら、爆発して木っ端みじんですからね」

中村は雷電のことを「むずかしい飛行機だった」と回想するが、十九年十二月三日には、その雷電を駆って、銚子上空を単機で飛んでいた手負いのB－29に対し直上方から攻撃をかけ、これを撃墜している。

そして、昭和二十（一九四五）年の元旦を厚木基地で迎え、すぐにこんどは第三四三海軍航空隊に転勤を命ぜられ、愛媛県の松山基地に着任した。

三四三空で終戦を迎える

三四三空は、本土上空に押し寄せる敵戦闘機を掃討して制空権を確保すべく、新鋭の局地戦闘機・紫電改を主力として編成された。司令は源田實大佐。源田大佐は、海軍戦闘機隊の草創期に日本初の編隊アクロバット飛行チーム「源田サーカス」を率いたことで知られ、第一航空艦隊航空参謀として真珠湾攻撃に参画。ミッドウェー海戦での手痛い失敗はあったが、その後も大本営参謀などの要職を歴任した。中村は期せずして、二〇四空の柴田武雄、三〇二空の小園安名、三四三空の源田實という、戦闘機出身の三人の名物司令に仕えることとなった。

三四三空は「剣部隊（つるぎ）」と号し、新鋭戦闘機紫電改（しでんかい）を主力に、実戦部隊の戦闘第三〇一（通称・新選組。飛行隊長・菅野直（かんのなおし）大尉）、四〇七（天誅組・林喜重大尉）、七〇一（維新隊・鴛淵孝大尉）の各飛行隊に加え、補充搭乗員の錬成部隊として戦闘第四〇一飛行隊（極天隊）を持っていた。中村にはこの戦闘四〇一の先任搭乗員として、他機種からの転科者などを訓練する役目が与えられた。

「三四三空では、私は訓練だけで空戦はなし。二十年の七月末まで松山基地にいて、長崎県の大村基地に展開していた戦闘第七〇一飛行隊に異動しました。戦闘七〇一は、七月二十四日、豊後水道上空の空戦で飛行隊長・鴛淵大尉が戦死、飛行隊長は空席のままで、もう末期的な状態でしたね。

とにかく燃料がないから敵機の邀撃も一日おきと決められ、休みの日は、たとえ空襲があっても飛ばない。八月九日も休養日でした。搭乗員全員がトラックに乗って、基地の裏山に登ることになりました。途中、店屋があって、アイスキャンデーを食べに入ったところでドカン、ものすごい衝撃があり、店のガラスが割れました。驚いて外に出ると、長崎の方向、青空に白いキノコ雲がもくもくと上がっているのが見えた。広島の『新型爆弾』のことは聞かされていましたが、そのときは原子爆弾とは知る由もありませんでした」

八月十五日、三四三空の搭乗員は総員で飛行場に整列、戦争終結を告げる天皇の玉音放送を聴く。しかし、中村は放送の意味がすぐにはわからず、また、厚木の三〇二空は徹底抗戦の構えだという話も聞こえてきて、ただちに戦争が終わるとは思わなかったという。

「八月十七日でしたか、源田司令が横須賀に飛んだときも、搭乗員はみな、『源田司令は厚木で、小園司令と抗戦の打ち合わせをしている』と噂していました。十九日、司令が大村に帰ってきて、すぐに総員を集め、『戦争は終わりだ』と訓示をされた。

君たちには休暇を与える、と。

やはり、いつかはこうなる、勝てない戦争だとは以前から思っていましたね。ラバウルから後退に後退を重ねて、本土上空でもやられっぱなしでしょう。勝てるはずがない。だから、俺は死なないよ、日本がどうなるか、後までちゃんと見届けてやると、そういう話を仲間うちではしていました。仕方がない、先のことはわからないが、負けは負けだ、そんな気持ちだったと思います」

五年半ぶりの帰郷

戦争は終わったが、鉄道は復員者でごった返していて、郷里の北海道に帰るのも容易ではない。中村は、九州の戦友のところを転々としたのち、十月に一度、帰隊命令を受け、大村基地で残務整理をして、ようやく北海道に帰ることができた。海軍に入って以来、五年半ぶりの帰郷だった。

「生家は農家でしたが、その頃は澱粉（でんぷん）工場も営んでいて、私はとりあえず、その工場を手伝うことになりました。全国的に食糧難の時代、北海道の食糧事情はさらに悪く、米の飯などとても食べられませんでしたね。結婚したのは昭和二十四（一九四九）年、二十六歳のときです。二十八（一九五三）年、独立して木材の会社を始めました。

主な仕事は造材請負い。それから四十年間、ずっとこれ一本でやってきました。木材の仕事は戦闘機と同じで、やっぱり馬力。粘りと度胸がいるんです。人を使うことは、海軍での経験が生きましたね。

山の上まで何百メートルも機械を上げていって作業するんですから、造材というのは危険がともなう仕事です。私も、若い頃は現場に出ずっぱりで陣頭指揮をとっていました。

夏に作業すると土を傷めて自然破壊になってしまうもので、主に冬に作業をすることになります。林道のあるところはいいんですが、そうでないところは雪の上に水をかけたり、踏み固めたりして凍らせた上にトラックを引っぱり上げて、木を伐り出して、枝払い、玉切りをして、トラックに積んで一定の場所まで運んで、百石いくら、という請負いです。だから、勝負は一年のうち、冬の五十〜六十日しかない。一発勝負ですしね。

山のなかで、ヒグマに出くわしたことも何度かあります。めったにないけど、それでも四十年のうちに四〜五回は、すぐ近くで大きな熊に遭いました。

怖がらせたり、逃げたりすると追ってくるから、じっと目を睨むんです。するとそのうち、いなくなります。しかしこれは、グラマンより怖いですよ。

しかしね、ラバウルでの月日はほんとうに長かった。それに比べて、帰ってからの歳月の短かったこと。戦争中の出来事は、日付や人の名前まではっきりと憶えているのに、戦後のことは、何が何年にあったかさえ思い出せなかったりします。戦場で一緒だった戦友は、それがたとえ半年の付き合いであってもいつまでも忘れられません。戦友会で会っても、いつも同じ話を繰り返すだけなんだけど、話が尽きることはありませんね。

戦中戦後を振り返ってみると、誰よりも長く戦場にいて、命を懸けて戦い、そこを生き抜いたという自信、実力では負けなかったという誇り、これは重みがありますよ。ああいうことがあったからこそ、その後の私がある。ほんとうにそう思います。いまはもう、四人の息子たちも立派に成人してくれて、天下泰平の日々ですがね」

翌日、製材所で撮影を終えると、また車で旭川空港へ。名残惜しそうに保安検査場の入口まで見送ってくれた中村は、

「私はガダルカナル上空で被弾したときの弾片がまだ無数に体に残ってましてね。金属に肉が巻いて、取れないまま五十何年。だから、空港の金属探知機に必ず反応するんですよ」

と言った。

それからも、中村とは電話や手紙を通じて長く交流が続いた。平成九（一九九七）年、二〇四空の同僚だった大原亮治と池田良信が、私の運転する車で大阪府八尾市の宮野善治郎大尉（戦死後中佐）の墓参りに行くというときも、体調面で断念したものの、一度は同行を申し出ている。中村は、持病の神経痛が年々悪化するようで、具合が思わしくないことは電話の声からも伝わってきた。平成十八（二〇〇六）年頃には、心配した大原亮治が何度か、北海道に様子を見に行こうと言い、私も一緒に行くつもりでいたが、大原も心臓に持病があって、その都度、機会を逃している。

結局そのまま、大原も私も、中村に会うことはできなかった。

*

平成二十四（二〇一二）年十一月二十九日、私は、大原からの電話で中村が亡くなったことを知った。享年八十九。

「これで、ブインからガダルカナルまで一緒に飛んだ仲間が一人もいなくなっちゃって。さっき、神棚の宮野大尉に、『隊長、今日中村がそちらへ行きました』と報告しましたよ」

寂しげに大原は言った。

——自転車も知らなかった地方の農家の三男が、手に職をつけて独立するため、生まれて初めて汽車に乗って海軍に入った。そして空に憧れ、たった二年で戦闘機搭乗員となった。訓練中に戦争が始まり、激戦地・ラバウルに送り込まれて誰よりも長く戦い、奇跡的に生き残って終戦を迎えた。戦後は、戦時中とはまったく別の職業についたが、戦闘機乗りとしての矜持を胸に必死で働き、戦後の日本復興の下支えとなった。

大正年間に地方で生まれ、激動の昭和を生きた、誠実な庶民の歴史そのものの縮図のような生涯だった。

横須賀海兵団入団の前日（昭和15年5月31日）、江ノ島にて。左が中村

昭和16年、戦艦
比叡乗組のころ。
右が中村

昭和18年12月、落下傘降下から生還後、ラバウルで現地人と

昭和18年5月、二〇四空の下士官搭乗員たち。前列左から大原亮治二飛曹、大正谷宗市一飛曹、中村佳雄二飛曹。後列左から橋本久英二飛曹、杉田庄一二飛曹、坂野隆雄二飛曹。大正谷一飛曹はのちに殉職、橋本二飛曹、杉田二飛曹、坂野二飛曹は戦死している

昭和19年、三〇二空に転勤。厚木基地で雷電をバックに

昭和19年、厚木基地にて

昭和19年、雷電の翼下で。左が中村、右はラバウル以来の戦友・八木隆次上飛曹

昭和20年3月、三四三空戦闘四〇一飛行隊時代、松山基地にて

昭和20年、三四三空戦闘四〇一飛行隊（極天隊）の搭乗員たち。4列目左から4人目が中村

昭和十七年、大分空時代

吉田勝義（よしだ・かつよし）

大正十二（一九二三）年、兵庫県城崎郡香住町（現・美方郡香美町）生まれ。昭和十五（一九四〇）年、第六期甲種飛行予科練習生として霞ケ浦海軍航空隊に入隊。戦闘機搭乗員となり、昭和十七（一九四二）年七月、第三航空隊に配属される。昭和十八（一九四三）年三月十五日、オーストラリア・ダーウィン上空で豪州空軍のスピットファイア戦闘機を撃墜したのを皮切りに、豪州空襲をはじめ数多くの出撃を重ねる。その後はトラック、マリアナ、ペリリュー、西部ニューギニアを転戦、米陸軍の大型爆撃機・B－24の邀撃やビアク島敵上陸部隊攻撃などに参加した。筑波海軍航空隊を経て昭和二十年一月、第二五二海軍航空隊戦闘第三〇四飛行隊に転勤、沖縄作戦や本土防空戦に任じ、終戦の玉音放送が流れた八月十五日、関東上空に来襲した敵艦上機の邀撃戦にも参加、英海軍機一機を撃墜。総飛行時間は約千七百時間。海軍飛行兵曹長。戦後、郷里に帰り、漁網会社に勤めた。平成三十年九月十三日死去、享年九十五。

361　吉田勝義　二〇二空、本土防空戦で活躍

N.Koudachi

大東亜戦争で、海軍航空隊の主力として活躍したのは、当時まだ十代後半から二十代半ばまでの若者だった。そのうち、数の上でも実質的にも主力となり、中核を担ったのが、海軍飛行予科練習生（予科練）出身の搭乗員である。戦争がたけなわの時期に一人前の搭乗員となって前線に出たクラスのほとんどで戦没者が八割を超え、数少ない生存者も、そのほとんどが鬼籍に入ってしまった。

吉田勝義も、そんな予科練出身の歴戦の零戦搭乗員の一人である。

吉田は、昭和十五年、甲種飛行予科練習生（甲飛）六期生として海軍に入り、開戦翌年の昭和十七年、緒戦の南方作戦で活躍した第三航空隊（のち、第二〇二海軍航空隊と改称）に配属、昭和十八年、オーストラリア本土空襲に参加したのを皮切りに、東南アジアから中部太平洋の各地を転戦、昭和二十年八月十五日、終戦のその日まで零戦を駆って戦い抜いた。これほどの経歴をもつ人でありながら、本人は戦後多くを語らず、メディアにもほとんど登場してこなかった。

鳥取県に暮らす吉田の自宅を、私が初めて訪ねたのは平成二十二（二〇一〇）年二月のことである。それ以前にも同じ戦友会に出席したり、搭乗員仲間の人たちから噂を聞くことはあったが、インタビューはもちろん、会って挨拶をするのもこの日が最初だった。私は、ちょうど『祖父たちの零戦』（講談社文庫）を執筆中で、主人公の一人である元二〇二空飛行隊長・鈴木實中佐のことを調べるうち、防衛省に残された二〇二空の公式記録に、ある時期（昭和十八年十一月～昭和十九年二月）、欠落のあることを知り、どうしても吉田の証言が必要になって取材を申し込んだのだ。『祖父たちの零戦』は、だから吉田の話抜きでは成り立たなかった。

鮮明な記憶

「そりゃあ、記録がないわけですよ。書類を積んだフネが撃沈されたんですから」

記録の空白について尋ねた私に、吉田は即答した。

「戦闘記録も、隊員の履歴も、全部海に沈んだ。だからほら、私の携帯履歴もあとで作り直したものなんです」

「携帯履歴」は、下士官兵一人一人の氏名、本籍、生年月日、海軍に入ってからの進級、昇給、転勤、叙勲、賞罰のすべてが一枚の紙に書き込まれ、折り畳まれた形の履歴書で、通常、最初に作ったものに加筆を加えながら准士官になるまで使い続ける。

だが、吉田に見せられた携帯履歴には、確かに〈昭和十九年十二月十五日再調製〉と赤字で書かれていた。記録についての私の疑問は、これでたちどころに氷解した。

吉田は、初対面のインタビューに始めのうちはやや堅い面持ちだったが、私が
「どうして予科練を志願されたのですか」

と訊いたとき、

「神立さん、それを聞いちゃいかんわ」

と、初めて相好をくずした。

「予科練というものがあるのも知らず、友達が、一緒に受けようや、と言うのにつられて受験したんです」

苦笑いしながら吉田は答えた。話は、予科練のことから、おいおい戦時中の核心部分に入っていき、二〇二空の記録上の空白も、すらすらと埋まっていった。戦争を振り返る吉田の話はあくまで鮮明かつ具体的で、あたかも登場する人たちの風貌が目の前に立ち現われるかのようだった。同期生や戦友、一人一人の息づかいまで聞こえてきそうなエピソードの数々から、吉田がいかに亡き友を大切に思い、偲んできたかが痛いほど伝わってきた。これまで数百名の元軍人にインタビューを重ねてきたが、吉田のように、自分以外のことまで細かなディテールを語ってくれる人は多くない。その記憶と明晰な語り口に、私は内心、舌を巻いた。と同時に、どうしていままで、こ

の人の話を聞いてこなかったのだろうと、苦い後悔を覚えた。取材を終え、夜、雪の降りしきる駅のホームで帰りの汽車を待ちながら、『祖父たちの零戦』だけではなく、いつか吉田自身のことを書こうと決心した。その後も私は、二度にわたって吉田方を訪ねた。

友人に誘われ予科練を受験

吉田勝義は、大正十二（一九二三）年七月、兵庫県城崎郡香住町（現・美方郡香美町。旧香住町域は、地域自治区「香住区」となっている）に生まれた。二歳のとき父親が亡くなり、母と祖父母に育てられる。冬場の蟹漁で名高い香住は、山陰地方では浜田（島根県）、境港（鳥取県）と並び称される古くからの漁村で、生家では、漁った魚を入れるための竹籠を家族総出で作っていた。戦闘機乗りの例にもれず、「殴られたら殴り返す」、腕白な子供時代だったという。

飛行機との出会いは、昭和六（一九三一）年七月に運航が開始された、城崎（きのさき）上空の遊覧飛行機を見たときのこと。

「水上機（三菱式MC一型旅客機。乗員二名、乗客五名）でしたが、飛んでるのを見てカッコいいなあ、と。そのときは自分が乗りたいとは思わなかったですけどね」

城崎を流れる円山川が日本海に注ぐ河口付近に「城崎水上飛行場」がつくられ、「日本海航空会社（のち株式会社）」が、城崎温泉の観光客誘致のため遊覧飛行を始めたのだ。昭和七年からは定期運航も開始され、城崎—鳥取、城崎—天橋立、さらに城崎—松江、大阪—城崎などの航空便が運航されるようになった。一時は飛行機五機を所有するなど経営は順調に見えたが、航空会社を集約する国策のため、主要路線と機材を召し上げられるような形で大日本航空輸送株式会社に譲渡し、昭和十五年、会社は解散している。

「中学校（旧制豊岡中学／現・兵庫県立豊岡高校）ではもちろん、軍事教練は必須科目でやっていたし、いずれ陸海軍どちらかに行かなあかん。しかし配属将校が厳しくて、漠然と陸軍は嫌やと。ある日の放課後、友達が、『これから豊岡市役所に願書を出しに行くから付き合えや』と言うので、何も知らずについて行きました。予科練を受けるらしいが、そんなもの、学校でも教えないし、存在も知らない。でも、一緒に受けようと誘われて、話を聞くうち、だんだんその気になってきました。昭和十四年十二月のことです。

一次試験は姫路の中央公民館公会堂で、身体検査。それに合格して、翌十五年一月に二次の学科試験を、神戸・元町の小学校の試験場で受けました。一科目ごとにふるいにかけられ、点数の足りない者は汽車の切符をもらって帰される。三日間でざっと半分になりましたね。それで、合格をもらいましたが、問題はここからです。『合格』と『採用』は違う。結局、私を誘った友達は、合格はしたけど採用通知は来ず、私だけ採用予定者として霞ケ浦海軍航空隊に出頭するよう通知が来ました。全国から霞ケ浦に集められた採用予定者は六百名だったか八百名だったか。ここでまた、一週間かけて適性検査をやるんです。椅子を回転させて立ち上がったり、視力など、ここでも帰されるほうが多かった」

兵学校を受けなおせ

吉田が受験した「昭和十五年前期甲種飛行予科練習生徴募試験」の募集定員は二百五十名。一次試験を受けた志願者は全国で二万八千名とも言われているから、百倍を超える狭き門である。ところが、ここで少し妙なことがあった。

「適性検査は三月二十五日から始まりましたが、このとき、卒業まぎわの三期生がまだ霞空にいて、そのなかにいた中学の先輩が内緒で面会に来てくれたんです。彼が言うには、『吉田、お前はそこそこできるようだが、ほどほどにやれよ。消毒剤をコップに半分も飲めば、体調不良で不合格になる。それで帰れ。べつに恥ずかしいことじゃない。それから、海軍兵学校でも陸軍士官学校でも受け直せばいい』。その先輩は、のちに一式陸攻の搭乗員になって、ケンダリー基地で再会します。あとで知ったんですが、三期生はストライキを起こして、中学の先輩、後輩であっても面会不可、となってたらしいんです」

飛行予科練習生（予科練）は、航空機の要員を若い層のなかから広く募集し、採用する目的で昭和五年、発足した。当初は高等小学校二年、または中学二年修了程度以上の学力を持つ少年を対象としていた。さらに昭和十二年には、中学四年一学期修了以上の者のなかから採用し、将来の初級指揮官要員を急速養成する制度が開始される。このとき、従来の予科練を「乙種」、新制度の予科練を「甲種」と呼び分けることになる。この甲飛募集にあたっての海軍の謳い文句が、「きわめて短年月で海軍航空中堅幹部になれる」というもので、これが志願者に大きな誤解を与えた。受験資格が海軍兵学校、機関学校（中学四年修了以上）と遜色なかったこともあり、受験生はひとしく、それらの生徒に準じる扱いを受けると信じていたのだ。ところが、難関を突破した彼らに与えられたのは、兵学校の制服ではなく、「ジョンベラ」と呼ばれる水兵服だった。入隊時の階級も、一般の新兵と同じ「海軍四等水兵」で、「下士官の上、准士官の下」として遇される兵学校生徒とは格段の差がつけられていた。

昭和十三年に採用された甲飛三期生は、これでは話が違うとして、海軍当局に待遇改善を求めて前代未聞のストライキを企て、出身中学に、後輩の甲飛受験を止めるよう指示する檄文を撒いた。当局に彼らが出した要求のうち、服装面だけは七つ釦の制服を採用することとして受け入れられるが、それが実行に移されたのはずっとのち、昭和十七年十一月のことである。吉田に不合格になることを勧めた先輩も、そんな三期生の一人だった。

予科練卒業、飛行練習生に

ともあれ、吉田は適性検査にも合格し、昭和十五年四月一日、第六期甲種飛行予科練習生として、霞ケ浦海軍航空隊に入隊した。入隊した六期生は二百六十七名だった。吉田を誘った友人・森田重郎は不採用となり、再度挑戦して一期あとの七期生として入隊する（のち戦闘機搭乗員となり事故死）。

「厳しいなんてもんじゃない。予科練での一年半、とにかく勝負事には勝つ、ということを叩き込まれました」

と、吉田は回想する。予科練では飛行訓練に入る前段階として普通学、軍事学一般の教育がほどこされ、海軍軍人としての基礎的な素養や知識をみっちりと学ばされる。

航空適性を見極めるため、同期生全員が飛行機に搭乗する機会もあった。

「はじめて飛行機に乗ったのは、十五年の十二月か十六年の一月、適性検査があって霞ケ浦から水上機で飛んだときです。離水滑走は、見た目にはサーッと波を切ってカッコいいなあ、と思っていましたが、じっさいに乗ってみると悪路をトラックでゴトゴト走っているみたいな乗り心地でした。その日は風が強く、向かい風を受けて、飛行機の速度が常磐線の汽車とそれほど変わらなかった記憶があります」

昭和十六年五月一日、第二学年に進級とともに操縦、偵察に専攻が分けられ、吉田は希望通り操縦に回ることになった。

同年九月三十日、予科練を卒業、第二十一期飛行練習生（飛練）となり、ここで操縦専攻の者は、艦上機（筑波空、谷田部空）、水上機（鹿島空）とに分けられる。偵察術練習生は鈴鹿空である。吉田は筑波海軍航空隊で、九三式中間練習機による操縦訓練を受けることになった。その訓練中、十二月八日の開戦の日を迎えた。

「お、いよいよ始めたな、というぐらいで、感激も興奮もありませんでした。卒業したらわれわれも戦場へ出ていくわけだけど、呑気なものでしたね」

蘭印ケンダリーへ

昭和十七年三月、半年間の練習機教程を終えると、こんどは機種別に専攻が分けられ、実用機での訓練に入る。吉田の第一希望は「機銃も積んでるし、一人で飛ぶより二人で飛んだ方がにぎやかでいい」からと艦上爆撃機、第二希望が戦闘機だったが、戦闘機乗りだった教官・稲葉武雄飛曹長に、「俺が受け持ってるんだから反対にせい」と言われ、希望を逆にしたという。吉田は戦闘機専修と決まり、大分海軍航空隊に転じた。

「大分空では、はじめは複葉の九〇式練習戦闘機で訓練を受けました。次に乗ったのは九六戦（九六式艦上戦闘機）。金属製で近代的な戦闘機でした。ただ、私は射撃が苦手でね、機体が滑るんだ。野球で言えばナチュラルシュートに近い感じで、吹流しを目標にした射撃訓練でも、『全然当たっとらんなあ、良い姿勢で入ったんだけどな』と、教員も首を傾げることがありました」

ときに戦局は、南方進出のいわゆる第一段作戦が終わり、前線と後方の搭乗員が交代する時期にあたっていた。七月二十五日付で、吉田に、蘭印セレベス島ケンダリー基地に拠点を置く第三航空隊への転勤が命ぜられる。いよいよ実戦部隊である。階級は、この年五月一日付で三等飛行兵曹になっていた。

吉田が高雄海軍航空隊の一式陸攻に便乗して内地を発ったのは、八月二十四日、ケンダリーに着いたのは三十一日のこと。このとき、三空に一緒に転勤したのは十二名。翌日からさっそく、飛行訓練が始められた。

ちょうど吉田がケンダリーに着いた頃、ソロモン諸島ガダルカナル島をめぐる攻防戦が激しくなり、三空の一部も、ガダルカナル空襲の拠点・ニューブリテン島ラバウル基地に派遣されることになった。吉田もその一行に加えられたが、当時の三空はベテランぞろいだったこともあり、実用機教程を終えたばかりの吉田は、

「使い物にならん、鍛え直して来いと、一週間か十日で訓練のため帰されました」

と言う。この頃はまだ、若手搭乗員を戦地で鍛えて育てる余裕があったのだ。

スピットファイアとの対決

吉田が、初めて敵戦闘機と戦ったのは、昭和十八年三月十五日のことである。当時、オーストラリア空軍は豪州北部のダーウィンを拠点に戦力を増強し、蘭印の日本軍占領地に連日のように爆撃機による夜間空襲をかけてきていた。ダーウィンは天然の良港といえる入り江（ポートダーウィン）に面した港湾都市で、蘭印、西部ニューギニアにも近く、連合軍の重要な反攻拠点となりうる位置にあった。

昭和十八年一月には、日本軍の空襲を撃退するべく、スーパーマリン・スピットフ

ァイアＭｋ・Ｖ戦闘機で編成された三個飛行隊、約百機が豪州に派遣され、それまで豪州本土の防空を担っていた米陸軍のカーチスＰ－40戦闘機と交代する形でダーウィン地区に展開したことが敵信傍受で明らかになった。

スピットファイアは、昭和十五年、ドイツ空軍の空襲をイギリス本土上空で迎え撃った「バトル・オブ・ブリテン」と呼ばれる戦いで、メッサーシュミットＢｆ１０９など優勢なドイツ機を相手に戦い、ホーカー・ハリケーンとともに母国の空を守りきった戦闘機で、「救国の名機」とも呼ばれる。

性能は、零戦二一型と比べると、最大速度が零戦二一型より約三十ノット（約五十五キロ）も速く、カタログスペックでは上昇力も勝っている。だが、航続距離を比べると、スピットファイアは増槽をつけた零戦の四分の一程度、四百三十浬（約八百キロ）しか飛べない。武装は、豪州に送られてきたＭｋ・Ｖｂと呼ばれる機体は二十ミリ、七・七ミリ機銃が二挺ずつ装備されており、この点では零戦と差はなかった。性能を見る限り、スピットファイアが蘭印の日本軍基地に飛んでくることは不可能だが、向こうのホームグラウンドで邀撃されると、相当な苦戦が予想された。

昭和十八年三月二日、零戦隊と豪州空軍スピットファイア隊との戦いの火ぶたが切られた。三空は、前年十一月一日付で、第二〇二海軍航空隊と名を変えている。この日、飛行隊長・相生高秀少佐の指揮する零戦二十一機はクーパン基地を出撃、四百五十浬（約八百三十三キロ）を飛んでダーウィン南郊のバチェロール飛行場を銃撃した。地上にあった十機を撃破して帰途につこうとしたところ、敵戦闘機九機と遭遇、空戦に入る。二十分におよぶ空戦で、日本側は六機、豪州側は三機の撃墜を記録しているが、実際にはどちらの飛行機も一機も墜ちておらず、まずは互角の勝負に終わった。

初撃墜を記録

続いて三月十五日、相生少佐が転出し、一ヵ月だけ飛行隊長を務めた小林實大尉の率いる二〇二空零戦隊二十六機が、豪州本土に近いチモール島西部のクーパン基地を発進、第七五三海軍航空隊の一式陸攻二十二機を掩護してダーウィンを空襲、迎え撃つスピットファイア数十機と空戦となった。

吉田（当時・二飛曹）は、このときの敵機について、

「バサースト島西方海上でスピットファイア約二十機と遭遇、敵機はダークグリーンの機体に黄色い稲妻マークが描かれていた」

と、記憶している。

「敵ながらスマートな機体で、カッコいいな、と率直に思いました。これを本当に撃

っていいのかな、と躊躇を感じたぐらいです」

しかし、ここは食うか食われるかの戦場である。吉田は、向かってくる敵機をハーフロールでかわし、高度をとって優位から急降下、攻撃をかける。

目の前で背中を見せるスピットファイアを照準器に捉え、吉田は夢中で左手のスロットルレバーについている機銃の発射把柄を引いた。楕円形の美しいカーブを描く主翼と、両翼から不気味に突き出した二十ミリ機銃の銃身が、鮮やかに目に映った。が、かなり接近して撃ったつもりなのに、弾丸がなかなか命中しない。急上昇、急降下で何度か攻撃を繰り返すが、手応えが感じられない。

敵機を追うのをやめてふと我に返ると、別の敵機が後ろから吉田機に迫ってくるのが見えた。その敵機に、零戦が襲いかかり一撃をかける。敵機は驚いて反転する。吉田機の急を救った零戦の胴体後部には茶色の一本線が描かれ、垂直尾翼の機番号はX－172と読みとれた。安田蔵利二飛曹機である。

クーパン基地に戻ると、先輩搭乗員の誰かが、

「お前、さっきは危なかったぞ」

と声をかけてきた。

「それでお前の撃った敵機はどうなった」

「弾丸が当たらないからあきらめました」

「あの敵機、搭乗員が落下傘降下したぞ。撃墜確実、そう報告してこい！」

その先輩は吉田の尻をポンと叩いた。数十機の敵味方が入り乱れる空戦でも、ベテラン搭乗員は列機の空戦ぶりまでちゃんと見ているのかと、十九歳の吉田は驚いたと言う。しかも、ベテラン同士で「今日の敵機はラジエーターの形がちがったんじゃないか」などと語り合っている。豪空軍のスピットファイアは北アフリカ戦線から送り込まれた機体らしく、機首の下に砂漠地帯向けの防塵フィルターがつけられている。そのことを言っているのだ。「そこまで見えているのか！」と、吉田はまたびっくりした。

この日、二〇二空零戦隊は、十五機の撃墜を報じている（豪空軍記録ではスピットファイア四機喪失）。零戦の損失は、田尻清治二飛曹機一機が行方不明。田尻二飛曹は、この出撃の数日前までマラリアで入院していた。

名指揮官・鈴木實少佐着任

四月に入ると、内地から新しい飛行隊長として、鈴木實（みのる）少佐が着任してきた。鈴木少佐は、空母龍驤（りゅうじょう）乗組の中尉だった昭和十二年八月、第二次上海事変の折、九五式艦上戦闘機四機を率いて中国空軍戦闘機二十七機と交戦、一機の損失も出さずに敵機九機を撃墜。さらに昭和十六年五月には第十二航空隊分隊長として零戦十一機を率い、甘粛省（かんしゅく）の天水飛行場を急襲、五機を撃墜、十八機を地上で撃破するなど、海軍きっての戦上手（いくさ）として知られた指揮官だった。

鈴木少佐はさっそく、ダーウィン空襲再開に向けての訓練を始めさせた。

このとき、二〇二空の司令は、海軍戦闘機搭乗員の草分けの一人である岡村基春中佐。零戦隊の分隊長は、長身でスマート、快活な山口定夫中尉、背は低いが豪快で野武士的な塩水流俊夫（しおずるとしお）中尉、いずれも二十代半ばで好対照の二人の海兵出身士官が務め、分隊士には操縦歴が十年を超える宮口盛夫少尉、支那事変以来歴戦の小泉藤一（ふじかず）少尉、空母加賀零戦隊の一員として真珠湾攻撃に参加した石川友年飛曹長、開戦劈頭のフィリピン空襲に参加して以来ずっと戦地暮らしの坂口音次郎飛曹長など、一騎当千のつわものが揃っていた。

「この戦争が正しいかどうか、そんなのは後世の歴史家が判断することだ。ここは学校じゃないから、国のため、天皇陛下のため、家族を守るため、そんな観念的なことは論じなくていい。われわれは、敵に勝つためだけに訓練を行なう。空戦になれば、向かってくる敵機を叩き墜とす、それだけを考えろ。目の前の敵機との戦いに全力を尽くせ。戦争は、始まった以上は勝つしかない、というのが二〇二空の気風でした」と、吉田は言う。これは、鈴木飛行隊長の考えでもあった。

ケンダリー基地での生活

二〇二空の拠点があるケンダリー基地の宿舎は高床式になっていて、床下には人が少しかがめば歩けるほどの空間がある。

「搭乗員たちはそこで、犬や猫はもとより、ポケットモンキー、オウム、ニワトリなど、さまざまな動物を飼い、めいめいで世話をしていました。同期の徳岡時寛は、ゼロと名づけた雌犬を飼っていて、どこへ行くのにも連れていました。よくなついて、可愛かったですよ。

マカッサルには銀座の清月堂が店を出していて、アイスクリームが買えました。ケンダリーからマカッサル（セレベス島南西部）までは百八十浬（約三百三十三キロ）ありましたが、搭乗員同士でジャンケンをやって、負けた者が大きな魔法瓶を零戦に積んでマカッサルまでアイスクリームを買いに行く。非国民もええとこです。

作戦行動中の基地からの上陸（外出）は原則として禁止されていますが、マカッサルやジャワ島のジャカルタ、スラバヤなど繁華街に近い基地に進出するとき、あるいは新しい飛行機を受領しに台湾・高雄基地に出張するときなど、私らは、『上陸禁止って言ったって、俺たちには足があるんだ』と、車庫員に出させた航空隊のトラックの荷台に乗り込み、連れだって外に出て行ったものです。無許可での外出を、海軍では『脱』と呼んでいました。トラックが出て行こうとすると、『オーイ、待ってくれ』と、分隊長の塩水流中尉までもが『脱』に加わる。隊門を守る衛兵も止めることができない。われわれ搭乗員は、ガソリンの臭いが染みついた半袖半ズボンの白い防暑服かランニングシャツ姿で、肩にはそれぞれのペットを乗せている。なかには猿とオウムが両肩で喧嘩しているのに平気な顔で歩いている者もいました」

マカッサルを中心とするセレベス島南部には戦前からココ椰子農園やコーヒー園、自転車輸入販売業、写真館、理髪店など約四十社の日本企業が進出していて、数百人の在留邦人が暮らしていた。日本軍が占領してからは、マカッサルの目抜き通りは「トキワ通り」と名づけられ、美しい並木道にはかつてオランダ人が経営していたホテルを改名した富士ホテルのほか、大和ホテル、日本語新聞を発行するセレベス新聞社、映画館などが立ち並んでいた。日本政府はマカッサルに施政官を置き、治安維持のため憲兵隊も常駐させていた。ところが、怖いもの知らずの二〇二空搭乗員たちは、始終、現地の日本陸軍部隊や憲兵隊とトラブルを起こしていたという。「クリーニング屋から戻ってきたばかりのようなパリッと糊の利いたシャツを着て町を歩く陸軍の兵隊など見ると、『何だ、このキザな野郎は』と、つい喧嘩を吹っかけたくなる。

遊郭で酒に酔い、女の態度に腹を立てて石灯籠を蹴り倒し、そこに駆けつけた憲兵を殴り、そんなことを繰り返して、同年兵がみな准士官になっているのに進級が止められ、下士官のままでいる樽井亀三上飛曹のような豪の者もいました」

海軍の下士官兵の軍服右腕には、官職区別章（階級章）の上に「善行章」と呼ばれる「へ」の字型のマークが入っている。これは、大過なく勤めていれば三年に一線が付与され、海軍でのメシの数を示す目安でもあるが、不祥事を起こすと剥奪される。樽井の軍服の右腕には、本来なら三本の善行章が輝いているはずのところ、一本しかついていなかったのを吉田は憶えている。

二〇二空の搭乗員は総じて気性が荒く、五十人以上が折り畳み式ベッドを並べる大部屋の搭乗員寝室では、

「ヤアヤア、遠からん者は音に聞け、近くば寄って目にも見よ、われこそは大日本帝国海軍の……」

などと大声で寝言を言う者もいたという。

ダーウィン空襲

豪州空襲に備え、二〇二空が訓練を重ねている間にも、敵爆撃機による日本側基地への爆撃は間断なく続いている。四月二十四日の夕暮れ、ケンダリー基地は豪本土から飛来した大型爆撃機・コンソリデーテッドB－24九機による空襲を受けた。

〈安田蔵利兵曹と二人で入浴中（ドラム缶）、B－24六〜九機（来襲）飛行場北側の航空燃料入りのドラム集積物に命中大火災。川上求と日原弘行（丙二期）が着陸を相互方向で衝突し炎上、戦死。我々は川上の始末をトラックで北側のジャングル近くの雑草地で行う〉

と、吉田の日記にはある。この爆撃で零戦三機、一式陸攻四機、ガソリンのドラム缶千三百本が炎上し、零戦五機、陸攻四機が大破、死傷者十六名を出す損害を受けた。

雪辱の念に燃える零戦隊と陸攻隊は、五月一日、豪州空襲の前進基地であるクーパンに進出した。緑が多く牧歌的な雰囲気のケンダリー基地とちがい、クーパン基地は滑走路の土がむき出しの、いかにも前線を実感させる飛行場であった。

明けて五月二日朝六時。鈴木少佐率いる二〇二空零戦隊の二十七名の搭乗員と、平田種正少佐が指揮する七五三空の一式陸攻二十五機、百七十五名の搭乗員がクーパン基地に整列する。敵地上空へ攻撃に行くときは、被弾しても捕虜になることは考えていないから、誰も落下傘バンドはつけていない。先ほどまで轟々と聞こえていた試運転のエンジン音がやみ、一瞬の静寂がおとずれる。基地の上空は快晴、熱帯とはいえ早朝の空気は、眠りから覚めたばかりの肌には冷たく感じられた。

「成功を祈る」

という、石川司令官の簡潔な訓示を受ける。素焼きの杯に御神酒を注ぎ、司令官の「別杯」の音頭に全搭乗員がいっせいにそれを飲み干し、地面に叩きつけて割る。鈴木少佐は、司令官に敬礼すると搭乗員たちのほうへ向き直り、「かかれ!」と号令をかける。中隊長としてそれぞれ九機を率いる山口、塩水流両中尉も列機搭乗員に向かって「かかれ!」と復唱する。搭乗員たちはきびすを返して、それぞれの乗機に向けて歩いてゆく。

吉田(五月一日、一飛曹に進級)は、小隊長の中納勝次郎上飛曹が、

「今日は死んだ親父の命日で、殺生はしたくないんだが、まあやむを得んな」

と不敵につぶやいたのを記憶している。

午前六時五十分、陸攻隊が離陸を開始。陸攻のほうが航続力があり、また巡航速度

も遅いので、敵戦闘機が来る心配がなければ、先行させるほうが効率がよいのだ。

七時半、鈴木少佐が操縦する二〇二空の一番機が離陸を開始した。零戦隊は陸攻隊と合流すると、高度を四千メートルにとる陸攻隊の後上方千メートルの位置に編隊を組み、スピードを合わせるため蛇行しながらダーウィン上空に向かった。

スピットファイアに完勝

東南東に飛ぶこと約二時間、バサースト島手前百浬の地点で編隊は徐々に高度を上げ始め、陸攻隊は高度八千メートル、零戦隊は九千メートル近くにまで上げる。ここで、陸攻隊の後尾の中隊長機が、酸素吸入器の氷結のため引き返した。飛行機同士の無線連絡がうまく伝わらず、後続の五機の陸攻も、事情がわからないまま中隊長機にならって引き返す。さらにエンジン不調で一機が引き返し、結局、陸攻は十八機になった。

ダーウィン上空も快晴だった。敵戦闘機の姿はまだ見えない。ここで、吉田の零戦に異変が起こった。

「酸素マスクから、突然酸素が出てこなくなったんです。一瞬、気を失いそうになりました。酸欠で頭がグラグラする。これでは空戦どころではありませんから、やっとの思いで小隊長の中納上飛曹に酸素マスクを外して見せ故障を告げると、切歯扼腕(せっしやくわん)の思いで単機、高度を下げ帰途につきました。帰投針路はバサースト島フォークロイ岬から三百十四度。これはいまでも忘れません」

ポートダーウィンの入り江が見えると陸攻隊はふたたび高度を下げはじめた。敵の対空砲火が編隊のすぐ下で花火のように炸裂する。高度七千五百メートルで、陸攻隊は入り江の東側にあるダーウィン東飛行場に爆撃を開始した。ときに九時四十分。

陸攻隊は、二百五十キロ陸用爆弾三十六発と六十キロ陸用爆弾九十発、さらに七十キロ焼夷弾十六発を投下、爆弾のほとんどは飛行場の敵施設に命中し、五ヵ所で大火災が起きるのが確認された。また飛行場をはずれた六十キロ爆弾六発によって、一ヵ所から大きな火柱が上がった。

爆撃を終了し、陸攻隊が海上に避退をはじめたとき、スピットファイアが約十機ずつ、三つの編隊に分かれて上昇してくるのが見えた。

豪空軍はバサースト島のレーダーで日本機の来襲を予知し、ダーウィン、シュトラウス、リビングストンの三つの飛行場から三個飛行隊三十三機のスピットファイアを発進させ、優位な態勢で迎え撃とうとしたが、日本側の爆撃開始が予想より早く、後手に回ってしまった。指揮官・コールドウェル中佐は、零戦隊が優位にあるので攻撃の機会を我慢強く待ち続け、日本側の編隊が帰途について高度を下げるところを狙おうとしたのだ。

スピットファイアは果敢に格闘戦を挑んできた。

「スピットファイアはスマートで、全くすばらしい飛行機だと思った」

と、鈴木少佐は晩年、私に語っている。

だが、零戦の格闘戦性能と搭乗員の技倆は、スピットファイアのそれを上回っていた。空戦は、十五分で決着がついた。もはや見渡すかぎり空中に敵機の姿はなく、飛んでいるのは零戦のみである。鈴木少佐は上空で大きくバンクを振って、「集合」を令した。

酸素吸入器の故障で戦列を離れた吉田は、はるか後方で空戦が繰り広げられているのを見ながら、後ろ髪を引かれる思いでクーパン基地に帰投していた。相当な激戦のようだったし、遠くてよくはわからないものの飛行機の墜ちる水柱や波紋が見えたので、

「こりゃ、味方も相当の被害が出ているにちがいない」

と思っていた。

ところが、空戦を終えた零戦隊が午後二時にクーパン基地に戻ってくると、なんと

一機も欠けていない。吉田は、夢を見ているような気がしたと言う。陸攻隊も、七機が被弾したものの午後四時半までに全機が無事帰投した。

帰還した搭乗員たちの戦果を集計すると、撃墜したスピットファイアは二十一機（うち不確実四機）にのぼった。零戦隊の損害は、七機が被弾したのみであった。

鈴木少佐が石川司令官に報告する。司令官は整列した搭乗員を前に、

「戦闘機隊の掩護と空戦結果は見事である。陸攻隊の弾着も良好であった」

と、賛辞を送った。

豪空軍の記録によると、昭和十八年五月二日の空戦によるスピットファイアの損失は、海上に撃墜されたもの五機（パイロットの死亡二名）、さらに燃料不足で五機、エンジン故障で三機、合計十三機であった。豪側は、日本機十機（うち不確実四機）を撃墜したと報告しているが、この空戦での実際の損失機数を比べると、十三対ゼロの、零戦の一方的勝利であった。

豪軍基地を強行偵察

ただ、豪空軍もやられっ放しでいるわけではない。この日、祝杯を上げた直後のクーパン基地に、双発のブリストル・ビューファイター三機が来襲。低空で銃撃を加え、

零戦二機を炎上させた上、緊急発進した五機の零戦の追撃を振り切って逃げ去った。夜になるとノースアメリカンB－25爆撃機四機が単機ずつ来襲し、夜間戦闘機のないクーパン基地の周囲に爆弾を降らせ続けて、搭乗員を眠らせなかった。

五月十日、二〇二空司令・岡村中佐は宮口盛夫少尉の率いる零戦九機に、敵爆撃機が発進したと思われるダーウィン東方三百浬の位置にあるステワード飛行場の強行偵察と銃撃を命じた。敵情偵察に飛んだ陸軍の百式司令部偵察機が次々と行方不明になり、戦闘機を出さざるを得なくなったのだ。吉田も、この作戦に参加している。クーパンからでは遠すぎるので、宮口隊はクーパンの東六百浬ほどのところにあるケイ諸島のラングール基地に進出した。

この日、零戦隊の発進を見送るため、岡村司令も自ら一式陸攻に乗ってラングールに来ている。岡村中佐は搭乗員たちに、

「本日の攻撃は、敵の出方を見るのが目的である。飛行場銃撃は一撃でよろしい。二撃、三撃は無用である。敵機が上がってきても空戦はせんでいい。敵情を確認したらまっすぐ帰ってくるように」

と、念を押すように訓示をした。だが、午前七時に零戦隊が発進した後、司令は傍らにいた士官たちに、

「今日の搭乗員の顔ぶれを見たら、何をしでかすかわからん。一撃だけしておとなしく帰ってくるとは思えんな」

とつぶやいた。

宮口少尉の率いる零戦九機は、午前九時二十分、ステワード上空に到着した。ステワード飛行場は、長い滑走路がクロスするきれいな飛行場であった。宮口少尉の第一小隊三機が上空を警戒する中、山中忠男上飛曹の第二小隊、高橋武上飛曹の第三小隊あわせて六機が地上の敵機を銃撃する。

吉田は、飛行場に双発機が五、六機とタンクローリーが停まっているのを見て、それに銃撃を加えた。

「しかし、敵機はまだ燃料を入れていないのか、機銃弾が命中しているのに火を吐かない。敵の地上砲火も応戦してくる。こうなるとこっちもカッとなって、『一撃だけ』の命令など、頭から飛んでしまう。小隊長の高橋上飛曹も同じ思いらしく、意地になって銃撃を繰り返し、しまいには敵の兵舎まで狙って撃ちました」

その間、宮口小隊は邀撃してきたスピットファイア七機と空戦、六機を撃墜したと報告している（豪側記録では喪失一機）。宮口機は敵機に撃たれ、火災を起したが運よく火が消え、無事生還。しかし第二小隊は、引き揚げようとしたところで海上から対空砲火を撃ち上げてくる小型船を発見、これを銃撃し、そのさい、酒井國雄一飛曹機が被弾して船に突入、自爆。小隊長の山中上飛曹機も被弾、ラングール基地まで帰れず海上に不時着した。

残り七機になった零戦隊が帰還し、宮口少尉が戦闘の顛末を報告する。岡村司令から、

「相手にする必要がないというのに、引き返してまで銃撃するやつがあるか！」

と、雷が落ちた。部下のやる気がなければ困るが、あり余る闘志をコントロールするのも、指揮官にとっては骨の折れることだった。

「でも、ほんとは怒ってなかったと思うんですよ。夜、小さなテントに酒席を用意してくれて、酒盛りが始まりました。私の右隣、腿がくっつくぐらいのところに司令が座ったんですが、この人は酒癖が悪い。泥酔して『俺も戦闘機乗りだ！　明日は行くぞ』なんて言いながら、私の膝に酒をこぼすのに閉口した覚えがあります」

陸軍司偵を護衛

九月上旬、零戦隊にほぼ二ヵ月ぶりとなる豪州への出撃命令がくだった。豪州奥地の敵情を偵察するため、陸軍の百式司令部偵察機二型二機が飛ぶ、それを護衛せよと

いう。

偵察任務を成功させるとともに、あわよくば邀撃してくる敵戦闘機と一戦を交えようとする作戦である。百式司偵は双発のスマートな姿をもち、最高速度は時速六百キロを超える、陸軍の誇る高速偵察機であった。

この頃、二〇二空では幹部級の人事異動とともに、搭乗員の補充、交代が行なわれている。司令・岡村中佐は千葉県茂原基地で新編中の第五〇二海軍航空隊司令として転出し、後任には岡村中佐と海兵同期の内田定五郎中佐が着任した。分隊長・山口大尉、塩水流中尉も転出し、機関学校出身の平野龍雄大尉、海兵出身の粟信夫(あわのぶお)中尉と交代する。飛行練習生を卒えたばかりの若い搭乗員もずいぶん増えた。二十三航戦司令官も、石川少将から伊藤良秋大佐(のち少将)に代わっている。

九月七日午前七時十分、鈴木少佐の率いる零戦三十六機はラウテン基地を発進、百式司偵二機を掩護してダーウィンに向かう。零戦隊は、鈴木少佐と平野大尉がそれぞれ率いる十五機ずつ二個大隊の制空隊に、偵察機を直掩する坂口飛曹長率いる六機を加えた編成である。吉田は、平野大尉の二番機についた。

ダーウィン上空に敵機の姿はなかった。ここで偵察機は零戦隊と分かれ、全速で南下してブロックスクリークなど奥地の写真偵察に向かった。敵機がいないのなら、長居は無用である。鈴木少佐は零戦隊をまとめて帰途についた。ところが、九時二十五分、バサースト島沖に差しかかった頃、ひそかに零戦隊の後を追って来たスピットファイアの奇襲を受け、鈴木少佐の二番機で、吉田の同期生でもある寺井良雄一飛曹機が撃墜された。

零戦隊はただちに空戦に入り、二十分間におよぶ空戦で、敵機十八機（うち不確実三機）の撃墜を報告した。豪空軍の記録によると、この日のスピットファイアの喪失は三機で、零戦八機を撃墜したことになっている。互いに、翼端から引く飛行機雲が白煙に見えたせいか、急降下で離脱する敵機を「撃墜」と誤認する例が多かったのだ。

歌手・森光子らの慰問団来訪

二〇二空が豪州上空でスピットファイアと戦っている間にも、連合軍の反攻はいよいよ激しくなり、ニューギニアを足がかりにさらに北上の気配を見せ始めた。九月七日の出撃を最後に豪州本土への空襲は取りやめられ、零戦隊とスピットファイアの戦いも幕を閉じた。昭和十八年三月二日の初対決から九月七日までののべ九回の空戦で、零戦隊はスピットファイア三十八機（実数）を撃墜、零戦の損失は三機（うち空戦によるもの二機）であった。

豪州攻撃をとりやめた二〇二空の目標は、こんどはニューギニアに向けられる。チモール島ラウテンからケイ諸島ラングール基地に移動した平野大尉の率いる二十七機の零戦隊は九月九日、十七機の一式陸攻を掩護してニューギニア中南部のメラウケに新設された敵飛行場を空襲、カーチスP‐40十八機と空戦、四機を撃墜したが、歴戦の宮内少尉、吉田と同期の後藤庫一(くらいち)一飛曹、阿川甲子郎二飛曹を失った。以後、米陸軍航空隊との戦いが始まり、零戦隊の犠牲者もおおい増えてゆく。

ところで、昭和十八年十月から十二月にかけて、海軍省恤兵部が派遣した慰問団が、ボルネオ、セレベス、チモール、ジャワ、バリを巡業している。慰問団は総勢二十四名で、その中に歌手として森光子が加わっていた。森光子著『人生はロングラン』(日本経済新聞社)によれば、このときのメンバーは、歌手・松平晃、林伊佐緒、松竹少女歌劇団の田村淑子、天草みどり、三田照子、浪曲の天中軒月子、太神楽の鏡味小鉄、それにコミックバンドのハットボンボンズといった顔ぶれであった。慰問団はボルネオ島バリクパパンから船でセレベス島マカッサルに渡り、ここの富士ホテルをベースに海軍基地を回ったのだ。

吉田は、十月六日、進出していたラングールからケンダリーに移動を命じられ、ケンダリーに着いたその晩、慰問団の演芸会を見た。

白い襟のついた紺のワンピースを着た森光子は、「愛国の花」「タイの娘」「ブンガワンソロ」を熱唱した。殺伐とした前線基地の、そこだけに花が咲いたような美しさであった。一曲が終わるたび、やんやの大喝采が起こった。だが吉田は、移動飛行の疲れが出て、演芸会が終わるのもそこそこに搭乗員室に帰って眠りについた。

十月七日、上海在勤海軍武官が敵信傍受により得た「英国東洋艦隊（戦艦四隻、空母一隻）ベンガル湾に向かう」との情報に、ケンダリー基地に緊張が走った。七五三空の一式陸攻三機を零戦九機で護衛してベンガル湾の索敵に発進させることになり、吉田は、こんどはケンダリーから千浬近く離れたバタビアに移動を命じられる。この発進を、昨夜の慰問団が見送りに来た。指揮所前で発進命令を受け、乗機に向おうとする吉田に、小柄な若い女性が駆け寄ると、飛行服のベルトに小さなマスコットを差した。森光子であった。

「可愛い人だな」

と吉田は思ったが、出撃まぎわのことでもあり、言葉をかわす余裕もなかった。吉田は森に黙って敬礼すると、発進準備のととのった零戦に乗り込んだ。離陸して、腰に差したマスコットを見ると、それは端切れでできた手作りらしい人形だった。森光子は戦後、このときのことを、

〈どんな作戦かも、どこへ出撃するのかもわかりません。ただ、彼らはお国のために死ぬのだと聞かされていました。ニュース映画のように手を振ることもなく、深くお辞儀をしてお見送りしました。胸がつぶれる思いで、泣くというのでもなく、ただ涙が自然ににじんできました。〉(『人生はロングラン』)

と回想している。

B-24を三号爆弾で撃墜

いつの間にか、二〇二空零戦隊の戦いは、基地に来襲するB-24に対する防戦一方になっていた。吉田(十一月一日、上飛曹に進級)は十一月二十一日、ニューギニア西部のマノクワリ上空で、B-24一機を撃墜している。

「二機で上空哨戒中、B-24が四機、三機の編隊で飛んでくるのが見えて、三号爆弾(空中爆弾。投下後、一定秒時で炸裂し、飛散した黄燐弾で敵機に火をつける)で反航攻撃をかけました。敵の十三ミリ機銃は弾道がいいですから、同航すれば自分がやられます。このときも列機がやられて、単機で攻撃をかけました。うすい角度の前上方から、目分量で、五百~六百メートルぐらいの位置に来たときに三号爆弾を投下します。二発めを落として後ろを見たら、四機編隊のいちばん右のやつが深いバンクをとっている。前方には二千メートル級の山。そのままスパイラルダウン（螺旋降下）しながら墜落、ジャングルから火が上がりました。あとで聞いたら、このとき地上にいた陸軍部隊は、スパイラルに陥った敵機がどこに墜ちるかわからず、泡を喰って逃げ回ったそうです」

太平洋で米軍による反攻が激しくなるにしたがい、インド洋方面では英軍の活動が活発化していた。昭和十八年十一月中旬、南西方面艦隊司令長官・高須四郎大将は、インド東部の英軍拠点、カルカッタへの陸海軍航空部隊協同による進攻作戦の実施を命ずる。

「龍一号」作戦と名づけられたこの作戦には、海軍から二〇二空零戦隊、七五三空陸攻隊が全力で参加することになった。

十一月二十三日、カルカッタ攻撃に向け、鈴木少佐の率いる二〇二空零戦隊がケンダリー基地を発進する。今回は、内田司令も自ら一式陸攻に乗り込むほどの力の入りようであった。零戦隊は、途中に立ち寄ったバタビアで二泊、二十五日にシンガポールのテンガ飛行場に着陸し、そこで陸軍部隊との打ち合わせを行なった。ところが、ここまで来たのに、「龍一号」作戦はいったん中止されることになってしまう。これは、十一月二十一日、中部太平洋ギルバート諸島のマキン、タラワに米軍が上陸、二十四日にマキン、二十五日にタラワの日本軍守備隊が玉砕するなど、太平洋の戦況が緊迫化したためであった。七五三空の陸攻の大部分は、次に米軍が来るであろうマーシャル諸島にまわされることになり、二〇二空零戦隊は十一月三十日までシンガポールにいたものの、ふたたびバタビア経由でケンダリーに帰された。

カルカッタ攻撃は十二月に入って再開が決まり、こんどは新郷英城少佐の率いる三三一空零戦隊の二十七機がビルマのダボイに進出し、十二月五日、陸軍の一式戦闘機隼七十四機と協同で海軍の一式陸攻八機、陸軍の重爆十八機を護衛して出撃した。新郷隊はカルカッタ上空で英空軍のホーカー・ハリケーン八機と空戦、六機撃墜(うち不確実二機)の戦果を報告している。だが、この攻撃は一度きりの単発で終わった。

零戦にとって、ハリケーンやスピットファイアどころではない新たなる強敵が、太平洋に現われていたのである。

受刑者作業隊に感心される

昭和十八年十月六日、米海軍機動部隊が搭載する新型戦闘機・グラマンF6Fがウェーク島の日本軍基地に来襲、所在の零戦隊は支那事変以来のベテランをふくむ精鋭を揃えて戦ったが、六機の撃墜戦果と引き換えに十九名を失い、からくも基地に着陸した零戦も銃撃、爆撃で全滅。続いて昭和十九年二月十七日には、中部太平洋における日本海軍の一大拠点、トラック諸島が米機動部隊による大空襲を受け、零戦隊はここでもF6Fとの戦いでまたたく間に壊滅する。中部太平洋の戦闘機の戦力はいちじるしい不足をきたし、このため、二〇二空零戦隊が急遽、トラックに進出することになった。

昭和十九年三月、海軍航空隊の制度変更が行なわれた。航空隊本体や空母から飛行隊を「特設飛行隊」という一つのユニットとして独立させ、必要に応じて別の航空隊の指揮下に入るなど臨機応変な機動を可能にさせられるというもので、「空地分離」と呼ばれる。

「空地分離」にともない、鈴木少佐の二〇二空零戦隊は「戦闘第三〇一飛行隊」と呼ばれ、鈴木少佐は戦闘第三〇一飛行隊長に、新郷少佐の三三一空零戦隊は「戦闘第六〇三飛行隊」と呼ばれ新郷少佐が戦闘第六〇三飛行隊長に就くことになり、戦闘第六〇三飛行隊も二〇二空の指揮下に入ることになった。

二〇二空はトラック諸島春島基地に進出、三月二十九日以降、連日のように来襲するB－24爆撃機の邀撃戦に明け暮れた。

開戦後しばらくは、ボーイングB－17など敵重爆に対しては前下方攻撃が有効だったが、敵もそれに対する備えとして機銃を増設している。零戦の二十ミリ機銃は機銃弾の初速が遅く、遠距離からの射撃では弾道が円弧を描くようにお辞儀をしてしまうのに対し、敵の十二・七ミリ機銃の弾道直進性はすばらしく、そのブリザードのような猛射を受け、二十ミリ機銃の射程に入る前に返り討ちに遭う零戦も多かった。

いまやB－17に代わって米軍の主力重爆撃機になっているB－24に対し、死角はほとんど見当たらない。ここで多用された兵器が、先に吉田が戦果を挙げた三号爆弾である。

三号爆弾には専用の照準器もなく、命中はなかなか望めなかったが、それでも空中で炸裂して蛸の足のように黄燐弾が広がる様子は圧巻で、敵機の動揺を誘い、爆撃の照準を狂わせるには十分だった。ときには黄燐弾を浴び、火を吐いて墜ちる敵機もいる。

トラックの春島では、基地設営の人手不足を補うため、内地の刑務所で服役中の囚人のなかから、残る刑期が一年半以上で身体の頑健な者を選んで送り込まれた「受刑者作業隊」の職員百五十名、囚人千三百名が働いていた。

囚人たちは青い木綿のシャツにモモヒキという囚人服、同じ色の戦闘帽、ゲートルに地下足袋という姿で、「青隊」と呼ばれている。彼らはもっぱら基地の整地や爆弾の穴埋め作業に従事していたが、模範囚で機械を扱う心得のある者は、整備員を手伝って空襲下の燃料補給や、離着陸誘導の旗振りの仕事にも駆り出されていた。そんな「青隊」の囚人たちは、零戦隊の搭乗員と接する機会も多かった。

吉田は、ある日、邀撃戦を終えて着陸したさい、殺人犯らしい一見してやくざ風の無期懲役囚に、

「兵隊さん、あんたたち、いい度胸してますなぁ」

と感に堪えたように言われたことを憶えている。

「看守はみんな二挺拳銃で、囚人たちはまるでゴミのような扱いを受けていました。どんな悪いことをやったか知りませんが、食うのも逃げるのも後回しでかわいそうでしたよ。トラックまで来たら逃げようがない。その多くが生きて内地には帰れなかったそうです」

ビアク島敵揚陸地点を攻撃

昭和十九年三月三十日、聯合艦隊がトラックに代わる新たな内南洋の拠点としていたパラオは、敵機動部隊の艦上機のべ四百五十六機による大空襲を受けた。翌三十一

日にも、敵はパラオ、ヤップ、ペリリューの日本海軍基地に猛攻をかけてきた。

パラオに敵上陸の兆しがあると判断した聯合艦隊は、司令部を日本海軍基地のあるフィリピン・ミンダナオ島のダバオに移動させることに決め、三十一日夜、古賀峯一（こがみねいち）長官、福留繁（ふくどめしげる）参謀長以下の司令部職員は、二機の二式大型飛行艇に分乗し、いち早くパラオを後にした。だがこの日、比島南方は天候が悪く、古賀長官の搭乗した一番機は発進後、そのまま消息を絶ち、行方不明になってしまう。福留参謀長の乗った二番機はセブ島沖で不時着し、福留以下司令部要員三名を含む九名がゲリラの捕虜になった。

古賀大将の殉職後、聯合艦隊の指揮権は一時、南西方面艦隊司令長官・高須四郎大将が継承したが、五月三日、豊田副武（とよだそえむ）大将が古賀の後任の聯合艦隊司令長官として親補された。

五月二十七日、連合軍はニューギニア北西部のビアク島に上陸を開始した。ビアク島は飛行場に適した平坦な土地が多く、比島南部や西カロリン諸島への足がかりとなる戦略上の要衝である。聯合艦隊は、敵のビアク島攻略を阻止しようと「渾（こん）」作戦を発令し、航空部隊と陸軍兵力をそちらに振り向けることにした。このとき、鈴木少佐の二〇二空戦闘三〇一飛行隊は、トラックからサイパン、ヤップ、ペリリューを経て、ニューギニア西端のソロン基地に進出、六月二日（吉田の日記によると六月三日）、零戦二十二機をもって陸軍の一式戦闘機隼十二機と協同で、海軍五〇三空の彗星艦爆九機を直掩、ビアク島敵揚陸地点の攻撃に出撃した。

彗星はダイムラーベンツの流れを引く液冷エンジンを装備した新鋭の艦上爆撃機である。ビアク島上空でヒラリと機体を翻して急降下に入る彗星の精悍な姿に、吉田は惚れ惚れとする思いがした。艦爆による爆撃が終わると、零戦隊は鈴木隊長機を先頭に敵艦船の銃撃に入る。

「よし、いくぞ！」

気合を入れて、海面すれすれまで急降下して敵艦に機銃弾を浴びせる。だが、敵の防御砲火もすさまじく、坂口音次郎飛曹長、泉田幸七一飛曹が未帰還、ほか二機も被弾、不時着するという損害を受けた。浅い角度で海面に突っ込んだ坂口飛曹長は、機体が跳ねたはずみに海に放り出され、米軍の捕虜になった。

軍令部と聯合艦隊がビアク島に気をとられ、そちらに兵力を向けている間に、米海軍は機動部隊をマリアナ方面に向かわせている。ビアク島攻略は、見事な敵の陽動作戦だった。

マリアナ沖の戦い

六月十一日、十二日と、米機動部隊はのべ千四百機にのぼる艦上機をサイパン、テニアン、グアム各島の攻撃に発進させた。この二日間の空襲で、マリアナの日本側航空兵力は壊滅した。米艦隊はさらに、十三日にはサイパン、テニアンへの艦砲射撃を始め、六月十五日、米軍がサイパンに上陸を開始した。

日本側は、ただでさえ劣勢に立たされた航空部隊の指揮に統一が図られておらず、中部太平洋のあちこちの島に展開した零戦隊は、現地司令部の思いつきでバラバラに出撃させられた。

六月十八日、鈴木少佐の率いる二〇二空全力はペリリューからヤップに進出、全機六十キロ爆弾二発を搭載して、サイパンに上陸する敵輸送船団の爆撃に向かうことを命じられた。前の晩、ペリリュー基地の搭乗員宿舎で毒虫騒ぎがあり、皆、寝不足で太陽がまぶしかった。ヤップ島で爆弾装備、燃料搭載の間、搭乗員には昼食としてかやくご飯の大きな握り飯一個ずつが配られた。

正午、発進。ヤップ基地の指揮所のポールには信号旗のZ旗一旒が掲げられていた。見送る参謀たちの目は血走り、殺気立っている。その姿を見て吉田は、

「何をガタガタしてるんだ」

と思ったという。まさにこれから命のやりとりに臨む搭乗員たちのほうが、参謀たちよりも冷静だった。

サイパン沖には敵輸送船がひしめいていた。上空にはグラマンF6Fが十数機。零戦は全機、照準もそこそこに爆弾を投下し、グラマンとの空戦に入る。数分間の空戦で、零戦隊はF6F四機を撃墜、全機がグアム基地に着陸した。初陣の川田安雄二飛曹は、F6F一機を撃墜して大はしゃぎであった。

いっぽう、日本海軍機動部隊は、六月十九日未明から四十四機の索敵機を出し、その「敵機動部隊発見」の報告をもとに次々と攻撃隊を発艦させた。日本側の空母九隻、艦上機四百三十九機に対して、米機動部隊は空母十五隻、艦上機九百二機と、約二倍の開きがある。攻撃隊は、先制攻撃をかけながら、四百五十機ものF6Fによる邀撃と対空砲火を受けて攻撃隊のほとんどが撃墜され、それに対し得られた戦果はわずかであった。いっぽう、敵艦上機による空襲と潜水艦による魚雷攻撃で、日本側は空母大鳳、翔鶴、飛鷹を失った。二日間におよぶ戦闘が終わったとき、日本機動部隊に飛行機は六十一機しか残っていなかった。この、昭和十九年六月十九日、二十日の日米機動部隊の戦いを、「マリアナ沖海戦」と呼ぶ。

二〇二空解隊、内地へ

グアム基地には、燃料補給に降りた二〇二空零戦隊や、母艦に帰れなかった機動部隊艦上機などがひしめいていた。搭乗員は宿舎に寝ることもできず、木陰や飛行機の翼の下で休むしかない。食事も行き渡らない。制空権を完全に握られたグアム島の航空部隊は、ほとんど敗残兵のようなありさまだった。グアムに着陸した搭乗員の多くは、七月二十一日に米軍の上陸を迎える前にトラックやダバオに脱出したが、サイパンは七月八日、テニアンは八月三日、グアムは八月十一日、それぞれ米軍に占領された。

吉田たち二〇二空の搭乗員は、六月二十六日、グアムからダバオに後退した。さっそく軍医の診察を受けると、栄養失調やマラリアのため、搭乗員全員が入院、休養を命ぜられ、ダバオ市中心街にあった下士官集会所に収容されることになった。

「ダバオにいた間にもいろいろ事件がありました。搭乗員が憲兵中佐を殴り飛ばしたり、集会所の責任者の態度が気に入らないと言って殴ったり、慰安行事として企画された登山は、二〇二空のみ全員不参加で、現地の要務士を困らせたり……」

戦力を消耗した二〇二空は七月十日をもって解隊された。第三航空隊として開隊し、開戦以来、比島、蘭印、ソロモン、豪州、ニューギニア、トラック、マリアナと転戦した部隊は、ここにその歴戦の幕をおろした。搭乗員のうち、三分の一はそのまま戦闘三〇一飛行隊として現地にいた二〇一空の指揮下に入り、残り三分の二は内地に帰ることとなる。吉田は筑波海軍航空隊に転勤することが決まり、七月二十四日、引き揚げるほかの搭乗員とともに横浜海軍航空隊の二式大艇に便乗、台湾の東港、九州の指宿を経由して七月二十九日、筑波基地に着任した。吉田にとって、ほぼ二年ぶりの日本だった。

「帰りの飛行機から開聞岳が見えたときも、『あれが開聞岳じゃないか?』と言う者はいても、『そうか、そうだな』と言うぐらいで、感激する者も涙を流す者もいなかった。いい、悪いは別にして、戦争馴れしてきてたんですね」

横浜海軍航空隊で飛行艇を降りると、そこからは各々の任地に向けて汽車に乗る。汽車のなかでは、民間の人たちが、戦地帰りの軍人と見るや「兵隊さん、兵隊さん」と声をかけてきて、煩いほどだったという。

「町中で目についたのは、民家の軒下に立てかけられた、長さ二メートルほどの『灰たたき』などの火消し道具、そしてモンペ姿の女性たち。この二年で、日本は変わってしまったな、と思いました」

異例の指名転勤

筑波空で教員となった吉田は、予備学生十三期後期生を受け持つ先任教員として、学徒士官たちに操縦を教えた。十一月には吉田をふくむ少数の教官、教員で霞ケ浦にある第一航空廠の警備にあたることになり、霞ケ浦空に派遣、東京空襲に飛来したボーイングB－29の邀撃に飛んだりもしている。

「筑波にいたとき、特攻隊への志願を募られました。私は、どう考えてもマイナスだと思った。体当たりなんて簡単に言うけど、技術的にもむずかしいですよ。戦闘機乗りの大先輩の分隊士・小畑高信少尉にも『やめとけ』と言われ、志願はしませんでした」

吉田に、ふたたび実戦部隊（戦闘第三〇四飛行隊）へ転勤の内示が出たのは、予備学生十三期を送り出し、いわゆる「学徒出陣」で海軍に入った予備学生十四期を受け持っていた昭和二十年一月十日のことである。当時、筑波空の分隊長だった小林巳代治大尉が戦後、述懐したところによると、吉田を引っ張ったのは、かつて一時期、二〇二空指揮下の戦闘第六〇三飛行隊長として接点のあった二五二空飛行長・新郷英城少佐で、下士官搭乗員としては異例の指名転勤だったという（通常、下士官兵の転勤は、「小隊長として使える者〇名」のような形で行なわれる）。

戦闘第三〇四飛行隊は、第二五二海軍航空隊に属し、飛行隊長は水上機から転科した柳澤八郎（やなぎさわはちろう）少佐。千葉県の館山基地で錬成中だった。

マリアナ沖で日本機動部隊を撃滅し、サイパン、テニアンを手中におさめた米軍は、勢いに乗じてフィリピン・レイテ島に上陸、ここでも日本艦隊を殲滅し、フィリピン北部を制圧する。続いて二月十九日、小笠原諸島の硫黄島に上陸を開始。それに先立って、日本本土からの反撃を封じるべく、二月十六日から十七日にかけ、機動部隊艦上機のべ千五百機をもって関東、静岡の日本軍航空基地や交通機関、船舶を襲った。

二月十六日早朝、敵戦闘機・ボートシコルスキーF4Uが館山基地を急襲、飛行機を磨いていた搭乗員数名が銃撃を受け戦死、あるいは負傷する。吉田は零戦に乗り、真っ先に離陸するが、後ろを見ると海上に撃墜される零戦もあり、わずか数機が続くのみだった。

「船橋の無線塔上空高度二千メートル、右回りで集合することになっていましたが、そこには零戦がもう一機と陸軍の四式戦闘機『疾風』二機しかいない。燃料補給のため霞ケ浦に着陸したら、将校が操縦する四式戦もついてきました。基地には飛行長・横山保少佐がいて、『えらいの連れてきたな』と言いながらも歓迎してくれました。

夕方、ふたたび離陸、四式戦と分かれて二機で低空を飛び、南下する途中、グラマンF6F十六機と遭遇したんです。二対十六、しかももう一機の零戦は水上機出身の搭乗員で、空戦に慣れてないから撃つチャンスがあっても撃てない。逆にガンガンガン、と二十数発被弾、機体がちぎれなかったのが不思議なぐらいでした。この日は柳澤少佐もやられて落下傘降下したし、ようけやられましたよ」

P－51との対決

三月二十六日には、米軍が沖縄上陸へ向けての燃料基地、停泊地確保のため、慶良間諸島に上陸を開始、二十九日には全域が占領される。三十日、戦闘三〇四飛行隊に鹿児島県富高基地への進出が令せられ、まずは吉田と柳澤少佐の二機が富高へ向かった。

「淡路島付近で悪天候になり、雲の下を迂回してたら燃料不足になり、松山基地に不時着して燃料補給を頼もうとしました。すると、若い大尉が出てきて、着陸の仕方が悪いと怒鳴り散らす。こいつ、不時着と通常の着陸の違いもわからんのかと思って、話にならんと横向いて聞き流してたら、三四三空飛行長の志賀淑雄少佐が出てきて、『お前、何期だ』と。『甲飛六期です』と答えたら、『何、めずらしいな。まだ残ってるものがいたのか、よし』と、整備員に燃料補給を命じてくれました。あの生意気な大尉は、戦闘三〇一飛行隊の飛行隊長だと言うから呆れました。その晩は再会した旧知の仲間と焼肉で気勢を上げ、翌日、富高に行きましたが、四月五日には千葉県の茂原基地に帰りました」

すでに硫黄島は敵手に落ちている。こんどは、そこを拠点にノースアメリカンP－51ムスタング戦闘機が本土上空に飛んでくるようになった。P－51は、最高時速三百八十ノット（時速七百四キロ）と、零戦五二型よりも七十二ノット（時速約百三十三キロ）も速く、上昇力も急降下速度も比べものにならないほど高性能である。航続距離も零戦を上回り、完全に次世代の戦闘機といえた。

昭和二十年四月七日、初めて、P－51九十六機が、B－29百七機を護衛して東京、名古屋を空襲した。この日、零戦五二型で邀撃に上がった吉田は、P－51との空戦で、機銃弾にエンジンカウリング右側を吹っ飛ばされ、千葉県の木更津基地に不時着している。

さらに吉田は、四月十五日には二度めの九州進出を命ぜられ、鹿児島県の国分基地に移動、翌十六日、沖縄沖の敵艦船に対する航空総攻撃「菊水三号作戦」に参加した。

「柳澤少佐は人格者で操縦歴も長いけど、水上機出身のために編隊飛行ができなかった。敵機と遭遇しても、向かっていくんじゃなく避ける方向に動いてしまうんです。

この日は、十二機で沖縄に向け南下の途中、喜界島のはずれ、高度四千メートル付近で、何か点々が見えた。よく見ると敵機です。それで柳澤少佐の前に出て敵機発見を知らせるんだけど、わからん、と。それで二速に切り換え、先頭に立って高度を上げました。

敵機は十一機。こちらのほうが発見が早く、高度差千メートルの優位にたったところで切り返し、攻撃をかけました。これは二、三機（撃墜を）稼げると思ったら、一撃めは当たらず、反復攻撃をかけようにも初心者の列機が私の機に近寄りすぎて左旋回ができない。やがて私の機のエンジンの調子がおかしくなって、だましだまし帰投しました。この日は優位からの空戦でしたが、こちらは初心者ばかりで、五機が未帰還、二機は不時着。柳澤少佐は真っ青な顔をしていました」

翌四月十七日も、吉田は柳澤少佐の指揮下、沖縄に向け出撃している。

「ところが、私の飛行機の風防が閉まらず、それではと引返し、予備機に乗り換えて編隊を追いました。私が引返すとき、柳澤少佐はつらそうな顔をしていて、追いつくのを待っていてくれるかな、と思ったんですが、行ってしまった。この日は柳澤少佐以下、五機が未帰還になりました」

終戦の日の空中戦

四月二十五日、茂原基地に帰還した吉田は、五月一日付で准士官の飛行兵曹長に進級した。

「それは、ガラッと考えが変わりますよ。ちょっと行儀よくしなきゃいかんな、と。しかし、海軍に入って、ジョンベラから始まって士官服が着れたのは嬉しかったですね」

このとき、准士官進級を機に、吉田に福知山基地の紫電隊・戦闘第四〇二飛行隊へ転勤の内示が出ていたが、これも新郷少佐が、「当隊の都合により」との理由で取りやめさせたという。いまや数少ない歴戦の搭乗員を、手放したくなかったに違いない。

戦死した柳澤少佐の後任の飛行隊長には、日高盛康少佐が着任した。戦闘三〇四は、最新型の零戦約五十機を掩体壕に温存、日本本土決戦のさいの主力戦闘機隊となるべく、茂原基地、次いで福島県の郡山基地で錬成を重ねた。

そして八月十五日――。

この日の正午、天皇の「重大放送」があるということは、その前夜、隊員に達せられている。だが、午前五時三十分、房総沖の敵機動部隊から発進した艦上機約二百五十機があたかもダメ押しをするかのように関東上空に来襲した。霧の濃い早朝だった。

警報を受け、茂原基地を発進した日高少佐率いる戦闘三〇四飛行隊の零戦十五機と、厚木基地を発進した森岡寛大尉率いる三〇二空の零戦八機、雷電四機がこれを邀撃した。

この空戦で三〇二空がグラマンF6F四機、二五二空が英海軍のシーファイア（スピットファイアの艦上機型）、フェアリー・ファイアフライ複座戦闘機、グラマンTBFアベンジャー攻撃機各一機を撃墜。しかし、三〇二空は零戦一機、雷電二機を失い、搭乗員三名が戦死、二五二空は零戦七機を失い、五名が戦死している。

吉田は、鹿島灘方面から侵入してくる敵機を房総半島久留里上空、高度五千メートルで捕捉、一機を追尾して、敵機が機首を上げて反撃しようとした瞬間、二十ミリ二挺、十三ミリ三挺の機銃弾を撃ち込んだ。とたんに敵機の右主翼の三分の一と左水平尾翼が吹っ飛ぶ。吉田がその敵機をかわして右下方に抜けたとき、後席の敵搭乗員が落下傘降下するのがチラッと見えた。敵機は富津岬のあたりに墜ちていった。吉田はこの敵機を「液冷エンジンの複座戦闘機」と記憶しているが、だとするとこれは、英海軍のフェアリー・ファイアフライ複座戦闘機で、飛行の方向からみて、横浜市磯子区沖の東京湾に墜落したと記録されている一機が該当する可能性が高い。

最後の戦死者

茂原基地が爆撃を受けたので、基地からの無線指示に従い、吉田は福島県の郡山基地に着陸した。郡山基地には、同じ二五二空に属する戦闘三一六飛行隊が駐留している。ここで吉田は、戦闘三一六飛行隊長・安部安次郎大尉に、

「日本が戦争をやめるらしいぞ」

と教えられた。夕方にも空襲警報があったが、何ごともないまま解除された。そのうち、先ほど落下傘降下した英軍搭乗員を訊問するから木更津の憲兵隊まで出頭せよとの連絡が、吉田のもとへ届く。午後六時、夕暮せまる郡山基地を離陸、迂回路をとり筑波山を左に見ながら地上を望むと、船橋あたりだろうか、町の灯りが見える。ということは、灯火管制が解除されたのか。ほんとうに、戦争は終わったのか。吉田の心は乱れた。

茂原基地に着陸すると、憲兵軍曹がサイドカーに乗って吉田を迎えに来た。だが、憲兵のほうが飛行兵曹長の吉田より階級は下なのに、ふんぞり返って「来てもらいたい」と、横柄な態度である。吉田はムッとして、「断る！　帰れ」とその憲兵を追い返した。

木更津の憲兵隊は訊問のあと捕虜を射殺し、そのことでのちに香港で軍事裁判が開

かれ、責任者二名が戦争犯罪人として絞首刑に処せられた。

「あのとき、ついて行かなくてよかったと思いますよ。ついて行ったら戦犯の巻き添えになったかもしれん」

と、吉田は述懐する。この日の戦闘三〇四の戦死者は、吉田の日記によると、杉山光平（乙飛十五期）、田村薫（乙飛十六期）、増岡寅雄（甲飛十一期）、大上惠助（丙飛十七期）、小林清太郎（特乙一期）。全員が予科練出身の下士官搭乗員だった。

「終戦を知ったときは、もうダメなんか、と思いましたが、感慨はなかった。私は性格的にあまり深く考えない。実戦はその場限りでしょう、空戦やって帰ってくるのは」

吉田は、終戦までに約十機の敵機を撃墜している。

「実際にはやったと思っても墜ちていないこともあるし、別の機も攻撃してたら戦果がダブる。二〇三空は、三空からの伝統で全てが協同撃墜でした。だから、撃って墜ちたと思ったのがそれぐらいということです」

戦争が終わったとき、吉田は満二十二歳になったばかりだった。甲飛六期の同期生は、一緒に卒業した二百五十二名のうち四十名を残すのみとなっていた。戦闘機搭乗員は、他機種から転科した者もふくめ、四十七名中四十三名が戦没している。

思い出のメロディー

「八月二十五日、部隊が解散となり、東海道線の貨物列車と、京都からは普通列車を乗り継いで復員してみたら、故郷香住も、漁船員が船ごと軍に徴用され、軍人同様の戦没者を出していました。現に私は、木造、焼玉エンジンの、香住の底引き網漁船をマニラで見たことがあります。あの小さい船でよくこんなところまで来たな、と驚きましたね」

故郷に帰った吉田は、親戚の伝手を頼って農協で一年半、続いて昭和二十二年から半世紀にわたって漁網会社（香住漁網株式会社／現・株式会社カスミ）に勤めた。昭和二十七年、道子と結婚。ちょうどその頃、自衛隊が発足し、元二五二空飛行長・新郷英城（中佐、のち空将）から勧誘を受けたが、飛行機に乗る気はもはやなく、応じなかったという。昭和四十三年には、本社工場の移転にともない、鳥取県に転居している。

昭和五十二年八月十三日には、ＮＨＫ「第九回思い出のメロディー」に、司会者の森光子が戦地で慰問した将兵と再会するサプライズという設定で、二〇二空零戦隊の飛行隊長だった鈴木實・元中佐、同じく分隊長だった塩水流俊夫・元大尉をはじめ、普川秀夫、八木隆次、増山正男、長谷川信市、大久保理蔵（まさぞう）らとともに、吉田もステージに上がり、「同期の桜」「若鷲の歌」を森光子とともに熱唱した。楽屋裏では、やはり二〇二空に慰問に来たことのある歌手の藤山一郎が、歌唱指導や彼らの世話をしてくれたという。番組のテロップは、二〇二空の改名前の呼称である「三空戦闘機隊」となっていた。

*

「人生を振り返って、特に思うこともないけど、馬鹿な戦争をやったもんだとは思いますね。おかしいのは、飛行機乗りを養成する予科練の教官に、航空畑の人がいなかった。教官がするのは艦隊決戦の話ばかり。卒業前の餞の言葉が、『日露戦争の日本海海戦（一九〇五年）、第一次大戦のジュットランド沖海戦（一九一六年、デンマークのユトランド半島沖で英独の大艦隊同士が激突した海戦）のように、戦艦の巨砲が戦争の勝敗を決めるんだ。お前たちは頑張らねばならんが、飛行機など副食物に過ぎん』と。蓋を開けてみたら全然違った。いま思えば、とにかく先見の明がなかったんですね。

零戦は、私はあれしか知らんから、他と比べてどうとは言えないけど、まあ欠陥商品だったと思いますよ。操縦性は安定していて、夜間飛行のときでも不安は感じなかったし、航続力が大きいのも取り柄ですが、機体強度が足りない。空戦性能がええと言うけどね、敵も空戦の仕方が変わってきたでしょう。一撃離脱主義になって、そうなると空戦性能を生かすチャンスがない……」

吉田の手元には、甲飛六期の同期生全員の氏名、兵籍番号、出身中学、生年月日、搭乗機種、所属部隊、戦死した八割以上については戦死年月日と戦死場所、遺族の連絡先、わずかな生存者については戦後の消息と連絡先などをすべて網羅したノートがあった。他ならぬ吉田自身が調べ、纏めたものだ。そこに記された戦没同期生の名前を目で追いながら、短かったそれぞれの人生に思いを馳せると、私がこうして吉田に会い、話を聞いていることが奇跡のように感じられた。

平成三十（二〇一八）年九月十三日死去。享年九十五。甲飛六期の零戦搭乗員は、吉田が最後の一人だった。

予科練習生時代（一等飛行兵）

予科練の水泳大会で優勝。左から2人目が吉田

昭和15年12月か16年1月、適性検査で吉田は初めて飛行機に乗った

昭和18年10月、ケンダリー基地に慰問団来る。左から3人目が森光子

昭和20年の写真で、裏には「洲崎航空隊にて」と書かれている

昭和 20 年はじめ、戦闘三〇四飛行隊の集合写真。前列中央に飛行隊長・柳澤八郎少佐、柳澤少佐の右上に吉田（上飛曹）が写っている

昭和 20 年 4 月、沖縄戦の前に。左が吉田（上飛曹）

愛機零戦の操縦席で

土方敏夫（ひじかた　としお）
大正十一（一九二二）年、大阪府生まれ。幼少期に東京に転居し、豊島師範学校を卒業。東京物理学校（現・東京理科大学）在学中の昭和十八（一九四三）年十月、第十三期飛行専修予備学生として土浦海軍航空隊に入隊。十九年八月、飛行学生教程を卒業、元山海軍航空隊教官となる。二十年四月、米軍の沖縄侵攻により鹿児島県の笠ノ原基地（現・鹿屋市笠之原町）に進出を命ぜられ、そのまま第二〇三海軍航空隊戦闘第三〇三飛行隊に編入される。以後、沖縄戦で特攻隊直掩、敵機動部隊索敵攻撃、九州上空の邀撃戦などに参加。大分県の宇佐基地で終戦を迎える。海軍大尉。戦後は文部省で新制中学校の数学教科書を執筆したのち教職に就き、私立成蹊学園中学校・高等学校数学科教諭、さらに教頭をのべ三十九年間勤め、退職後は外務省人事課帰国子女相談室長を十八年間勤めた。平成二十四（二〇一二）年十一月二十八日死去、享年九十。

N.Koudachi

「誰が言ったか、われわれ第十三期期飛行専修予備学生の戒名は『衝動院感激居士』という。うまい表現であると思います」

初対面の私に、元零戦搭乗員・土方敏夫は言った。平成十七（二〇〇五）年一月、東京・杉並の自宅、冬の日差しの射す二階の和室でのこと。土方は、大戦後期、大学、専門学校卒業者のなかから海軍に大量採用され、「学鷲（がくしゅう）」と呼ばれた飛行科専修予備学生十三期生の一人で、沖縄戦や九州上空の邀撃戦を戦い抜いた。戦後は教職に就き、成蹊学園中高校の教頭、外務省帰国子女相談室長などを歴任している。土方はその前年、光人社（現・潮書房光人新社）から『海軍予備学生零戦空戦記』と題する本を出版したばかりだったが、たまたま私が同社から上梓していた零戦搭乗員の証言集『零戦最後の証言』（旧版）を読み、この著者にぜひ会いたいと、共通の担当編集者である坂梨誠司氏を通じてコンタクトをとってくれたのだ。

「私の人生を要約すれば、海軍での二年間に集約される。それほど重要で密度の濃い期間でした。それから後は、お釣りの人生だと思うんですよ」

海軍予備学生の大量採用

昭和初期、大口径の砲を搭載する戦艦同士の決戦こそが戦争の勝敗を決めるという「大艦巨砲主義」に立っていた日本海軍は、航空部隊を指揮する士官搭乗員を、一年に数名ずつしか養成してこなかった。だが、昭和十二（一九三七）年、中国大陸で支那事変が勃発、さらに昭和十六（一九四一）年、アメリカ、イギリスなど連合国との戦争が始まると、戦争は航空兵力中心に推移し、ただでさえ人数の少ない士官搭乗員は、たちまち深刻な不足をきたすようになった。

海軍では、昭和九（一九三四）年より、一般の大学、高専卒業生を対象に、有事に動員できる予備兵力としての予備士官を養成する「海軍航空予備学生」（のち「海軍予備学生」と改称）制度を発足させていたが、こちらも、昭和九年入隊の第一期生から昭和十六年入隊の第八期生までの採用人数は合計で百八十名に満たない。昭和十六年、翌年三月卒業予定の大学生の修業年限が三ヵ月短縮されることになると、大学を繰り上げ卒業した学生のなかから昭和十七年一月に採用され、入隊した第九期生三十八名に加え、このとき発足した兵科予備学生一期生のなかから航空志望者を募り百名を第十期生として採用。さらに同年、第十一期生百二名と、兵科予備学生二期生のなかから転科した第十二期生七十名が採用され、飛行機搭乗員としての訓練を受けた。

しかし、戦争が消耗戦の様相を呈するようになると、海軍はさらに大量の予備士官を養成することを決め、昭和十八（一九四三）年五月、海軍省人事局長から各地の人事部長へ、兵科二千名、飛行科四千名の予備学生を採用する予定である旨が通知された。五月二十九日、「海軍予備学生募集告示」（海軍省告示第十三号）と題する、第十三期飛行科専修予備学生の募集要項が嶋田繁太郎海軍大臣名で発表され、七月に入ると、新聞紙上でも〈決戦場は大空だ。翼に競う学徒の闘魂！　海鷲志願既に一万〉などの文字が躍るようになる。

最終的な志願者数は、全国で十万近くにのぼり、うち五千百九十九名が、二十倍近い難関を突破して採用された。これはそれまでの一期生から十二期生までの合計人数の十倍を超える、空前の規模だった。彼らは茨城県の土浦海軍航空隊（土空）と三重県の三重海軍航空隊（三重空）に分かれて入隊し、訓練を受けることになったが、土方はこのとき、土空に入隊した約二千七百名のうちの一人である。

志願して海軍に入った十三期

土方敏夫は大正十一（一九二二）年三月二十六日、大阪市南区難波芦原町（現在は大阪市浪速区芦原）にある大阪高野鉄道（現・南海電鉄高野線）芦原町駅の官舎で生まれた。ただし、学齢を考慮して、役所には四月三日生まれとして届けられたので、戸籍上の誕生日はそのようになっている。土方家は東京・淀橋で大きな酒屋を営んでいたが、父・彦七は家を出て、当時、芦原町駅の駅長を務めていた。彦七は翌大正十二年八月、敏夫ら家族をつれて東京に転居するが、九月一日に起きた関東大震災で、土方家は大きな被害を被ってしまう。のちに彦七は四谷で小さな酒屋を営むが、それも数年でたたみ、杉並区に転居した。土方の回想――。

「満四歳だった大正十五（一九二六）年の夏、一家揃って神奈川県・江ノ島へ海水浴に行ったことがあります。同年十二月に元号が昭和に代わり、これが私の記憶のはじまりですから、意識の中では私の歴史は昭和から始まると言っていいと思います。

小学生の頃、私たちの憧れは飛行機でした。飛んでくる飛行機を見て、『あれは中島の九〇式戦闘機』などと、即座にその名前をみんなに教えられるのが、ガキ大将の資格の一つでした。広い原っぱの中で空を見上げ、どこまでも飛行機の後を追いかけたものです。子供たちが後を追いかけるほど、当時の飛行機はのんびりと空を飛んでいました」

昭和十七年三月、豊島師範学校を卒業、中野区の東京市谷戸（やと）国民学校（小学校）に奉職。土方の学年までは師範学校の修業年限は中学卒業後の二年間で、学歴としては中学校卒業の資格しかなかったが、翌年度から就業年数三年の新制度の師範学校となり、専門学校卒業の資格が与えられるようになる。そのため、旧制度の卒業生にも昭和十八年四月からの五ヵ月間、現職のまま師範学校研究科で学べば専門学校卒業の資格が得られる救済策がとられ、土方は第三師範学校研究科に通うことになった。と同時に、勉強するにはよいチャンスだと、東京物理学校（現・東京理科大学）二部（夜間部）にも入学。昼は師範学校、夜は物理学校に通学する日々を送った。

「昭和十八年の夏のはじめ頃、同級生から海軍十三期予備学生募集の話を聞かされ、一緒に志願しないかと誘われました。これは、全国の大学、高等専門学校の卒業生を対象にしていて、私たちも幸い、八月末に研究科を卒業すれば応募資格が与えられると。師範学校卒業だけだと徴兵されて一兵卒から始めなければならないことを思えば、まったく運がよかった。でも、ここで自分が志願したら我が家はどうなるか、物理学校を途中でやめていいのかと、しばらく逡巡はありましたね」

だが、兵役は当時の国民の義務である。このままでも、一年以内に徴兵で軍隊へ行くことは確実だった。新聞やラジオでは、ガダルカナル島撤退、山本五十六聯合艦隊司令長官戦死、アッツ島玉砕などが続けざまに報じられ、戦局の悪化がひしひしと感じられる。

「いま、私たち若者が立たなくては」

との悲壮な焦燥感もあり、結局、土方は両親にも相談せずに願書を書き、投函した。

「十三期は、われわれが征かなくて誰が征く、そして、いずれは行く道ならばと、自分から進んで志願して海軍に入りました。『衝動院感激居士』たるゆえんですね。同じ予備学生でも、続いて入った『学徒出陣』組の十四期は徴兵で入隊し、その後試験を受けて予備学生になっています。同じ予備学生でも、十三期と十四期とでは気風が違うというのが定評になっていますが、善し悪しではなく、こんないきさつが大きかったのだと思います」

飛行専修予備学生に採用

昭和十八年九月十三日、土浦海軍航空隊に入隊。

上野駅は、各大学の壮行会、打ち振られる日の丸の旗、校歌や応援歌の合唱の喧噪で賑わっていた。常磐線に乗り土浦駅に着くと、駅から航空隊まで六キロの道のりは、学生服姿の入隊者であふれた。隊門には多くの家族、親族が集まり、名残を惜しんでいた。

ただし、この時点ではまだ正式に採用が決まったわけではなく、入隊翌日から連日、搭乗員としての適性検査や知能検査、身体検査が続いた。

九月二十五日に合格発表があり、土空、三重空あわせて五千百九十九名が飛行専修予備学生に採用された。不合格になった者は、陸戦隊や飛行要務士などとして別部隊にまわされることになり、名残惜しそうに退隊していった。

十月四日の入隊式を前に、軍服、軍帽、短剣などの官給品が支給された。一人前の海軍士官と同じ紺の第一種軍装で、これに合わせる靴やワイシャツ、カフスボタン、さらには下着、靴下、文房具、洗面用品まで、まさに至れり尽くせりだった。

「これで形だけは士官らしきものができたのですが、はじめて制服を着、短剣を吊ったときは感激しました。簡素なネイビーブルーがいい。このときの印象が強かったせいか、戦後もスーツを作るときは紺無地を好んで選んだものです」

土空では、入隊した予備学生が、約二百名ずつの十三個分隊の編成に分けられた。基礎教育期間は四ヵ月とされていたが、理数系の学生は、海軍に必要な数学や物理の知識をすでに身につけているからという理由で、文科系の学生よりも教育期間を二ヵ月短縮し、その分、早く飛行訓練に回されることになった。

「十三期前期」と呼ばれた理数系学生は、第十分隊から第十三分隊に集められ、土方は第十一分隊となる。残る文科系学生は「十三期後期」となった。

「前期になった者はみんな、ありがたい、他の者より早く飛行機に乗れる、と喜びましたが、結果的に、前期組は昭和十九年末のフィリピン戦に間に合ったこともあっていち早く戦地に投入され、戦死率が非常に高かった。この二ヵ月が運命の分かれ目となりました」

娑婆気を抜け

土浦では、短期間に徹底的に海軍魂なるものを叩き込まれた。それと同時に、教官（准士官以上）、教員（下士官）からは、「娑婆気（しゃばっけ）を抜け！」という言葉が合言葉のように浴びせられた。海軍では一般社会のことを「娑婆」と言う。学生生活で自由な空気を存分に吸い込んできた予備学生たちを短期間で軍人に仕立てるためには、まずそんな、身についた「娑婆気」を徹底的に排除する必要があったのだ。

言葉づかいからはじまって、階段は二段飛びで駆け足、吊床（ハンモック）のくくり方、カッター（短艇）、陸戦、手旗信号、モールス信号、さらに海軍体操、棒倒し。数学、気象、兵器などの座学もあり、しかも海軍は教えたことは何でもすぐに試験をして、順位をつける。

「海軍に入って、もう試験とはおさらばと思ったのに」

とぼやく学生もいた。

「海軍に入ってすぐ、同期生同士では『俺』と『貴様』を使うように言われましたが、『僕』『君』で過ごしてきた私たちには、なかなかぴんと来なかった。私は『俺』にはすぐに慣れましたが、『貴様』の方は使いにくく、自然に出るようになるのは、ずっと後になってのことでした。上官を呼ぶとき、どんなに偉い人に対しても絶対に『殿（どの）』をつけてはいけないというのも、慣れるまではちょっとまごつきましたね」

なお、海軍では一人称に「自分」を用いず、上官に対しては「私」と言い、部下を呼ぶときは「お前たち」と言う。言葉遣いにとどまらず、海軍と陸軍とでは何か大きな風土の違いがあった、と土方は回想する。

「当時の学生は、学校で『教練』という時間があり、配属将校のもとで軍隊教育を受けていましたが、すべて陸軍式でした。海軍に入ってからは、号令がちょっと違っていて、海軍の号令の方がなじみやすかった。特に気に入った号令は『かかれ！』です。要するに『はじめ』の意味ですが、かかれの号令には、海軍独特の雰囲気があったと思います。

指揮官の『かかれ！』の号令のもと、愛機に向かって走っていくようなとき、何となくその雰囲気にピッタリくるような号令でした。

『敵性語』なんてことも、海軍では言わなかった。『敵性語』、つまり英語を排斥しようという動きが、学校教育や陸軍を中心にあり、野球の『ストライク』が『ヨシ』、『ボール』が『ダメ』なんてのは、よく笑い話の種にされますが、『ガラス』を『透明板』とは、じゃあ曇りガラスはどうしてくれる、と言いたくなったものです。その点、海軍は英語を平気で使っていた。日常の生活から、用具の名前にいたるまで、英語そのものでした。ガンルーム（士官次室）などの名称をはじめとして、エス（芸者・Singer のS）などの海軍常用の隠語、テーブルのエンドのような日本語的な使い方……軍艦・飛行機などを扱うには、この方がずっと合理的で、理にかなっていました」

よほど海軍の水が合っていたのであろう。土方の海軍への愛着は、郷愁の域を超えていたようである。もっともこれは、学窓から海軍を志願した多くの予備学生に共通する心情だった。

初めての単独飛行

昭和十八年十一月三十日、土方ら十三期前期組は基礎教程を終了し、土空と三重空から合わせて八十名が、東京飛行場（現・羽田空港）に置かれた霞ヶ浦海軍航空隊東京分遣隊に着任した。土浦での成績が抜きんでてよかった土方は、学生を代表し、束ねる立場の「学生長」を命ぜられた。羽田の飛行場は当時、八百メートルの滑走路二本の小さな飛行場で、海軍と民間が共同で使用していた。

「十二月二日、初めての慣熟飛行で三十分、空を飛びました。飛行機は九三式陸上中間練習機という、二枚羽根の通称『赤とんぼ』で、教官は福富正喜中尉、予備学生の先輩（八期）でした。

空を飛ぶというのは、すごく速く感じるものだと思っていましたが、じっさいには『空中に浮かんでいる』というのが実感で、速さを感じたのは離陸の瞬間だけでした。へえ、飛ぶというのはこのようなものか、これは気持ちが良いと思いました。慣熟飛行では直進飛行、左旋回、右旋回ぐらいでしたが、空を飛ぶとはなんて快適なものであろうか、というのが実感でした。

その翌日、十二月三日から、前席に学生、後席に教官が同乗しての離着陸訓練が始まります。教官や教員にもよりますが、教え方の厳しい人もいて、福富中尉もそうでした。ちょっと操作でまごまごしていると、後席から棍棒（こんぼう）が降ってくる。

私の航空記録によると、最初の慣熟飛行が十二月二日（木）、単独飛行が一月十日

(月)、それまでの飛行回数二十九回、飛行時間九時間二十分と記録されています。後席に教官と同じ重さのバラストを積んでの、はじめての単独飛行は緊張しましたが、とにかく一人で飛んでいるという気持ちよさが何とも言えません。後ろの教官席からの叱正の言葉が今日はない。棍棒も飛んでこない。解放感からか、思わず大声で歌を歌っていました。後で聞くと、みんな歌っていたようです」

羽田での予備学生たちの分隊長は、やはり予備学生出身(五期)の須賀芳郎大尉だった。海軍兵学校出身の、いわゆる本職の士官ではなく、十三期と同じように娑婆の学生生活を経ているせいか、学生の気持ちのわかる、さばけたジェントルマンだったという。

飛行作業が順調に進み、隊に慣れてきた頃のある日、須賀大尉は十三期を集め、

「お前たちは学生であることを忘れるな。読みたい本があれば自由に隊に持ち込み、読んでよろしい。パイロットには写真の技術も必要である。お前たちのなかで、写真機を持っている者は隊内での使用を許可する」

と達した。

「土浦以来、私物の本など厳禁でしたし、写真を撮るどころではなかったので、須賀大尉のこの話を聞いたときは、一同、夢ではないかと喜びました。さっそく、東京出

身者は日曜日に自宅に帰って、愛用のカメラを持ってきたんですが、そのカメラの種類の豊富なこと。ライカ、コンタックスをはじめ、ローライフレックス、エキザクタ、レチナなどドイツ製の名機がずらりと揃いました。私が使っていたのは国産のセミ・ミノルタで、これは師範学校を出て小学校の教員になってはじめてのボーナスをはたいて購入した、思い出のカメラでした。国産でしたが使いやすく、仲間うちでも評判のカメラでした」

自宅上空を飛ぶ

離着陸訓練と並行して、編隊飛行の訓練も進められた。これは、編隊で飛ぶことを原則としている軍用機の搭乗員として必須の訓練だった。糸で結んだようにぴったり編隊を組むのは至難の業（わざ）のように思えたが、だんだんコツがつかめてくる。やがて特殊飛行の訓練もはじまった。

「飛行科目も進み、特殊飛行（スタント）になると、学生たちも二派に分かれてきます。非常に興味を示す者とそうでない者。『垂直旋回』『宙返り』『失速反転』『錐（きり）もみ』など、私などは嬉しくて仕方なかった記憶があります。特に『錐もみ』は楽しかった」

指揮所の傍らでは、予備学生の望遠鏡当番が着陸してくる飛行機の尾翼の番号を読み、「〇〇号着陸します」と大声で報告する。すかさず搭乗割（飛ぶ順序。実戦部隊では編成のこと）係の学生が搭乗割の表を見て「〇〇号、△△学生です」と報告する。

官民共用の羽田飛行場では、宿舎から飛行場までの間は民間の道路である。道路の脇の電柱の陰や建物の横などに、予備学生の父母や恋人が立っているなどということは日常のことだった。そのうちに、あれは誰のお母さんであるとか、誰の恋人であるとか、みんな覚えてしまい、目で挨拶をしながら通り過ぎるようになった。

羽田で訓練を受けている東京分遣隊には、東京出身者が多い。できれば自分の家の上を飛んでみたいと思うのは人情だったが、これは固く禁じられていた。

「教官・福冨中尉が実施部隊に転勤され、私たちのペア（同じ教官、教員の受け持ち学生）は、下士官の重久教員に指導を受けることになりました。飛行作業にもすっかり馴れて、計器飛行の練習の頃のことです。教員が『土方学生の家はどこですか』という。『杉並です』と答えると、『では、今日は杉並に行ってみましょうか』

本当に行くのかと思いましたが、羽田から飛び立つと、すぐに明治神宮の森が見え、あっという間にわが家の上空まできてしまいました。いま住んでいるこの家です。わが家の様子がよく見えます。近所の人たちが家から出てきて、日の丸の旗を振っているのもよく見えました」

約四ヵ月におよぶ羽田での九三中練の訓練も、そろそろ終了に近づいていた。昭和十九年三月のはじめ、将来の希望機種についての調査があった。第三希望まで書く欄があったが、土方は第一希望から第三希望までのすべてに「戦闘機」と書いた。

戦闘機の訓練始まる

三月下旬、実用機教程の訓練を受ける次の任地が伝えられる。土方は、希望がかなって戦闘機専修と決まった。行く先は、大村海軍航空隊元山分遣隊。基地は大分だという。

「いまの北朝鮮にある元山基地の整備が終わっていないということで、はなはだ変則的な扱いになりました。私たちはまだ任官前でしたが、海軍は一人十五円の転勤旅費を出してくれ、士官待遇の二等車（いまのグリーン車）に乗って赴任しました。

東京分遣隊のほか、谷田部、筑波の練習航空隊からも練習機教程を終了した者たちが集まりました。総勢七十四名。大分基地に着任したときは桜が満開でした。同じ大分基地の、大分海軍航空隊に赴任した者はすぐに零戦で飛行訓練に入りましたが、われわれは大村空元山分遣隊のそのまた派遣隊、いわば間借りしている居候のようなものです。飛行機はおろか飛行服も揃わないのをいいことに、最初の日曜日は隊内で花見をしながらのんびり過ごすことができました。このときから、軍帽のなかの針金を曲げて先をとがらせたり、艦隊勤務もしないのに軍帽の徽章に塩をこすりつけて、潮風にさらされたような緑青を吹かせたりと、恰好をつけるようにもなりました。

私たちの分隊長は、兵から累進した特務士官の山河登（やまかわのぼる）大尉で、海軍では、特務士官を「スペさん」（特務の『特』＝SPECIALから）と差別的に呼んでいましたが――もっとも、われわれ予備士官も正規将校からは『スペア』と蔑称されてたんですが――技倆はもちろん、人格も立派な人でした」

土方たちの戦闘機による飛行訓練が始まったのは、四月五日のことだった。使用機は、使い古しの九六式艦上戦闘機。支那事変当時の海軍の主力戦闘機で、主脚は固定式だし、風防も閉まらない。大分空の十三期が訓練に使っていた零戦と比べると見劣りした。

「私たちが最初に乗ったのは、九六戦を複座に作り直した練習用で、二式練習戦闘機と呼ばれていました。いざ実際に乗ってみると、エンジンが大きくて、カウリングが邪魔で前方がよく見えない。脚と脚の間が狭いので、着陸も非常に難しい。中練と比べるとスピードが速いので、飛行場へのパスも難しい。とにかくこれは大変だ、というのが実感でしたが、ここではじめて、飛行服に待望の白いマフラーを着用することを許されたのは嬉しかったですね」

大分の飛行場は別府湾に臨み、風光明媚で美しいところであった。飛行場の対岸は別府である。日曜日になると別府に遊びに行くのが、土方たちの楽しみだった。

「ある日、大分空で訓練中の海軍兵学校七十期、七十一期出身の飛行学生たちが、朝の体操のときにやって来て、『貴様ら予備学生はたるんでいる』と言いがかりをつけられ、総員が殴られたことがありました。それからは、何かにつけて兵学校の連中が、私たち予備学生にたいして『気合を入れる』と言っては嫌がらせをしに来ました。やがて、元山分遣隊長・周防元成少佐に一喝されて姿を見せなくなりましたが」

はじめの頃こそ、九六戦での訓練に引け目を感じていた土方たちだったが、九六戦のよさがわかるようになると、そんな不平はピタリとやんだという。

「ひとたび大空に上がれば、自由自在に飛び回ることが出来る、乗れば乗るほど愛着の湧く飛行機が九六戦でした。九六戦に乗る機会があってほんとうによかったと思います。

ある日、周防少佐が私たちの訓練状況を見に来られて、私の飛行機に同乗してくれることになりました。有名な人でしたから緊張しましたが、離陸してからも『おう、なかなかうまいぞ、そうそう』と言うだけで、細かいことは何も言わない。必要なときだけやさしく、ちょっとだけ注意する。やはり普通の人とは違うな、と思いました。このことは、後に自分が教官になってから非常に参考になりましたし、戦後、教職に戻って生徒と接するときにもためになりました」

五月も下旬になると、空戦訓練が始まった。まずは追躡攻撃。山河分隊長が自由自在に飛び回るのにピッタリついていく訓練である。

「急旋回、急上昇、急降下、垂直旋回、必死になりながらも、後方五十メートルの位置を保ってうまくついていけそうなので、嬉しくなりました。そのうち照準器に分隊長機を入れて、『ダダダダダーッ』と口で機銃を発射したつもりになる。実はこのとき、分隊長は相当手加減をしてくれていて、ほんとうの訓練はこれからだったというのを後になって知るんですが、とにかく毎日の訓練が面白くてたまらない、そんな時期でした」

海軍少尉になって元山に

昭和十九年五月三十一日、十三期予備学生は揃って海軍少尉に任官した。この日から、軍服の階級章の金筋一本に、待望の桜が一輪つく。肩書きは「海軍練習航空隊特修科飛行学生」に変わった。予備士官であるから、辞令上は、任官と同時に海軍に充員召集された形になる。

このとき任官した十三期は「海軍辞令公報」によると四千七百五十三名。入隊したのが五千百九十九名だったから、すでに四百四十六名がふるいにかけられたことになる。辞令公報には成績順に氏名が載るが、土方の席次は全十三期のなかで二十番だった。

任官後ほどなく、大分派遣隊は原隊である朝鮮の元山基地に移ることが達せられる。六月下旬には別府湾に航空母艦が入港し、マリアナ沖海戦（六月十九日〜二十日）の大敗の噂が伝わってきた。土方たち十三期の少尉が元山に移動を完了したのは七月十日頃のことである。

「元山は夏は暑くて冬は寒く、大変なところでしたが、ここで私たちが喜んだのは、ようやく零戦に乗れたことでした。九六戦と比べて安定がよく、みんな感激してましたね。ここでは、複座の零式練習戦闘機（零練戦）での離着陸同乗からはじまって、追躡攻撃、特殊飛行と、大分空と同じような訓練でした」

飛行学生としての訓練も終盤に差しかかった昭和十九年八月半ば、周防少佐が話があるというので、十三期の少尉全員、約七十名が飛行場の一隅に集められた。

「今日は雑談だよ。堅くなるなよ」

と前置きして、周防少佐は静かに語り始めた。要点は二つ。

「マリアナ沖の海戦が、こんどの戦争の関ヶ原であった。つまり勝負はついたのだ」

ということと、

「敵の新型戦闘機・グラマンF6Fのエンジン出力は零戦の約二倍、空戦性能にすぐれ、突っ込み加速がよい。しかも、十二・七ミリ機銃六挺を持ち、投網（とあみ）のように射撃してくるので命中率もよい」

ということだった。土方は驚いた。

「戦は負けだよ、とはっきり言ってるわけですからね。それで、じゃあどうしたらよいか、ということには触れない。私たちはただ、そうですか、と言うよりほかはありませんでした。しかし、事態を冷静に判断し、分析するような話はそれまで聞いたことがなかっただけに、これをはっきりと口に出すのはすごい度胸の人だと思いました」

　周防少佐は昭和十七年十二月から約一年にわたって最前線部隊である第二五二海軍航空隊飛行隊長をつとめた。その間、昭和十八年十月にはマーシャル諸島でグラマン

Ｆ６Ｆと初めて対戦、支那事変以来の古参を含む歴戦の搭乗員を揃えて戦いながら敗北を喫し、部隊は壊滅している。そんな経験があってこその話ともいえた。

歴戦の下士官搭乗員の教え

卒業を前に、将来の希望についての調査が行なわれた。土方は、第一希望から第三希望までのすべてを「艦隊勤務」と書いて提出した。八月二十日、各々に新たな任地が言い渡される。土方は、希望に反して、大村空元山分遣隊が独立した航空隊として改組された元山海軍航空隊教官を命ぜられ、引き続き元山で勤務することになった。辞令上は「教官」だが、隊内では分隊長を補佐する分隊士の役目も同時に与えられた。

「がっかりしましたね。元山空に残っても、ほかの教官、教員には相変わらず頭が上がらない。みんなは転勤旅費をもらってはしゃいでるのに、とんだ貧乏くじを引かされたと思いました」

同期生のなかには、戦地行きを命ぜられて勇躍、フィリピンに赴任した者もいたが、彼らには二ヵ月後、米軍のレイテ島侵攻を迎え、「特攻」に直面する運命が待っている。

「教官になって嬉しかったのが、これまでの学生宿舎の大部屋とちがって二人で一室を与えられ、従兵がつくようになり、そして何より、私室で自由に煙草が吸えることでした。同室は、羽田以来仲のよかった同期の吉原晋少尉。彼は、自由に酒が飲めると大喜びでした。私室に入れば誰も干渉しない。飛行作業のときは私室で飛行服に着替えて飛行場に出ていく。食事も、食堂のテーブルには同期の者の名札が先任順（同期の場合は成績順）に置かれていて、着席すると従兵が飯を盛ってくれる。日用品の買い物は、従兵に頼んでおけば買っておいてくれ、支払いは伝票にサインするだけです。いきなり、地獄から天国に来たような気がしました」

ただ、海兵出身士官との軋轢（あつれき）はひどかったという。

「突き詰めれば人間性の問題で、ウマの合う人も何人かいましたが、若い七十一期の大尉や七十二期の中尉のなかには、予備学生出身者を目の敵（かたき）にして、ことあるごとに文句をつけてくるのがいました。具体的に、こちらの何が悪いのか指摘してくれれば納得もしますが、生意気だとか態度が悪いなどという理由で殴られるのには反発を覚えたものです」

元山空には、ラバウル帰りの歴戦の下士官搭乗員が何人もいた。土方は実戦の話を聞こうと、下士官兵の搭乗員室にしばしば足を運んだが、彼らの口は一様に重く、華やかな手柄話や空戦談をする者はいなかった。それでも押して訊ねると、

「分隊士、戦場では優等生では戦えません。旋回計の球を真ん中に置いて飛んでいたらイチコロでやられますよ」

と、ある下士官が言った。どんな操作をしても、操縦席の目の前にある旋回計の球を真ん中から外れないように飛ぶ、というのが操縦の基本である。旋回計の球が左右にずれるということは、操縦桿やフットバーの操作のバランスが悪く、飛行機が滑っている状態だ。機首の向いている方向とじっさいに進んでいる方向がずれているということで、これでは機銃を撃っても命中しない。空戦中は猛烈に横滑りをさせ、射撃の一瞬だけ、滑らせるのを止める、これが空戦で生き残るための鉄則であるというのが、実戦をくぐり抜けた下士官搭乗員の意見だった。

「訓練中は優等生的な操縦がよしとされ、滑らせることは教えてくれませんでしたが、試飛行のときに機体を急激に滑らせる練習をしてみました。操縦桿を右に倒すのと同時に左足のフットバーを蹴る、あるいは操縦桿を左に倒すと同時に右足のフットバーを蹴るんですが、最初にやったときは、遠心力で体が操縦席の片側に吹っ飛んで身動きが取れなくなる感じで、驚きました。それからは、宙返りでもスローロールでも、やたらに滑らせながらの操縦を練習したんです。これが後になって、空戦で役に立ったと思っています」

特攻志願

そうこうしているうちに、戦況はいよいよ悪化してゆく。昭和十九年十月になると、米軍の大部隊がフィリピンに侵攻してきたのを機に、爆弾を搭載した飛行機もろとも敵艦に体当り攻撃をかける特別攻撃（特攻）隊が編成され、はじめて実戦に投入される。元山空でも、若い中尉、少尉クラスの搭乗員を対象に、特攻志願の募集が行われた。

「司令・藤原喜代間大佐から戦局についての話があり、続いて飛行長から、『明日より三日間、司令の部屋を空けておく。各自よく考えて、志願する者は志願書を書き、封筒に入れ、司令の机に置いておけ』、との話がありました。私はずいぶん苦しい思いをして悩んだ末に、とにかく志願書を司令の机の上に置いてホッとした覚えがあります」

土方は学生時代、クラブ活動で気象部に所属していた関係で、隊内で「気象係将校」の役目も与えられていた。電信室で気象データをキャッチし、下士官が描いた天気図をチェックするのだが、電信室に出入りしていると、人事関係の電報に接することも多くなる。フィリピンの特攻隊である第二〇一海軍航空隊への転勤は、士官の場

合、海軍省から達せられる。電信室に顔を出すたび、

「今日も土方分隊士の名前はありませんでした」

と心配してくれる下士官たちの気持ちを、土方は心ひそかに嬉しく思っていたという。


昭和十九年十一月から、元山空の教官、教員のなかで特攻隊に指名された者が、次々とフィリピンに向け発っていった。元山空から二〇一空への転勤者で編成された特攻隊は、元山近郊の景勝地・金剛山の名前をとって「金剛隊」と名づけられた。

「フィリピンへの出発前夜には必ず壮行会が行なわれましたが、なかには泥酔して『死ぬのは嫌だ!』と叫ぶ者もいて、居残りの私たちは胸の詰まるような思いでした」

土方は、翌昭和二十年二月までの間に特攻志願書を三度提出したが、最後まで特攻隊への指名はなかった。

冬の元山で結婚を断わる

元山空に、厳しい冬がやってきた。

「元山の冬は寒かった。雪はあまり降りませんが、気温はマイナス二十度ぐらいになります。飛行場にはテントを張った指揮所がありますが、その裏側にドラム缶を利用

したストーブが一つあるだけです。地上でマイナス二十度ですと、二千メートル上空ではマイナス三十二度ぐらいになります。二人乗りの零式練習戦闘機の前席は風防が閉まりませんが、それでもエンジンからの熱風のためか、後席よりは暖かいのです。その後席に乗り続けて練習生を三人か四人教えると、体中が冷え込んで、寒いというより麻痺したような感じになって、腰から下の感覚がなくなります。そのため、翼から飛び降りたとき大腿骨骨折をした教官がいて、冬場は零戦の翼から飛び降りることは禁止になりました」

ちょうどその頃のこと。土方に一通の手紙が届いた。差出人は松本兼子。東京・杉並の新泉国民学校（現・杉並区立新泉小学校）で教職に就いている。東京・高円寺駅前でお茶を商う商店の娘で、保護者会の会長を務めるなど地元で顔役だった父親が、成績優秀なのに家庭の都合で上級学校への進学を諦めかけていた高等小学校二年の土方を、店で働きながら師範学校に通えるよう援助したことがきっかけとなり出会った。二歳違いで、はじめは兄妹のような感覚だったが、土方が勉強を教えたりするうちに恋愛感情が芽生え、やがて互いに結婚を意識するようになった。兼子によると、ある雨の日、日比谷公会堂で行われたハーモニカ合奏会に一緒に行った帰り、相合傘ではじめて愛を打ち明けられたという。双方の両親にも公認の仲で、土浦海軍航空隊時代には、土方の母と兼子が一緒に面会に行ったりもしている。

手紙には、内地で土方の写真と結婚式を挙げ、元山に行く、仲人は土方の小学校時代の恩師に頼んだと書いてあった。

「これには驚きました。嬉しかった、というのが本音でしたが、しかし、私はもうすぐ戦地に行くことになるし、特攻の志願書も出している。断るしかありません。それでも悩んで分隊長に相談しました。分隊長は、奥さんと二人の子供と暮らしておられましたが、話を聞いて、しばらく目を瞑って『よした方がいいだろう』と。その言葉で決心がつき、断りの手紙を出しました……」

ほのかなロマンス

昭和十九年十二月一日、土方は同期生のトップを切って中尉に進級した。二十年春になると、フィリピン戦での「金剛隊」とは別に、「七生隊」と名づけられた特攻隊が元山空で編成され、九州に進出していくようになった。次は俺の番か、と覚悟を決めては指名がかからず、肩透かしにあうような日々だった。いっぽうで、練習生が世話になった下宿の、年上の女性とのほのかなロマンスもあった。

「杉野節子さんという三十歳ぐらい、日本舞踊の名取で、美しい人でした。その家には女性ばかり四人が住んでいて、彼女自身は夫と離婚して独り身でした。練習生がお世話になったお礼を言いにお邪魔したとき、お茶とお菓子で迎えてもらって。豪華な応接間には立派な蓄音機が置いてあり、大きなレコード棚がありました。ついレコードに見入っていると、彼女がハイフェッツが演奏するチャイコフスキーのヴァイオリン協奏曲をかけてくれたんです。これには感激しました。海軍に入隊以来、望んでも得られなかった、まさに飢えていたものでしたから。それからは日曜日になると、杉野さんの家で朝から夕方までを過ごしました。二人で音楽を聴いたりしているうちに、だんだん心惹かれて……しかし、海軍には『素人の女性には手を出してはいけない』という不文律がある。これ以上、好きになってはいけない。いつも帰りには、高ぶる感情と自己嫌悪の板挟みにあって、それを振りほどこうと航空隊までの道のりを夢中で歩きました」

戦争は、そんな個人の思いを呑み込んでしまう。フィリピンを制圧した米軍は、こんどは小笠原諸島の硫黄島に上陸、さらに沖縄を窺っていた。元山空の搭乗員たちも訓練と邀撃待機で、外出や外泊どころではなくなってきた。そんなある日、土方に節子から手紙が届く。

〈きっと出撃も近いことと思います。出撃前にお目にかかりたいと思います。ご一緒に音楽をお聴き致したく思います。手料理の一品を召し上がっていただければ有難いのです。一目だけで結構です。お待ち申し上げています〉

不覚にも涙がこぼれた。最後に一目逢いたいと思った。だが、とった行動は気持ちに反するものだった。土方は公用外出の機会を同期生に譲り、手紙を細かく引き裂いて屑箱に投じた。数日後、節子から小包が届いた。手紙はなく、ピンク色の絹のマフラーだけが入っていた。このマフラーは、こののち土方が沖縄上空での空戦の際、愛用することになる。

菊水作戦で鹿児島進出

昭和二十年三月二十三日、南西諸島が敵機動部隊の空襲を受け、二十六日には米軍の一部が慶良間諸島に上陸。そして四月一日、猛烈な艦砲射撃ののち、米軍は沖縄本島南西部の嘉手納付近に上陸を開始した。米軍はその日のうちに沖縄の二ヵ所の飛行場を占領し、早くも四月三日には小型機の離着陸を始めている。

この米軍の動きに一矢を報いようと、九州に展開した陸海軍航空部隊は、総力をもって敵機動部隊、上陸部隊に攻撃をかける。この航空作戦は「菊水作戦」と呼ばれ、四月六日、その第一回として海軍機三百九十一機、陸軍機百三十三機の合計五百二十四機が出撃した。うち特攻機は、海軍二百十五機、陸軍八十二機の計二百九十七機。海軍特攻機の未帰還は百六十二機。米側記録によると、この攻撃で駆逐艦三隻と上陸用舟艇一隻が沈没、戦艦一隻、軽空母一隻、巡洋艦一隻、駆逐艦十五隻など計三十四隻が損傷したという。この沖縄への第一次航空総攻撃を「菊水一号作戦」と呼ぶ。

日本側は反復攻撃をかけるべく、各地に展開していた実戦部隊を順次、九州の各航空基地に集結させる。土方たち元山空零戦隊にも、四月六日、鹿児島県の笠之原基地に進出が命ぜられた。

「指揮官は山河大尉。私は小隊長として一緒に出撃することになりました。ところが、いざ出発、というときに、山河分隊長が私のところに来て、『俺の機のエンジンの調子が悪い。お前の機に乗って行くから、お前はあとから残りの飛行機をつれて笠之原に来い』と言う。そりゃないでしょう、と思いましたが、飛行機を山河大尉に譲って見送りました。離陸前、主翼の上に乗って分隊長に、『あとで必ず行きますからね！』と、エンジンの轟音のなかで叫んだのを憶えています。分隊長は大きく頷いてくれました」

土方が、残る零戦十二機を率いて元山空を離陸したのは四月八日のことである。元山上空で編隊をととのえ、朝鮮半島の海岸線に沿って南下していくと、基地の電信室から、『電話をテストします。本日は大詔奉戴日なり。土方隊の武運を祈る』との声が、飛行帽の両耳につけたレシーバーを通じて聴こえてきた。

「このときの持ち物は、零戦に積めるだけのもの、すなわち通称『落下傘バッグ』一個だけ。洗面用具、新しい下着、野立て用茶道具一式、数学の本一冊、ぐらいです。四時間半飛行して、狭い笠之原飛行場に着陸、指揮所に報告に行って驚きました。進藤三郎少佐、赤松貞明少尉ら、有名な戦闘機乗りが綺羅星のごとくに並んでいる。しかしこのあと、元山空からひと足先に進出した隊員から、山河分隊長の戦死を知らされ、愕然としました。分隊長は私たちが到着する前日、特攻隊の直掩で出撃し、激しい空戦を終えて帰投途中、エンジンオイルが漏れて海上に不時着水、零戦に積んでいたゴムボートの上で軍艦旗を振っていたそうですが、その後の消息はわからないとのこと。

空戦の神様のような分隊長が、まさかオイル漏れで戦死してしまうとは。それにその飛行機は、もともと私が乗るはずだった飛行機です。運命というか、人の命の儚さを思い知らされたような気持ちで、涙がとめどもなく溢れました」

土方は翌四月九日の邀撃戦を皮切りに、沖縄をめぐる激戦に明け暮れることになる。

猛者がそろった飛行隊

四月十四日、土方は、第二〇三海軍航空隊司令で笠ノ原基地指揮官の山中龍太郎大佐より、元山空零戦隊は乗ってきた零戦ともども、鹿児島の鴨池基地で作戦中の二〇三空戦闘第三〇三飛行隊に編入するとの指令を受けた。戦闘三〇三飛行隊長は、真珠湾攻撃以来歴戦の岡嶋清熊少佐、隊員には、「零戦虎徹」を自称する岩本徹三少尉や、谷水竹雄上飛曹などのベテラン搭乗員が揃っている。

「私たちが元山から乗ってきた零戦は、われわれは六三型と呼んでいましたが、重武装、重装甲ではあるものの鈍重で、このままでは敵戦闘機との空戦には向かないということで、操縦席後ろの防弾板と主翼の十三ミリ機銃二挺をおろし、二十ミリ機銃二挺と十三ミリ機銃一挺という、五二型乙と同じ仕様に変更しました。

先に転勤していた同期生から戦闘三〇三のことをいろいろ教えてもらいました。岡嶋少佐は隊員みんなから尊敬されていて、さばけた面もある代わり、間違ったことをするといきなり拳銃をぶっ放すから用心しろ、と言う。岩本徹三少尉は、ライフジャケットの背中に『天下の浪人虎徹』と書いてあるからすぐにわかる。見かけは田舎の爺さんみたいだが、いったん空に上がれば向かうところ敵なしの、古参の撃墜王であると。先任搭乗員の谷水竹雄上飛曹は、ラバウル帰りの猛者だが、台南空で予備学生十三期の教員をしていたこともあって、聞けば何でも教えてくれる。……元山空から一緒に転勤してきた山口浜茂上飛曹、西兼淳夫上飛曹らも歴戦のつわもので人柄もよく、教わることが多かったですね」

初陣でF6Fを撃墜、大目玉を喰う

四月二十二日、戦闘三〇三飛行隊は「KDB」すなわち敵機動部隊の索敵攻撃（敵艦隊を探しながら飛行し、発見すれば戦闘する）を命ぜられ、土方は、分隊長・蔵田脩(おさむ)大尉の三番機（四機で一個小隊）で搭乗割が組まれた。出撃前、蔵田大尉は土方を呼んで、

「今日はどんなことがあっても私にしっかりついて来い。敵機を墜とすなどとは考えるな。戦闘機乗りは初陣で戦死する率が多い。戦場慣れすれば撃墜の機会はいくらでもあるから、とにかくついて来い」

と厳しい口調で注意を与えた。土方は、身の引き締まる思いでそれを聞いた。

「喜界島を過ぎたあたりでOPL（光像式照準器）を点灯し、機銃の試射を行い、筒温計の温度が百八十度を保つようカウルフラップを調節します。沖縄の少し手前を東寄りに飛ぶと、突然、分隊長機が増槽を捨てた。これにならって全機、増槽を切り離

します。

いよいよか、と思っていると、蔵田大尉が左下方を指さした。もう空戦は始まっています。しばらく左旋回で様子を見ながら飛んでいた分隊長機がいきなり急降下、待ってましたとそれに続きました。

そのとき、一機のグラマンＦ６Ｆが、私たちの針路を右から左に横切るように上昇してきて、黒のような濃紺の機体に、白い星のマークがはっきり見えた。これはチャンス！　と思ったら、分隊長機は左へ急上昇してゆく。もったいない、と思いました。私には目の前のグラマンのことしか見えてない。私は分隊長機から離れ、どんどんグラマンに近づいていきました。敵機がものすごく大きく見え、ここぞというところで、二十ミリと十三ミリを同時に発射。距離はたぶん五十メートルから百メートルだったと思います。操縦席の後ろあたりに弾丸が命中するのが見え、敵機から白い煙が出ました。やった！　と思う間もなく、白煙は黒煙に変わり、黒い尾を引きながらグラマンは墜ちていきました」

土方ははぐれた分隊長機を追い、幸い追いつくことができたが、そこからが大変だった。一瞬でも水平直線飛行をすればたちどころに敵機の餌食になるから、空戦中はつねに機体を滑らせながらのスローロールの連続である。分隊長機について飛ぶのに精いっぱい。遠くに敵機動部隊の艦影が見える。海面には、大きな円状の紋がいくつも広がっていた。飛行機が墜ちた場所を示すガソリンの痕である。

「空戦が終わり、編隊を組もうと分隊長機に近づいたら、その風防に大きな穴が開いていて驚きました。いつ隊長機が撃たれたのか、私には全然わからなかったからです。着陸して、指揮所で『グラマンF6F一機撃墜！』と意気揚々と報告したら、蔵田分隊長に『この大馬鹿者！あれほど言ったのに何で離れたんだ。今日はまったく運が良かったから還ってこられたが、普通なら戦死である』と大目玉を喰いました。岡嶋隊長は、傍らでニヤニヤ笑って見ている。

叱られて意気消沈していると、二番機と四番機の下士官搭乗員が、『分隊士、撃墜するまでにグラマンから二度も撃たれてたんですよ。私たちが掩護していたので良かったですが』と言う。それでますます頭が上がらなくなってしまいました。まさか自分が狙われてるなんて、考えもしなかったですからね。

この日、私が見た敵機は、撃墜したF6F一機だけでしたが、ほかの搭乗員に聞くと、ものすごい乱戦だったとのこと。海上に咲いたガソリンの紋章の多さからもそれは明らかなんですが。いまもこのときのことを思い出すと、顔が火照る思いがするんです」

一寸先は闇

戦闘三〇三飛行隊は、沖縄方面の敵機掃討、九州に来襲する敵機の邀撃に、連日のように出撃を重ねた。

四月二十八日、鴨池基地に、同じ二〇三空に属する戦闘第三一二飛行隊が移動してきた。翌二十九日、戦闘三〇三と戦闘三一二は合同して沖縄攻撃に出撃するのだという。戦闘三一二飛行隊長は、若いが実戦経験の豊富な城ノ下盛二大尉。三〇三分隊長の蔵田大尉とは海兵のクラスメート（七十期）である。

明けて二十九日、戦闘三〇三飛行隊と戦闘三一二飛行隊の零戦は、砂塵をあげ鴨池基地を発進していった。この日、土方は搭乗割に漏れ、邀撃待機の居残り組となっていた。

「滑走路の横で帽を振って見送っていると、最初に飛び立った城ノ下飛行隊長機が、離陸直後にエンジン不調となり、飛行場近くの川に不時着した。ソレッとばかり、私たち居残り組は不時着現場に駆けつけました。川はそんなに深くなく、水面を通して零戦の形ははっきり見えています。数人が川に飛び込んで、操縦席から隊長を引き上げたんですが、人工呼吸の甲斐なく、城ノ下大尉は戦死されました。直接の死因は溺死で、飛行帽から電信機に繋がっている電線が外せず、操縦席から脱出できなかったことが原因でした。これが戦訓になり、以後、飛行帽から電信機までのコードの途中にコネクターをつけて、手で引っぱれば簡単に外れるよう改良されました」

本土とはいえ、九州は沖縄戦の前線基地である。隊員たちの服装も、元山空の頃とは違い、草色の第三種軍装になっていた。飛行服はその上から着るが、暑いときは飛行服の上着も、第三種軍装の上着も脱いで、カーキ色のワイシャツにネクタイを締めた姿で待機する士官もいた。士官のワイシャツの袖はダブルカフスで、カフスボタン着用。下士官兵はネクタイを締めず、シャツの袖もバレルカフ（普通のボタン留め）である。

「ある日、朝から邀撃に上がり、燃料、弾薬の補給に着陸、プロペラを回したまま機上で弾丸の補充を待っていると、若い二飛曹が主翼に駆け上ってきて、『分隊士、交代します！』と元気のいい声で叫びました。『大丈夫、まだ疲れていないから、俺が飛ぶよ』と言っても彼は引き下がらず、私の肩バンドを外しにくる。ついに根負けして交代し、彼はニッコリ笑って鹿児島湾の方へ離陸していったんですが、ちょうどそのとき、グラマンの編隊が上空から突っ込んできて……彼の機は一瞬で火だるまになって鹿児島湾に墜落しました。私は呆然としてそれを見ていました。一寸先は闇、その闇は神のみぞ知る世界なのだろう、というようなことを考えました」

続くベテラン、同期生の死

五月十一日、菊水六号作戦が実施され、桜花特別攻撃隊、第五筑波隊などの特攻隊と、特攻隊の突入を成功させるための、敵機を掃討する制空隊などが出撃した。

　「この日、戦闘三〇三飛行隊は、稼働機数全機、確か三十二機で参加しました。指揮所には高々とZ旗が掲揚されます。やはりこの旗が掲揚されると、気持ちが高揚します。今日こそ我が命日、そんな気持ちに自然になります。指揮所付近には基地の人々が並び、帽振れで見送ってくれます。それに手を振って応えながら、編隊で離陸していく気持ちは、何とも言えません。戦闘機乗りになって良かったなあ！　というのが偽らざる気持ちでした。

三十二機ぐらいの編隊になりますと、自分の周りは零戦だらけで、とても心強い感じがしたものです。

空戦は、沖永良部島を過ぎたあたりで始まりました。上から振ってきたのはグラマンF６Fの編隊です。アッという間に混戦状態になります。味方機が散り散りになり、私の列機も付近には見あたりません。とにかく、大きくスロールをうちながら、半分以上は後ろを見ながらの操縦でした。

敵機の主翼前縁いっぱいに十二・七ミリ機銃六挺の閃光が走ったかと思うと、翼の下に機銃弾の薬莢が、まるですだれのようにザーッと落ちるのが見える。体をひねり、首をいっぱいに回して後ろを見ながら、敵機の機銃が火を噴くと同時にフットバーを蹴飛ばし、フットバーとは逆方向に操縦桿を倒し、機体を急激に滑らせて敵弾をかわす。横滑りのGで、体が操縦席の片側に叩きつけられますが、そうしないと命がない。空戦は、命を賭けた殴り合いの喧嘩だと思いました。

空戦が終わり、味方機が見当たらないので一人で還る決心をしましたが、いつの間に出たのか、不連続線の雲がべったりと垂れこめて海面が見えません。仕方なく雲の下に出たら、強い雨脚で海面は真っ白く湧き立ったように見えました」

高度五十メートルの低空を、波頭を眼下に見ながら飛んでいると、電話の声がとぎれとぎれに聴こえてきた。

「コチラ山口、我機位ヲ失ウ」

山口浜茂上飛曹のようだった。部隊きってのベテラン搭乗員だが、雲のなかで機位を見失ってしまったらしい。土方は、

「我機位ヲ失ウモ方位二十三度ニテ『スコール』ノナカ直進中、コチラ土方」

と応じたが、山口上飛曹はそれきり行方不明になった。

「やっとの思いで着陸して報告、指揮所のなかで休んでいたら、遅れて長田延義飛曹長機が還ってきました。長田飛曹長は、

『やあ、今日はひどい戦いでした。左翼に弾を喰らって火を噴き、もう駄目かと思いましたが、自動消火装置のおかげで、命拾いをしました。私も初めてでしたが、うまく作動したので助かりました』

と言う。さっそくみんなで長田飛曹長の乗機を見に行きました。弾痕がしっかり残っていて、炎で塗装が焼けたところは真白になっていました」

自動消火装置で命拾いをした長田飛曹長は、そのわずか三日後の五月十四日、沖縄上空の空戦で戦死した。乱戦で、海軍屈指のベテラン搭乗員・岩本徹三少尉でさえ、乗機を敵弾で穴だらけにして帰投することもあった。

同期生や、元山空から一緒だった戦友たちも次々と大空に散ってゆく。

「戦闘機の戦いは、映画で見る陸軍の戦いのように、血だらけになった相手の顔を見るようなことはありません。青い空、白い雲、そびえ立つ雲の塔が舞台で、その中で自分の技倆で精一杯の操作で飛び回るのが空戦です。狂女が髪の毛を振り乱して乱舞するような形で、黒煙を吐きながら、撃墜された飛行機が青空に大きな弧を描いて落

ちていきます。海面には、撃墜された飛行機の油が円形になって浮かんでいます。いつかは、俺もあのように終焉を迎えることになるな、とは思っていましたが、それは、実感として迫ったものではありませんでした。飛び立つときは、必ず還ってくると思っていました。しかし、戦いの日々が重なると、夜半に目が醒めると汗がびっしょりで、雑念が浮かんでなかなか眠れないこともありました。

どんな撃墜のされ方が良いかと、いろいろ考えたこともあります。死に方は自分で選択できるものではなく、これこそ運命なのだ、と割り切るまでには時間がかかりました。結局、実行したのは、邀撃戦で味方の上空で戦うときには、落下傘バンドに落下傘を固着して飛ぶ。沖縄へ空襲のような場合や、洋上、敵地上空での戦闘の場合には落下傘は固着しない、ということでした」

何のために戦うのか――肉体の限界に

六月十七日、鹿児島市がB－29の空襲に遭い、市街のほとんどが灰燼に帰した。戦闘三〇三の搭乗員たちも、城山に掘られた横穴式の防空壕で寝泊まりすることになった。

「ある日、綿のように疲れて、同期の杉林泰作中尉と二人、ライフジャケットを肩にかついであぜ道を防空壕に向かっていると、向こうから鍬を肩にかついだお婆さんと幼稚園児ぐらいの女の子が手をつないで歩いてきました。思わず『ご苦労さま』と声をかけると、二人はお辞儀をして、『兵隊さんも大変ですね』と言ってすれ違っていきました。

そのとき、何か胸にこみ上げてくるものがあって、思わず杉林に、

『おい、俺はいま、あのお婆さんと女の子のためなら死んでも悔いはないと思ったよ』

と声をかけると、彼も、

『貴様もそう思ったか。俺もいま、全く同じことを思っていたよ』

と。この緑豊かな国土、か弱いお婆さんやかわいい子供たちを守るのは、俺たちをおいて他に誰がいるのか、というのが、当時の若者に共通した思いだったんです」

杉林中尉は、七月二十五日、大分県宇佐上空の邀撃戦で戦死した。

六月二十三日、沖縄全土が敵に占領されたことで沖縄への出撃は事実上その意味を失い、大規模な航空作戦も六月二十二日の菊水十号作戦をもって終結した。

約三ヵ月間、空戦に明け暮れた土方だったが、若い肉体にもそろそろ限界が近づい

ていた。七月上旬になると微熱が続き、体重も激減した。軍医に診せたところ、肺浸潤ですぐに入院せよという。土方は別府の海軍病院に入院、戦闘三〇三飛行隊も、立て直しのため大分県の宇佐基地に後退した。

「入院して二日間は眠り通しでした。三日目に軍医の診察を受けたら、病名は肺浸潤ではなく、航空疲労症ということになりました。短期間に飛び過ぎたということのようです」

結局、入院したまま、八月十五日を迎えた。

「玉音放送の内容まではよく聞き取れませんでしたが、終戦になることはわかった。それで軍医に、隊へ帰りたいと申し出たところ、すぐに軍服を出してくれ、『くれぐれも体を大事に』と送り出してくれました。

ところが、隊に帰ってもみんな、『どうなるのか、俺たちにもさっぱりわからん、とにかくブリッジでもやろうや』という感じで、緊迫感がない。しかし、私が入院していた二十日間ほどの間にも、同期の三名をはじめ、十数名の戦死者を出したということでした。親友の杉林中尉の戦死は、胸に堪えましたね」

零戦の武装解除に号泣

八月十九日、戦闘三〇三の飛行隊長を岡嶋少佐から引き継いだ蔵田脩大尉が、大分基地の第五航空艦隊（五航艦）司令部の会議から帰ってきて、

「零戦の燃料、弾薬をおろし、プロペラをはずす」

との五航艦命令を、隊員たちに伝えた。

「このときはみんな、蔵田大尉に食ってかかりましたね、そんなことは承服できないと。そして各自が一機ずつの零戦の操縦席に乗り込み、拳銃を構えて整備員を近づけないようにしました。実際、何発か撃った憶えがあります。そこへ蔵田大尉が駆けつけてきて、涙ながらに『お前たちの気持ちは、わかりすぎるぐらいわかっている。ここで軽挙妄動することは、日本の将来のためにならぬことである。どうしても、というのなら俺を殺してからやれ』と言われた。ここではじめて、戦争に負けたんだということを実感して、私たちは子供のように泣きました。声を上げて号泣しました。零戦の座席にもぐり込んで動かない者もいれば、いつまでも翼をさすっているのもいました」

八月二十四日、搭乗員たちに、二十四時間以内に隊を去ることが命ぜられた。ただし、連合軍の出方が不明なため、搭乗員であることがわからぬようにして、しばらく地下に潜れとの指示も同時に出されている。部隊の重要書類や各人の航空記録はまと

めて焼却されたが、土方は、自分の航空記録とチャート（航空図）、航空時計をひそかに持ち出した。四月二十二日、グラマンF6Fを撃墜した記録だけは、ヤスリをかけて抹消した。終戦までの飛行回数六百三十五回、飛行時間四百三十五時間。これは、予備学生十三期の戦闘機搭乗員として異例の多さである。

いっぽう、土方の婚約者だった小学校教員の兼子は、高円寺の家を空襲で失い、学童疎開の訓導として、長野県小諸の寮にいた。

「明日をも知れぬ戦闘機乗り、彼がいつ戦死するか、そのとき悲しみでうろたえないようにと覚悟せねばと、机上に黒枠の彼の写真を飾り、野花を添えて毎日祈っていました。

戦争が終わってしばらく経ったある日、面会人だというので玄関に出てみると、そこには帽子を目深にかぶり、長い雨衣を着て、頬のこけた男が立っていました。亡霊みたいに生気が失せ、一瞬、誰だかわからないほど人相が変わっていましたが、それが土方でした。

翌日、寮の裏山で将来のことを話されたんですが、私は夢見心地で、嬉しすぎて自分の耳を疑いました。戦争に負けて、そんなにうまくいくのか、将来のことなどわからない、そんな不安も拭い去ることはできませんでしたね」

と、兼子は振り返る。

復員し教職に復帰

土方は、信州で知人の家を転々としたのち、十月末、帰隊命令を受け宇佐基地に戻る。そこで復員手続きを行い、正式に復員することになった。土方は九月五日付で大尉に進級していた。ふたたび、兼子の回想――。

「私が疎開学童をつれて、杉並の代田橋に着いたのは十一月。駅頭に、飛行服姿の彼が出迎えてくれたのは夢のように思えました。十二月十五日、高円寺の氷川神社で結婚式を挙げ、戦災を受けなかった阿佐ヶ谷の写真館で記念写真を撮って……。引出物は、当時は貴重だった籠入りのミカン、料理は魚屋の仕出しを頼み、花嫁衣装は叔母に借り、花婿の衣裳は軍服を背広に仕立て直し、皆さんの手を借りて、思い出深い式になりました。日光に新婚旅行にも行ったんですよ、満員の客車に窓から乗り込んで」

土方は谷戸小学校に復職し、昭和二十一年、成蹊(せいけい)小学校に転職（二十四年、成蹊学園中・高校に移籍）、物理学校にも改めて入学、夜学に通い始めた。

昭和二十四年からは、双葉書店の小学校検定教科書執筆陣に加わり、昭和三十六年から四十年にかけては中学校の数学の教科書を執筆している。

その後、土方は四十三歳で成蹊学園中・高校の教頭に就任するが、その間の教え子に安倍晋三元総理大臣がいた。昭和六十年、定年退職とともに外務省大臣官房人事課帰国子女相談室副室長となり、六十二年には同室長に就任、平成十二年、七十八歳で顧問となり、同十五年、八十一歳で退職するまで、帰国子女教育に尽くした。平成十二年までは、自らウルトラライトプレーンの操縦桿を握るなど、空を飛ぶことへの情熱も保ち続けた。

土方が私の著書を読み、会いたいと連絡をくれたのは、外務省を退職して二年後のことである。土方は多趣味で、なかでも好きなカメラや車、オーディオ、読書などの話もふくめて話題は尽きず、以後、毎月のように会い、インタビューかたがたの雑談に花を咲かせることになる。

土方の話はいつも平明で、かつ面白かった。海軍時代に愛用していた拳銃の後日談もその一つである。

「搭乗員は、万一のときの自決用に拳銃を各自持っていました。終戦後、地下に潜るにあたっても拳銃は持って出ました。復員してからも、昭和二十一年の春頃までは、女房と新宿の闇市あたりを歩くとき、護身用にその拳銃を常に腰に挿していました。女房がヤクザみたい、と言って嫌がりますので、外出時の持ち歩きはしなくなりましたが、机の引き出しに鍵をかけ、しまい込んでいました。しかし、手入れをしなくてはいけないので、夜中になると分解掃除は常にしていました。

世の中も落ち着いて、昭和三十八年頃でしたか、長男が高校生の頃です。例によって十二時過ぎに分解掃除をしているところに長男が書斎に入ってきて見つかったんです。おやじ、何やってるんだと。それでこれはまずいと思い、仕方なく杉並警察署へ行って、カウンターで『拳銃を持ってきました』と申し出ると、係の警官が『この拳銃は、寄付していただけますか』と言う。『もし、イヤだと言ったら?』『逮捕する』と言うわけで、泣く泣く私の名前入りの拳銃を杉並警察署に寄付してしまいました。このとき、『実弾五十発と予備の弾倉もあります、ちょっと腕のほどをお見せしますから、裏の広場で撃たせていただけませんか』と言いましたら、『とんでもない』と断られました。

拳銃に刻印されたシリアルナンバーをいまでも覚えていますが、NO．62188の十四年式拳銃はどうしているかなあ、と思うことがあります」

愛車を駆って飛び回る

土方は、零戦を題材にしたテレビドラマの演技指導にも快く出かけ、若い俳優やスタッフからも人気があった。年に一度、かつて土方たち予備学生十三期生が入隊した土浦海軍航空隊の跡地にある陸上自衛隊武器学校で、初級幹部を前に講演もやる。私と知り合ってからは、そんな機会には必ず私を伴い、迎えの車も断って、愛車の白い90年型日産スカイラインのステアリングを自ら握って現地に向かった。

土方の運転は速かった。常磐高速の追い越し車線でアクセルを踏み、またたく間に前の車に接近すると、五十メートルぐらいの車間を保ちながら、

「この距離で二十ミリ（機銃）を撃てば必ず当たるんだよ」

などと言う。

「いつもそんなこと考えながら運転なさってるんですか？　怖いなあ。でも、スピード違反で捕まったらマズいでしょう？」

私が訊くと、土方は、

「いや、戦闘機乗りは『見張り』が命。覆面パトカーに捕まるようならとっくにグラマン（F6F）に墜とされてるよ」

と答えた。兼子によると、土方は昭和三十年代のはじめにルノーを買って以来、必

ず自分で運転して、夫婦でドライブしたり、釣り、ゴルフなどに出かけたりしていたという。

「でも主人は、目的地にもきれいな風景にも興味がなく、エンジンの音ばかり気にしてるんです。運転そのものが好きなんですね」

平成十七年、土方は、海兵六十六期出身の零戦隊指揮官・日高盛康、航空史家の渡辺洋二、そして私と一緒に三菱重工小牧南工場の史料館に行き、六十年ぶりに零戦の操縦席に座った。東京生まれの日高と土方はとても気が合ったようで、それを機に、毎月、「新宿中村屋でカレーを食う会」「新宿美々卯でうどんを食う会」と称して集っては、昔話に花を咲かせていた。

ただ、土方は、若い頃から多年にわたる喫煙のせいか、私と会った頃にはすでに肺気腫に冒されていた。階段を昇ったり、少し急いで歩いたりするとすぐに息切れがする。その症状が日毎に悪化していくのが目に見えるようだった。やがて酸素吸入が欠かせない状態になったが、それでも、

「こうやって酸素マスクをつけていると、零戦の高高度飛行みたいで懐かしい」

と強がりを言いながら、酸素吸入の合間に煙草をふかしていた。

平成二十二年五月二十三日、東京・原宿の水交会（旧海軍、海上自衛隊関係者の親

陸施設)で「零戦VSグラマンF6F」と題し、三十五名を前に話をしたのが、土方が公の場に出た最後になった。

平成二十四年十一月二十八日、死去。享年九十。法名は覚寿院翔誉敏教居士。

告別式では、予備学生十三期の同期生・蒲生忠敏が、

「悔いなき人生、大往生が羨ましい。俺も近々行くから、同期を集めて迎えてくれ」と弔辞を読んだ。棺の蓋を閉めるとき、小柄な兼子が、背伸びをするように土方に口づけをした。

取材ノートに残された言葉

土方が、私の取材ノートに残した言葉より――。

「振り返ってみると、大正、昭和、平成と三つの年号のもとに生きた私たちの世代は、非常におもしろかったといって良いような気がします。特に昭和二十年を境にして、表と裏をひっくり返したような時代を見ることができたというのは、大きな時の流れのなかでは、稀に見る幸運でもありました。

戦後、戦没学生の遺稿集として『聞け、わだつみの声』が出版され、評判になりました。しかしこの遺稿集は、ある政治団体が、偏向した意図のもとに編集したもので、

私たちは大いに憤慨しました。そして『ありのままを』との意図で遺稿を集めて出版したのが、『雲ながるる果てに』です。ぜひお目通しいただければと思います。

戦闘三〇三飛行隊が、鹿児島基地で沖縄戦に出撃したり、邀撃戦に明け暮れていた頃のことです。搭乗員は、鹿児島市内の涙橋近くの民家に分宿していました。私たち予備学生は一軒の家にまとまって分宿していました。夜になるとブリッジをしたり、お酒を飲んで、たわいもない話に興じたりしていました。

明日をも知れぬ命と知りつつも、それを顔に出すことはなく、明るく振る舞うことによって、自分自身を抑制していたのかも知れません。これまでに、習った戦術にしても戦略にしても勝つという結論は出てきません。

それで議論にはならぬことはしませんでした。国家の捨て石になればそれで本望、あるいは講和の条件が少しでも良くなるのなら、喜んで死のう。そんな気持ちだったと思います。

ある晩のことです。誰かが『おい、神様がもしも二十四時間フリーな時間をくれたら、貴様達は何をしたいか』と言いました。いろいろな意見が出ました。

恋人に会いたい、母親に会いたい、甘いものを腹いっぱい喰いたい、などなど。

そのなかでいちばん、みんなが賛同したのは、

『書斎で、コーヒーを飲みながら、ゆっくり本が読みたい』

でした。

鹿屋基地では、特攻隊の隊員の宿舎は小学校でした。その教室の黒板に、特攻隊員が出撃のときに書いていった川柳が残っていました。『雲ながるる果てに』に、これが掲載されています。そのなかで、同期生の次の句を読むたびに、私はいつも目頭が熱くなります。

〈ジャズ恋し早く平和がくれば良い〉

いまもよく空を見上げます。そして、零戦で飛行機雲を曳きながら飛んだ日のことを思い出します。大空に舞う零戦は、美しいの一言で事足ります。美しいものは、すぐれたものです。その美しい零戦とともに全力で戦った日々は、何ものにも代えられない私たちの青春そのものでした。抜けるような青い空に一筋の飛行機雲を引きながら飛んでいる飛行機を見ると、何となく自分の一生を見ているような気がするのです」

*

戦闘機乗りは、海軍兵学校や叩き上げの下士官兵だけではない。こんな、ペンを操縦桿に持ち替えて、誇り高く戦った学徒出身の若者たちがいたのだ。そして彼らのうち、戦争を生き抜いた者の多くは、それぞれに学んだ学問を生かして、あらゆる分野で戦後日本の礎となった。

――戦争と戦後日本を振り返る上で、このことはけっして忘れたくないものである。

豊島師範学校在学中。前列左から２人目が土方

昭和19年５月ごろ、九六艦戦に乗って

昭和18年11月、土浦に面会に来た母・ヤス（右）、婚約者・松本兼子（左）、弟・浩二（下）と

昭和20年4月8日、元山から鹿児島の笠之原基地へ出撃当日の土方隊の零戦。1番手前が土方の乗機「ケ-1118」

元山空出発に当たり司令・青木大佐（左端）の前に整列した土方隊。搭乗員の左端が指揮官の土方

昭和20年4月6日、零戦16機を率いて元山空を発進する山河登大尉

鹿児島基地の戦闘三〇三飛行
隊指揮所に立つ土方中尉

昭和20年12月、土方は兼子と結婚

戦後、谷戸小学校教員に復職、昭和24年、成蹊学園中・高校の教員に

ウルトラライトプレーンに乗る78歳の土方

海軍搭乗員の階級呼称

	士官 将官	士官 佐官	士官 尉官	准士官	下士官	兵
昭和4年5月10日より	海軍大将 海軍中将 海軍少将	海軍大佐 海軍中佐 海軍少佐	海軍大尉 海軍中尉 海軍少尉	海軍航空兵曹長（空曹長）	海軍一等航空兵曹（一空曹） 海軍二等航空兵曹（二空曹） 海軍三等航空兵曹（三空曹）	海軍一等航空兵（一空） 海軍二等航空兵（二空） 海軍三等航空兵（三空） 海軍四等航空兵（四空）
昭和16年6月1日より				海軍飛行兵曹長（飛曹長）	海軍一等飛行兵曹（一飛曹） 海軍二等飛行兵曹（二飛曹） 海軍三等飛行兵曹（三飛曹）	海軍一等飛行兵（一飛） 海軍二等飛行兵（二飛） 海軍三等飛行兵（三飛） 海軍四等飛行兵（四飛）
昭和17年11月1日より				海軍飛行兵曹長（飛曹長）	海軍上等飛行兵曹（上飛曹） 海軍一等飛行兵曹（一飛曹） 海軍二等飛行兵曹（二飛曹）	海軍飛行兵長（飛長） 海軍上等飛行兵（上飛） 海軍一等飛行兵（一飛） 海軍二等飛行兵（二飛）
参考・陸軍				准尉	曹長 軍曹 伍長	兵長 上等兵 一等兵 二等兵

注・海軍では「大佐」を「だいさ」、「大尉」を「だいい」といった。

NF文庫

決定版 零戦 最後の証言〈1〉

二〇二四年五月二十一日 第一刷発行
著 者 神立尚紀
発行者 赤堀正卓
発行所 株式会社 潮書房光人新社
〒100-8077 東京都千代田区大手町一-七-二
電話／〇三-六二八一-九八九一(代)
印刷・製本 中央精版印刷株式会社
定価はカバーに表示してあります
乱丁・落丁のものはお取りかえ致します。本文は中性紙を使用

ISBN978-4-7698-3357-4 C0195
http://www.kojinsha.co.jp

NF文庫

刊行のことば

第二次世界大戦の戦火が熄んで五〇年――その間、小社は夥しい数の戦争の記録を渉猟し、発掘し、常に公正なる立場を貫いて書誌とし、大方の絶讃を博して今日に及ぶが、その源は、散華された世代への熱き思い入れであり、同時に、その記録を誌して平和の礎とし、後世に伝えんとするにある。

小社の出版物は、戦記、伝記、文学、エッセイ、写真集、その他、すでに一、〇〇〇点を越え、加えて戦後五〇年になんなんとするを契機として、「光人社NF（ノンフィクション）文庫」を創刊して、読者諸賢の熱烈要望におこたえする次第である。人生のバイブルとして、心弱きときの活性の糧として、散華の世代からの感動の肉声に、あなたもぜひ、耳を傾けて下さい。